CLEOPATRA'S
—DAUGHTER—

克里奥佩特拉的女儿

【美】米歇尔·莫兰 著　　沈亦文 译

人民文学出版社

著作权合同登记号：图字 01-2012-5407

图书在版编目(CIP)数据

克里奥佩特拉的女儿/(美)莫兰著；沈亦文译.
—北京：人民文学出版社，2012
ISBN 978-7-02-009375-5

Ⅰ.①克… Ⅱ.①莫… ②沈… Ⅲ.①长篇小说-美国-现代 Ⅳ.①I712.45

中国版本图书馆 CIP 数据核字(2012)第 170942 号

责任编辑：苏福忠
特约策划：王轶华
封面设计：李　佳

出版发行　人民文学出版社
社　　址　北京市朝内大街 166 号
邮政编码　100705
网　　址　http://www.rw-cn.com
印　　制　宁波大港印务有限公司
经　　销　全国新华书店等
字　　数　300 千字
开　　本　890×1240 毫米　1/32
印　　张　11.75
版　　次　2012 年 9 月北京第 1 版
印　　次　2012 年 9 月第 1 次印刷
书　　号　978-7-02-009375-5
定　　价　32.00 元

献给马修

我的爱人，我的朋友

大事年表

公元前 323 年

亚历山大大帝在巴比伦去世后，他迅速建立起来的帝国开始瓦解。托勒密——亚历山大麾下的一个马其顿将军掌握了埃及的统治权，开创了托勒密王朝，托勒密王朝最后一位君主便是克里奥佩特拉·塞勒涅。

公元前 47 年

尤里乌斯·恺撒的军队在尼罗河战役中打败了托勒密十三世，而克里奥佩特拉七世被送上埃及王位。同年，她宣布自己给恺撒生了一个儿子，名为恺撒里昂(小恺撒)。尤里乌斯·恺撒和克里奥佩特拉之间的关系一直持续到恺撒被刺。

公元前 46 年

努米底亚的国王朱巴一世，同被恺撒打败的残余共和党人势力联合。在悲惨的塔普苏斯战役后，他的努米底亚王国被罗马吞并，成为它的一个省，一名仆人奉命谋害了朱巴的性命。他年幼的儿子朱巴二世被带到罗马，在恺撒的胜利游行中游街示众。朱巴二世由恺撒和他的妹妹抚养长大，和恺撒收养的继承人屋大维建立了密切的关系。

公元前 44 年

尤里乌斯·恺撒被刺身亡。其后，“后三头”这样一个由屋大维、马克·安东尼和雷必达组成的不稳定的联盟建立起来，他们打败了由布鲁图和卡西乌斯领导的反恺撒势力在希腊集结的军队。

公元前 42 年

在腓立比战役打败布鲁图和卡西乌斯获得胜利之后,“后三头”的三位成员分道扬镳。马克·安东尼开始往东走,并召见埃及女王。

公元前 41 年

马克·安东尼和克里奥佩特拉七世会面。安东尼被女王深深地迷住了,于是和她一起返回亚历山大城度过冬天,在此期间,女王怀上了双胞胎。

公元前 40 年

克里奥佩特拉·塞勒涅和亚历山大·赫利俄斯出生。此后八年,屋大维和马克·安东尼之间的矛盾愈演愈烈,最终反目成仇。

公元前 36 年

当屋大维夺取了雷必达的权力后,“后三头”瓦解。此时,罗马由屋大维和马克·安东尼共同掌管。

克里奥佩特拉和马克·安东尼的第三个、也是最后一个孩子托勒密出生。

公元前 31 年

马克·安东尼和克里奥佩特拉的军队在阿克提姆海战上被年轻的屋大维,以及他不可或缺的军事助手马尔库斯·阿格里帕所打败。

人物介绍

阿格里帕：屋大维最信任的将军，维普撒尼娅的父亲。

亚历山大：克里奥佩特拉女王和马克·安东尼的儿子，塞勒涅的孪生哥哥。

安东尼娅：屋大维娅和她的第二任丈夫马克·安东尼的女儿。

安蒂拉斯：马克·安东尼和他的第三任妻子福尔维娅的儿子。

克劳狄娅：屋大维娅和她的第一任丈夫盖尤斯·克劳狄乌斯·马瑟卢斯的女儿。

德鲁苏斯：利维娅和她的第一任丈夫提比略·克劳狄乌斯·尼禄的第二个儿子。

加利娅：被打败的高卢国王维钦托利的女儿。

朱巴二世：努米底亚王子，被打败的努米底亚国王朱巴一世的儿子。

朱丽叶：屋大维和他的第一任妻子斯克里波尼娅的女儿。

克里奥佩特拉七世：埃及女王，和尤里乌斯·恺撒生下了恺撒里昂，和马克·安东尼生下亚历山大、塞勒涅和托勒密。

利维娅：屋大维的妻子，罗马帝国的皇后。

马瑟纳斯:诗人,屋大维的朋友。

马克·安东尼:罗马的执政官和将军。

马瑟拉:屋大维娅和她的第一任丈夫盖尤斯·克劳狄乌斯·马瑟卢斯的第二个女儿。

马瑟卢斯:屋大维娅和她的第一任丈夫盖尤斯·克劳狄乌斯·马瑟卢斯的儿子。

屋大维娅:屋大维的妹妹,马克·安东尼的前妻。

屋大维:罗马帝国皇帝,从公元前 27 年 1 月 16 日起更名为奥古斯都。

欧维德:诗人。

托勒密:克里奥佩特拉女王和马克·安东尼的小儿子。

斯克里波尼娅:屋大维的第一任妻子,朱丽叶的母亲。

塞勒涅:克里奥佩特拉女王和马克·安东尼的女儿。

塞涅卡:演说家和作家。

提比略:利维娅和她的第一任丈夫提比略·克劳狄乌斯·尼禄的儿子。

东尼娅:屋大维娅和她的第二任丈夫马克·安东尼的第二个女儿。

维利乌斯:自由民,享有盛誉的教师。

维普撒尼娅:阿格里帕和他的第一任妻子凯西利娅·阿提卡的女儿。

维特鲁威:工程师和建筑师,《建筑学》的作者。

第一章

亚历山大城

公元前30年8月12日

我们一边等着消息，一边玩骰子游戏。当我转起一对骰子时，只觉得那两个小小的象牙方块粘在我的掌心。“蛇眼，”我一边说，一边用手给自己扇风。即便海上吹来的一阵微风荡漾在我们宫殿的各个大理石殿堂之间，也难以缓解在城中肆虐的热浪。

“轮到你了，”亚历山大说。见我们的母亲没有反应，他又说了一遍，“母亲，轮到你了。”

但是她没有在听。她的脸朝着海的方向，在那里，我们祖先的灯塔向东建造在法罗斯岛上。我们是世界上最伟大的家族，我们的血脉可以一路追溯到马其顿的亚历山大。如果我们父亲对抗屋大维的战斗一路奏凯，那么托勒密王朝可能会继续统治三百年。但如果他继续败退……

“塞勒涅，”哥哥对我抱怨，就好像我能让母亲回过神来。

“托勒密，拿上骰子。”我大声地说。

才六岁的托勒密，咧嘴一笑。“轮到我了？”

“是啊，”我撒谎说，他哈哈大笑，笑声回荡在寂静的殿堂里。我朝亚历山大瞥了一眼，也许因为我们是孪生兄妹，我知道他在想什么。“我肯定他们没有抛弃我们。”我小声说。

“如果你是个仆人，知道屋大维的军队来了，你会怎么样？”

“事情未必就是那样！”我呵斥道，然而当一阵凉鞋的脚步声噼里啪啦地穿过殿堂，母亲终于朝我们这边看过来。

“塞勒涅，亚历山大，托勒密，退下！”

我们扔下游戏，爬到床上挤作一团，但那只是她的仆人艾芮斯和卡尔蒙。

“什么事？出什么事了？”母亲紧张地问道。

“有一群士兵！”

“谁的人？”

“您丈夫的，”卡尔蒙喊道。她跟随我们家族已有二十年，我从来没有见她哭过。但当她关上门时，我看见她的脸颊湿了。“他们带来了消息，陛下，我恐怕——”

“别这么说！”母亲闭上眼睛，很快又睁开，“陵墓准备好了吗？”

艾芮斯眨眨眼不让眼泪流下来，并点点头。“宫里的最后一批财物正往里面搬。还有……柴堆按照您的要求堆好了。”

我伸手去拉亚历山大的手。“我们的父亲没有道理不把他们打退，他要为他所爱的人而战。”

亚历山大注视着手掌上的骰子。“屋大维也一样。”

我们一齐看着母亲，埃及克里奥佩特拉七世女王。全国上下都把她敬为伊西斯女神①，她一时兴起，会把自己打扮成阿芙洛蒂特②。但和一位真正的女神不同，她是凡人。从她的肌肉抖动，我可以看出她很害怕。这时有人敲门，她一下紧张起来。虽然这是我们一直在等待的，但母亲还是犹豫了一会儿才应门，并且依次朝她每个孩子看了一眼。我们是马克·安东尼的孩子，但只有托勒密继承了父亲的金发。我和亚历山大遗传了母亲的肤色、深栗色的卷发和琥珀色的眼睛。“不管是什么消息，别出声。”她告诫我们，而当她用一种平静的声音说“进来”时，我屏住了呼吸。

我父亲的一名士兵出现了。他很不情愿地看着她的眼睛。

---

① 伊西斯是古埃及最重要的神灵之一，是守护死者的女神，亦为生命与健康之神。

② 希腊神话中爱与美之神，在罗马神话里叫维纳斯。

“什么事?”她问道,“是关于安东尼的吗?别告诉我他受伤了。”

“没有,陛下。”

母亲紧抓住脖子上的珍珠项链,松了口气。

“但是您的海军拒绝投入战斗,而屋大维的军队在天黑前就会开到这里。”

亚历山大猛地倒抽了一口气,而我用手捂住了嘴。

“我的整个海军都叛变了?”她提高了嗓门,“我的军队拒绝为他们的女王战斗?”

这名年轻的士兵交替地挪动着两条腿。“还有四个步兵军团——”

“四个步兵军团能挡住屋大维的整个军队吗?”她喝道。

“不,陛下。所以您必须撤离——”

“那么你认为我们该去哪里?”她反问道,“印度?中国?”这士兵的眼睛睁得斗大,而我身边的托勒密开始抽泣。“命令你剩下的士兵继续把东西往陵墓里搬,”她下令,“王宫里的任何东西,不管值不值钱。”

“那将军呢,陛下?”

我和亚历山大同时望向母亲。她会唤回我们的父亲吗?我们会并肩对抗屋大维的军队吗?

她的下嘴唇颤抖起来。“送消息给安东尼,就说我们死了。”

我倒吸了一口气,而亚历山大不顾一切地喊道:“母亲,不要!”但母亲尖锐的目光射向房间的另一端。“父亲会怎么想?”他喊道。

“他就知道没有了退路,”母亲的声音变得坚毅,“他就能逃出埃及,挽救自己。”

那名士兵不知所措。“那陛下准备怎么做?”

我感觉到眼眶里的泪水直发烫,但自尊心不允许我哭泣。只有孩子才会哭,我已经十岁了。

“我们会去陵墓。屋大维以为他开进埃及,从我的王宫夺取托勒密王朝的财宝如探囊取物!但是在他点火之前,我会把一切都烧成灰烬!准备两辆马车!”

那名士兵匆匆赶去完成他的任务，但在王宫的殿堂之间，仆人们早就开始四散逃跑。对着敞开的大门，亚历山大冲着他们背后喊道："懦夫！懦夫！"但没有人在意。妇女们匆匆披上衣服就跑了，她们知道一旦屋大维的军队来到，对她们不会留情。士兵们从各个房间搬走贵重的物品，没有人能够保证这些东西最终会送到陵墓。

母亲转向卡尔蒙。"你不必留下。没有人知道今晚会发生什么。"

但卡尔蒙勇敢地摇摇头。"那么让我们一起来面对这个未知数。"

母亲看着艾芮斯。这女孩只有十三岁，但是她的目光很坚毅。"我也留下。"艾芮斯小声说。

"那么我们必须整理好行李。亚历山大，塞勒涅，只能拿一个包！"

我们奔跑着穿过各个厅堂，但到了我的寝宫，亚历山大停住了脚步。

"你害怕吗？"

我恐惧地点点头。"你呢？"

"我认为屋大维不会留下一个活口。我们和他对抗了一年，还记得马略城发生了什么？"

"一切都被烧毁了。连牲口和谷田也不放过。但是他在塞杰斯塔没有放火。屋大维攻占它的时候，他放过了那些人。"

"那他们的统治者呢？"他追问，"他把他们都杀了。"

"但为什么罗马军队要伤害孩子？"

"因为我们的父亲是马克·安东尼！"

我心头一惊。"那恺撒里昂怎么样了？"

"他是尤里乌斯·恺撒的儿子，没有人比他更危险。你以为母亲为什么会把他送走？"

我想象着我们的兄长正逃往印度。他要怎么样才能再找到我们？"那安蒂拉斯呢？"我小声问道。虽然我们父亲和他前四任妻子，也许还有一大堆情妇都有过孩子，但安蒂拉斯是我们所知道的唯一一个同父异母的兄弟。

"如果屋大维像他们说的那么残忍，他也会设法把安蒂拉斯杀了。但也许他会饶过我们。你是一个女孩。也许等到他意识到你有多聪明——”

“如果不能阻止他们前进，聪明又有什么用处?”泪水从我的眼眶里涌了出来，我不再介意哭泣是不是显得孩子气。

亚历山大张开双臂搂住我的肩膀，当艾芮斯看见我们两个站在大厅里，她喊道:“我们没有时间了。快去打包!”

我步入我的寝宫，匆匆忙忙地开始寻找我的素描本。接着我往我的包里装入墨水和零散的莎纸草纸①。我朝门口看了一眼，这时亚历山大和母亲站在那里。她脱下了埃及女王的传统服装，换上了她那希腊风格的服饰。一件蓝色透明的丝绸长袍一直拖到地上，一串粉红色的海珍珠项链在她的脖子上泛着柔光。她的眉毛上方戴着伊西斯的金色秃鹰王冠，通身闪着一团蓝色和金色的光影，虽然她本该有着一位女王的自信，但现在她的目光却紧张地盯着每一个跑过大厅的仆人。

“是时候了。”她快速吐出这几个字。

十几名士兵尾随着我们，而我在想，一旦我们离去，他们会怎么样。如果他们聪明，就会放下武器，即便如此，也不能保证他们能逃过一死。父亲曾说屋大维会杀死任何一个反抗他的人——如果他的亲生母亲败坏他的名声，他也会杀了她。

两辆马车等在庭院里。

“和我坐在一起。”亚历山大说。于是我们两个和艾芮斯同坐一辆马车，随着马匹开始奔跑，哥哥抓住我的手。我们快速穿过各道大门，从王室海港那边我能听见海鸥呼朋唤友，沿着海浪忽而猛拍翅膀，忽而极速俯冲。我吸入带着咸味的空气，接着猛地呼出，在耀眼的阳光下，我目不转睛地望着外面。成千上万的亚历山大市民被带到了大街上。哥哥的手抓得更紧了。不知道人们会做什么。但是他们站得和芦秆一样直，沿着从王宫通往陵墓的道路。他们注视着我们的马车经过，随后一个接着一个

---

① 莎纸草是生长在尼罗河三角洲地带的一种沼泽植物，在古埃及它们被用来制作书写的纸张。

跪倒在地。

亚历山大转向我。“他们应该去逃命！他们应该尽可能地远离这里！”

“也许他们不相信屋大维的军队来了。”

“他们一定知道。整个王宫都知道了。”

“那么他们是为了我们而留下的。他们觉得神灵会听见他们的祈祷。”

哥哥摇摇头。“那么他们就太傻了。”他苦涩地说。

我们家族的陵墓穹顶从地平线上升起，在洛察斯岬傍海而建。在快乐的日子里，我们曾来到这里看着建筑工匠劳作，而此刻我试图去想象没有了锤子敲打和工人的哼哼，那里是什么样子。在陵墓里，一个石柱林立的大厅通往一个房间，里面放置着等待我们父母的石棺。一道阶梯从这个房间延伸到上层的各个房间，阳光从那些房间敞开的窗户透进来，但下面的房间半点光线也透不进来，一想到要进入这些地方，我不寒而栗。在木门前，马匹猛地停下脚步，士兵们分散到两边，为我们让出去路。

“陛下。”他们在王后面前下跪，“有什么吩咐吗？”

母亲注视着最年长的那名士兵的脸。“有机会打败他们吗？”她激动地问道。

那名士兵垂下眼睛。“对不起，陛下。”

“那就走吧！”

那人惊恐地站起身。“那……战争呢？”

“什么战争？”母亲苦涩地说，“屋大维赢了，当我的人民跪倒在他的脚下，我会等在这里，同他们谈判我投降的条件。”在庭院的另一边，女祭司们对于屋大维即将到来的消息惊呼连连，而母亲转向我们。“到里面去！”她喝道，“所有人都进去！”

我最后朝士兵们充满恐惧的面孔看了一眼，接着我们一头钻了进去。在陵墓里，夏日的暑气荡然无存，我的眼睛渐渐适应了黑暗。门外射进来的光线照亮了那些从宫里搬来的财宝。只见一个个象牙的箱子里，金银钱币闪闪发亮，一座沉甸甸的松木大床被摆放在两口棺木之间，上面散落着稀有的珍珠。身穿亚麻长斗篷的艾芮斯不住地颤抖，而卡尔蒙望着围绕大厅堆起的木柴，眼眶里泛出了泪花。

“关上门！”母亲命令道，“把它们锁上，越牢越好！”

“那安蒂拉斯呢?”亚历山大担心地问道，“他在打仗——”

“他和你父亲一起逃走了！”

大门砰地关上，艾芮斯把金属门闩插好。突然，一切陷入了沉寂。房间里只听见火把在噼啪地燃烧着。托勒密开始哭泣。

“安静！”母亲呵斥道。

我走到床边把托勒密抱进怀里。“没什么可怕的，”我向他保证，“看，”我继续温和地说，“我们全都在这里。”

“父亲在哪儿?”他哭喊道。

我轻抚着他的手臂。“他就要来了。”

但是他知道我在撒谎，他的低声啜泣变成了恐惧的高声哭号。“父亲，”他痛哭道，“父亲！”

母亲穿过房间走到床边，朝他的小脸上扇了一巴掌，吓得他不敢出声了。她的手掌在他那柔嫩的脸上留下了一个印子，托勒密的嘴唇开始哆嗦。他还没来得及再次哭出声，卡尔蒙就把他从我的怀里抢走了。

“对不起，”我匆匆地说，“我想让他安静下来。”

母亲登上大理石阶梯上了二楼，我来到亚历山大身边，和他一起坐在最下面一级台阶上。他冲我摇摇头。“你看好心又怎么样?”他说，“你应该扇他巴掌。”

“他是个孩子。”

“而我们的母亲在为她的王位而斗争。听见他哭喊着要爸爸，你认为她会作何感想?”

我用双臂环抱住膝盖，看着一堆堆木柴。“她不会真的在陵墓里放火。她只是要吓唬屋大维。他们说他手下的人一年都没有领到军饷。他需要她。他需要这一切。”

但是哥哥一言不发。他手里握着那对骰子，反复摇晃着它们。

“住手，”我恼怒地说。

“你应该到她身边去。”

我顺着台阶往二楼看去，只见母亲正坐在一张木雕的长椅上。她那条丝绸的裙子被温暖的微风吹得鼓起，她正向外注视着海面。“她会生气的。”

“她从来不会对你生气。你是她的小月亮。”

当亚历山大·赫利俄斯以太阳来命名的同时，我则以月亮来命名①。虽然她总是说她的小月亮不会犯错，但我还是犹豫不决。

“你不能让她一个人坐在那里，塞勒涅。她会害怕。”

我登上台阶，但是母亲并没有转过身。一串珍珠项链在她的脖子上闪烁，在它们的上方，王冠上的秃鹰用它的喙指向大海，就好像它希望自己能够一跃而起，展翅高飞。我来到她身边，一同坐在长椅上，看见了她所看到的一切。一望无际的蓝色海面上，星星点点，那是数百叶滚滚而来的风帆。所有的风帆都驶向乐归海港。没有战斗。没有抵抗。一年前，我们的海军在阿克提姆遭到重创，如今他们已经投降了。

“他是个孩子，”她并没有看着我，“如果他以为他能够保留安东尼手里的半个罗马，那么他就太傻了。这世上没有比尤里乌斯更伟大的人了，而罗马人任他死在参议院的地板上。”

“我认为父亲才是罗马最伟大的人。”

母亲转过身。她的眼睛是那样的浅棕色，几乎像是金色。“尤里乌斯热爱权力胜过一切。你的父亲只爱赛马车、喝美酒。”

“还有你。”

她的嘴角耷拉下来。“是的。”她转回去凝望着海面。亚历山大大帝去世的时候，托勒密王朝的命运一开始就和大海息息相关。当时王国分裂，他的表兄托勒密航行到埃及，后来自立为王。如今同一片海又一次改

---

① 赫利俄斯为希腊神话中的太阳神，塞勒涅为月亮女神。

变着我们的命运。“我让屋大维知道我愿意谈判。我甚至把我的权杖送去给他，但是他没有给我任何回报。底比斯没有机会再重建了。”她出生前的十六年前，底比斯人民起义时，这座城市被托勒密九世摧毁殆尽。她一直梦想着要将它重建。“这是我在埃及宝座上最后的日子了。”

她语气中的决绝令人不寒而栗。“那么我们还有什么可以期待的？”

“他们说屋大维是尤里乌斯的妹妹抚养长大的。也许他会愿意看到尤里乌斯的儿子坐上王位。”

“但是你认为恺撒里昂现在在哪里？”

我知道她在想着恺撒里昂，他那宽阔的肩膀和迷人的微笑。“在贝莱尼斯，和他的导师在一起，等着船带他去印度。”她满怀希望地说。在阿克提姆战役之后，我最年长的兄弟已经逃亡，而和亚历山大有婚约的渥塔琶公主逃回了米迪亚。我们像是树叶一样被风吹散。母亲看见我的表情，把她的粉色海珍珠项链摘了下来。“这条项链总是保护着我，塞勒涅。现在我要它来保护你。”她把它套过我的头顶，我的胸口碰到那镶有黑玛瑙的金色坠饰，感觉冷冰冰的。接着她挺直背脊靠在木质长椅上。“怎么回事？”

我屏住了呼吸，听见下方有人在砰砰地撞门，声响盖过了波涛的汹涌。

“是他吗？”母亲喊道，我跟随着她那丝绸长袍的下摆下了台阶。亚历山大在门前，脸色很难看。

“不，那是父亲，”亚历山大说。但在母亲走近之前，他伸出了双手。“他想要自杀，母亲。他快死了！”

“安东尼！”母亲尖叫着，她把脸贴住门上的栅格。“安东尼，你做了什么？”我和亚历山大听不见父亲在说什么。母亲不住地摇着头。“不，”她说，“我不能……如果我打开这扇门，你手下的任何士兵就能抓住我们讨要赎金。”

“求求你！”亚历山大喊道，“他快死了！”

“但如果她打开了这扇门——”卡尔蒙刚要说。

“那么利用窗子!”我喊道。

母亲早就想到了。她正冲上楼去,我们五个人迅速地跟在她后面。陵墓并没有竣工——没有人知道我们这么快就需要它。工人的工具还留在这里,母亲叫着,“亚历山大,绳子!”

她猛地掀开窗上的网格状百叶窗,这扇窗可以俯瞰伊西斯神庙。下方,海浪撞击着东面的窗扉。我说不出母亲做这件难以想象的事情花了多少时间。当然,亚历山大和艾芮斯也在帮忙。但是当下方地面上父亲那染着血的轿子刚被绑到绳子上,她就把他拉上了两层楼,并把他搬到陵墓的地板上。

我站在一边,后背紧贴着大理石墙面。外面海鸥的欢叫声已经平息下来,波涛、士兵或是仆人似乎都不复存在。眼前只有我的父亲,他把自己的剑插到他的肋骨之间。我听见亚历山大粗重的呼吸声,但是我看不见他。我只看见母亲的双手,沾着鲜血离开父亲的束腰外衣。

“安东尼,”她哭着喊道,“安东尼!”她把脸颊贴在父亲的胸口上。“你知道阿克提姆战役之后屋大维答应了什么?如果我同意他杀死你,他会让我保留王位。但是我不会那么做。我不会那么做!”她变得歇斯底里。“而现在……你做了什么?”

他的眼睑微微颤动。我从来没有见过父亲这么痛苦。他是狄俄尼索斯①,比真神还要魁梧,和任何人在一起,他都显得更高大,更敏捷,更强壮,笑声更洪亮,笑容更灿烂。但是现在他那黝黑英俊的容颜变得苍白,他的头发被汗水沾湿。没有了希腊式的长袍和常春藤王冠,他看起来是那么陌生,像是一个凡间普通的罗马士兵挣扎着要出声。“他们说你们死了。”

“因为我要他们这么说。这样你就能逃走,而不是自杀。安东尼,还没有结束。”但是他眼里的光彩越来越黯淡。

“我的太阳和月亮呢?”他轻声说。

① 希腊神话中的酒神。

亚历山大带着我走上前。我觉得，要不是他拉着我，我无力走到房间的另一边。

父亲的目光落在我身上。“塞勒涅……”他深吸了几口气，“塞勒涅，你能给父亲弄点酒吗？”

“父亲，陵墓里没有酒。”但是他似乎并不明白我在说什么。

“一些上好的驰安酒，”他接着说，而母亲则啜泣起来。“别哭了。”他温柔地碰触着她的发辫。“我终于成了狄俄尼索斯。”母亲大声地抽泣着，他还有足够的体力把她的手紧握在手里。

“我需要你活着，”她祈求道，但我们的父亲闭上了眼睛。“安东尼！”她喊道。“安东尼！”

在墓室的外面，我听见罗马的士兵步步逼近。他们的呼喊穿过海面，母亲紧紧地抱住父亲的身体，把他贴在胸口，并祈求伊西斯把他带回来。

“那是怎么回事？”亚历山大害怕地说。

“召唤，”卡尔蒙小声说，“屋大维的士兵在呼唤我们的神灵站在他们那一边，接受他们作为合法的统治者。”

“神灵永远不会抛弃我们！”母亲喊道，她的愤怒吓着了托勒密。他把他的头埋在卡尔蒙的膝盖之间，而母亲站了起来。父亲的血沾在她那蓝色的丝绸长裙上，它渗入她的胸口，她的双臂，甚至是她的发辫。“下楼去！”她命令道，“如果他们企图打破大门，我们要点燃那个房间里的每块木头！”

我们把父亲的尸体留在他的轿子上，但我还是转身去看看他是否真的不动了。

“他走了，塞勒涅。”哥哥啜泣着说。

“但万一——”

“他走了。而只有神灵才知道安蒂拉斯怎么样了。”

我感到嗓子一紧，就好像我呼吸不到足够的空气。在台阶的最高处，母亲把匕首递给卡尔蒙和艾芮斯。“待在这里看着窗子，”她嘱咐道，“如果他们硬闯进来，你们知道该怎么做！”

我和哥哥跟随着母亲沾血的脚印来到底楼。外面，士兵们正敲打着门，并一个又一个把脸贴在栅格上。

“跟在我后面。”母亲指挥道。

我们照办了，当母亲一点点靠近门口，我的指甲嵌入了亚历山大的手臂中。她来到栅格前，一阵闷闷的声音传来，接着门另一边的一个男子叫她投降。她抬起下巴，于是玛瑙镶成的秃鹰的眼睛正对这名罗马士兵。“我会投降，”她隔着铁栏杆对他说，“只要屋大维对我承诺恺撒里昂将会统治埃及王国。”

我们朝门口移近一点，听到那士兵的回答。

“我不能保证，陛下。但是你可以相信屋大维会用尊敬仁慈的态度来对待你。”

“我不在乎什么仁慈!”她喝道，“恺撒里昂是尤里乌斯·恺撒的儿子，理应继承这个王位。托勒密家族统治埃及将近三百年。你有什么提议？让罗马人统治？难道要把亚历山大图书馆付之一炬，在世界上最伟大的城市里大肆杀戮？你以为人民会容忍吗？”

“你的人民早已心甘情愿地归顺了恺撒·屋大维。”

母亲退了几步，就好像那名士兵从门的另一边扇了她一巴掌。“他抢走了尤里乌斯的名字？”

“他是养子，是盖尤斯·尤里乌斯·恺撒的子嗣。”

“而恺撒里昂是恺撒的亲生儿子！正因为如此他们才成为兄弟。”

我从来没有这么想过，我移到前面透过窗子朝那名士兵的脸瞥了一眼，一个男人的手臂抱住了我的腰，并且我感觉到冰冷的金属尖端抵在我的脖子上。

“母亲!”我大叫，亚历山大还没来得及扑过来保护我，一队士兵已经从二楼走下了阶梯。他们从开着的窗子进来。两个人抓住了艾芮斯和卡尔蒙，另一个人一手抓起托勒密。

母亲拔出腰间的匕首，但一个肩膀宽阔的罗马人抓住她的手腕，而另一个则打开了门。

“放开我！”母亲厉声警告，她没有权力号令罗马士兵，但那个人夺下她的武器之后，还是松开了她的手腕。他的体格很像我父亲，有着肌肉发达的双腿和健壮有力的胸膛。他本可能折断她的手臂，只要他想。我在想这是否就是屋大维。

“把他们带到王宫去。”他的声音回荡着，“恺撒希望先见到她，再同亚历山大人民讲话。”

母亲抬起下巴。“你是谁？”她问道。

“马尔库斯·阿格里帕。前罗马执政官和恺撒舰队的总指挥官。”

亚历山大的目光投向房间另一边的我。阿格里帕是在阿克提姆打败父亲的将军。他是屋大维每一场军事胜利的秘诀，是父亲最为恐惧的敌人。他长着一张圆脸，虽然我们从父亲的描述中得知他已有三十一、二岁，但本人看上去显得年轻得多。

“阿格里帕，”母亲的声音向丝绸一样温柔，称呼他的名字。她对他说拉丁语，虽然她精通八种语言，但说话还是带有口音。“你看到这些财宝了吗？”她指着地上的豹皮以及盛满金银的沉甸甸的箱子，它们令人眼花缭乱，几乎完全遮住了地毯。“这些可以成为你的。如果你愿意，整个埃及都会成为你的。既然是你打败了安东尼，为什么要把它交给屋大维呢？”

但阿格里帕眯起眼睛。“你是提议让我跟你一起背叛恺撒？”

“我是说，和我一起，你会成为人民认可的法老。不会再有战争，不会再流血。我们会像赫拉克勒斯①和伊西斯一样统治国家。”

抓住我手臂的男子暗自笑了，母亲朝他扫了一眼。

“你是在请求阿格里帕背叛屋大维，”他说，“你不妨请求海浪停止撞击海岸。”

阿格里帕紧握住剑柄。“她走投无路了，她不知道自己在说什么。呆在这里看着这些财宝，朱巴——”

---

① 希腊神话中的大力神。

“朱巴。”母亲用最憎恶的语气说出他的名字。“我知道你。”她走上前，而朱巴放开了我。但是我无处可逃。陵墓被屋大维的士兵们包围了。我站到亚历山大的身边，而母亲则走向这个人，他留着一头比任何罗马人都长的黑发。“你母亲是个希腊人，你父亲把他的国家输给了尤里乌斯·恺撒。现在，看啊。”她的目光从他的皮革胸甲移到他的双刃剑上。“你成了一个罗马人，那会让他们多么骄傲啊。”

朱巴绷紧下巴。“如果我是你，我会省下这些话说给屋大维听。”

“那么他为什么不在这里？”她反问道，“这位无敌的女王征服者在哪儿？”

“也许他正在查看他的新王宫。”朱巴说，话中的含意令母亲丧失了自信。她转向阿格里帕。

“别把我交给他。”

“别无选择。”

“我的丈夫呢？”她把目光投向阶梯的上端，父亲的尸体躺在午后的阳光下。

阿格里帕皱起眉头，也许是因为罗马人并不承认他们的婚姻。“他会得到一个执政官应有的葬礼。”

“在这里？在我的陵墓里？”

阿格里帕点点头。“如果你希望这样。”

“那我的孩子们呢？”

“他们和你一起来。”

“但……恺撒里昂呢？”

我看见阿格里帕朝朱巴递去的眼色，感到胸口一阵恐惧。

“你可以自己问问恺撒他怎么样了。”

第二章

母亲在她的房间里来回踱步。她已经换下了沾上鲜血的长裙，换上了一条紫色和金色的裙子，用这两种颜色来提醒屋大维她依然是埃及的女王。但即便是崭新的珍珠项链也掩盖不了事实：她是阶下囚。外面的每一个窗口都能看到罗马士兵头盔上的羽毛饰物在微风中飘动，当母亲试着打开她寝宫的大门，也有士兵在那里把守。

我们被软禁在自己的王宫里。各个殿堂里曾经荡漾着我父亲的歌声，如今却回荡着来去匆忙的人们粗鲁的号令声。夜幕开始降临，庭院里不再充满仆人们的欢声笑语。再也不会有驳船上的烛光晚餐，我再也不会坐在父亲的膝头，听他讲述胜利挺进以弗所的故事。在母亲的床上，我同亚历山大和托勒密挤作一团。

“他还在等什么？”母亲在房间里踱步，来来回回，直到我看着她觉得很烦。“我要知道外面有什么情况？”

卡尔蒙和艾芮斯恳求她坐下。她们穿着朴素的白色束腰外衣，蜷缩在母亲的蓝色长沙发上，让我想到了白鹅。不知道自己被圈养起来是等候宰杀的白鹅。屋大维还有什么理由让侍卫看住我们？“他会杀了我们，”我嘀咕着，“我认为他不会把我们放走。”

有人敲门，母亲愣了一下。她穿过房间去开门。“什么事？”她看着三个来访者的面孔。“他在哪里？”

但亚历山大急忙从床上爬下来。“就是他!”他指着站在朱巴和阿格里帕之间的那个人。

母亲后退了几步。长着灰色眼睛的金发男子只是穿着一件朴素的维利利斯托加袍①。虽然他的凉鞋上添加了额外的皮革以增加他的高度,但他和我们的父亲截然不同。他很瘦,很柔弱,像是海岸边每天被冲走的成千上万个白色贝壳中的一枚。但是能戴着尤里乌斯·恺撒的印章戒指的人还会是谁呢?“这么说你就是屋大维?”她用希腊语对他说。那是她生来就会的语言,埃及的官方通用语言。

“你不会说拉丁语吗?”朱巴问道。

“当然会。”母亲露出微笑,“如果他更喜欢的话。”但是我知道她在想什么。亚历山大城拥有世界上最大的图书馆,甚至比佩加蒙②的还大,但如今它将完完全全地属于一个连希腊语也不会说的人。

“这么说你就是屋大维?”她用拉丁语又说了一遍。

三人中个子最小的一个走上前。“是的。我想你就是克里奥佩特拉女王。”

“那要看情况了,”她一边说一边坐下,“我依旧是女王吗?”

虽然朱巴笑了,屋大维却抿起嘴。“目前是的。我可以坐吗?”

母亲伸出手指着艾芮斯和卡尔蒙坐的蓝色丝绸长沙发。她们急忙站起来,到床边同我和两个兄弟坐在一起。但屋大维的目光一次也没有朝我们这边投来。他只盯着母亲,就好像他担心她会长出一对和她头饰上一样的翅膀而飞走。他坐了下来,而其他人依旧站着。“我听说你企图诱惑我的将军。”

母亲恶狠狠地朝阿格里帕瞥了一眼,但没有否认。

“我并不意外。那对我的舅舅就很奏效。接着还有马克·安东尼。

---

① 是一种未加装饰的普通托加袍,用本白色未经加工的毛织物做成,比其他托加短 15 厘米,为所有罗马成年男公民所穿。

② 圣经上面记载的一座繁华城市,文化水准很高,图书收藏仅次于亚历山大城图书馆。

但阿格里帕不是那种人。”

房间里所有人都看着那位将军，虽然坐上为王的权力落在他的肩上，但他看也不看一眼。

“没有比阿格里帕更谦逊更忠诚的人了。他绝对不会背叛我。”屋大维说，“朱巴王子也不会。我猜你知道，他的父亲曾是努米底亚的国王。但他被尤里乌斯·恺撒打败的时候，他把最小的儿子献给罗马，接着便自杀了。”

母亲直起后背。“你这番话是不是要告诉我，我会失去我的王位?”

屋大维一言不发。

“那恺撒里昂呢?”

“我恐怕你的儿子也无法坐上王位。”他直截了当地说。

她大惊失色。“为什么?”

“因为恺撒里昂死了。安蒂拉斯也是。”

母亲抓住椅子的扶手，而我用手捂住了嘴。

“不过，”屋大维接着说，“我会允许他们和马克·安东尼一起安葬在你准备好的陵墓中。”

“恺撒里昂!”母亲喊道，而屋大维别过脸去。“恺撒里昂不会死的!”她的宠儿，她的至爱。她的哭喊中带着心碎、背叛和一个母亲深深的痛苦，就是那个时候我知道“召唤”起了作用。神灵真的为了罗马而抛弃了埃及。我抱着头痛哭起来。母亲发疯似地撕扯她的衣服。

“拦住她!”屋大维生气地站了起来。

阿格里帕抓住她的手臂，但母亲疯狂地摇着头。“他是你的兄弟!”她喊道，“是尤里乌斯·恺撒的儿子。你明白你做了什么? 你杀害了你的亲弟弟!”

“而你杀害了你的亲姐姐。”屋大维冷冷地回答说。

母亲狠狠地跺着脚，但屋大维毫不理会她的怒火。

“三天后，我会带着你和你的孩子们航行到罗马，到时你要参加我的胜利庆典。”

“我永远不会在罗马的大街上游行!”

屋大维朝朱巴斜睨了一眼,接着起身离去。当他走到门口,母亲大喊。“你去哪里?”

“去世界上最伟大的征服者亚历山大的墓地。接着去体育馆,对我的人民讲话。”他转过身,灰色的眼睛注视着我。“你的孩子们会来吗?”

我从床上跑下来,跪倒在母亲的脚边。我伸出双臂抱住她的腿。“别让我们跟他去。求求你,母亲,求求你!”

她不由自主地颤抖着,但没有看着我,而是望着屋大维。他们之间似乎交流了一些什么,母亲点点头。“好的,带上我的孩子们。”

“不,”我喊道,“我不去。”

“来吧。”朱巴说,他抓住我的胳膊,我却挣扎着。

“别让我们去!”我尖叫着,“求求你!”

托勒密哭了,而亚历山大也在恳求她。

最后她猛地甩甩手,喊道,“走!艾芮斯,卡尔蒙,把他们带走!”

我还不明白那是怎么回事。卡尔蒙把我们推向门口,母亲在门口拥抱了亚历山大。接着她转向我,摸了摸我的项链,并双手轻抚着我的头发、手臂和脸颊。

“母亲。”我哭着说。

“嘘。”她把一根手指放在我的嘴唇上,接着把托勒密抱上膝头,把脸埋在他那柔软的卷发中。没想到屋大维这么耐心地等着。“不管恺撒说什么你都要听话,”她对托勒密说,“让你做什么你就做什么,塞勒涅。”她转向我的双胞胎哥哥。“亚历山大,小心点。看好他们。”

母亲站了起来,在脸上流露真实情绪之前,卡尔蒙关上了门,而我们这些孩子单独跟我们的敌人走了。

“跟在我身边,别出声,”阿格里帕说,“我们先去亚历山大墓地,接着去体育馆。”

我牵着托勒密的一只手,亚历山大牵着另一只,但我们像是走在一座异国的王宫里。罗马人占领了每一个房间,极力搜寻每一件珍宝来献给屋大维。曾经装点着我们最大房间的雕花松木椅子已经不见了，留下的一切都被搬走。丝绸长沙发、靠垫以及放在高高的、银质三脚架上的乌木花瓶。

我用希腊语在亚历山大耳边说，“他怎么知道这些人不是偷了东西据为己有？”

“因为没有人这么蠢。”朱巴回答说。他的希腊语无懈可击。亚历山大的眼中充满了警惕。

屋大维第一次看着我们。“双胞胎是对漂亮的孩子，不是吗？更像他们的母亲而不是父亲，我觉得。这么说你就是亚历山大·赫利俄斯？”

哥哥点点头。“是的，我是随亚历山大国王来命名的，陛下。”

“他不是国王，”朱巴说，“我们叫他恺撒。”

亚历山大的脸红了，我一想到他在同一个杀死我们兄弟的人说话，就感到一阵反胃。“是的，恺撒。”

“那你妹妹呢？”

“她叫克里奥佩特拉·塞勒涅。但是她把自己叫做塞勒涅。”

“太阳和月亮，”朱巴酸溜溜地说，“真是妙极了。”

“那么这孩子呢？”阿格里帕问道。

“托勒密。”亚历山大回答。

屋大维绷紧下巴。“那孩子更像他父亲。”

出于保护，我更紧地抓住托勒密的手，当我们来到王宫前的庭院，阿格里帕转向我们。

“除非让你们说话，不然别出声，懂吗？”我们三个点点头。“那么就准备好吧，”他告诫我们，这时王宫的大门打开了。

暮色笼罩在城市的上空，远处成千上万支火把已经点燃。似乎每一个留下的亚历山大市民都被带到了大街上，他们正全部去往体育馆。随着我们走向大门，士兵们朝屋大维敬礼，往前伸出右臂，手掌向下。

“你们别以为能骑马或是坐马车。”朱巴说，一边打量着人群。

屋大维注视着卡努匹克大道。“那么我们就走着去。”

我看得出朱巴很紧张，他检查了别在腰上的剑和藏在大腿上的匕首。他比我一开始想象得更为年轻，甚至不到二十岁，但他是屋大维可以托付性命的亲信。但也许他会犯错。也许在我们坐船去罗马之前，某个忠于我父亲的人会杀了屋大维。

我们等待着，直到一小队随从集合，那是一些埃及人和希腊人，但大部分士兵都说着不标准的拉丁语，令他们费解。接着我们开始从王宫走向墓地。每一个来到亚历山大的显贵都希望亲眼看到它，而如今屋大维也想要对我们的祖先表示敬意。

我希望我能够同亚历山大说话，但还是遵照指示保持安静，我注视着这边的土地，而没有为父亲、安蒂拉斯和恺撒里昂哭泣。也许这是我能看见亚历山大城街道的最后一个晚上，我想，并咽下了喉咙中泛出的苦味。左边是大剧场。我试着去回想父亲第一次带我们去那里的情形，他带着我们爬上王室包厢，它建得那么高，甚至能看见安蒂霍多斯岛。再往后是博物研究院，母亲曾把父亲送到那里去学习，教授们教他学希腊语。我和亚历山大七岁时开始在那里读书，在大理石砌成的大厅里，同我们一起漫步的人们留着长辫子，一直垂到他们飘逸的长袍上。博物研究院的北面是图书馆高耸的立柱。五十万册书卷安放在松木书架上，来自世界上各个王国的学者们前来汲取里面储存的知识。但今晚，它那耸立着石柱的大厅一片黑暗，始终从里面照亮门廊、令人快乐的长明灯熄灭了。在那里看书的人们此时正赶往体育馆去听取对埃及的判决。

我收起眼泪，随着我们来到厚重的大门前，一位我常常在宫里见到的希腊学者从斗篷里掏出一把钥匙。我们将要进入索马，亚历山大大帝的陵墓，而当大门被拉开的时候，阿格里帕用拉丁语喃喃自语:“我的天啊!”

我骄傲地看到连屋大维也退了几步。我把这座建筑画了十几遍，每次亚历山大都不明白为什么。对于那发光的大理石穹顶，或是那一排排美丽而粗重的石柱——像是白色的士兵在夜色中延伸出去——他不像我那么感动。

“这是什么时候建造的?”屋大维问道。他没有转向亚历山大，也没有转向我，而是看着朱巴。

“三百年前，”朱巴回答，“他们说他的棺材是水晶做成的，并且他依然穿着他的黄金胸甲。”

这时屋大维面对我和哥哥。“真的吗？”

我不想回答他，而亚历山大点点头。“是的。”

“那遗体呢？”阿格里帕问朱巴，“他是怎么跑到这里来的？”

“被他的表兄托勒密偷走的。”

我们穿过厚重的铜质大门，一个三脚架上燃烧薰衣草散发出的香味，弥漫在空荡荡的前厅里。火把闪耀在墙壁的铁支架上，在我们放进的一股夜晚的气流中噼啪作响。祭祀们并没有抛下他们的职责，一个身穿金色斗篷的男子出现了。

“这边走。”他说，显然他在等待我们的到来。

我们跟随这位老人的脚步穿过一个个迷宫般的大厅，而来这里的路上像猴子一样叽叽喳喳说个没完的士兵们，全都安静下来，甚至没有停下来喘口气。在祭司所持的黯淡灯光下，他们打量着壁画上描绘的亚历山大的事迹。这些画面我已经画了那么多次，因此早已谙熟于胸。一幅画面上是年轻的国王和他的妻子罗克萨娜以及斯黛特拉。在另一个画面中亚历山大躺在赫菲斯提昂的身边，那是他最为挚爱的士兵。在最后一幅马赛克画面中，他正横扫安纳托利亚、腓尼基、埃及和广阔的美索不达米亚王国。屋大维伸出手去碰触画面上亚历山大的额发。

“他真的是金发吗？”

那祭司皱起眉头，我肯定他从来没有听到过这样的问题。“他是按照真实的模样被画在这些墙上的，恺撒。”

屋大维露出一个不易察觉的、自满的微笑，我意识到他为什么要来这里。在容貌上，亚历山大的画像和屋大维很是相似。这两个人都算英俊，长着小巧的嘴巴、直直的鼻子和浅色的眼睛。如今屋大维把自己想象成亚历山大的后人，下一个征服者，征服的不仅是埃及，还有全世界。但是，难道不是因为他的舅舅尤里乌斯·恺撒已经为他铺好了征服的道路吗？

我们来到一段台阶前，它往下通往更深的黑暗，我听见托勒密呜咽起来。“只是往下几步。”我在他耳边小声说，看到他想要吵闹，我忙竖起一根手指放在嘴唇上。

祭司在前面领路，这里唯一的声响是我们轻轻的脚步声和火炬的噼啪声。朱巴最后一个下去。当门在我们身后关上，弟弟发出一声恐惧的尖叫。亚历山大立刻用手捂住托勒密的嘴。

“这里不能叫，”他压低声音生气地说，“没什么可怕的。”

但没有人注意到托勒密。在光线昏暗的房间里，人们的目光聚焦在全世界最伟大的国王躺着的水晶棺材上。空气中满是防腐香料的气味：肉桂、没药和桂皮。

屋大维迟疑着走向棺材，祭司打开盖子，这样每个人都能看到亚历山大的模样。房间里到处都是一片惊叹声，连托勒密也想靠近看看。

“只有三十二岁。”屋大维说。在三百年的沉睡中，国王的脸显得很漂亮，他那靠在胸甲上的手臂依然透出粉红的肉色，粗壮得惊人。屋大维把阿格里帕和朱巴叫到他身边，虽然屋大维的头发是类似的金色，但有着宽阔肩膀和出众身高的朱巴更像亚历山大。在墓室微弱的灯光下，我细细打量这位努米底亚王子。从平头钉凉鞋到猩红色斗篷，他是个不折不扣的罗马士兵，只有他的黑色长发显出他的血统。

“阿格里帕，王冠，”屋大维说，阿格里帕从斗篷的皱褶处拿出一个精巧的、枝叶缠绕的金色王冠。屋大维小心翼翼地把它放在亚历山大的头上，当他直起身子，突然注意到“征服者”的戒指。他俯身凑得更近，仔细查看着，当他看见上面刻有亚历山大的像，便宣称：“这将成为罗马帝国的戒指。”

“但是，恺撒，那是属于——”

阿格里帕转过身，那位祭司急忙闭嘴，不敢再反驳。

屋大维提起亚历山大僵硬的手指，但当他拉动戒指，他的手肘往后一甩，一阵令人不适的吱嘎声响了起来。

“他的鼻子！”祭司喊道。屋大维弄断了亚历山大的鼻子。

一时间墓室里陷入一片可怕的寂静。接着屋大维喝道，“这意味着什么?”他转过身，“我要召见占卜师吗?”

“不用。”朱巴说。

“但这预示着什么?”

“预示着您将会打破‘征服者’在世界上的霸权，自己重新征服世界。”朱巴回答说。他的黑眼睛里闪着光芒，虽然我认为他是在讽刺他，阿格里帕却点点头。

“是的，我同意。”

但屋大维没有动，他拿着黄金印章戒指的手停在了国王遗体的上方。

“那只会是个好兆头。”阿格里帕又说。

屋大维点点头。“是的……是的，来自神灵的预兆，”他突然宣布，“我就是亚历山大大帝的后继者。”

祭司谦恭地问道，屋大维是否想要拜访我们其他的祖先。但屋大维满脑子都是他的预兆。

“我是来看一位国王的，而不是一排死尸。”

我回头看着那位为托勒密王朝赢得长期统治权的伟人破碎的脸，心想埃及会不会遭遇同样的命运。

虽然朱巴和阿格里帕宣称打断亚历山大的鼻子就是一个好兆头，但当我们登上阶梯穿过索马时，屋大维的随从们个个紧张得不敢说话。但街上的人群——士兵、市民、外国商人、甚至是奴隶——发出的叫喊足以惊动神灵。士兵们把他们能找到的城里人都拉来了。

“出什么事了?”托勒密很担心。

“我们要去体育馆。”亚历山大说。

“就是父亲给我王冠的地方?”

朱巴扬起眉毛。虽然托勒密当时只有两岁，无法保存太多的记忆，但他清楚地记得亚历山大城的分封仪式，当时父亲和母亲并肩坐在一张金色的宝座上，宣布我们的兄长恺撒里昂不仅是他的继承人，也是尤里乌斯·恺撒的继承人。那天晚上，他宣布迎娶我们的母亲，即使罗马拒绝承认这一点。接着他封给亚历山大亚美尼亚、米迪亚的领地以及尚未征服的帕提亚帝国。我得到了昔兰尼加和克里特岛，同时托勒密成为了所有叙利亚岛屿的国王。虽然托勒密家族戴着朴素的、饰有小珍珠的布艺头冠，但父亲赠与我们黄金红宝石的王冠，正是这件事留在了托勒密的记忆中。只是到了现在，那些王冠将被熔化用来支付屋大维的军饷，我们继承的只是尘土。

亚历山大耷拉着嘴角，我知道他也在忍住眼泪。“是的，是父亲封你为国王的地方。”

我们逐渐走近比两个竞技场还要长的体育馆，士兵们发出一阵低声的惊叹。在茂密小树林的包围中，门廊里精心地铺上了石膏，因此，即便在月光下它们还是泛着微光。但屋大维没有停下脚步来欣赏这般美景。他双手绞着腰带的末端。

“重复一遍我写的内容。”他下令。

阿格里帕连忙展开一个放在斗篷里的卷轴。“首先是这座城本身的事务。”他说。

屋大维点点头。“然后呢？”

“关于多少市民会成为罗马的奴隶。”

屋大维干脆地摇摇头。“一个也不用。”

阿格里帕皱起眉头。“您的舅舅从高卢抓了十五万人。当马略……”

“那么为此他得到了什么？”

“斯巴达克思，”朱巴轻蔑地插了一句，“奴隶们起来反抗，他们不喜欢罗马给他们的待遇。”

“对了。女王的陵墓里有足够的金子来犒赏每一个为我打仗的人。这一次，我们不送奴隶给他们了。”

“那有些人想带走女人呢？”

“让他们花钱招妓好了。”

我们来到体育馆的台阶，一个方阵的士兵拿着厚重的盾牌，形成一道墙，把我们和人民隔开。突然，我走不下去了。

“你怎么啦?”亚历山大小声问。

我害怕极了，不敢往前走。全副武装的士兵们将体育馆团团围住，我在想，如果屋大维决定对这座建筑放火会有什么结果。那将是一片混乱，妇女和孩子被踏倒，而男人们爬过他们的尸体四处逃命。但是罗马士兵会挡住他们的去路。大门会被闩上，他们就像在母亲的陵墓里。我站在一段长长的台阶底部，阿格里帕来到我身边。

“没什么可怕的，”他说，“如果恺撒今晚想要杀你，他不会让你活这么久。”

当然不会，我意识到。他要我们活着参加他的胜利庆典。

我尾随着阿格里帕的红色斗篷走上阶梯。在体育馆里，数千人默不出声，顺从地跪在地上。

屋大维嘲讽地说，“现在我知道安东尼为什么这么喜欢埃及。”

“您是法老，”一名士兵说，“只要您愿意，他们也会赤身裸体地在大街上跳舞。”

朱巴冷笑道：“我以为不管怎样，埃及人都会照做。”

我第一次见到屋大维露出笑容，随着我们登上高台，我在想，亚历山大会不会和我一样感到恶心。父亲曾告诉我们在腓立比战役中，屋大维是如何下令屠杀每一名俘虏的。当一对父子求饶时，屋大维决定饶过其中一个人，并命令父亲和他的孩子划拳决定。但老人拒绝了，请求直接杀了他，于是十九岁的屋大维挥起利刃处决了他。而当儿子希望自杀时，屋大维嘲弄地把自己的剑递给他。即便是对战争司空见惯的父亲，在这个觊觎恺撒王位的人身上只看到了残酷无情和铁石心肠。

当我们来到高台的顶端，屋大维伸出双臂。在托加袍里面，他只穿了一件朴素的束腰长袍，我再一次想到，是否有一个勇敢的亚历山大人愿意献出生命把侵略者赶出埃及。“你们起身吧。”他对沉默的人群说。

成千上万的人纷纷起身，窸窸窣窣的声响回荡在点着火把的体育馆里。在建筑的边缘，在每一扇窗子和每一道厚重的松木大门边，武装的士兵们严阵以待、防止暴动。但人们乖乖地站着，屋大维开口讲话的时候，我看见人们都屏住呼吸，准备面对即将到来的命运。当他解释说他们不会带走奴隶，这座城市不会因为错误的统治者而受到责罚，每一名曾经对抗他的士兵都会被宽恕，底下依然一片沉寂。“因为埃及不属于罗马，”他宣称，“它属于我，托勒密王朝选出的继承人。我会永远保护属于我的一切。”妇女们把怀里的孩子挪了挪，疑惑不解地看着她们的丈夫。全埃及都知道屋大维的残忍手段。

打破沉寂的是伊西斯和塞拉匹斯①的最高祭司。“他饶过了我们王后最年幼的孩子们。欢呼吧，仁慈的屋大维，国王中的国王！”

“仁慈的屋大维！”人们高喊道。接着有个人改喊“恺撒”，接着整个体育馆的人都跟着高喊。

“他们在干什么？”我用帕提亚语对哥哥喊道，认定那是一种朱巴听不懂的语言。“为什么他们呼喊他的名字？他是个侵略者！”

“而现在他是他们的救世主，”亚历山大苦涩地说。

“但我们的父亲呢，”我的眼睛发烫了，“还有安蒂拉斯和恺撒里昂。他们不知道吗？”

“也许吧。但是他们在替自己考虑。”

屋大维举起双臂，呼喊声立刻停止。接着阿格里帕走上前并解释索马周围富有的别墅现在都属于罗马。

“有人慷慨地捐出两千塔伦特②保留了克里奥佩特拉和马克·安东尼的塑像。想保留自己的艺术品，甚至是别墅的人，在士兵到来的时候，可以准备好放着塔伦特金币的箱子。”

“贪婪！”我愤怒地小声说，“屋大维会让他们花钱买下他们踏过的所有砖头。”

“但是亚历山大城被挽救了。博物研究院，图书馆——”

---

① 托勒密王朝时代埃及和希腊共同信奉的神，农业及来世守护神。

② 古希腊货币及重量单位。

“为了谁？为了什么？那些罗马人甚至不知道怎么说希腊语！”

我们下方的人们正在欢呼，即便是那些要出钱的人，他们要支付别墅三分之二价值的钱给恺撒，以保留理应属于他们的东西。在朱巴和另一名士兵的陪同下，屋大维走下了高台的阶梯。很快，亚历山大市民退到两边，让出一条横穿体育馆的道路。

“跟着我，”阿格里帕生硬地说，我在想这个时候是否会有人行刺屋大维。我父亲会不顾一切地做这种事，但随着我们穿过吓得不敢出声的人群，没有人敢动。一个孩子在他母亲的怀里哭了，人群中的某个地方有人喊道，“欢呼，恺撒。”当我们走出体育馆，屋大维的斗篷在风中噼啪地掀动，他依然活着。没有人为了我的母亲拿自己的生命冒险。我感到喉咙里直冒火，在返回王宫的路上，我连牵住托勒密的力气也没有了。很快，我们必然会航行前往罗马。

“有什么事情我忘了做吗？”屋大维问道。虽然他很矮小，但还是趾高气扬地走在大街上，无惧于卡努匹克大道沿路各个黑暗的角落。四十名士兵围着他，他们的釉面胸甲反射着月光。

“没有了，”阿格里帕肯定地说，“保留那些神庙是正确的决定。祭司们绝对不会煽动叛乱。”

“那人民呢？”

“他们把您称为国王，”朱巴说，“他们会找出塔伦特金币来赎回他们的别墅，对此我毫不怀疑。”

屋大维微微一笑，但随着我们走近王宫，他的脚步越来越迟疑。庭院中，一名妇女尖叫着。她跑向屋大维，他的四十名士兵齐刷刷地举起盾牌。

“恺撒！”她喊道，“恺撒，出事了！”

“放下盾牌，”屋大维下令。

我从两名士兵的铠甲之间瞥见了她的脸，于是喊道：“尤菲米娅！”

“公主，您的母亲！您快来。她快不行了！”

阿格里帕看着屋大维，两人都没有阻拦我们，士兵们让到两边，我同亚历山大和托勒密飞奔着穿过王宫。我记不得是否还有别人跟着。也许有一百个,也许只有我们三个来到母亲寝宫开着的门前。

“走开!”亚历山大冲仆人们喊道,“走!”

寝宫里一片令人不安的沉寂。母亲身穿着紫色的长裙,安详地躺在房间中央的一张长沙发上,她那柔滑的皮肤被烛光镀上了一层金色。艾芮斯和卡尔蒙躺在地板上,她们的头分别靠在两只丝绸的枕头上,看起来像是在睡觉。

“母亲!”我爬上前去,而我们身后,屋大维带着阿格里帕和朱巴挤在门口。见她一动不动,我尖叫着:“母亲!”我和哥哥跑到她跟前。“母亲!”我哀求着。我摇动她的肩膀,她精心戴在头上的王冠哐当一声掉在地板上。她下方的卡尔蒙也没有动。我把卡尔蒙的手握在手里,但那双苍老的、教我画素描的手已是冰凉。我抓住她的胳膊,看到两个刺入的伤口,吓了一跳。“亚历山大,她用了一条蛇!”我转过身,看见屋大维和阿格里帕站在门口,周围都是士兵。

朱巴飞奔到我身边,检查母亲的心跳,接着俯身碰触艾芮斯和卡尔蒙的脖子。“你怎么知道是条蛇?”他马上问。

“看看她的胳膊!”

朱巴立刻站起来。“这个房间里有毒蛇。”他转向屋大维。“封锁这个房间!”他下令。“塞勒涅,亚历山大,托勒密——”

“不!”我凑近我的母亲,“蛇医可以吸出伤口里的毒液!”

但朱巴摇摇头。“她已经走了。”

“你不懂的!”我喊道。

他看着屋大维等他定夺。

“找名蛇医过来!”屋大维厉声命令。

他身边一名白发苍苍的士兵没有动。“但是,恺撒,”他小声嘀咕着,“您得到了您想要的。她死了。十个月之后您就能开进罗马——”

“住嘴! 去找一名蛇医,马上把他带到这里来!”

朱巴拽起我哥哥的手臂,知道他不会怎么反抗。“站在门口,”他严厉地指示说，“这个房间里至少有一条眼镜蛇。别走到里面去。”

我们等候在寝宫的门口，亚历山大看上去像是母亲的一尊塑像，纤瘦、苍白、一动不动。

“那是谎言，”我用帕提亚语小声说，“他绝不会在三天后返回罗马。他要她死。他要她自杀。”

一名蛇医来了，他的黑皮肤在灯光中泛着光泽。哥哥依然一言不发，我看着他，感觉到心脏猛烈地跳着。他找到母亲手臂上的伤口，在咬痕上做了一个浅浅的切口。接着，他把嘴唇贴在她的皮肤上，试图把毒液从她的身体里吸出。我们看着这一幕，度秒如年。最后，他站了起来。他的嘴唇红红的，沾上了母亲的鲜血，从他的脸色我知道，我们成了孤儿。

亚历山大小声问道：“我们的母亲会安葬在她的陵墓里吗?”

屋大维抬起下巴。“当然，她是埃及的女王。”但他的脸上没有悔意，甚至没有诧异。

“你会饶过这些孩子们的性命吗?”阿格里帕问道。

屋大维的目光扫过我，就像他扫视母亲的财宝。“这女孩很漂亮。几年后，可能某个参议员需要安抚。那时她会长到结婚的年纪，给他带来快乐。而这两个男孩都没有到十五岁。留下他们会显得很仁慈。”

“那罗马呢?”朱巴问道。

“再过几个月，等到这里的事情都办好了，我们就出发。”

第三章

亚历山大城

公元前29年,7月1日

即将载着我们、驶向罗马的舰船是我母亲的塔拉美格斯号,一艘如此庞大的船只,我父亲的骑兵曾在船上的立柱庭院举行过演练。从码头上,我听见罗马士兵对船上的每一个细节啧啧称奇:喷泉、洞穴里盆栽的棕榈树、镀金的伊西斯画像并以象牙镶嵌的卧室、松木的椅子和绣花的沙发。但即使我们所有的行李箱都打包好了,屋大维也要等到吉时才会出发。

我和亚历山大一起站在甲板上,而屋大维举起一只吓坏了的鹌鹑。朱巴递给阿格里帕一把新磨好的刀,阿格里帕敏捷地一甩手腕,割断了那只惊恐的小鸟的脖子。鹌鹑的血滴到屋大维的指缝,在流到木板之前染红了他的手。我们五个人看着占卜师,他的头上蒙着一块厚厚的麻布。

"这是什么意思?"屋大维问道。

占卜师举起手,摇摇头。"要等到它先形成一个图案再说。"

我身边的朱巴笑了。"他认为,通过血迹飞溅的形状,就能解读神灵们是否会让这艘船沉到海底,"他用帕提亚语说,"当然,如果这位占卜师错了,没有人能活着找他算账。"

"你怎么懂帕提亚语?"哥哥小声问。

"我是恺撒在民间的密探。如果不懂多种语言,我就不能出色地完成任务，不是吗？”

我觉得他说“多种”这个词的时候略带嘲讽，突然感到一阵胸闷。“所以你把我们说的话都告诉恺撒了？”

“你们说的话都毫无意义，我为什么要那么做？但是在罗马隔墙有耳，公主。”

“你的耳朵。”

“还有许多别人的。”

屋大维饶有兴趣地看着我们的对话。

“这么说你把人送去受死，”我对朱巴说，“送去坐牢。”

“只有刺客。为什么这么说，你并不准备暗杀恺撒，对吗？”他的声音像是开玩笑，但深色的眼睛却很严肃。

“怎么啦？”阿格里帕问道。

朱巴的目光在我身上停留了一会儿，接着他转过身刻意地说：“我只是告诫女王的孩子们到了罗马，一切都不同了。我想他们明白。”他笑了笑，但他的话却是针对我的。

占卜师对天举起双手。

“怎么？那是什么意思？”屋大维急忙问道。

“这是吉兆，”那祭司宣布，屋大维猛地吐了口气。“尼普顿[①]会保佑这次航行。”

阿格里帕递给占卜师一袋钱币。等到三个人陪同屋大维走下码头，我才敢小声说：“他什么都听到了。”

“我们说的话没什么可疑的。只是疑问。”

但朱巴看透了我的眼神，知道我想要做什么。屋大维谋杀了安蒂拉斯和恺撒里昂。他让我的父亲和母亲走投无路，只有了断自己的性命。连卡尔蒙和艾芮斯都死了。十一个月过去了，一想到他们全都躺在母亲陵墓里的大理石棺材中，我就感到心痛得难以下咽。屋大维在体育馆讲

---

① 罗马神话中的海神。

话的七天后，他们的送葬队伍蜿蜒穿过亚历山大城的大街小巷，引来了那么多的哀悼者，以至于罗马军队全体出动，来维持城里的秩序。现在所有人都走了。除了几箱丝绸，我们的一切都被夺走了。而当我的兄弟们一个个长到十五岁，他们会怎么样？死亡是无可避免的，也许这比我们将在罗马遭受的一切好一些。而如果死亡确实是无可避免……

我们看着士兵们试图把一匹马从沙地赶到木头铺成的码头上。这匹马就是不动。他们极力对它吹口哨。屋大维拍打它的屁股，一名士兵举起鞭子想要抽打它，托勒密捂住了眼睛。

“住手！”亚历山大喊道。他穿过码头走近那些士兵。“它只是害怕水。”亚历山大告诉他们。

士兵大笑起来。一名肥胖的士兵对拿着鞭子的同伴说，“那就抽打这匹马直到它肯走。”

“不要！”亚历山大愤怒地说，“它还是不会走。”

拿着鞭子的人两手抱胸。“为什么不会？”

那胖子嗤之以鼻。“你要听一个十一岁小孩子的话？”

“他应该听，”我马上说，“他对马匹的了解胜过任何人。”

“那为什么这匹马不会走？”屋大维问道。

亚历山大的头发被溅起的海水沾湿了，在夏日明亮的阳光中，他的皮肤显出古铜色。他很英俊，一些士兵怀有敌意地看着他。“因为它不是领头的马。我父亲训练过领头的马，如果你把它带来，它就会登上你的船，如果其他的马匹看着它，也会跟着上船。”

阿格里帕转身看着岸上那群躁动不安的马。“哪一匹是领头的？”

哥哥指着一匹红棕色的高头大马。“海拉利乌斯。”

屋大维朝哥哥瞥了一眼。“好。那就把它牵来。”

亚历山大自信地走向马群，士兵的嘀咕声平息下去了。那匹马一看到他就立刻低下头，嗅着哥哥伸出的手，看有没有他以往带来的奖赏。哥哥在海拉利乌斯耳边嘀咕着什么，一手抚摸着一侧宽阔的马背，一手握住缰绳。一路上，他一边对马匹不断地耳语，一边缓缓走上码头。海拉利乌斯顺从地跟着他。

“现在你可以把其他的马牵来。”亚历山大说，看到所有的马匹都停止了挣扎，屋大维打量着我的哥哥。

“我记得你父亲对于马匹很在行。”他说。

亚历山大别过脸去。“是的。”

屋大维点点头。“陵墓里所有东西都装上船了吗？”他问朱巴，而他对于父亲的回忆到此为止。

“每一个塔伦特都没有落下。”

但那个大腹便便的士兵在阳光下眯起眼睛。“那女孩的项链还没有装上，还有那些孩子们的王冠呢？”

“它们只不过是几串珍珠，”朱巴怒气冲冲地说，“你难道要把他们的衣服都抢走？”

“孩子们想留下什么就留下吧，我要出发了。”屋大维宣布。

亚历山大伸手来抓我的胳膊，但我走开了。

“这也许是我们最后一次看见博物研究院，”我说。还有王宫，还有伊西斯和塞拉匹斯神庙。“我从来没有从港口的角度来画过亚历山大城。”我突然想到。

“我们会回来的。”哥哥哀伤地说。他的目光掠过水面，看着这座大理石的城市，那是托勒密王朝几百年来建筑的成果。在耀眼的阳光下，整座城市犹如一座光彩夺目的烽火台拔地而起，这里诞生了全世界最杰出的伟人。

“我想要留下。”

“屋大维早就上船了。”哥哥提醒说。

“谁在乎屋大维做什么？”

“你应该在乎。”总是很实际的亚历山大接着苦涩地说，“你看到了过去这几个月是什么情况。没有他的话我们什么都做不了。”他把小托勒密的手握在手里。但我依然站在码头上，当阿格里帕说时间到了我才转身离开。他把我们三个带到我们的船舱，也就是每年冬天母亲带我们去底比斯时，我和亚历山大下榻的舱室。

“这扇门要一直开着，”阿格里帕指示我们，“别关上，更别锁上。”

“连我们睡觉的时候也要开着？”亚历山大问道。

“是的。如果你们要吃东西，可以问我。如果你们不舒服，到栏杆那里去，但绝对不要为任何事打搅恺撒。”

我们的房间面对一座露天的庭院，在那里屋大维早就斜靠在一张长沙发上，用芦秆笔批阅着一份卷轴。

“恺撒一整天都在书写，”阿格里帕解释说，“他无时无刻不在忙碌。如果他想要听见什么声音，他会要求竖琴演奏。”

我和亚历山大一齐看着托勒密。一个七岁的孩子，怎么可能在长达两个月的旅程中一直保持安静？而我们甚至不可以关上门。

我坐在一张松木的床上，把托勒密拉过来抱在膝头。

“在这艘船上，你必须要非常安静。明白吗？”

他点点头，一头卷发上下跃动着。“母亲会来吗？”

我看着亚历山大。

“不，母亲不会来。”他温和地说，“你不记得了吗？”

托勒密的眉间皱起两道小小的弧线。“她和父亲在一起，在天堂里对吗？”

“没错。”亚历山大坐在第二张床上，我们避开彼此的目光。外面，朱巴和阿格里帕来到庭院里屋大维的身边，而这艘船正摇摇晃晃地驶离港口。门开着，我们能听见他们的对话。

“终于结束了。”朱巴说，他斜靠在另一张长沙发上。

“永远不会结束。”屋大维从卷轴中抬起头，“只有亡者才看到战争的结束。”

“那也许柏拉图[①]错了，你会建立完全不同的东西。现在罗马有谁会挑战你？”

---

① 古希腊哲学家。

屋大维笑了。“安东尼除掉了西塞罗[1],帮了我一个大忙。他给了参议院一个有力的教训。塞涅卡和剩下的那帮老胡子会闭上嘴。”

“目前是这样。”阿格里帕提醒说。

“是的,”屋大维顿了一顿,说道,“危险不在于那些老人。我必须重振参议院的威望。我必须让骑师的儿子们再一次想要当上参议员。”

“那就意味着先要说服他们走出妓院。”阿格里帕讽刺地说。

“那么我就关掉妓院!”屋大维涨红了脸,“他们在助长革命的火苗。”

“那您将会亲手发动另一种革命,”朱巴说,“男孩们造访妓院是因为他们无所事事。如果您增加参议院的薪水和权力,他们会认为您是在挽救共和国,他们就会自己走出妓院。那正是恺撒所忘记的,也是安东尼从不知道的一点。”

那三个人往我们的舱室里望进来,屋大维伸出一根手指召唤亚历山大。

“我?”哥哥问道。

屋大维点点头,哥哥站了起来。

“你在干什么?”我问道。

“他要我出去。”

亚历山大走了一小段路便穿过了房间,走到屋大维坐的地方,托勒密尖声喊道:“你弄疼我了。”我把他抓得太紧以至于压迫到了他的胸部。

“对我说说你的父亲。”屋大维说。

亚历山大回头望着我,不知道屋大维在玩什么把戏。

“他深爱我的母亲。”亚历山大回答说。

“还有马。”

亚历山大抬起下巴,他穿着的白色长衬衣在温暖的海风中飘动。“是的。我一学会走路他就教我骑马。”

“他们说你父亲一星期七天都在举行赛马。是真的吗?”

---

① 古罗马政治家、哲学家和最重要的演说家。

亚历山大咧嘴一笑。“是的。他热爱赛马胜过一切。”

“甚至胜过他的王国，”屋大维说，我看见亚历山大吓了一跳。“对我说说你的妹妹。他也教她骑马吗？”

哥哥回答的时候，声音不是那么开心。“不，她画画。”

屋大维皱起眉头。

“画楼房和神庙。”他解释说。

“拿一张给我看看。”

亚历山大回到我们的舱室，而我生气地摇摇头。

“绝不！”我压低声音狠狠地说，“你没有听见他的话吗？他认为我们的父亲放任他的王国不管？”

“除了赛马和美酒，父亲还喜欢什么？”

我想到父亲死前的最后一个要求，于是靠回垫子中间。

“他要看，塞勒涅。如果这是一种试探呢？拜托。就给他俯瞰亚历山大的那一幅吧。也就是你在塞拉匹斯神庙里画的那幅。”

托勒密瞪着大大的蓝眼睛看着我，等着我同意他好去拿我的素描本。

“塞勒涅，”亚历山大紧张地小声说，“他们等着呢。”

是真的。在盆栽棕榈树围起的庭院里，那三个男人正看着我们，虽然我们只要小声说话，他们就听不见我们在说什么。“把我的皮包拿过来。”

托勒密急忙爬到床的另一边去拿我的包。他小心地递给我，就好像那是一块罕见珍贵的宝石，我拿出皮革封面的素描本，上面的名称是卡尔蒙用金色墨水精心写成的。她父亲曾是埃及一位伟大的建筑师。她小时候，他曾教授她建筑美学和建筑师必需的精确书法，后来她把这些才能都传授给了我。

“快点。”亚历山大恳求道。

我翻过一页又一页，展开散落的一页。那是一幅亚历山大城的画面：它的街道、它的神庙，王宫犹如一只苍鹭毛茸茸的翅膀，铺展在洛察斯岬。卡尔蒙教我连最小的细节也不能放过，而我捕捉到了海水拍打在灯塔泛出的泡沫，以及卡努匹克大道沿路的大理石神像柱上那一张张凝固的面孔。

亚历山大把那张羊皮纸从我手上抢过去，拿着它返回阳光灿烂的庭院。阿格里帕第一个看到它，接着是朱巴，当它来到屋大维的手上，三个人都陷入了沉默。屋大维把他的宽边草帽往后推了推，以便看得更清楚。

“这是你妹妹画的?”

“当时她九岁，在塞拉匹斯神庙里画的。”

屋大维用一根手指抚摸着这幅画，我不必站在他身后，便知道他在看什么。他的目光一定先是落在灯塔上，它的四个角都立着海神波赛冬的铜像。接着他会看到赫利俄斯高大的塑像，那是根据罗德岛上巨大的杰作仿造的，遥望着塔堤翁堤道。从那里他会看到博物研究院，从阿斯旺带来的高耸的方尖石碑，还有剧场、公共花园和为我们的神灵而建造的十几座神庙。

“你妹妹很有天赋。我能留下这幅画吗?”

我在舱室里稍稍喘了口气。“不!”

男人们都转过身来，而亚历山大连忙说:“她在对托勒密说话。你当然可以留下。”

我用指甲掐着自己的手掌，我一紧张就有这样的习惯，是从卡尔蒙那里学来的，托勒密问道:“怎么啦?”

“我们的哥哥把我的东西送给别人。”

他那小小的五官疑惑地纠结起来。“但我们已经把王宫里所有的东西都送给别人了。”

“不，”我回答说，几乎忍不住要发火。“它们是被抢走的。而现在屋大维还想要这个。”

亚历山大回来的时候，我不想看他。

“你是怎么啦?”哥哥小声说，一边把从头饰里滑出来的头发塞回去。“我们不是在亚历山大城。”

“不是，因为你赠送礼物的那个男人谋杀了我们的家人!”

“你以为如果我们父亲赢了，他会饶过任何人? 连屋大维的子嗣也放过?”

“他没有子嗣！只有一个女儿。”

“如果他有呢?”

“所以我们都活着！目前为止是这样。只是因为屋大维不想让三具发臭的尸体在罗马的大街上游行。等到胜利庆典结束了,”我提醒他,“安蒂拉斯在恺撒像的脚边被杀害,而恺撒里昂被砍了头。你认为我们会有什么结果?”

“就像他说的那样,我们会被赐婚。”

“那会比死亡好多少？和一个罗马人结婚?”

“我们的父亲就是罗马人。”

“也许只是血统上,但从任何方面来看,他都是希腊人。他的穿着,他崇拜的神灵,他说话的方式——”

“在战场上不是。”

我抬起头,亚历山大的浅棕色眼睛炯炯有神。

“你不会在竞技场看到他,”他说,“在备战或是比赛战车。他从来都是说拉丁语。”

“我不相信你。”

“我为什么要撒谎？父亲是个罗马人,即使他从来不穿托加袍。”见我无话可说,亚历山大摇摇头。“你好固执。”

“而你太轻信别人。”我斥责道。

“为什么我不应该相信？我没有别的选择!”

“别吵了！别吵了!”托勒密喊道。他用手捂住耳朵,尖叫着,“别吵了!”

屋大维已经回去工作了,但朱巴从他坐的沙发上抬起头来。

“看看你做了什么?”亚历山大对我说,一边回头去看。“阿格里帕警告我们要保持安静。”

“托勒密,我们不是在吵架,”我安慰他说。但是他把头放在了我的枕头上,我看见他那苍白的脸涨红了。我把手背贴在他的脸颊上。“亚历山大，他很热。”

哥哥从舱室另一边走过来触摸托勒密的额头。“他可能需要睡一会儿。”

尽管接下来的几天托勒密睡了很长时间，他的脸颊还是发烫。在他躺在枕头上时，我和亚历山大想出了各种不出声的游戏陪他玩，但到了第三天，他累得连玩的力气也没有了。

“他有问题，”我说，“这不正常。”

“只是发烧，”亚历山大回答说，“我们曾经在底比斯发过烧。多喝水多休息就会好了。”

于是我们给托勒密带来了新鲜的果汁和水果。他卧床的时候，我就画母亲的塔拉美格斯号。亚历山大读着母亲图书馆里的藏书，那是她亲自为这艘船挑选的卷轴。但我太过心痛，不忍去看，每当他把它们带回舱室，我都避开，这样我就不会闻到她在莎纸草纸上留下的茉莉花香味。

我们启程后的第五个早上，亚历山大把书卷放在他的膝盖上。“你最想念谁？”他小声问道。

我朝托勒密瞥了一眼，确定他还在睡觉。“卡尔蒙，”我坦言，“和母亲。”

哥哥点点头。

“那你呢？”

“佩图贝斯特斯，”他回答，我看得出，当回想起这位年轻的布塔①祭司，他极力忍住泪水，他曾是博物研究院里我们的埃及文导师。“当然，还有父亲。你看到他们从亚历山大城抢走的所有塑像吗？屋大维拿走了图书馆里的那些，其中有一尊是佩图贝斯特斯。朱巴正在每尊塑像上贴标签以便出售。”

“朱巴对于埃及历史了解多少？”我问到。

“他是个作家。”我不知道亚历山大从哪里得到这个信息，但他似乎很

---

① 古埃及人尊奉的孟菲斯城主神，被认为是人类和众神之父、万物之主。

肯定。“他已经写了三本有关历史的书籍。”

“尽管他只有十八岁？”我不相信地问道。

“十九岁。”

“这么说他既是作家也是间谍。”我鄙视这位努米底亚王子，他背弃了他的祖先，成了屋大维的亲信。但是那天下午，我能画的素材都画完了，于是我的好奇心胜过了憎恶。我原本打算回避母亲的图书馆，但还是想看看埃及有哪些书被抢走了。

我到门口的时候，图书馆的门早就打开了，从窗子透进来的光投射在满满当当的栅格上。成百上千的雕塑和偷出来的神龛靠墙堆着。但除了这些大理石的面孔，里面空荡荡的。我往里走，接着听到一串匆忙躲起来的脚步声。

“谁啊？”我问道，于是一名男子出现在母亲的木质书桌边。从他那不起眼的短上衣来看，他是名水手，手里正握着一尊伊西斯的小塑像。

“哦，早上好。”他朝我走了几步并露出微笑，“他们说得对。你是个漂亮的女孩。”

我立即转身跑了。接着门口似乎有金属物晃动了一下，有人猛地伸出手。一把沉甸甸的刀深深地插入那水手脚边的地板，那人立刻放下了塑像。我呆住了，连气也不敢出。

“我希望你会把那个还回去，”朱巴说。

这人俯身去拿那尊塑像，但当他把它重新放回桌子上时，那颤抖的双手把它打翻并打破了一只小巧的胳膊。他想匆忙离去，却被朱巴抓住了他的脖子。

“你再也不许碰任何属于恺撒的东西。”那人极力憋出一声，表示回答，但朱巴抓得更紧了。“下次再让我看到，我就对准你的喉咙，”那人保证再也不敢了。朱巴把他猛地放开，接着黑色的眼睛转向我。“你在这里干什么？”

“找一个卷轴，”我马上撒谎说，“我——我只是想找些东西看看。”

“那去找吧，”他生气地说，并走到书桌边。他拿起女神那只断掉的手臂，举起来对着光线打量它，接着把它丢进一个空的双耳细颈瓶里。

“不要！别把它丢掉。”

他抬起头，我看得出他不希望被人打搅。

“那是一尊非常古老的塑像。”我对他说。

“好吧，谢谢你，公主。不幸的是，没多少罗马人有兴趣购买破损的埃及女神像。但既然你对艺术品这么有兴趣，何不告诉我，你认为哪几件东西最重要？”

我见过朱巴发火，所以不想进一步激怒他，于是我指着一尊塑像，他抬起眉毛。

“图特摩斯一世？”朱巴问道。

真没想到他能认出一位一千多年前的法老。“你怎么知道？”

“我看得懂象形文字，”他毫不客气地说，“还有呢？”

我指着狄俄尼索斯的半身铜像，突然眼眶泛出了泪水。我眨着眼把泪水咽下，不让朱巴看见。

“你可以哭，但那难以将他们挽回，”他冷酷地说，“王国的兴衰取决于神灵的一时兴起。”

“伊西斯绝对不会背弃埃及！她会带我回家。”

朱巴的语气充满了威胁。“如果是我，我会很警惕自己是在什么地方说出那样的话，公主。”

但是我抬起下巴，坚决不露怯色。“我知道你。尤里乌斯·恺撒杀害了你的亲生母亲和兄弟。但是我绝不会对罗马低头。”

“真是勇敢。”朱巴抿起嘴，露出冷笑，“也许胜利庆典过后你就会有不同的感受。”

我转身穿过图书馆。但在离去之前，我朝那尊哥哥曾看见的、玄武石雕成的佩图贝斯特斯的雕像瞥了一眼。即使只是石头雕出来的，这位祭司的脸庞依然显得很俊美，而一段匆匆凿刻的铭文标明他十六岁去世时的日期。我伸手想去碰触它，但回头看了一眼，发现朱巴正看着我，心想最好还是走开。

亚历山大在舱室里走来走去。

“你上哪儿去了?”他喊道。

“图书馆。”

“哦,我一直在找你。”我顺着他的目光往床上看去。托勒密一脸病态,躺在垫子中间,几乎一动不动。“他比先前烧得更厉害了。”

“那么我们必须找到船上的大夫!”

“他早就来过了。”

见哥哥不再言语,我赶到胸口一阵发闷。“然后呢?”

亚历山大还是不说话。

“他怎么说?”见亚历山大摇摇头,我飞奔到托勒密的身边。“托勒密。”我小声唤道,一边把他的头发从眉毛上拨开。他正像亚历山大说的那么烫。他缓缓地睁开一只浅蓝色的眼睛。

“塞勒涅。”他伸出小手放在我的手里,滚烫的泪珠从我的脸颊滑落到他的掌心。

在未来的三天里,我和亚历山大不间断地看护在托勒密的床边。屋大维在庭院里用餐的时候,我们并没有加入。当水手们指着沿船舷游动的海豚,宣布这是一个好兆头的时候,我们没有去看。我们三个是托勒密家族最后的血脉。在这个世界上我们只有彼此了。

阿格里帕一天几次送来水果盘,见大夫说没有希望,他在厨房里找到一个声称在他的祖国马其顿学过医的奴隶。

“恺撒要这三个孩子都活着参加他的胜利庆典,”阿格里帕解释说。“你能医好他,我就给你一百个塔伦特。”虽然这笔钱能够让这个马其顿人重获自由,他还是无能为力。颇感受挫的阿格里帕把一袋金币塞给这个人。“拿着!”他生气地说。

“但我没有治好他,主人。”他用拉丁语说出“主人”,我看得出他很害怕。“他病得太重了。”

“拿着钱走吧!”

趁阿格里帕还没有改变主意,这个人离开了舱室,而我用双手捂住脸。

“你们要把门关上，”阿格里帕说，“恺撒很容易生病。我们必须把你们两个转移到另一个舱室里。”尽管我和亚历山大对此表示反对，但阿格里帕很坚决。“恺撒要你们活着。”

最后，那都不重要了。还没来得及在王室庭院附近找到一间新的舱室，托勒密就开始呻吟了。我把他的小手放在我的手里，每当痛苦太过强烈的时候，他总是把手攥成一个拳头，紧紧地闭着眼睛，就好像他能够打败这个世界。他吃不下，甚至无法喝水，而到了早上，他那小小的躯体僵硬地躺在丝绸的床单上。

“托勒密，”我在他耳边轻声唤道，但他一动不动。“托勒密！”我喊道。

亚历山大摇晃着他。“醒醒！托勒密，我们就快到了。醒醒！”但就连一个谎言也不能令他睁开眼睛。虽然亚历山大开始抽泣，但我已经麻木了，连哭的力气都没了。也许托勒密家族触怒了神灵。也许朱巴是对的，我们会因为命运女神的一个念头而全都死去。

我把小弟弟的头发从眉毛上拨开，接着打开他的拳头，让他的手指最终放松下来。“我的小王子。”我喃喃地说。

但哥哥愤怒地从托勒密的床边站起来。“我们做了什么？为什么神灵这样惩罚我们家族？”

“嘘！”我厉声说，“让他安息吧！他活着的时候听到太多愤怒了。”

亚历山大瘫坐到床上，双手捂住脸。“为什么？”

我没有答案。

消息传到屋大维那里，那名马其顿奴隶回来带走托勒密的尸体进行海葬。但亚历山大站起来挡在床前。

“只有杀人犯才葬在海里！”他喊道。

“对不起，主人，但这是恺撒本人的命令。”

“那对他说不！”哥哥吼道。

阿格里帕走进来，而那马其顿人摇摇头。“他们要保留尸体。”

阿格里帕瞪着哥哥。“我们还要在海上待很多天，没有防腐剂来保存尸体。让你的弟弟随海神安息吧，亚历山大。”

当那个马其顿人用托勒密床上的床单包裹他时，我忍不住最后一次看看他那金黄色的头发，以及那常常因为害怕而哆嗦的嘴唇。他是个腼腆的孩子，是除恺撒里昂之外母亲最宠爱的孩子。我本该更好地照顾他，我想。他太小了，不该经受这么多剧变。

我们跟着那名奴隶步入早晨冷飕飕的空气中，接着穿过王室庭院来到船的一侧。恺撒所有重要的随从都到齐了。一位阿波罗祭司念了一段祷词，每一张面孔都很凝重，屋大维也是。我抓住亚历山大的胳膊防止自己倒在甲板上。当那马其顿人把那具小小的尸体扔进海里，哥哥冲到栏杆边。“托勒密！”他不顾一切地喊道，“托勒密！”阿格里帕把他往回拉。

“把他带到庭院里来，”他下令，“找一些食物和一点上好的驰安酒给他。”几个人护送哥哥离去，但我还是留在甲板上，任由我的头发被风吹拂，也懒得把它拢起。

他甚至没有得到一个体面的葬礼。亚历山大大帝和马克·安东尼的血在他的血管里流淌，但他却像是个罪犯一样被扔进了大海。在我和亚历山大的面前会有更好的命运吗？屋大维说他会让我们活着，但如果他对埃及的女王撒谎，于十一个月而不是三天之后前往罗马，那还有什么能阻止他欺骗我们？他从来就不准备带着我的母亲在罗马游行。我现在知道，这一招恺撒在阿尔西诺身上尝试过了，当时人民不是欢呼雀跃，而是奋起暴动。对于一个女人获得如此待遇，他们感到震惊，因为即便她是埃及女王的妹妹也未能幸免。我的母亲所面对的命运，只有近在眼前的死亡，如果屋大维没有愚弄她，让她自己了断生命，他也会找人来杀害她。一旦他在罗马的胜利庆典结束了，我们的未来还会有什么两样呢？

我想到了很多种死的方式，并想着也许托勒密逃过了更大的痛苦。我把手放在光滑的栏杆上。只要往下一跳，就不会有更多的泪水和更多的孤独。

“我不会这么想的，公主。”

我后背一紧。我以为大家都走了。我转身面对朱巴。身穿朱红色托加袍的他，看上去比穿着自制的短上衣、戴着宽边帽的屋大维更显贵气。

“你有没有见过溺水者的尸体?”他问,“它涨大了四五倍,并且变成黑色,直到皮肤剥落。”

我紧抓住栏杆,指关节都发白了。

“你想最终变成一具肿胀的尸体,被遗弃在海里吗?”

“那总比一具尸体被遗弃在恺撒的监狱里要好!”但我转身背离栏杆,朱巴达到了他的目的。我和亚历山大要活着参加屋大维的胜利庆典。

第四章

罗马

几个星期以来，当我们的船第一次驶进一座港口，我和亚历山大冲到船头。

“这就是罗马?”我问道。没有什么博物研究院之类的建筑在午后的阳光中熠熠生辉，而簇拥在宽广海岸边的房子平淡无奇，没有立柱也没有装饰物。一栋栋低矮的白色建筑毫无区别，除了被风掀动的帘子颜色各异。

哥哥摇摇头。“布林地西港。我听说还要坐十天的轿子才能到罗马。”

成百上千名士兵等在岸边，他们的红色军旗上装饰着一只高大金色的老鹰和字母 SPQR，意为“参议院和罗马人民”。布林地西港大得足以停泊五十艘船，但那些船和母亲的塔拉美格斯号没有半点相似之处。随着船逐渐靠近，我看见士兵们的反应，船舷乌木的船桨反射着阳光，紫色的风帆在风中掀动。人们用手挡在额头上，不可思议地摇着头。

阿格里帕和屋大维一起出现在船头。两个人的穿着似乎是要上战场。这是为了提醒罗马，他们以英雄征服者的身份凯旋，我苦涩地想到。

“恺撒的马车停在岸边，”阿格里帕对亚历山大说，“你们两个和他的外甥马瑟卢斯一起走。”

我试着要找出哪个是屋大维的外甥，但阿格里帕说:“不用麻烦了。”

因为马匹和士兵太多了。

“你要你的素描吗?”亚历山大问。

“好的。你有——”

亚历山大点点头。他的包里藏着从母亲的图书馆里拿出来的书——在我们离开母亲的塔拉美格斯号来到罗马的布林地西港之前,一份关于她的最后纪念。随着尖细的号声刺破空气,我最后一次朝光亮的甲板望去。她的三个孩子上了她的船,但只有两个上了她敌人的岸。

屋大维第一个上岸,身后跟着阿格里帕和朱巴。轮到我们踏上木板的时候,亚历山大伸出他的手。我摇摇头。“我没事。”但三个多星期以来我们没有踏上过陆地,突然我的腿一软。

“亚历山大!”

但接住我的不是亚历山大。那是一个年轻版的赫拉克勒斯。

“小心。”他大笑着说。他身材高大,肩膀宽宽的,发色像是夏天的小麦。他眼睛的颜色比托勒密的还要浅,一种绿松石的色泽,在黝黑皮肤的衬托下显得更明亮。我看着他,感到脸上一阵发热,他微微一笑。“现在,别晕倒在我身上,”他警告说,“我是负责照顾你的人。”

“你就是马瑟卢斯?”亚历山大问道。

“是的,你们要去那里。”他指着一辆马拉的马车。

“但那是国王的马车,”我回答。

马瑟卢斯开怀大笑。“我不会说得那么大声。我舅舅喜欢把自己视为执政官。如果人民发现他想当国王,那么参议院里就会再次发生动乱。”

“罗马人不需要国王?”哥哥问道。

马瑟卢斯领着我们走下码头,他的托加袍在脚后跟飘动。“曾经有过那样的时代。但已经过去了,现在他们只想建立一个共和国。当然,因为他们的共和理想,这里曾经历了一百年的内战,他们全都渴望一次选举,但他们只为自己的党派投票,于是除了流血斗争便一无所成。而第一个有望结束内战的人是尤里乌斯·恺撒。”我们来到岸边的一辆马车前,马瑟卢斯为我们打开门，他热情地说，“亚历山大王子，塞勒涅公主。”

在马车里，我满腹心事地看着哥哥。为什么我们得到这么友善的待遇？屋大维从亚历山大城给他家人的信中写了什么？我们听着马瑟卢斯在外面亲切地同朱巴和阿格里帕闲聊，他的声音传到了离马车很远的地方。

“那埃及的女人呢？”他在问。

我听见朱巴嘲讽的笑声。“她们要是看见你一定被你迷倒，”他肯定地说，“像塞勒涅公主那样倒在你的怀里。”

哥哥看着我，我羞红了脸。

“那战斗呢？”马瑟卢斯接着问道。

“神灵是站在我们这边的。”阿格里帕回答说。

“我们这边，还是你这边？他们说埃及人逃走——”马瑟卢斯突然打住，他的声音变得严肃。“我很高兴看到你们平安归来，舅舅。”

“马瑟卢斯，”我听见屋大维回答说，“我希望，你在学业上投入的热情不亚于你说长道短的兴致。”

“是的，恺撒。”他小声说。

“很好。那么你可以告诉我这是什么类型的船？”

众人陷入了不安的沉默，我可以想象马瑟卢斯站在屋大维跟前感到极端的不自在。我把嘴贴在窗子上小声说，“塔拉美格斯号。”

“塞勒涅！”亚历山大喊道，但马瑟卢斯已经听到并重复了这个词。

“这是女王的塔拉美格斯号，我想。”

我听见屋大维退了一步，踩到碎石堆里。“他总有一天会赶上你，阿格里帕，在参议院和战场上都立于不败之地。”

我看不到阿格里帕的脸色，不知道他的反应。但当马瑟卢斯坐进我们的马车，他看起来大大地松了口气。

“我真不知道该怎么谢你，塞勒涅。”他在我对面的位子上坐下，挨着亚历山大。“要不是你说出来，我就只好去研究来往罗马的船只了。”

“他真的这么严格？”

“他所做的一切就是写信，为参议院准备演讲。要是他的妻子不叫他，他是不会离开锡拉库扎的。”

亚历山大皱起眉头。“你是指那座城市？”

“不，他的书房。他因为阿基米德而起了这个名字，那位希腊数学家曾住在那座城市。”

“但他不会说希腊语。”我反驳道。

虽然哥哥瞪着我，马瑟卢斯却只是笑笑。“确实如此。但对我舅舅来说，一切都是威胁。你们看着吧。”

在我们马车前方传来一片嘈杂的声音。接着有人大喝一声，鞭子噼啪作响，整个长长的队伍开动了。我看着马瑟卢斯，认定他只不过比我和亚历山大大两三岁。他穿着一件不惹眼的白色托加袍，但质地却胜过我见屋大维穿过的任何一件衣服。当他发现我在看他时，便露出微笑。

“你就是马克·安东尼的女儿，塞勒涅，”他说，“奇怪，你和东尼娅、安东尼娅一点也不像。”

“你是说我父亲和恺撒的妹妹屋大维娅生的孩子？”

马瑟卢斯点点头。“是的，就是和我母亲生的孩子。”

亚历山大凑上前去。“这么说你是我们的哥哥？”

“不。我是屋大维娅和老马瑟卢斯的儿子。这很令人费解，我知道。做好思想准备吧，在我母亲的住处，你们常常会感到困惑不解。”

“我们这是要去屋大维娅的住处？”

“当然。你们要和我们一起住。”马瑟卢斯看出了我向亚历山大使了个眼色，于是摇摇头。“我知道你在想什么。你们的父亲为了你们的母亲而离开了我的母亲。但是别紧张。我的母亲很爱孩子。当然，利维娅一定不会喜欢你们。”

“你是说恺撒的妻子？”亚历山大问道。

“是的，她只喜欢自己的孩子提比略和德鲁苏斯。”

我听不明白。“我以为恺撒只有一个女儿。”

“是的，朱丽叶，那是和他第一任妻子生的。后来他和那个妻子离婚，娶了利维娅，当时利维娅正怀着她的第二个儿子。”见我猛地倒吸了一口气，马瑟卢斯哈哈大笑。“那是一桩丑闻。但如今我的舅舅有了两个养子。”

“那么他们就是他的继承人？”亚历山大问道，琢磨着我们应该刻意讨好哪些人。

马瑟卢斯不太自在地在位子上挪了挪。“其实，我觉得他更偏爱我。他希望在十年之后让我当上参议员。”

“那么一位参议员就是一位王子？”

“不！”马瑟卢斯认为我的问题可笑极了，“你们父亲没有对你们说起过参议院？”

“母亲不让他说。我觉得她对罗马的政治毫不关心。”亚历山大说。

马瑟卢斯靠回背垫上。“好吧，参议院是由一群人组成的，他们来自于罗马帝国最有权势的氏族。”见我皱起眉头，马瑟卢斯又说：“你知道的。像是朱利氏和克劳狄氏。或是你们父亲的氏族安东尼氏。他们至少要先获得马术师这样的地位，接下来，还有不同类型的参议员，刑事推事、营造司、国务官、执政官。当然执行官权力最大。”

我点点头，假装听懂了。“那他们都干些什么？”

“在议会大楼开会。对政治事务做辩论，决定税务或是救济粮食之类的问题。我舅舅自以为是其中一员，他们总是把他选为执行官、护民官或是监察官。是哪一种都不要紧。只要这场演出继续下去，他依然写着他的演讲稿。”他开始兴高采烈地讲起我们会在罗马看到的东西，从维纳斯·吉尼翠斯神庙①到尤里乌斯·恺撒广场，在七天里，当马车吱吱嘎嘎地行走在路上时，他讲着故事逗我们开心。到了晚上，当我们停下来睡在屋大维朋友那宽敞的别墅里，我梦见了罗马。我想象着它会比亚历山大城大多少，当有人喊道“我们看见城墙了”，我拉开窗帘，屏住了呼吸。亚历山大和我一起把脸贴在窗子上，接着我们一齐靠回去。

---

① 即维纳斯神庙，维纳斯罗马神话中的爱神、美神，同时又是执掌生育与航海的女神。

“这是罗马?”亚历山大疑惑地问道。

“世界上最伟大的城市!”马瑟卢斯骄傲地说。

就我们所见,褪色的砖石房屋挤在一起,像是集市上挤在围栏里的牲口。灯柱,也就是马瑟卢斯所谓的“里程碑”,每隔一英里立着一根,说明罗马城就在前方,然而并没有博物研究院这样的建筑在远处探出大理石的穹顶,也不见气势恢弘、足以盖住任何山头的剧场映入眼帘。一些大理石的墓地建造在亚壁道①的两边,那似乎是罗马人最喜欢的安葬地,但大部分墓碑都是用砍得坑坑洼洼的石块做成的。

马瑟卢斯看出来我很失望,便解释说:“罗马人自相争斗了几个世纪。一直到恺撒的出现,终于才有了足够的奴隶和金子来重建。但塞西利亚·梅特拉②的墓室就在这里。”

那座高大浑厚的建筑坐落在一座山坡上,虽然它的顶部是美丽的锯齿装饰,但也只是用普通的石头砌成。我的胃部一阵剧烈地翻腾,从亚历山大的脸上我知道他也有同感。正是这座城市的军队占领了亚历山大城。正是在这里,屋大维学习了拉丁语,未能学会希腊语,并纠集了足够的兵力打败了我的父亲,把托勒密家族从埃及抹去。

“总有一天,”马瑟卢斯说,“你看到的一切都会成为大理石的。那是阿格里帕的高架渠。”

我和亚历山大第一次俯身向前,感到惊奇。那些高架渠形成一道道弧线划过天际,那么高,只有神灵才能碰触到,那是我们目前为止见到的最雄伟的建筑。

“它们有什么用处?”亚历山大问道。

“它们把水输送到城里。阿格里帕还建造了澡堂,现在有两百多间。舅舅认为,他能保住权力的唯一方法,就是给人民一个更好的罗马。”

这么说,当我们的父亲在亚历山大城用黄金打扮自己,用母亲的银质

---

① 古罗马时代的军用大道。

② 古罗马著名的执政官梅特拉的女儿。

锥形酒杯享用佳酿的同时，屋大维在努力改进这座城市。是否正因为如此，父亲的人民才会反对他？我内心依然能听到父亲沙哑的笑声。他在埃及的手下都爱戴他，甚至崇拜他。为了一个在危急时刻倒下的士兵，他什么都会做。但是他所遗弃的罗马人并不知道这一点。他们不了解这个男人，他整个白天在外骑马，晚上还可以把我和亚历山大抱在膝头一直待到清晨，一边喝着酒，一边讲着打败帕提亚人的故事。

我们的马车队伍突然停下，我和亚历山大都看着马瑟卢斯。“我们到了吗？”我紧张地问道。

马瑟卢斯皱起眉头。“我们连塞维安墙都没有过。”

“过了那里我们才算进入罗马？”哥哥问道。

马瑟卢斯点点头，接着探出马车。我们四周一片骚动。我听见阿格里帕和屋大维大声喊着什么。

“出什么事了？”马瑟卢斯喊道。见没有人作答，他打开马车门，我瞥见了士兵。“我很快回来。”他保证，并在身后关上了门。

“你觉得是怎么回事？”我问亚历山大。

“一只车轮坏了，或者是死了一匹马。”

“那么那些士兵是怎么回事？”

马瑟卢斯回到车里，他的表情很沉重。“你们最好下车去呼吸一下新鲜空气。我们这会儿哪儿也去不了了。”他扶着我和亚历山大下了马车，接着解释说，“城里发生了暴动。”

“现在我们无法进城了？”哥哥叫了起来。

“这个嘛，我们可以进城。”马瑟卢斯伸出一只手拨着头发，“但谨慎起见暂时还是不要进去。那是几千个强壮的奴隶在暴动。”

消息开始在马车间传开，说是接下来几个小时都无法前进，门都关上了，满脸倦容的人们踉踉跄跄地走到鹅卵石路面上。我们走近一群士兵，他们正在向屋大维解释事情是怎么发生的。阿格里帕和朱巴分别站在屋大维的两侧，专心听着长官描述城内发生的情形。

“他们有许多人是从斗兽场，应该说是从训练学校逃出来的角斗士。

这是从今天早上开始的，从那以后，越来越多的奴隶加入了暴动。”

“那么领头的是谁?”屋大维问道。

“没有人。他们被煽动是因为——”那位长官迟疑了一下——“多年来听到红鹰发出的信息，而现在……现在他们被带到街上，”他匆匆收尾。“没什么可担心的，恺撒。叛乱会在日落之前平定。”

那位长官不敢懈怠，而屋大维转向马瑟卢斯。“十六天前你离开罗马的时候有什么事情吗?”

“没有，”马瑟卢斯斩钉截铁地说，“街道上很平静。”

“要不是因为红鹰，我想也不会发生叛乱，”阿格里帕说，“等我们找到他——”

“我们要把他钉在十字架上处死，”屋大维说，“我不管他有没有领导这些人。他的信息会培养出下一个斯巴达克思，记住，”他阴沉沉地说，“罗马三分之一的人都是奴隶。”

亚历山大悄悄地问马瑟卢斯，“斯巴达克思是谁?”

“另外一个奴隶，”他平静地回答，“将近五十年前，他率领五万多人造反，反对罗马。当暴动被镇压的时候，有六千人被处决。格拉苏[①]拒绝让他们的尸体下葬，于是多年来他们的十字架排列在这条路两边。”

屋大维从这条路上我们所在的地方望向塞维安墙。一名士兵正沿路匆匆赶来。马匹的铁蹄踏起了一团团的尘土，他在屋大维面前停下，士兵滑下马背敬了个礼。

没想到屋大维露出笑容。“菲德利乌斯，”他急急地说，“有什么消息。”

菲德利乌斯很年轻，大约十七八岁，他急切地说：“一千名奴隶已经被杀死了。剩下的人企图寻找更多人加入他们的行列，但不太成功。”

“目前为止还不太成功，”屋大维提醒说。

但菲德利乌斯摇摇头。“他们被拦在城墙里面，恺撒。城门很坚固，

---

① 古罗马著名的富豪，和庞贝、恺撒并称为“前三头”。

他们当中数以百计的人正在被您的手下处决。”

“很好。军团是否明白他们为什么不能留下活口吗?”

“当然。”

屋大维犹豫了一下才接着问道。“那你的母亲卢菲拉好吗?”

菲德利乌斯咧嘴一笑。“哦,她对您献上她的爱意。还有这个。”他从马背上的皮包里掏出一个简单包装的包裹。它看起来很薄,应该是幅画像。当他打开麻布的包装,我看到我猜的没错。

屋大维的脸颊微微泛红。“很美,”他温柔地说,一边打量着彩陶相框里那位女士的脸庞。她很漂亮,长着黑色的长发和罗马人直挺的鼻子。屋大维把画像递给朱巴。“把它放好。”

菲德利乌斯皱起眉头。“这几个月来我母亲非常想念您。”

“是吗?”屋大维扬起眉毛,“好吧,代我问候她,让她知道在未来的几天里我会非常忙碌。”

“但是您会去看她的,对吗,恺撒?”

“如果我有时间,”屋大维不耐烦地说,“先要解决暴动的问题,还要安抚参议院!”

菲德利乌斯往后退去。“是的……是的,我明白。您不在的时候参议院很紧张。”

屋大维的眼神紧张起来。“是吗?”他有了兴趣,“为什么会那样?”

菲德利乌斯不知所措,而我在想他是否不该那么多嘴。“嗯,有关战争的问题,不知道谁会赢,您还是安东尼。”

“还有呢?”

菲德利乌斯不安地朝阿格里帕看了一眼。“还有继承的问题。没有人知道万一您和安东尼都被杀害会怎么样。一些人被提名为可能的继承人。”

屋大维故作轻松地笑了。“比如说?”

“就是……就是一些显贵家族的人,没人有真正的实权。”菲德利乌斯紧张地笑了。

“好吧，如果参议院这么看重他们而给予提名，那或许这些人多多少少对我有点用处。”

菲德利乌斯颇感意外。“真的吗？”

“为什么不呢？他们认为哪些人是合适的继任？”

“哦，各种类型的人都被提名了。就连我的名字也被提了。”

屋大维脸上的笑容消失了。

“当然，他太年轻了，”马瑟卢斯马上说，“他绝对无法统领一支军队，谁会听他的命令？”

菲德利乌斯看着马瑟卢斯，并意识到事情不妙。“对——很对。他们提到我的名字只是因为我父亲，以及他留给我的财产。马瑟卢斯会告诉您，我——我从没想过要当恺撒。”

“当然了，过来。”屋大维伸手搂住菲德利乌斯的肩膀并对阿格里帕使了一个眼色。“我们走一走。有些事我想私底下说说。”

菲德利乌斯回头看着马瑟卢斯，后者试图阻止并问道：“他不能待在这里玩骰子吗？”

屋大维的眼神让马瑟卢斯不敢动弹。“不行。”

阿格里帕跟着屋大维和菲德利乌斯，三人往我们来路的反方向走。

我和哥哥看着马瑟卢斯。“他会怎么样？”亚历山大小声问道。

马瑟卢斯别过脸去，我想他的眼里含着泪水。“她的母亲会被告知她儿子在平定叛乱时死去。”

“他们要把他杀了？”我喊道，“为什么？”

马瑟卢斯竖起一根手指放在嘴唇上。“如果两个月前参议院认为菲德利乌斯会成为一位出色的恺撒，那么往后三年里，他们又怎么会放弃这种想法呢？”

“但他并不想当恺撒！”我反驳道。

马车队的后面传来一声尖叫，接着恢复了平静。马瑟卢斯闭上眼睛。“他是我从小最亲密的朋友，”他喃喃地说，“我把他敬为兄长。”

“你舅舅不在乎这一点？”我喊道。

“不在乎。他更在乎罗马的局势稳定，比任何人的生命都重要。”他睁开眼睛，看着我们俩。“在他面前要小心。”

太阳还没有升到天空的最高处，叛乱已经被镇压了。我们正坐在路边玩骰子，阿格里帕带来了消息。“可以走了，”他简短地说，“暴动结束了。”

“他们都被杀了？”

阿格里帕点点头回答马瑟卢斯的问题。“每一个奴隶。”

“那菲德利乌斯呢？”

阿格里帕迟疑了一下。“很不幸，他丢了性命。”

我们爬进马车里，随着车轮滚动，亚历山大想方设法让马瑟卢斯抛开沮丧。“塞维安墙有多古老？”

我们穿过城门的时候，马瑟卢斯耸了耸肩。这里没有一点发生过暴动的迹象，如果伤痕累累的奴隶尸体曾被扔在大街上，那么为了屋大维的到来，他们都被移走了。“非常古老。”他说。

“那么罗马七丘呢？它们叫什么名字？”

马瑟卢斯指着我们正前方的山丘。“那是奎里纳丘。”他叹了口气。“那里没什么特别的。旁边的是维米纳尔丘，那是最小的山丘。但是埃斯奎利诺丘，”他指着右边的一座山，“是有钱的游客下榻的地方。不过要爬到山顶上的旅店里有点问题。”

“为什么，路很陡吗？”我问。

对于我的问题，马瑟卢斯露出温和的笑容。“不，只是那里有很多逃跑的奴隶，还有小偷。你不想认识的那种人。”他对我说明。接着他指着卡利安丘，上面建造了很多漂亮的别墅。“它右边的是阿文丁丘，那里只有下层平民的房子和商人。”

“下层平民的房子？”亚历山大重复了一遍。

“你知道的，就是那些下等人住的地方。那些不属于特权阶级、没有多少土地的人。”

"这么说恺撒就是属于特权阶级了?"我问。

"哦,不。"马瑟卢斯挥挥手,"我们家族比那种阶级庞大得多。我们是贵族。我们住在巴列丁丘,屋大维在那里建造了一座最大的阿波罗[1]神庙。"他指着一座平顶山丘,上面用光亮的大理石和斑岩砌成的房子光彩夺目。这里不是亚历山大城,但矗立在坡上的房子,在浅蓝色天空的辉映下泛着洁白的光泽,也有一种美。

七丘中最后一座山丘叫做卡匹托林丘。"我父亲曾经带我爬上山去看塔尔皮亚岩石,"马瑟卢斯回想到这里浑身一颤,"如果罪犯在圆形剧场没有用处,他们就会被人从那里扔下去。"

"你父亲还活着吗?"我小声问道。

"没有。他十年前去世了。几个月后,屋大维安排我的母亲嫁给安东尼。"而那个时候我们的母亲已经生下了我和亚历山大,我感到脸颊一阵发热,因为我知道屋大维娅结婚没多久就被抛弃了。

"所以你的母亲有三个孩子。"我说。

"五个。她和我父亲生了两个女儿,但是她再婚的时候,她们被送走了。"

我不明白。"为什么?"

"因为一个新婚女子必须这么做。"

我瞪着他。"所以她放弃了之前的孩子?"

"如果是女孩子的话。所以我母亲不会再婚了。"

我想到我父亲迎娶屋大维娅进他家门,却拒绝接受两个躲在她身后的、怯生生的小女孩。事情就是那样的吗?虽然我父亲从没有太多的时间陪伴我,但总是充满爱意。突然,我对罗马感到恐惧:害怕它那肮脏的街道、可怕的刑罚,以及最主要的是,要和被我父亲遗弃的女人住在一起。

我们穿过一个集市,那里有数以千计的奴隶被贩售,他们大多长着亚麻色的头发和蓝色的眼睛。

---

① 希腊神话里的太阳神,是奥林匹斯山上十二位主神之一。

“日耳曼人和高卢人。”马瑟卢斯看出了我的表情，于是摇摇头。“那是令人厌恶的展览。”随着我们的马车队伍吱吱嘎嘎地往前行进，我看见那些赤身裸体的女孩羞羞答答，男人们捏着她们的乳房，要把她们买回去干活，也供他们消遣享乐。而看到成年男人的睾丸被割去，哥哥捂住了嘴。

“阉人，”马瑟卢斯生气地说，“有的男人喜欢他们，他们的价钱更高。别看，”他提议，但是大街上除了饥饿的狗、推挤的商人，以及描绘着男女各种体位的粗俗马赛克画，也没有什么可看的了。“这是城里下三滥的地区。”他把窗帘拉上，靠回座位。“很快，我们就会经过朱庇特①神庙。接着再走很短的一段路，到巴列丁丘山顶，我们就到家了。”

你就到家了，我想。我们是等着参加恺撒胜利庆典的囚犯。哥哥伸手握住我的手。突然车外有人大声嚷嚷，马瑟卢斯再次拉开窗帘。街上满是被勒令往后退的请愿者，马瑟卢斯自豪地说，“就快到了。”

哥哥指着一个伸出橡树林的奇怪建筑。“那是什么？”

“是玛格那马特②神庙。”

“那怎么会是神庙？”我粗声粗气地说。那只是一个承托着一块大石头的神坛。

“女神化身为一块石头来到人间，预言罗马将打败汉尼拔③。”

我在想罗马人对于屋大维征服埃及的胜利，会编造出什么愚蠢的故事来。马瑟卢斯指着一间粗陋的小屋，那泥巴墙绝对经受不住亚历山大城里的第一阵狂风。“那是罗慕勒斯住的地方，”他说，“你们知道那个故事吗？”

我和亚历山大都摇摇头。

“你们父亲从来没有告诉过你们吗？”他叫了起来，“罗慕勒斯和雷穆

---

① 古罗马地位最高的主神，相当于希腊神话中的宙斯。

② 罗马神话中的万神之母，又称地母神或者大母神，地位相当于希腊神话中的盖亚。

③ 北非古国迦太基著名军事家，其所处时代正逢古罗马共和国势力的崛起。

斯是双胞胎。当他们的母亲遗弃他们后，他们被一只母狼抚养长大。听起来耳熟吗？”

我们再一次摇摇头。

“他们建立了罗马，那座小屋就是母狼养育他们的地方。正是罗慕勒斯第一个在巴列丁丘建造城墙。当雷穆斯嘲笑他哥哥的成就时，罗慕勒斯杀了他。当时罗慕勒斯的部落里没有足够的女人，于是他决定从邻近的部落萨宾掠夺女人。他邀请他们的人来参加一次节庆活动，当那些人喝酒享乐时，罗慕勒斯的手下抢走了他们的妻子。”

我倒吸了一口气。“那就是劫掠萨宾妇女吗？”

“这么说你听说过？”

“仅仅是这个名字。”每当母亲说起罗马的暴行，总是提到这件事。

“嗯，萨宾男人们想要复仇。但是他们的国王永远无法打败罗慕勒斯，而因为那些女人也不愿意看到她们的丈夫死去，于是双方求和。这是一个恶心的故事。”马瑟卢斯坦言，“但这是罗马的起源。”我们已经来到了巴列丁丘的山顶，车轮停了下来。“你们准备好了吗？”

他下了车，接着伸出手，先是给亚历山大，接着给我。“这就是罗马。”他对我们宣布，巴列丁丘脚下铺展的是一座我所见过的、最杂乱无序的城市。集市和神庙挤在一起，砖窑里冒出的烟直冲明亮而炎热的天空。在狭窄的街道上，人们摩肩接踵，从一个店铺匆匆赶往另一个。虽然巴列丁丘高高在上，远离洗衣池所用尿液的臭气①，但这刺鼻的气味还是随风往上飘。即便是在托勒密九世手里遭到重创的底比斯，也比这里美丽得多。这里没有秩序，没有城市规划，美丽绝伦的房子从砖砌的小店和澡堂中脱颖而出，它们像是粗石堆里的宝石。

“这就是罗马。”我说，但只有亚历山大明白我的意思。

“这就是我母亲的别墅。”

我转过身，只见我们上方一座宽阔的宅邸挡住了天际线。巴列丁丘

---

① 在古罗马时代，漂洗工人在漂白衣物时，会将其浸泡在发酵过的尿液中，并不停地踩踏。

上上下下遍布一栋栋别墅，但没有一栋像这座那样呈现出如此美丽的景致，拥有如此精美的立柱。百叶窗上精心涂着和屋顶的瓦片一样的土黄色，而一对装饰着金属钉饰的木门朝一道宽阔的门廊敞开。一群人聚集在台阶上，看着士兵们卸下埃及的塑像和装满肉桂、没药贵重的乌木箱子。

屋大维走在最前面，我抓着亚历山大的胳膊。门廊上的人兴奋地说个不停，当屋大维和马瑟卢斯登上大理石台阶，一位女士走上前。

“那一定是恺撒的妹妹屋大维娅。”我用帕提亚语在亚历山大耳边说。

这位女士穿着一件泰尔紫[①]的丝绸外套，从她的衣着可以稍稍看出她的富有，容貌倒显得很朴素。她并不像我母亲那样，涂上孔雀绿的眼影，也没有用锑颜料画眼线。她那浅色头发梳到后面挽成一个简单的发髻，当她张开双臂拥抱她的哥哥时，我看到她佩戴的唯一首饰是一只细细的金手镯。

“你好，哥哥，”她热情地说，这是自见到屋大维以来，我第一次看见他的眼里露出笑意。“你看上去很好。只是这一次有点晒红了。但我认为征服全世界是一件辛苦的工作。”

“不是全世界，”他真诚地说，“只是埃及。”

“好吧，今晚会有一场盛宴。你的妻子已经安排好了。”

一位女士出现在屋大维娅身后，我感到一旁的哥哥紧张起来。这是马瑟卢斯提醒我们要提防的女人。

“利维娅。”屋大维说，虽然他拥抱了他妹妹，却只是简单地握了他妻子的手。

“我的恺撒。”她和街上的普通女人没有一点儿区别，如果说屋大维娅的衣裙是朴素的，那利维娅的服装只能算是寒酸的。她的外套是由一般的白色棉布做成，头发先是编成辫子，再紧紧地盘成一个发髻。她很瘦小，虽然我母亲的体型也是纤瘦的，但至少她的嗓音很出众。利维娅毫无

---

① 古罗马的一种昂贵染料，是贵族和祭司等上层阶级的用色。

出众的地方。然而屋大维曾追求她，在她为人妻并怀有身孕的情况下向她求爱。她满眼崇拜地看着他。“整个罗马都在等待你的胜利，”她喘着气说，“你不在的时候，我把一切都安排好了。”

“你做了记录？”

她热切地点点头。“今晚你可以查看。或者现在，如果你想，它们就在这里。”她递上一个藏在外套里的卷轴。

屋大维展开卷轴，快速浏览。“这么说庆典将持续三天。”

“你妹妹认为应该持续更长时间，但我知道你不想像安东尼那样，把你的胜利变成无休无止的欢庆。”

“我认为五天不能算是无休无止的欢庆，”屋大维娅毫不留情地说。

“五天还是三天，都没有关系，”屋大维说，“我们只会参加第一天的活动。余下的时间就让平民自娱自乐吧，既然利维娅只计划了三天，那就这样吧。”

利维娅沾沾自喜，冲屋大维娅露出得意的微笑，我想，如果她是我的小姑，我一定会给她一记耳光。

屋大维把卷轴递给阿格里帕。“看一遍，安排士兵负责。明天我要看到最终的计划。”

“这就是孩子们？”屋大维娅问道。

屋大维点点头。“亚历山大和塞勒涅。”

她快速地眨着眼睛。“他们真漂亮。”

马瑟卢斯笑了起来。“你以为呢？一对怪物？”

屋大维娅走下几格台阶，这样我们就站在了同一个高度上。我和亚历山大本能地往后退去，但她的脸上没有咄咄逼人的神色。“我知道你们一路上一定很辛苦，”她说，“但还是欢迎你们来到罗马。”她对我们露出微笑，接着转向她的哥哥，后者没有流露出同样温柔的神情。“对吗？”她问他，而那群人跟着屋大维娅走上门廊。虽然我和亚历山大走在队伍的最后面，但无疑我们最受关注。阿格里帕周围的女士们伸长了脖子要看看我们，朱巴甚至退让到后面，好让一个年轻的女孩看得更清楚。

“恺撒的女儿，朱丽叶，”亚历山大嘀咕着。虽然门廊上许多女孩都楚楚动人，但没有一个像朱丽叶那样漂亮，她可算是黑里俏。她那浓密的黑发在阳光下闪闪动人，黑色大眼睛周围是长长的睫毛。连她的嘴也很迷人，不像她家族里的其他人那么小，或是嘴唇很薄。她的目光从我移到我哥哥身上。接着马瑟卢斯走向她，在她耳朵里嘀咕了一阵，令她咯咯直笑。我感到一阵莫名的气恼，但是没有时间弄明白那是为了什么。

屋大维抬起手臂大声说：“既然你们更关注克里奥佩特拉的孩子而不是我，那我就把他们介绍给你们认识。”周围人纷纷表示否认，但屋大维没有生气。“亚历山大·赫利俄斯王子和克里奥佩特拉·塞勒涅公主。”

几十张面孔转向我们。而人群中不少人比我们大不了多少。“天啊！”朱丽叶喊道，“他们穿的是什么？”

“希腊服装，”马瑟卢斯解释说，“但是，”他提醒她，“他们拉丁语说得极好。”她的脸颊泛红了。

一个穿着深红色托加袍的英俊男子走上前。“他们是——”

“罗马公民。”屋大维冷冷地说。

“太可惜了，”那名男子用扇子驱热，“他们真是一对尤物。尤其是那男孩。”

“集市上有很多男孩，马瑟纳斯，”屋大维环顾四周，“现在，谁要做介绍？”

虽然马瑟卢斯很有责任感地走上前，但利维娅把另一名年轻男子推向屋大维。那男孩甩开她的手，而我在想这是不是她的儿子之一。“你在干吗？”他问道。

利维娅的嘴抿得更薄了。“恺撒需要找个人来做介绍。”

“就因为马瑟卢斯愿意，所以我也应该这样？也许我应该像马瑟卢斯那样，一下子输光恺撒给的零用钱。”

马瑟卢斯紧张地笑了。“赌博没什么错。”

屋大维生气地瞪着他。“有分寸的赌博才没有错。”

每个人都听出了责备的意思，马瑟卢斯微微红了脸。接着他向我们介绍了聚集在门廊上的人，先是利维娅的儿子提比略，就是甩开他母亲手的那个人。他那九岁大的弟弟叫德鲁苏斯，两个都长得很像利维娅，有着尖尖的鼻子和薄得过头的嘴唇。虽然我知道我绝对记不住这么多名字，但马瑟卢斯还是接着介绍，指出我们同父异母的姐妹安东尼娅和东尼娅，两个害羞的女孩子，紧挨着屋大维娅，一点也不像我们父亲那样外向，爱和别人打交道。还有维普撒尼娅，阿格里帕的小女儿——她的母亲死于难产——以及一群老人，他们的名字我曾在博物研究院听说过，其中包括贺拉斯和维吉尔①。

等到马瑟卢斯介绍完毕，利维娅朝她的丈夫伸出手。“我们要准备欢迎宴会吗？”

“我还没有问马瑟卢斯一路上的情况呢？”朱丽叶抱怨说。

“那么你今晚可以问他。”利维娅不客气地说。

朱丽叶看着她父亲，希望他能说句话，但他什么也没说，于是他们同阿格里帕和朱巴一同离去，后面跟着十来名奴隶。

等他们走后，屋大维娅温和地说：“马瑟卢斯，带亚历山大和塞勒涅到他们的房间去。等到他们的箱子被送去之后，我会亲自去为他们装扮，参加恺撒的宴会。”她低头看看紧挨着她双腿的两个小女孩。“我们去为晚宴摘些玫瑰好吗？”女孩们热切地点点头，于是彼此追逐着跑向门廊的尽头。

我们跟着马瑟卢斯走进一个长长的过道，马赛克砖在地面上拼出“Salve”这个词，意为“你好”，欢迎客人们来到屋大维娅的家。“这是前庭，”他说，并带领我们穿过这里，进入另一个建有立柱的房间，他称之为中庭。头顶上一个山毛榉支起的天窗透进阳光，一道道赤陶土的排水沟通往一个大理石水池里。我问马瑟卢斯，“这里经常下雨吗？”

“这个嘛，夏天几乎不下。但是到了冬天，罗马的街道会很泥泞。”他指着从中庭通向外面的几扇门。“那些都是客房。而那是客厅，母亲把书

---

① 两人都是古罗马著名诗人。

桌放在那里。"他又指着房间的远端，透过微微开着的门，我看见一张光亮的橡木长桌子。"那边是家神的神龛。"

"那是什么？"

马瑟卢斯诧异地看着亚历山大。"难道埃及没有家庭守护神吗？"他问，"每天早上我们都去那里参拜家神。"我和亚历山大看着那个壁龛，里面有长长的花岗岩神坛和朱利氏族祖先的半身像。看到我们的表情后，马瑟卢斯解释说："他们是我们祖先的灵位。每天早上我们都会献上一点酒和面包。"

"他们喜欢吗？"我好奇地问。

"最好去问问奴隶们。"马瑟卢斯笑了起来，"最后是他们把那些供品拿走。"

我们穿过中庭，来到另一个露天的地方——列柱庭院，青铜雕像从阴暗的地方望着我们。中间有一个长长的花园，一座喷水池中，水流从大理石狮子的嘴里喷出来。有几个人斜靠在长椅上，棚架上的藤蔓和开花的灌木形成了绿荫。他们举起手默默地打了招呼，马瑟卢斯咕哝着："我母亲的建筑工匠。"

门廊的尽头是餐厅，这家人吃饭的地方，而穿过大厅，在浴室旁边有更多的房间。"这是我的房间，"马瑟卢斯说，"这是我母亲的。"他指着一道宽阔的门，上面画着花园的景致。"这些是我妹妹的房间。这个是你们的。"他打开一扇木门，我听见哥哥亚历山大猛地倒吸了口气。

这是一个无比华美的卧房。挂着帘子的窗户开出去是个阳台，上面各式各样的棕榈树种在色彩缤纷的瓦罐中。这个房间本身一点也没有埃及的风格，里面有三张宽阔的长沙发，用来代替床，墙上只有一幅画。但是家具很齐全，四把镶嵌着骨头和象牙的椅子；一对做成三头狗的灯，它那青铜的蛇一般的尾部可以点燃，一把松木的折叠凳；三张桌子和三个厚重的柜子。一切都是为三个孩子准备的，只是托勒密再也到不了罗马了。我忍住泪水，极力不去回想埃及。北面的墙上画上了荷马史诗中的场景，因此无论何时入睡，我们最后的思绪会停留在希腊诞生的、最伟大的诗人身上。在画中的人物，我可以认出阿伽门农、阿喀琉斯，甚至是奥德修斯。

“我以为我们是囚犯。”哥哥说。

“在我母亲的别墅里怎么可能呢?”马瑟卢斯生气地说，“你们是客人。”

“恺撒杀了我们的哥哥，”我不客气地提醒他，“而到了明天，我们会被带到大街上。”

马瑟卢斯的脸色变得阴沉。“凡是我舅舅认为现在或将来会和他作对的人，他都会除掉。他在周围安排的都是有用的人。他有一个妻子，其实她更像是他的秘书，而我的母亲也在参议院的事务上给他出主意。他留着阿格里帕是因为他精通打仗，留着朱巴是因为他善于观察别人，并且可以当他的保镖。如果我不是我母亲的长子，你以为他会对我有兴趣?我也有实用的价值。但只要你们在这里，”他肯定地说，“你们就是客人。”

几名奴隶扛着我们从埃及带来的、包着铁皮的箱子，来到我们身后。我们还没来得及查看箱子，看看我们得以保留了哪些物品，屋大维娅便走进了房间。

“该准备了，”她急急地说，“马瑟卢斯，带亚历山大去你的房间，把铺在你沙发上的衣服给他。他可以继续戴着他的头冠，但衬衣和凉鞋必须换掉。”当她转向我，我看到她的身后，一位美丽绝伦的女子站在门口。她的长头发泛出蜂蜜的色泽，马瑟卢斯露出了迷人的微笑，从她身边走过。

“你好，加利娅。”

她微微地歪着头，我猜想她的年龄大约二十岁。“我很高兴看见您平安归来，主人。”她称呼“主人”，这说明她的身份是奴隶，虽然她的束腰外衣上绣着金丝。

“塞勒涅，”屋大维娅说，“这是我的化妆师，加利娅。我们要来为你打扮，参加今晚的宴会，并给你一些适合在罗马穿着的衣服。”

“很高兴见到您，主人。”当加利娅露出笑容，我发现她长着亚历山大城的画家最喜欢画的高颧骨。她犹如一尊大理石雕像，我心想，并琢磨着她是否是尤里乌斯·恺撒征服高卢之后，从那里带回来的两万个女人中的一个。她说着一口不标准的拉丁语，并过分小心地吐出每一个词，确保自己说得准确无误。“不如跟我们一起到浴室里来吧?”她问道，并指着角落里的一个房间。房间里有一个厚重的青铜浴盆。她转动一个把手，于是天花板上的一根管子便往浴盆里注入热水。马赛克的地面上描绘着海里的仙女和美人鱼，一面巨大的铜镜悬挂在墙上。一个小火盆被推到角落里，等到寒冷的夜晚，房间需要取暖的时候再拿出来用。一张长长的松木桌子边摆放了几张凳子。

屋大维娅把我带到其中一张凳子边，随后用她那浅灰色的眼睛细细地打量着我。“你觉得怎么样?”她紧张地问加利娅。

“你多大了?”加利娅问我。

“到了一月我就满十二岁了。”我回答。

加利娅走上前来。“快要十二岁了，还只是一只小鸟。”没有人把我称为“小鸟”，当我愤愤地挺起胸时，加利娅笑了。“不，你这么娇小倒是好事。”

“今晚我希望你们显得越年轻越好，”屋大维娅说着，在加利娅的篮子里忙着翻找。她拿出装着锑粉和藏红花粉的瓶子，连同发网和一端镶着红宝石的发卡一起堆在长桌子上。

我很不明白，于是看着两位女士。“为什么?”

“这样的话，没有人会觉得你们构成威胁。”加利娅直截了当地说。她点燃了火盆，并把一根金属杆子扔进燃烧的木炭里。

“今晚你想戴着你的头冠吗?”她问道。

我抚摸着头上那个细细的珍珠环，回想起母亲把它送给我的那一刻。“想的。”

“那你的珍珠项链呢?”

“当然。”

“那么就留下它们，其他的必须换掉。”

我站起来，缓缓地脱去我的衬衣和缠腰布。我还没有完全发育，因此不需要裹胸。接着加利娅把我带到热气腾腾的浴盆边。

“进去。别把头发弄湿。它来不及干就不能烫卷。”

“但我已经是卷发了。”

“要烫出更小的卷度。”

我照吩咐步入浴盆，任由加利娅往我的背上抹薰衣草油。

“看这个，主人！”加利娅转向屋大维娅，“瘦的只剩骨头了。他们在亚历山大城给她吃什么啊？”

“她在船上待了好几个星期，”屋大维娅提醒她，“而且她几乎失去了所有的家人。”

“在这里主人会让你吃得很好。”她承诺道，并示意我站起来。接着她开始用一条长长的白色麻布浴巾把我的身体擦干。

我没有作声，知道自己一开腔只会哭泣。加利娅从她的篮子里拿出一件深绿色的丝绸束腰外衣。我顺从地举起胳膊。她把衣服从我的头上滑下，并在肩膀处用金色别针固定。屋大维娅递给加利娅一条浅橄榄绿的腰带，她举在手上，皱起了眉头。

“束在胸部底下，还是屁股上，还是腰上？”她考虑着。

这位女子打量着我，此时，我觉得自己真像是加利娅的小鸟，被精心装扮，养在笼子里。

“腰上，”加利娅决定。“很简单。”她把带子在我臀部上方束紧，接着往我的脚上套上一双皮革凉鞋。她往我的脖子上戴了一条连着一个圆盘的金项链，被我母亲的珍珠项链挡在里面。她无需告诉我那是一个印玺，我见过亚历山大城的罗马孩子戴着同样的护身符。

“她的头发怎么办？”屋大维娅担心地问。

加利娅把那根金属杆从火盆里拿起，拿着不烫手的那一头，在我面前举着。“你知道这是什么？”

我们在亚历山大城也用这个。“热铁棒。”我说。

“是的，卷发棒。你能否把你的头饰拿下来……”

我遵照她的指示，坐在一把椅子上。加利娅卷完之后，屋大维娅激动地说：“现在轮到她的眼睛。”

我已经在眼睑上精心地涂了孔雀绿眼影，并像卡尔蒙教我的那样用锑粉勾出了眼线。但加利娅用一块布把我的彩妆卸掉，见她没有另外给我化妆，我抗议说："我不化妆哪儿也不会去。"

加利娅看了看屋大维娅。"主人，"她对我说，"在罗马这样不妥当。"

"但在船上我每天都化妆。"

"那是在海上。在恺撒的客人面前，你看上去绝不能像个卢帕女。"

"什么？"

"你知道的"——她做了一个手势——"那种女人。"

"妓女，"亚历山大在我们身后说，屋大维娅倒吸了一口气。"很抱歉。"他马上说。但我知道他才不会感到抱歉呢。他在笑，而加利娅朝他点点头。

"您看上去很英俊，主人。"

我转过身。"英俊？你看上去像是披了一条床单。你要怎么走路？太可笑了。"我用帕提亚语说，但亚历山大用拉丁语回答。

"这是未成年男孩的托加袍。而且，"他不满地接着说，"这是马瑟卢斯穿的。"衣服的边缘镶着红色带子，但料子不像我的束腰外衣那么好。他马上注意到我的红色凉鞋，并吹了声口哨。"一位罗马的公主。"我瞪着他，但是他不理会我的恼怒。"这么说你的眼睛不需要化妆？"

"我们要让罗马知道她是个女孩，"加利娅又说，"而不是某个肮脏卢帕纳（妓院）里的女人。"

"一定的。"屋大维娅坚定地说，而我想象着卢帕纳就是一个女人出卖肉体的地方。

但加利娅只是微微一笑。"他要求的。"

我来到亚历山大跟前，摸着他脖子上的金色圆盘。"这么一来，我们现在真的是罗马人了。"我沮丧地说。哥哥避开我的目光。接着马瑟卢斯出现在他身后，他微笑的样子让我忘了我们是冒充市民的囚犯。他那刚刚洗好的卷发搭在光溜溜的脖子上，发色衬出了黝黑的皮肤。

"你是一位翡翠色的女神，塞勒涅。那一定是加利娅的杰作。她如果愿意，可以拦住阿波罗的马车。”

“很美，主人。”

屋大维娅看看我哥哥，又看看我。“他们准备好了吗？”

加利娅点点头。“他们现在是不折不扣的罗马人了。”

亚历山大偷偷看了我一眼。我们跟着加利娅穿过各个大厅，来到门廊，在那里，屋大维娅最年幼的女儿们耐心地等在树荫下。我记得我小时候没有一刻会坐得那么安分，但这些孩子们全都甜美文静，浑身泛着金光。就和他们的母亲一样，我心想，努力不去想自己的母亲正在石棺里，冰冷地躺在父亲的身边。

当我们沿着石子路前往恺撒的别墅，加利娅解释说，“等我们到了餐厅，会有一个奴隶请你脱去凉鞋。”

“要洗脚？”亚历山大问。

“是的。随后你们会走进房间。一名传令官会通报你们的到来，我们所有人都会被带到指定的长沙发边。”

“罗马人在沙发上吃饭？”我问。

“难道埃及人不是吗？”

“不是，我们在桌子上吃饭。坐在椅子或凳子上。”

“哦，桌子有的，”加利娅轻松地说，“但没有凳子，而椅子只是给老人坐的。”

“但我们怎么吃呢？”亚历山大担心地问。

“斜靠着。”加利娅看出了我们的表情，于是解释说，“里面有十几张桌子，周围一圈摆着长沙发。恺撒的沙发总是在后面，而贵宾的用餐区域正对他餐桌空的一边。谁坐在恺撒的右边，谁就是他最重要的客人。”

“而今晚，”屋大维娅猜测，“将会是你们两个。”

“但是我们不知道该怎么做！”我叫了起来。

“哦，没什么，”马瑟卢斯安慰我们，“只是靠在你的左手肘上，用右手吃饭。如果他们端上特洛伊猪肉，”他俏皮地警告我们，“别吃。”

“马瑟卢斯！”屋大维娅厉声说。

“是真的！还记得波里奥的晚宴吗?”

“波里奥是个平民，不知道怎么烹调鸡肉，”屋大维娅声称，并转向我们。“在这里，不管什么菜上桌你们都可以吃。”

马瑟卢斯在她身后摇摇头以示警告，并用手作出呕吐的动作。亚历山大偷笑着，而我勉强笑笑。但当我们来到屋大维别墅宽阔的青铜大门前，我的指甲嵌入了手掌。我听见母亲的声音在脑海中响起，嘱咐我不要握住拳头，放松双手。

“到了。”亚历山大紧张地说。我拉住他胳膊，当我们跨过门槛进入前庭，我诧异地看到房间很简洁。里面没有镶着宝石的松木桌子，也没有悬挂着印度丝绸的奢华房间。一幅褪色马赛克画描绘着一出悲剧，墙上一个旧旧的喜剧面具用空洞的眼睛和可怕的微笑看着我们。当我们穿过中庭，只见那里摆放着朱利氏族祖先的半身像，前面点燃着蜡烛。但没有一尊屋大维或是他家人的高大塑像。除了地上铺的泛着青筋的大理石，没有半点迹象说明一位英雄征服者就住在这里。

“这像是一个商人住的别墅。”我嘀咕着。

“或者说一个乡下人住的。家具呢?”亚历山大问。

但随着我们走向餐厅，一名奴隶匆匆跑出来帮我们洗脚，我往里面瞄了一眼，领悟了屋大维的意图。在每一个客人频繁进出的房间里，摆放的都是最粗制的家具。但在夏季餐厅里，也就是他与最亲密的朋友聚集的地方，桌子上放着银质的鸡蛋杯和配套的碗盏。红褐色的丝绸铺在用餐的长沙发上，散发薰衣草香味的水在一个大理石喷泉里缓缓流动。由于房间的一边向一个花园敞开，长长的亚麻窗帘在微风中拂动，挡住了落日耀眼的余晖。

“他希望人们觉得他很简朴。”我用帕提亚语尖刻地说。

“同时，他的朋友却像国王一样用餐。”哥哥补充说。

传令官通报了每一个人的到来，轮到我们的时候，我看到餐厅里每一位客人都转过头来。

“亚历山大·赫利俄斯和克里奥佩特拉·塞勒涅，埃及的王子和公主。”

房间里响起一片低声的惊叹，接着客人们转向彼此，开始热切地交谈起来。

“跟着我。”屋大维娅温和地指示我们，而加利娅离去了，和家里的奴隶们一起在中庭用餐。随着我们穿过房间，我看见朱丽叶从角落的一个桌子边站起。她是屋大维唯一的孩子，但她看上去和他一点儿也不像，我猜想她继承了她母亲的容貌。

“马瑟卢斯！”她露出笑容。她穿着一件浅蓝色的束腰外衣，冷静的黑眼睛流露出赞赏的眼神，向我投来。“过来。”她对他说，把他带走，并挽住他的胳膊。

当我跟着走去，亚历山大把我拉回来。“我们不和他们一起吃饭。我们在下一桌。”他指着一张长沙发，恺撒正坐在上面，在一个卷轴上匆匆地写着什么。我们要和利维娅、朱巴和阿格里帕一起坐。

“你的贵客。”屋大维娅说。

她的哥哥抬起头，嘴角露出不易察觉的微笑。“很好。”他是说我们的衣服。他坐直身体，桌子边的其他人也立刻跟着坐直。“可以算是罗马人了。”

“他们就是罗马人。”阿格里帕指出。

“只有一半，另一半是希腊人。”

“但这是一种美妙的组合。”马瑟纳斯赞赏地说。

屋大维站起来，于是整个餐厅安静下来。“我把克里奥佩特拉王后和马克·安东尼的孩子带给你们，”他宣布，“塞勒涅和亚历山大从埃及赶来，参加明天开始的三日胜利庆典，庆祝我在伊利里库姆的大捷，在阿克提姆战役的胜利和对埃及的吞并。”

下面响起一片如雷的掌声，而我咬住下唇，不让它发抖。

“而今晚，”屋大维接着说，“这些奖品中的每一件都要被拍卖。”他打了个响指，一群男性奴隶推着车，把二十尊盖着布的塑像送进餐厅。有的非常大，有的比我的手大不了多少。房间里的人兴奋地交头接耳。“出价，和往常一样，不能看。”他笑了笑。“享用你们的饭菜吧。”

他回到餐桌边，而屋大维娅示意现在可以斜靠在沙发上了，这样不可能坐得舒服，朱巴则在桌子对面冲我微笑。

“现在你就像个罗马人一样，”他说，“我必须说，一件罗马束腰外衣比一件埃及衬衣更适合你，你还戴上了印玺。”

我对他眯起眼睛。“那是屋大维娅的东西。”

“但是你戴着很好看。”

屋大维娅微笑着说。“亚历山大，塞勒涅，我知道你们已经见过朱巴了。也许你们还记得马瑟纳斯。”自从我们到来，马瑟纳斯的黑眼睛一直注视着我哥哥的脸。“这是马瑟纳斯的夫人，塔伦提娅。她是我的一个好朋友，也是剧场的大赞助人。”

塔伦提娅对我们露出微笑，一对酒窝浮现在她的脸颊上。“我很乐意。”

“这是诗人维吉尔，这是历史学家利维。”这些人坐满了桌子，当女仆们端着大银碗进来时，屋大维娅小声说：“这是开胃菜。”我猜想这是第一道菜。里面有蘸醋的卷心菜、蜗牛、菊苣、芦笋、蛤蜊，和红色的大螃蟹。每个人都可以从桌子的中央挑一些自己想要的食物，并且，像埃及一样，桌上还有纸巾和一个可用作小刀的勺子。我选了一些蛤蜊，正当我不知该如何处理空壳的时候，我看见阿格里帕把他的空壳扔在地上。亚历山大愉快地学着他的样子，把他的蟹壳丢在地砖上。

“亚历山大。”我低声说。

“怎么啦？大家都这么做，”他心虚地说。

“但是谁来收拾干净呢？”

亚历山大皱起眉头。“奴隶们。”

就连屋大维娅也把她吃剩的壳扔在地上，一摆手把它们都抹下去。她要求塔伦提娅帮助描述，屋大维不在的时候上演的那些剧目。他们议论着一出剧，其中的女演员真的在舞台上脱衣服，还有一出剧，全体观众都站起来走了，因为演员实在太糟糕了。

第二道菜上桌的时候，亚历山大激动地说："快看！"端着大盘食物的奴隶们先来到我们的桌边，在我们面前摆上各种肉食，就连我父亲也会胃口大开。其中有白杏仁酱汁的烤鹅，配着李子干的鸵鸟肉和讨人喜欢的配菜。甚至还有一只孔雀，放在一只用它自己的羽毛装饰的大盘里。当亚历山大看见涂上蜜汁、油光锃亮的画眉鸟，眼睛睁得大大的。

"你应该想到你过去从来没有吃过。"我不满地说。

"人是会变的。"

"变得怎么样？想想我们的祖父。"他死的时候胖得像头牛。

一名奴隶走过来往我们的杯子里倒酒，屋大维在塔伦提娅耳边嘀咕着什么。她暧昧地咯咯直笑，并且他不断地和她眉来眼去。也许这就是为什么利维娅从来没有给他生过一个儿子，我心想。

"你想看看我沿途带了些什么？"我听见他问。她的酒窝显现出来，见她点点头，屋大维打了个响指。"从埃及带来的箱子，"他命令一名奴隶。"搬到这儿来。"虽然他只吃了几颗橄榄和一点面包，但看起来他已经吃完了这顿饭。

等到箱子被放在屋大维身后的一张桌子上，塔伦提娅开心地拍着手。"你的宝贝！"她喊道，长长的睫毛摆动着。

"只是几件。"屋大维承认，而我好奇地想要看看他从埃及偷来了什么。把箱子搬到桌上的奴隶一次拿出一件珍宝，而屋大维报出它的名字并把它递出去传阅。

"要我把名字写下来吗？"利维娅急切地问，"万一你忘了。"

"好的，"屋大维说，而利维娅从桌子暗藏的抽屉里拿出一个卷轴和一支芦秆笔。"这名叫荷鲁斯之眼，"他说，他的客人发出一片迎合的赞叹。这是一件彩陶的护身符，一件会令一个亚历山大城外的乡巴佬大开眼界、却再也回不到王宫的宝物。我不知道他是从哪里弄到的。"这是一尊战争女神塞克荷迈特的塑像。"塔伦提娅认为这是她见过的最美丽的塑像。当小塑像传到她的手里，她轻抚这女神母狮般的脸庞，手指滑过她的胸部。

“你能想象去崇拜一个长着狮子脑袋的女神吗?”她问朱巴,“我听说他们还有一个长着河马脑袋的女神!”

“塔瓦瑞特,”我咬着牙,从牙缝中挤出这几个字,“他们都是古老的神灵,而今天人们崇拜伊西斯,她和你们的维纳斯没什么两样。”

“我觉得塞勒涅是想说,”朱巴插话说,“托勒密王朝不再崇拜长着动物脑袋的女神,而是长着翅膀的女神。”

“我想你们的丘比特也长着翅膀。”我尖声说。

亚历山大踢了一下我的小腿,但桌子边的男人们都大笑起来。“没错!”维吉尔说着,明智地点点头。塔伦提娅看上去很后悔,我看得出她并没有冒犯之意。但屋大维对于我们的玩笑并不感兴趣。他拿出了在船上从我这儿拿走的那幅素描画,而塔伦提娅第一个发出低声地赞叹。

“那是什么?”

“克里奥佩特拉·塞勒涅画的亚历山大城,”屋大维回答说,虽然他看着我的时候,眼里没有半点温存。“这位公主似乎在艺术方面很有天赋。”

我的画被他们在桌上传阅,连朱巴似乎也被打动了,第二次盯着画面看了一会儿。利维娅在她的卷轴上做了几个记号,她把我的名字拼错了,K 写成了 C。我不相信在罗马会有人拼不出我母亲或是我的希腊语名字,我知道她是故意的。

“艺术家和驯马师,”阿格里帕说,“一对非常有趣的兄妹。我在想——”他的话被餐厅外的一阵骚动打断。客人们都在沙发上坐直,接着门被打开,一名士兵走了进来。

“怎么回事?”屋大维问道。他站了起来,朱巴和阿格里帕也跟着站起来。

“抱歉,恺撒,但这个消息我认为您愿意听到。”

“我们那臭名昭著的叛徒被抓到了?”朱巴问道。

“没有,但是红鹰的一个同党——”

“难道士兵们现在也以他为荣了?”屋大维呵斥道。

那名士兵退了几步。“不。我——我是说那叛徒。那叛徒的同党被人发现在朱庇特的神庙上张贴这个。”那士兵掏出一份卷轴，屋大维一把抢过来。“又一张传单，”士兵说，“最下面有同样的红鹰标志。”

“这个人被拷问了没有？”屋大维问道。

“是的。”

“他怎么说？”

“他说广场上有个陌生人付钱给他，让他把这个钉在墙上。”

“那么那个陌生人是谁？”

士兵摇摇头。“他发誓说那是个农夫。”

屋大维露出凶残的表情。“拿出这张纸的人不可能是农夫。他认识字，并且能够进入巴列丁丘。他是个士兵，或者侍卫，或者是一个非常愚蠢的参议员。这个人在撒谎！”

“砍掉他的手，”利维娅马上说，“把它钉在参议院的大门上。”

那士兵看着屋大维等待他的定夺。

“好的。如果他还是不记得谁付钱给他张贴这个，那就把他钉在十字架上。阿格里帕来负责这件事。”见那士兵犹豫不决，屋大维厉声喝道，“快去！”

整个餐厅里人人紧张得不敢出声。屋大维看着竖琴师。“继续演奏！”他命令说。那女孩忙把颤抖的双手放在琴弦上，等屋大维回到他的座位，众人开始不安地交头接耳。

我转过身，在屋大维娅耳边问道：“我不明白，谁是红鹰？”

屋大维娅紧张地朝她哥哥瞥了一眼，后者正在对阿格里帕下达指示。“一个想要结束奴隶制度的人。”

“这么说他正在鼓动奴隶们造反？”我问。

屋大维娅很不自在地挪了挪。“不。鼓动造反的行动早就失败了。奴隶们没有武器，也没有组织。”

“那么他要怎么样？”亚历山大问道。

“鼓动贵族们暴动。他希望拥有金钱以及在参议院拥有权力的人来结束奴隶制度。”

哥哥做了个鬼脸。“他认为有这种可能性?”

屋大维娅无奈地笑笑。“不,最多有希望放宽法律。”

“如果他认为他能实现这一点,那他也太傻了,”朱巴板着脸说,“罗马将一直保留奴隶。高卢人、日耳曼人——”

“埃及人、毛里塔尼亚人。要不是命运女神的一念之差,你我也会成为奴隶!”

马瑟卢斯从我们旁边的桌子看过来,我没想到自己会说得这么大声。

第五章

“那真是勇敢啊，你对他说的话。”马瑟卢斯说。

“或者说是非常愚蠢。”哥哥气呼呼地插了一句。

“为什么？难道这不是事实吗？”我反问。我们三人各自坐在一个沙发上，在我们房间的灯光下，马瑟卢斯看上去像是金发的阿波罗。他那强壮、黝黑的胳膊似乎力大无穷。难怪屋大维更偏爱他，而不是他那苦瓜脸的继子提比略。

“是不是事实没有关系，”哥哥警告说，“你很走运，恺撒没有听见你的话。”

我朝门口瞥了一眼。很快屋大维娅会进来，要我们上床睡觉。“你觉得那个囚犯会怎么样？”

“就像我舅舅说的那样，他的手会被钉在参议院的门上。”

“阿格里帕会那么做？”亚历山大小声问。他已经摘下了头冠，头发在眉毛上方抖动着。他用手把头发往后拨。

“或者别人。但没有人比阿格里帕更忠诚了，如果他的亲生女儿威胁到罗马，他也会大义灭亲。反正他们一定会抓到这个叛徒。”

“但为什么他用红鹰为标志？”我问。

“因为老鹰是罗马军团的象征。他想说罗马沾满了奴隶的鲜血。自由民①

① 被释放的奴隶。

都认为那很勇敢。但别在我舅舅面前提到这个名字，他认为那是在赞美叛军的活动。”

“但如果参议员不起来反叛，”我问，“红鹰该如何对抗法律呢？”

“偷偷潜入斗兽场释放角斗士，同时帮助那些因为逃亡而分开的奴隶夫妻。”

“逃到哪里？”哥哥喊道。

“可能是逃回他们的祖国。几个月前有高卢的奴隶在弗拉米尼亚斯大道被抓到，他们带着大量偷来的金子，足以逃回高卢。”

我看了哥哥一眼，他一定知道我在想什么，但是他坚决地摇摇头。但还有谁可以指望？如果这个红鹰愿意帮助奴隶们回到高卢，那为什么不能帮助我们回到埃及？亚历山大和我一样，都听到了屋大维的警告。这个女孩很漂亮。几年后，某个参议员需要被安抚。那时她将会长到结婚的年龄，并给他带来快乐。这两个男孩都没有到十五岁。让他们活着显得很仁慈。如果仁慈已经失去了意义呢？等到亚历山大长大成人，对他们构成威胁了呢？

马瑟卢斯接着说：“那叛徒的行为是有些正义感的。我们生在巴列丁丘，那只是命运女神碰巧作出的决定。我们也可能生活在苏布拉，和老鼠睡在一起，乞讨食物。或者我们会像加利娅一样，被卖身为奴。”

亚历山大坐了起来。“她本来不是奴隶？”

“不是。她的父亲是维钦托利国王。”

“她是位高卢的公主？”我倒吸了一口气。

马瑟卢斯点点头。“她还是小女孩的时候就被绑上锁链，带到罗马，几年后，她的父亲在恺撒的胜利庆典中游街，随后被处死。”他看到我的表情，于是马上说，“一位埃及女王永远不会这样。维钦托利是高卢人的领袖，一个野蛮人。母亲告诉我，加利娅来这里的时候，既不会说拉丁语，也不会说希腊语。”

“那么她应该不是二十岁。”

“不是吧。应该说，她差不多三十岁。”

哥哥迟疑着说："那为什么你舅舅让我们免受奴役？"

"因为你们的父亲是个罗马公民，而且你们身上流着亚历山大大帝的血。"

"朱巴的父亲不是罗马人。"我指出。

"没错。他的祖先是著名的勇士马西尼撒。但舅舅一定很庆幸他没有让朱巴做奴隶，朱巴在阿克提姆救了他的命，而在那场战斗打响的多日之前，舅舅曾担心自己会战败。"

就像是在那场战斗的多日之前，母亲以为埃及依然有救。

房间里陷入一阵不安的沉默。马瑟卢斯清了清嗓子。"我看了你画的亚历山大城的素描，"他说，"你很有天赋。"

"你应该看看她其他的画，"亚历山大说，"给他看看你的素描本，塞勒涅。"

我双手抱胸。

"她有一个皮革本子，"亚历山大解释说，"你一定没有见过。去吧，去拿过来，"他央求我。

见马瑟卢斯看着我，于是我跑到房间一角的箱子边，取出了母亲送给我的礼物。在烛光中，他睁大了眼睛，当双手捧着这个本子时，他不可思议地问道："这是什么做的？"

"小牛皮。"亚历山大说。

"整个本子都是？"马瑟卢斯一页页翻着，我不知道他更感兴趣的是什么，是我的画，还是画布。"我从没见过这样的东西，"他坦言，"这是从哪儿来的？"

"佩加蒙卫城里的图书馆。"哥哥说。

"世界上最伟大的图书馆！"

"排名第二，"亚历山大纠正说，"因为我们家族停止对他们出口莎纸草，他们开始用小牛皮来做这样的书本。"

"书本。"马瑟卢斯惊叹道。

"在佩加蒙有二十万册这样的书，我父亲把它们当作一份礼物，全都送给了我母亲。她看了这些书,一本接着一本。每天晚上换一本。”他看着我,我知道他在回想,七岁生日那天,我们可以从佩加蒙图书馆藏书中,挑选我们想要的任何一本书。哥哥选了一本有关马匹的书,而我选了一本用于画画的空白本子。

我别过脸去,马瑟卢斯低声说,“克里奥佩特拉是个了不起的女人。”

“是的。”亚历山大喃喃地说。

大厅里响起了脚步声,马瑟卢斯站了起来。“是我母亲。”他说,并把我的素描本还给我。我们房间的门被打开了,屋大维娅端着一盏油灯,灯光映亮了她的脸庞。

“马瑟卢斯,”她厉声说,“你在干什么?”

“准备去睡觉。”他回头朝我们咧嘴一笑,接着吻了吻他母亲的脸颊。“明天早上见。”他向我们保证。他走了以后,屋大维娅把油灯放在一张桌子上。

我和亚历山大靠回沙发上,等着看看她要做什么。尽管很热,我还是在身上盖了一条薄薄的亚麻毯子。她走过来坐在我的沙发边。我深吸了口气,闻到她身上淡淡的薰衣草香味。我母亲总是用茉莉花香。

“今天过得怎么样?”她和蔼地问道。

我对亚历山大投去疑惑的眼神。“很累。”我坦言。

“明天会更累,”她告诉我们,“明天我想要替你们做好准备,参加我哥哥的胜利庆典,虽然只有一天。”

“我以为会有三天。”

“是的,但你们只是参加明天的活动。早上,衣服会送到你们房间。你们要穿上,接着坐游行车跟在恺撒后面。还要戴着锁链,但我不会允许他们铐住你们的脖子。只有奴隶才会那样。”

“然后呢?”亚历山大平静地问。

“你们回来参加胜利宴会,这比你们今晚看到的更为盛大。但你们必须做好思想准备,会碰到一些事情。一些让你们很害怕的事情。”

“他们会在街上朝我们吐口水吗?”我小声问道。

“我不知道。下层平民很愤怒。他们相信，有关你母亲和父亲的传言都是真的。”

“什么传言？”我焦急地问。

屋大维娅绷紧肩膀。“比如说你父亲在埃及的时候穿上希腊式的衬衣，把他的托加袍收起来。”

我抬起下巴。“那是真的。”

“他们还相信什么？”亚历山大问道。

“安东尼要求自己被当作狄俄尼索斯来崇拜。他的头上戴着常春藤，随身佩戴酒神的手杖而不是剑。”

我可以想象父亲正如屋大维娅描述的那样，穿着红金两色的斗篷，拿着酒神的茴香枝。“这些都是真的。”

屋大维娅俯身向前。“他真的用你母亲的画像来敲打一枚罗马的钱币？”

“是的，三年之前，”哥哥回答说，“就一枚钱币，有这么严重吗？”

见她不作声，我尖声问道：“那么罗马人相信的就是这些？”

她不知该怎么说才好。“还有在尼罗河上晚餐的传言……”

“当然是真的，”亚历山大坦率地说，“我们的母亲和父亲有一个俱乐部，特立独行生活者学会。”

“这个学会做些什么？”她喘着气问道。

“他们在船上设宴，同世界各地的哲学家探讨文学。”

“接着他们把它改成了至死不渝文学社。”我接着说，“就是父亲在阿克提姆战役中失败后。如今那些都不复存在了，”我说，“就像我们的母亲和父亲一样。”

屋大维娅往后靠了靠，看看哥哥，又看看我。她似乎很难把她所熟识的她的丈夫安东尼，同我们的父亲安东尼联系起来。“那……那么你们父亲有很多时间陪伴你们母亲吗？”

我明白了她的意思，只觉得两颊发热。她曾爱过他。

亚历山大小声回答，“是的。”

“那么他很少花时间和他的手下在一起?”她问的是我。

“没错。”我羞愧得不敢看她的眼睛。“你现在很庆幸他死了?”

“我从来不希望任何人死去,”她说,“当他离开我的时候,”她坦言,“事情确实很难堪。罗马上下都知道我被抛弃了。”

我试着去体会她当时的感受,被我的父亲抛弃,且人尽皆知。安东尼娅和东尼娅,我同父异母的姐妹,甚至还不认识他,因为当她们才几岁的时候,他就跑来一直和我们在一起。

“我哥哥希望他死,”她承认,“但是我……”她迟疑着,最后还是说,“在罗马没有一个女人不爱你们的父亲。”

“现在她们不爱他了。”我说。

她从我的沙发上站起来,接着用手背轻抚我的脸颊。“因为她们认为,他抛弃了自己的人民去当一个希腊人。但这一切都过去了。”她温和地说,“重要的是明天。勇敢一点,一切都会顺利过去。”

等到她把油灯留在亚历山大的沙发边,关门离去后,我转向我的哥哥,在跃动的烛光中,我们注视着彼此。

“我们的母亲晚上从不来看我们。”他说。

“因为我们的母亲是统治者,不是某个人的妹妹。”

“你觉得父亲真的爱过屋大维娅吗?”

要说没有真的很残忍,但是屋大维娅和我们的母亲有着天壤之别,我无法想象父亲和她在卡努匹克大道上坐马车比赛,或是当她获胜的时候父亲抱起她旋转。“也许他爱她的善良。”我说,亚历山大点点头。

“马瑟卢斯也一样心肠很好,不是吗?我认为在罗马没有人比他更帅了。”

我瞪着他。“你不会是个加尼米德派[①]吧?”

“当然不是!”他气得涨红了脸。

---

① 加尼米德是希腊神话中被宙斯相中,抓到奥林匹斯山当司酒的美少年,也暗指男人间的同性恋。

我一直瞪着他，但他吹熄了灯，在黑暗中，我累得不想再争辩。

第二天早上送到我们房间的衣服令我们感到耻辱。亚历山大举起他的麻布短裙，而我气得把镶珠子的裙子揉成一团。

"罗马人以为埃及人就穿这个？"我忿忿地说。外面的山坡在晨曦中泛出一片粉色，但我听到整栋别墅里的人都已经醒了。

"当然，"加利娅说，我看得出她并不是在嘲笑我。

"一千年前，王后们都穿镶珠的裙子，"我告诉她，"但现在她们穿丝绸的衬衣！"

"我看到的画像和雕塑都不是这样的。"

"因为它们都是象征性的，"亚历山大耐心地解释说，"我这辈子到现在都没穿过一条短裙。"

"对不起，"她说，我知道她是真心的。她小时候在罗马游街的时候一定遭遇了同样的耻辱。"但这是恺撒要求的。"

她带我去浴室时我没有反对。我看得出来加利娅很不开心，但当她帮我穿上镶珠的裙子时，我看着镜子，脸直发烫。珠子只盖住了最重要的部位，否则我就算是赤身裸体了。

屋大维娅来的时候用手捂住了嘴。"她穿的是什么？"

"那是恺撒要求的。"加利娅愤慨地说。

"她不能像个妓女一样游街！"她转向我，"你有没有带其他的衣物？"

"丝绸束腰外衣和假发。"我马上说。

"你们在亚历山大城就这么穿？"

"还要化妆。"

"那么把它们拿来，"她一时闭上了眼睛，"化妆也比这个好。"

屋大维娅看着加利娅给我戴好假发，当我告诉加利娅如何用黑色的锑粉画出一条线，从眼角一直往外延伸时，屋大维娅微微皱起了眉头。加利娅想了解我从箱子里拿出来的每样东西。涂在指甲上的染料，涂在脸上的辣木油，刮去杂眉的浮石。

“你太年轻了，不适合用这个！”加利娅认真地说，“你会把脸磨粗的。”

“就是这个作用。”我向她展示卡尔蒙每天早上涂在我脸上的乳霜。她拿到鼻子前闻了闻，接着递给了屋大维娅。

“所有的女人都戴这个？”屋大维娅小声问道，“指甲花和假发？”

“在特别的场合。”我告诉她。

她看了加利娅一眼，后者说：“那和罗马人用来涂眼影的孔雀石差别不大，主人。只是埃及人更喜欢使用它。”

当我们离开浴室返回卧室，我忍俊不禁。我的哥哥穿上了一条亚麻长裙。胸前佩戴的金色饰品闪闪发光，而法老佩戴的、蓝金两色的尼美斯王冠代替了他的头饰。他转过身，生气得两手抱胸。“凭什么你能穿你的束腰外衣，我却要穿成这样？”

“因为恺撒要我穿一件镶珠的裙子。”

他屏住呼吸。“像个舞娘一样？”

“或者说是妓女。”我用帕提亚语说。

屋大维娅清了清嗓子。“现在我们要去中庭了。”她紧张地抚平自己的外衣。“我哥哥会到这里来献供品，随后游行队伍会在参议院出发。你们不会有事。”她保证。

“你们会坐在恺撒后面的车里，”加利娅解释说，“而平民绝不会冒险朝你们扔石头，因为那样会打着恺撒。”

“但是他们可能会扔其他东西。”哥哥斗胆说。

加利娅看看屋大维娅，后者坚决地摇摇头。“不会，你们会紧跟着屋大维。这一点我可以保证。”

我拉住哥哥的胳膊。屋大维和利维娅早就到了中庭，他们在交代马瑟卢斯和提比略在胜利庆典中往哪些地方走，虽然马瑟卢斯似乎更专注于对朱丽叶微笑。我们一到，他们的谈话声渐渐停止，阿格里帕和朱巴停止了擦剑。

“噢，天啊，”马瑟卢斯喊道，并向我走来。“看看这假发。”每个人都转过来看，朱丽叶看着我，眼神带着明显的厌恶。等着瞧，我心想。

“那条镶珠的裙子呢?”利维娅问道,我这才明白,要求我穿那条裙子的不是屋大维,而是利维娅。她想看到我蒙受羞辱。见没有人回应她,她又问了一遍,“那条裙子呢?”她走过来,但加利娅走到我前面。

“今天早上那条裙子不幸出了事故,显然主人的猫误把它当成了玩物。”

“你这个傲慢的小贱货。走开!”

加利娅退到一边,但换成了屋大维娅走上前。“那条裙子已经不在这里了,利维娅。”

“撒谎!我知道你拿——”

“你在和恺撒的妹妹说话,她不会撒谎。”屋大维生气地说。

利维娅羞怯地低下头。“原谅我,屋大维。”

“你冒犯的是我妹妹,不是我。”

利维娅在众目睽睽之下转向屋大维娅。“对不起。”她说,虽然她的话听起来很尖酸,而不是很后悔。

屋大维娅只是点点头。她没有撒谎,那条裙子已经不在这里了,屋大维娅把它交给了一个奴隶,让他卖到集市上去了。歪曲事实的是加利娅,而我真希望假发能令我隐身,因为利维娅瞪着我。她永远不会忘记这次受辱。她会把账算到我的头上。我和加利娅头上。

“我的演讲稿呢?”屋大维问道。

利维娅缓缓地从袖子里拿出来。他从她手里接过卷轴,展开后,赞赏地点点头。“很好。”我注意到他在托加袍里穿着一件钢铁盔甲,因为分量太重,他行动起来很不自在。“阿格里帕,朱巴,你们明白吗,在我演讲的时候不要走动?”

“我会站在你的左边,”阿格里帕承诺,“朱巴会站在右边。如果有参议员向你走来——”

“那么我允许你拔出你的剑。我们是一家人,”他严肃地说,看看屋大维娅,又看看利维娅,再看看马瑟卢斯。“家人总是彼此守护,罗马人民必须看到这一点。平民看到朱利—克劳狄家族才能领会传统、团结和美德的真谛。如果我们不幸福，那一个砖窑工人还有什么机会得到幸福，所以我们要微笑，提比略也是。”

提比略咧开嘴，露出做作而丑陋的笑脸，马瑟卢斯窃笑道：“好帅啊！”

“对不起，我无法像你这么漂亮，”提比略对马瑟卢斯毫不留情地说。

但屋大维没有心情说笑。“够了！屋大维娅，去拜守护神。”

屋大维娅伸手从一个小柜子里拿出一瓶酒。在尤里乌斯·恺撒的半身像下方，她往一个浅浅的碗里倒上一杯的量，房间里所有人都吟诵“Do ut des”（我们给予你所以你会给予我们）。

寂静持续了片刻。接着屋大维直起肩膀并宣布，“胜利庆典开始吧。”

我本以为参议院是全罗马最宏大的建筑，一个极为庞大的地方，每一个曾经在此效力的人都能坐在各个大理石的房间里。当我看到它是由石灰和砖块建造而成，下半部用的是大理石板，上半部是白色石块，便问马瑟卢斯：“就是这里？”

“朱丽叶元老院，”他敬畏地说，“罗马人称之为参议院。”台阶上满是涂鸦，有些画像无疑是恺撒的。如果我母亲发现有人乱画她的像，她一定会找到那个人并判处他死刑。然而屋大维也懒得为了胜利庆典而把它们去掉。一段阶梯通往一对青铜大门，马瑟卢斯叹了口气。“一般不让我们进去。”

“为什么？”

“因为我们还太年轻，而女人从来不被允许进入。但他们为你们破了例。”

我紧张地看了哥哥一眼。

“我们要做什么？”亚历山大问道。早晨的阳光照在他的金色胸饰上发出如此耀眼的光芒，因而马瑟卢斯要举起一只手挡在眼前才能看清他。

“我舅舅演讲的时候坐在那里。接下去胜利庆典就开始了，我会走在你们前面几步的地方。”他安慰说。

“坐在游行车上？”

“骑马，在恺撒的右边。”一个尊贵的位置。

“来吧。”阿格里帕招呼亚历山大，随着我们登上台阶，我回头朝马瑟卢斯瞥了一眼，他对我露出微笑，以示鼓励。

“这是参议院，”我们进去的时候阿格里帕说，“里面没有人是因为现在还太早。但是过一会儿，这里将会一片喧嚣。”给参议员坐的木质长椅一层层地往上摆放，一个高高的平台正对大门，就是屋大维要演讲的地方。

亚历山大伸长了脖子想看清整栋建筑。“有多少位参议员？”他问道。

“将近一千。”阿格里帕回答。

“这里能容下他们所有人？”

“不。有些人只能站在后面。”

我们踏过参议院的地板走向高台，而阿格里帕走在后面，这样我和亚历山大就能跟着朱巴走上三格小小的台阶。高台边有一尊罩着麻布的塑像。

屋大维看着朱巴。“就是这个？”

“胜利女神像，”朱巴说，“这是两百五十年前在塔兰顿雕塑的。是真品。”

屋大维拉开麻布，我和亚历山大走上前。

“就像纳基，”我用帕提亚语小声说，“我们的胜利女神。我不知道这些罗马人有没有自己的原创。”哥哥捏了一下我的胳膊，但我心满意足地想到，当参议员们涌进这栋楼，他们会看到一个希腊人雕塑的作品。

参议员纷纷到来，他们举起手互相招呼，说话声响亮地回荡在房间里。身穿紫色和白色衣服的人们坐满了长椅，高台上有五把椅子，阿格里帕命令我们坐在他的左边，万一需要拔剑的时候好方便他的右手活动。亚历山大挨着屋大维坐下，而恺撒的另一边则是朱巴。等这两人都入座了、屋大维查看他的稿子时，朱巴则环顾着人群。在朱巴的眼皮底下，有人咳嗽、站起或是俯身去捡一个掉落的卷轴，他都看得一清二楚。

等到参议院里挤满了人，阿格里帕清了清嗓子。“时间到了。”

屋大维用手掌捋着托加袍，我在想他怎么会紧张。这些都是他的人，他的胜利成果，他的参议院。他展开利维娅在屋大维娅别墅外交给他的卷轴，我看得出他的手在发抖，但眼神很坚定。他站起来，整个房间安静下来。虽然现在还是清晨，但房间里已经闷热难耐，我很庆幸门被撑开着，让参议员的儿子们从外面观看整个过程。

“各位父老及各位新进，”屋大维很正式地称呼这些人，“如果你和你的孩子们身体健康，那么一切都好。我和整个军团都很健康。”下面是一片赞同之声，尽管他还没有说到什么重要的话。接着他告诉他们他征服了达尔马希亚，在阿克提姆的奏凯，以及最后对埃及的吞并，埃及将作为他个人的财产而并非一个由参议院统管的王国。“安东尼在埃及的大街上辱没自己，在亚历山大城的王宫里辱没自己，更辱没自己的是允许一个外国的女王指挥我们的罗马军团。但那种耻辱已经结束了！”下面爆发出如雷的掌声。我看着哥哥，他的脸色同身上的麻布长裙一样苍白。

“从今往后，马克·安东尼的名字将从年表中抹去。他的塑像会从广场上移走，只要罗马还有参议院，安东尼氏族的人就不能叫马克。”掌声再次响起。“最后，我建议把这个叛徒的生日定为不吉日，一个倒霉的日子，一切公众活动暂停！”一片惊天动地的欢呼声随之而起，我想屋大维的提议通过了。他回过头，对阿格里帕露出微笑，握在手上的卷轴不再颤抖。

“随着这些胜利的到来，”屋大维接着说，“你们有人也许在想我为什么没有带回来奴隶。也许你们还记得当年尤里乌斯·恺撒征服高卢并带回四万名金发的野蛮人，以至于现在罗马的每一个女人都想拥有金发。但我不会让我们的女人把自己打扮得像埃及的妓女！如果你们的女人一定要打扮，那就让她们装扮你们的家园，让她们购买埃及的塑像。我们是罗马人，我们的外表要像个罗马人！”

赞同这番言论的掌声震耳欲聋。

“在罗马城界限内不应该有崇拜伊西斯的神庙，让罗马人崇拜罗马的神灵。至于参议院，我建议增加薪酬。在罗马，还有什么工作比领导人民、作出决策来影响人民的生活更重要？”房间里响起一片嗡嗡的赞同声。

“一个光明的新时代即将到来。几百年来，我们第一次拥有和平，并将繁荣壮大。我将拿出自己的便士①，创建消防营和预防犯罪巡夜营。并把可以获得救济粮的人数从三十万增加到四十万。”他的声音在参议院上方越来越响亮，而我意识到这是他演出的一部分——用无形的锁链奴役他的人民。“为了每一次奏凯或个人的胜利，”他接着说，“我鼓励你们为新罗马的建设作出贡献。我的指挥官提图斯·斯塔提利乌斯·托鲁斯已经开始建造第一座砖石结构的圆形剧场。我的执政官阿格里帕已经拿出他自己的便士来建造澡堂，并接纳了数万人。如今，他要建造万神殿来供奉我们的神灵，那会是有史以来最伟大的神庙。卢西乌斯·马尔西斯·菲利普斯正在重建赫拉克勒斯神庙。你们的建筑呢？”他问道，“哪一座纪念碑上会永远镌刻着你们的名字呢？”

我看得出参议员们很激动。演讲中没有谈到如何惩罚那些曾支持我父亲的人，只谈到如何建设一个新罗马。屋大维优雅地微微鞠躬。突然大家都动了起来。

“怎么回事？”我问亚历山大。

“胜利庆典开始了。”阿格里帕回答。

参议院外，号声齐响。高台下出现了一位老人，举着两条金色的锁链。“给孩子们的。”他说。

我看着阿格里帕。

“只是在胜利庆典的时候用，”他解释说，当他要求我们伸出手，我忍不住流下了眼泪。他先是把链子绑在亚历山大的手腕上，接着转向我，但是不看我的眼睛。他的女儿维普撒尼娅比我小四岁。我不知道他是不是在想，如果受辱的是她，那会是什么情形。他确保链条松松地绕在我们手腕上，当一位参议员微笑地看着此情此景，我不准自己再哭。

我们跟着屋大维穿过通往广场的双门，我羞愧得不敢看我的哥哥。突然我踩在自己的束腰外衣上差点绊倒，朱巴却粗声粗气地说：“继

---

① 古罗马货币。

续走。”

“我在走。”我顶了一句。

“那么你就别再可怜自己了，你们还活着。”

外面，成千上万人正在合着笛子的乐曲唱歌跳舞。士兵们努力地把平民和参议员隔开，后者正有秩序地排成几列，准备游行，但那是徒劳的。朱巴带着我们穿过疯狂的人群走向一辆木囚车——那里已经被布置成一个埃及式的房间，我们开始爬上阶梯，哥哥突然在我前面停下，我顺着他的目光看去。只见在最上面，我母亲的蜡像躺在一张长沙发上，胸前盘着一条眼镜蛇。

“别看，”他生气地说，“他们希望我们在罗马人面前痛哭流涕。”

我用力地咬住下嘴唇，甚至尝到了血的腥味，而朱巴指着一对镀金的宝座，我们必须坐在那里，挨着母亲的蜡像。“你们不能动，”他命令，“更别想逃跑。”我眨着眼睛，虽然我没有问还有什么，但他接着说：“今天这里有几千名士兵，他们每个人都很愿意自夸杀死了一个马克·安东尼的孩子。”

我乖乖地坐着，不准自己去想卡尔蒙。她很讨厌游行的吵闹和拥挤，如果她看到我们坐在那里，和屋大维征服的所有城市的标志物放在一起，一定会心碎。下方的一些人像是在模拟罗马军队跨过的河流，包括幼发拉底河和莱茵河。但会让卡尔蒙更心痛的是那些锁在一起的女人，除了胸前的标记，她们几乎全身赤裸，象征着她们被征服的部落。

亚历山大看着我们下方的景观，突然转向我，小声说：“在胜利庆典之后不曾有人活下来。”

“那为什么给我们安排房间？为什么让我们跟着屋大维娅？”

“让我们乖乖听话！”

我打量着哥哥的脸。“那么我们该怎么办？”亚历山大提起他的长裙，我看见裙摆上藏着一把小刀，叫了起来：“你怎么——”

“嘘。我从马瑟卢斯那里拿到的。我告诉他，我要割断我们旅行箱上绑的绳子，他再也没有要回去。我们可能会被处死，但也可以搏斗一番。”

胜利庆典开始了，人民和士兵混成了一片。我注意到我们前面的马车，由四匹白马拉动，载着屋大维、他的妻子和妹妹。三人都戴着月桂花环，但只有屋大维的脸上涂着朱红，让人民想到朱庇特，众神之父和正义主宰。我看着满脸深红的屋大维露出微笑，琢磨着，等队伍抵达神庙之后，他会扮演什么样的角色。他会变成刽子手吗？

我们经过神圣尤里乌斯神庙①，在那里，屋大维在阿克提姆掠获的战舰的船头上已经搭起了一座平台。人群在我们下方尖声高喊，我只听见自己的耳朵在充血。一座座门廊上端飘扬的深红色旗帜连成一片，在一个孩子玩耍的庭院里，一尊埃及死神像已经竖起，豺狼头的神灵脖子上戴着一个项圈和一块标牌，上面写着“吠叫的阿努比斯被驯服了”。还有其他的标牌，悬赏那些失踪或是被抓回来的奴隶。自称为“奴隶猎人”的捕手，显然认为这是一个好时机，来为他们的生意做广告，而我在想，是否有奴隶利用这样的公众节日从主人家逃走。我低头看着手腕上缠绕的锁链，想着我们有没有可能逃走。但屋大维一边的朱巴像只猎鹰似的扫视下方，用那对锐利的黑眼睛注视人群，观察着、等待着。

当我们来到卡匹托林丘，囚车被欢呼痛饮的暴民团团围住，他们大呼小叫地走向山顶。参议员们试图将这些人往后推，而士兵们用盾牌表示威慑，但没有人想在庆祝胜利的日子流下罗马人的血。人群高呼“胜利！”而当我回过头，看见我们下方是小型的花车，装载着从我母亲的陵墓拿来的宝贝。在敞开的箱子里，金银财宝闪闪发亮，我父亲生前用过的美丽酒盏和金色的锥形酒杯在阳光下光彩夺目。在朱庇特神庙前，我们的车轮停下，这时我才看到马瑟卢斯和提比略骑在马上。两人都下了马，但走向我们的是马瑟卢斯。我看了看哥哥，他的手敏捷地去摸小刀。

“马瑟卢斯绝对不会伤害我们。”我说。

“屋大维下什么命令他都会照办。”

但当马瑟卢斯登上我们囚车的台阶，他看看哥哥，又看看我，不禁涨

---

① 即恺撒神庙。

红了脸。“这是怎么回事?”他喝道,“来人,把这些锁链松开!”出现在参议院里的那个老人拿着一把钥匙走向我们的囚车。“今天够了!”马瑟卢斯不耐烦地呵斥道。我们被松开之后,他带着我们走下阶梯,同情地摇摇头。“现在都结束了。”

但亚历山大心存疑虑地说:“那么你舅舅会拿我们怎么样?”

“你是说什么时候?”

“今天。”哥哥回答。

“我怀疑你们不会是座上宾,如果你指的是这个。他可能会让阿格里帕——”

“但我们会被处死吗?”我喊道。

马瑟卢斯吓了一跳。“当然不会。”他看着我们两个,被我们凝重的沉默吓着了。“你们就在想这个?”见我们都不作声,他信誓旦旦地说,“我母亲绝对不会让这种事发生。你们就像是她自己的孩子。”

“安蒂拉斯也是,”亚历山大提醒他,“他在亚历山大城恺撒的塑像脚下被杀害。”

马瑟卢斯郑重地摇摇头。在屋大维娅嫁给父亲的那几年里,马瑟卢斯和我们同父异母的哥哥安蒂拉斯一起长大,他认识他的时间比我们认识他的更长。“这不一样,”他保证,“你们太小了,不会威胁他。”

“那等到我们十五岁呢?”哥哥问道。

“他会让你们结婚。在那之前,你们只需要和我们这些人一起承受学业的压力。”号声响起,马瑟卢斯忙转身。“快点!”

在朱庇特神庙里,人们看到马瑟卢斯便退到一边,当我们挤过汗流浃背的参议员们,一位老人对我伸出手。“给你,塞勒涅。”

我立刻认出他腰带上的伊西斯标志。对其他人来说,这个结很不起眼,但我知道那是一个神圣的T形十字结①。我环顾四周,但神庙里太过拥挤,没有人看见。我连忙从他的手上接过一张纸。

---

① 和伊西斯女神联系在一起的标志性绳结,也被称为“伊西斯的血液”。

“一千个祝福。”他在我身后说。

当我们来到神坛，我假装调整肩膀上的别针。我解开别针，把那张纸滑到里面，又重新别好，这样就没有人看得见。接着我的心开始猛跳起来，我在想这封信是什么内容——反叛、营救、从罗马传递——我抬起头，看见朱巴正注视着我。

第六章

在胜利宴会之前，我们有时间可以做准备，但我没有给亚历山大看我收到的东西。我把那封秘密信件藏在我的素描本里。接着，当加利娅梳理我的假发，展开一件干净的束腰外衣时，我把素描本带到浴室里看那张纸条。

伊西斯神庙里还有希望。除非太阳和月亮被囚禁，不然埃及不会灭亡。我盼望着太阳的到来，并且我们会为月亮的再次升起做好准备。

那是用象形文字写的，信很短，但意思很清楚。如果我能够溜到伊西斯神庙去，最高祭司会设法帮我们逃回亚历山大城。我想到朱庇特神庙的骚动，一千位参议员挤在一起，大笑、饮酒、高喊“胜利！”这些参议员同样会受邀来到屋大维的别墅，我一定能神不知鬼不觉地溜走。当然，亚历山大不能去。如果我们两个都失踪，警报就会响起，我就没有时间同最高祭司见面。再说，如果我告诉亚历山大我的想法，他会反对。我合上素描本，等到加利娅回来，我故作轻松地问道：“你知道在罗马有个伊西斯神庙吗？”

她久久看着我，然后才把我的头发打成一个结，把假发在我头上戴好。“战神操场有个伊西斯神庙。是在城界之外，”她说，“但我想最好别要求上那儿去，”她警告说，“主人会不高兴。”

“为什么？”

加利娅优雅地耸了耸肩。“主人崇拜罗马的神灵，她不信其他国家的神。”

“那么你来罗马的时候，”我小声问，“你也失去了你的神灵？”

她笑了一声。“神灵是不会失去的。这些罗马人可以砸碎我们的神像，”她喃喃地说，“用朱庇特和阿波罗的神像取代他们，但神灵依然保留在这里。”她轻轻地碰了碰我的胸口。“还有这里。”她指了指我们上方，“熊神阿提欧会守护着我。”

在我们身后，屋大维娅走进了房间，后面跟着亚历山大和马瑟卢斯，他也穿着搭配好的长裙，戴着法老一样的王冠。他们把头伸进浴室，马瑟卢斯问道：“怎么样？我这个样子像埃及人吗？”

我从椅子上站起来。“你从哪儿弄来这套衣服？”我喊道。一个金色的项圈在他的脖子上闪闪发亮，犹如刚铸好的金币一般。

“舅舅为我定做并从亚历山大城送来的。”

我细细打量着那个项圈。上面刻着银色的象形文字，一个第十九王朝的法老名字写在一边。“你能肯定你戴的不是一个死人的遗物？”

屋大维娅吓得捂住了嘴。“如果那是从一个墓地拿来的——”

“你哥哥绝对不会在一个坟墓里偷东西。他害怕闪电。”马瑟卢斯提醒她，“他的卧室里满是护身符。你以为他真的会去挖那些被诅咒的沙子？”

“不会。”她赞同地说。

但我不是那么肯定。也许屋大维手下的一名士兵认为去偷比去做容易得多。毕竟，屋大维自己从亚历山大大帝的遗体上偷走了那枚戒指。

“再说了，”马瑟卢斯开玩笑说，“这衣服那么新，不像是一千年前做的。准备好了吗？”他拉住我的胳膊，而亚历山大闪到我们旁边。

“罗马人认为埃及人就是这个样子？”我问道，“穿着长裙，戴着胸饰？”

“还有王冠和金色手镯。”马瑟卢斯补充说。

亚历山大抬起他那蓝金条纹的头饰垂下的布片。“三百年来没有人穿成这样。”

“好吧，准备演古装剧。”马瑟卢斯提醒说，在屋大维的别墅里，数百名参议员都戴着类似的王冠，手腕上戴着厚重的金镯子。女人们在手臂上戴着金蛇饰物，黑色的短假发齐刷刷地剪到下巴。虽然公告要求罗马人必须穿着罗马人的衣服，但只要是表示嘲笑，同时庆祝屋大维的胜利，参议员和他们的妻子很乐意打扮成埃及人的模样。“朱丽叶！”马瑟卢斯兴奋地叫了起来，当她穿过摆放好餐桌和长沙发的花园，我发现马瑟卢斯屏住了呼吸。朱丽叶背对太阳的时候，她的白色长裙完全就是透明的。我恶毒地想着她的父亲是否看到她穿成这样。“你看上去像位埃及公主，”马瑟卢斯真心地说，“是吗，塞勒涅？”

朱丽叶那对黑色的眼睛注视着我。

“是的，就像一个埃及人。”我撒谎说。

朱丽叶转向马瑟卢斯。“你有没有听说我父亲准备建造什么？”她冲一名路过的奴隶打了个响指，后者手上端着一个大盘子。他把盘子伸过来，朱丽叶把最大的一杯酒递给马瑟卢斯，不管我和亚历山大。“他要建造他的陵墓。”她开心地说。

“对不起，”我说，“我想我要去和屋大维娅坐在一起。”

亚历山大抓住我的胳膊不让我走。“你要去哪里？”他用帕提亚语小声问。

“随便，只要不用听到屋大维的陵墓！”他走过来跟着我，我摇摇头。“和马瑟卢斯待在一起。”我对他说。我越走越远，并回头看了看，确保他没有跟着我。太阳已经落到了山下，此刻花园被悬挂着的油灯照亮了。当我穿过拥挤的宅邸，我看见屋大维穿着正式的朱红色束腰外衣，和塔伦提娅一同站在餐厅的一个角落里。她正在用手指勾画着他外衣上的棕榈叶，两人亲密地笑着。他们都没有往我这边看过来，我毫不费力就来到了前庭，并通过前门进入外面的暮色中。

没想到没有人跟着我。也许屋大维无法想象我和亚历山大试图逃跑的剧情，也许我们对他的作用到此为止，如果我们蠢得想要逃跑，那么对我们的惩罚也无关紧要。我在想我们会受到什么惩罚，我愿意冒险。我母亲愿意我这么做，我对自己说，跑下巴列丁丘。如果有人看见我，他们只会以为我是个参议员的女儿。

天空像是一片盛开的木槿花，泛出一种红色，渐渐变成紫色，进而又变成黑色。我不知道上哪里去找战神操场，但我决定询问山脚下朱庇特小神庙里的祭司。晚宴的喧嚣从上面传来，女人们尖细的笑声令我的心跳加速。会不会有人想同我说话却发现我不见了？我沿着陡坡尽可能加快脚步，提防着不要被自己的凉鞋绊倒了。

好几群醉醺醺的男人缓缓地走上坡，唱着酒神巴克斯之歌，并邀请我和他们一起喝酒。“过来，我美丽的埃及女王。我想教你几件事，好让你认识罗马。”我父亲身边醉眼蒙眬的酒鬼我见得多了，所以我知道必须避开他们的目光。我绕过几群人，但其中一个伸手来抓我，我来不及躲开。

“放开我！”

“怎么啦？”他的朋友开始哈哈大笑，他粗鲁地把他的嘴唇贴在我的嘴唇上。“你不小了，可以化妆了。”

他把我拉到树丛里，我尖叫起来，他朋友的笑声越来越远。他们把我留给他玩弄，我意识到这点。我猛踢他的大腿，但是他把我摔到地上，把那沉重的肚子压到我的上身，我能感觉到他裙子下的身体充满了欲望。我转过头尖叫，但正当他把手伸到下面来掀我衣服，一个人影逼近他的身后。只见一把小刀一闪，袭击我的人不动了。我不想等着看人影是谁。我爬着穿过黑暗，来到石子路上，接着往山下跑。当我的凉鞋踏上神庙的第一格台阶，一只手抓住了我的胳膊，我喊出了声。

“你以为你在干什么？”

我心惊胆战地转过身，朱巴用双手摇晃着我。

“你在这里干什么？”他吼道。

“我——”

“在你撒谎之前最好想想清楚。”见我一声不吭，他猜测说，“你要去伊西斯神庙。”

我的眼神一定出卖了我，所以他才拽着我的胳膊，硬拉着我往山上走。

“你把我弄疼了！”我喊道。

“你准备冒更大的险。”

“你要把我带到哪里去？”我很惭愧自己的声音在发抖。他没有作声，我小声问，“你杀了那个人？”

“你希望他活着？”

我们一直往前走，他抓着我的胳膊抓得很痛。“你没有权力碰我。”我试图挣脱，“我是埃及的公主！”

“那你知道你凭什么当公主？”他问道。

我抬起下巴。“凭我的教养。”

他嘲讽地笑了。“凭你的金子！你真的以为最高祭司会出于好心帮你逃回埃及？我看见他在朱庇特神庙里给了你什么，他联络你的原因只有一个。他要报酬。这样的——”他一直看着我的头冠，“或那样的。”他故意看着我衣服上的缝隙。

“不，”我摇摇头，“伊西斯最高祭司不会这样。”

“哦不。罗马的市民也不会这样。你明白这个男人要对你怎么样吗？”

“当然！”

“那就明白这一点。”他停下脚步，他的脸离我这么近，以至于我能看见他的下巴生气地抽动着。“独自走在街上的女人会被男人绑架，被卖去做奴隶。到现在为止，幸运女神一直眷顾着你，虽然我不知道，她为什么在你这么一个骄纵的小女孩身上浪费时间。在罗马你有哥哥，在萨图尔诺①神庙还有不小的一笔钱支付你们所需要的——”

---

① 古罗马神话中的农神，下文中的农神节就是为了纪念农神。

"我一点钱也没有。"

"你当然有,"他苦涩地说,"我知道是因为我亲自把它转移到这里。所以,和我们中某些在战争中被俘的人不同,公主殿下大人绝对不必在罗马干粗活养活自己。屋大维娅也许希望看到你活着,但我可以向你保证,命运女神不会永远对你微笑。如果听到逃跑或是反叛之类的事牵涉到你,我才懒得往下一个男人背上捅一刀。"

他放开我的手臂,我摇摇晃晃地往后退。"你彻头彻尾都是屋大维的人,"我说,想要羞辱他。但他只是微笑。

"没错。一切都属于恺撒。"

"我不是!"

"是的,连你也是,公主。"

一群打扮成埃及法老的男人从我们身边经过,但没有人朝我看过来。他们警惕地看了看朱巴,随后便走开了。他抓住我的手臂,我们继续往巴列丁丘上走。

"你要带我去哪里?"

"回到你该去的地方。"他说。

在屋大维娅别墅的前庭,我听见脚步声越来越近,不由屏住了呼吸。

"塞勒涅!"屋大维娅一手捂着胸口,我看见她身后是马瑟卢斯和亚历山大的身影。"我们到处都找不到你!"她喊道,"我们还以为你——"她看看我又看看朱巴,神色变得警觉起来。"你不会是要逃走吧?"

"不,"他说,"我在朱庇特神庙附近找到了她,我想她是要祭拜。"

屋大维娅那对温柔的眼睛打量着我,她一定知道我的企图。

大家都离开后,亚历山大一直瞪着我。"你不会真的——"

我背过脸去,大步走进我们的房间。"我收到了一封埃及来的信。"

在灯光中,亚历山大看着我,他吓呆了。"你认为你能跑到罗马另一边去见他,而不告诉我?"

"你会说不!"

"我当然会! 天啊,塞勒涅。你怎么会这么傻? 托勒密家族对埃及的统治已经结束了。”

“永远不会结束!”我扯下假发,累得不想卸妆,也不想脱下外衣。“只要我们还活着——”

门外传来声响,接着有人轻轻地敲门。亚历山大紧张地看了我一眼。“进来。”他说。我们冲到各自的长沙发上,把被子拉到胸前。

屋大维娅走了进来,我肯定她是来教训我的。她把油灯放在亚历山大旁边,接着坐在他的沙发边,这样就能看着我们两个。我屏住了呼吸。

“明天,你们就要去上学了,”她温和地说,“加利娅会带你们到广场,到了那里,你们会在维纳斯·吉尼翠斯神庙附近,和维利乌斯老师碰面。他将在未来几年给你们上课。”见我们不作声,她接着说,“马瑟卢斯也会去,还有提比略和朱丽叶。”我们还是没什么好说的,她不好意思地问道:“今天的晚宴你们玩得开心吗?”

亚历山大靠在枕头上点点头。“恺撒的别墅很有气派。”他回答。但我知道他在撒谎。我母亲的贵宾寓所比屋大维的别墅更大,而罗马所有的灯笼加在一起都难以照亮亚历山大城最小的王宫花园。

但屋大维娅很满意。“我哥哥正在把罗马从一个泥土堆成的城市,变成一个大理石砌成的城市。他和阿格里帕有宏伟的计划。”她把手温柔地放在亚历山大的额头,我看见他缩了一下。“睡个好觉。”她站起来,低头凝视着我,这神情只有卡尔蒙才有。“晚安。”她温和地说。当她打开门,我看见一个瘦小、渐秃的男子等在她的房间外面。他伸手搂住她的腰,门随之关上。我坐起来,看着亚历山大。

“建筑师维特鲁威。”他说。

“就是写《建筑学》的那个人?”他是我们在博物研究院里学到过的唯一一位罗马建筑师。“他们是不是——”

“情人?我猜。他来这里看你的素描画,但是你不见了。你应该庆幸她不会告诉屋大维。相反,她来这里祝我们好梦。你不知道我们有多幸运——”

“失去了自己的王宫怎么能说幸运?难道失去了我们的兄弟、母亲、父亲，甚至是卡尔蒙和艾芮斯还能说是幸运？”

“因为我们可能会死！”亚历山大坐了起来。我听见隔壁房间一扇窗子打开的声音，我想象着那是马瑟卢斯要透透新鲜空气，突然我觉得很热。“我们可能会成为囚犯，”他接着说，“或是像加利娅那样的奴隶。你很走运，是朱巴第一个找到你！”

哥哥吹熄了灯，然而，在黑暗中我依然能看见朱巴的眼睛，充满了愤怒和怨气。

太阳刚升起的时候，加利娅把我们叫醒。她在我们桌上放了一罐水，两名奴隶送来几碗橄榄和奶酪。但即便是带有可口香草气味的新鲜面包也不能让我起身。

“太阳都出来了！”加利娅大声说，“主人有客人在中庭等着她，她的晨间信贷会早就开始了。脱下外衣，穿上托加袍！”

我睁开一只眼睛，看见亚历山大把一只枕头盖在头上。“早会是什么？”我含糊不清地问道。

加利娅猛地一拍手，亚历山大吓得跳了起来。“客户来到别墅要求讨还欠他们的钱，或是请求帮助。每一个手里有点闲钱的罗马人都在早上开信托会。不然面包师和裁缝怎么得到报酬？”

亚历山大坐起来，警觉地看着食物。“橄榄和奶酪？”

“还有面包。来吧，”我倦怠地说，“我早就听见马瑟卢斯的声音了。”他正在大厅里唱歌，像某一首有关巴克斯女祭司的粗俗歌曲。

“你们在干什么？”加利娅喝道，“起来！快起来！”

我们不约而同地坐起来，我看着亚历山大。“我们上学的第一天，”我嘲弄地说，“不知道谁更开心，是朱丽叶还是提比略。”

“好吧，你知道她为什么不喜欢你。”

“谁说朱丽叶不喜欢我。”

哥哥看了我很久，我跟着他一起进了浴室。“她已经订了两次婚，”他一边说，一边在一个盛着薰衣草水的盆里洗脸。“一次是和安蒂拉斯，另一次是和卡蒂索，加泰的国王。但屋大维不同意她嫁给一个外国的国王，因为现在他需要一位继承人。所以他希望让她嫁给马瑟卢斯。她很嫉妒你能够和他一起住在这里。”

“你怎么知道这个？”

他瞪了我一眼。“昨晚她告诉我的，就是你在巴列丁山下的时候。”

我看着加利娅，问她是不是真的。“朱丽叶真的和马瑟卢斯订婚了？”

“是的，”她谨慎地说，于是我把脸浸在那盆水里，这样就没有人看到我失望的表情了。“但罗马人之间的婚约就像风一样，”她接着说，“来得快去得也快。”她递给我一块方形的麻布。

“为什么？”

“就是这样，”她解释说，而我正在把脸擦干，“大部分女人都嫁过四五次。”

她递给我一小罐牙膏，我停下来看着她。“但一个女人怎么能爱这么多男人呢？”

“你的母亲爱过很多男人。”她指出。

“我的母亲有两个男人，”我严肃地说，“尤里乌斯·恺撒和马克·安东尼，仅此而已。”

见加利娅露出不相信的表情，哥哥接着说：“这是真的。不管罗马有什么传闻，她只有两个男人，而且她一直忠于我们的父亲直到他死去。”

“就像是尤尼维拉。”加利娅恭敬地说。

我皱起眉头。

“从一而终的女人，”她解释说，“这个嘛，在罗马很少见。一个女人哪怕结婚十五年了，如果她丈夫决定找更好的配偶……”她打了一个响指，我明白她是想说婚姻就此结束。“一个女人如果丈夫死了，一般都会认为她会改嫁，即使她已经五十岁了。”

“谁会这么认为？”我厌恶地说。我开始刷牙。

加利娅举起手。“罗马人。男人。一般是父亲和兄弟来安排这些事情。屋大维娅主人很幸运不用再嫁。恺撒特别准许她免于再婚，现在她可以自己照看自己的房子。”

她带我们回到房间，我和亚历山大穿上洗干净的衣服，同时我想到了朱巴愤怒的斥责，我不必在罗马干粗活养活自己。也许不必，但根据恺撒的兴趣，我就得结婚、再婚。而亚历山大……如果亚历山大长到十五岁屋大维还让他活着，谁知道他会怎么样？我们像是一对骰子，被他随心所欲地扔到棋盘上的任何地方，接着捡起来一扔再扔。

加利娅束紧我外衣的腰带，我小声问她：“罗马的女人就这么低贱？”

“当一个女孩出生的时候，”加利娅回答，“这样的人生便开始了。她是棵杂草、不被需要、毫无价值。她也毫无权利，除了她父亲给她的。”

“在高卢也是这样吗？”

“不。但现在我们比杂草更惨，比贼人更糟。我父亲是位国王，但恺撒打败了他，并带了那么多我们的人来到罗马。因此现在奴隶只值五百便士，就连一个面包师都能养个女孩来取乐。”我哆嗦了一下，加利娅严肃地说，“你要对恺撒有用。别让他听见你想要逃跑，因为你无处可逃，”她告诫我，“掌握一门手艺。”她转向我哥哥，他的托加袍洁白无瑕。要不是头上戴着白色头冠，他完全就是个罗马人。“让他看到你们两个对于罗马都有一定的价值。”

“为什么？”我苦涩地说，“难道这样我就能嫁给一位参议员，而亚历山大就能娶某个五十岁的老太婆？”

“不是。这样你们就能回到埃及，”她肯定地说，但声音越来越轻，变成了耳语。“你们以为朱巴主人为什么伴随恺撒左右？他希望有朝一日被任命为地方官，统管他父亲的旧王国。”

“那恺撒会这么做吗？”亚历山大插嘴说。

“我不知道。就连朱巴主人也不知道。我的王国已经荡然无存。”她的目光变得悠远，我知道她看见了某些远方的可怕事件。“但你们的王国依然存在，只要你们乖乖地——”

这时传来一记响亮的敲门声，接着马瑟卢斯闪了进来。“你们准备好了吗？”他微笑着说。

加利娅两手叉腰。“敲门是干什么用的，主人，如果你等不及我们应门，你何必敲门呢？”

马瑟卢斯看看哥哥，又看看我。“但我听到说话的声音，”他不好意思地说，“穿件外衣能花多长时间呢？”他的眼睛扫过我身上漂亮的蓝色丝绸束腰外衣——那一定是屋大维娅为我找来的——并接着说，“一件非常漂亮的衣服。”我的脸颊很热，他对我伸出手臂。“去广场，”他说，“当然，我不知道维利乌斯老师认为我们今天能做什么。街上这么吵闹，他一定要用喊的才能让我们听见。但我母亲坚持要我们去。”

“难道她不希望你参加庆祝活动？”哥哥问道。

“逃学？”马瑟卢斯苦笑着说，“不行。另外，我舅舅认为一天的庆祝就足够了。他不希望我们总是玩得那么兴奋。”

我们跟着加利娅穿过别墅，走过中庭的时候，我看见屋大维娅的客户坐满了每一张长凳。

“她的信贷会要持续一整天？”我问。

马瑟卢斯摇摇头。“再过几个小时就结束了。接下来她要去苏布拉做慈善工作。如果她有足够的粮食，她一定会喂饱整个罗马。”

“我们会去和她一起做慈善工作吗？”

对于亚历山大的问题，马瑟卢斯大笑起来。“天啊，不会。放学后，我们要去马克西姆赛马场。我带了一些便士，这样我们都能下注了。”

朱丽叶和提比略来到门廊上，我立刻把手从马瑟卢斯的臂弯里抽走。

提比略看到这个动作，笑出声来。“别担心，”他说，“朱丽叶早就看见你们在一起了，我们说话的时候，她就打翻了醋坛子。”

朱丽叶冲马瑟卢斯甜甜地一笑。“别理他。我和塞勒涅会成为好朋友。”她假惺惺地来拉我的胳膊。

“你父亲会派士兵来护送我们吗？”我问。

“谁还需要士兵？”她回答，“加利娅在她们部落里是个武士。”

我看着加利娅。她长着小麦色的头发和高傲的高卢式下巴，十足女王的模样，但当阳光透进她的外衣，我看见她大腿上的皮革护套，那和她腰上别的小刀是配套的,我诧异地眨着眼睛。“你会格斗?”

“当所有男人都离开了或是被杀害了,那就要看女人的了。但我无法打退一群不怀好意的暴徒。所以安排了他们。”她指着身后的一群男人。要不是腰上佩的短剑和托加袍里穿的锁子甲,他们看上去就像是参议员或有钱的贵族。

“他们一直跟着我们吗?”我问。

朱丽叶大声叹了口气。“每天都是。从我们离开别墅的那刻起。”

加利娅带着我们走下巴列丁丘,我看朱丽叶一直不说话,气氛越来越尴尬,于是我小声说:“要知道,没什么可以吃醋的。马瑟卢斯把我当成妹妹。”

她注视着前方马瑟卢斯的背影,他正靠在亚历山大的肩膀上放声大笑。我猜想他们两人在谈论赌博。同时,提比略落在几步之后,他举着一个卷轴,挡住了他的长鼻子。“也许吧,”朱丽叶终于开口了,“但你不是他的妹妹,对吗?而且男人很难抗拒这么一个迷人的微笑。”

“我不知道。”

“你没有想着他?”她问道。

“我想着埃及,想着回到我出生的土地上。”

她抓着我胳膊的手放松下来,第一次,她露出了真诚的微笑。“你要知道,我和他订婚了。”

“十一岁就订婚了?”

“我两岁的时候就订婚了,”她气乎乎地说,“那现在又有什么不可以,我快十二岁了?等到我结婚,罗马所有的人都会看到我父亲的继承人是谁。接着提比略终于可以消失了,去参军,我们不用再假装他还有点用。”

“他愿意那样吗?”

“谁知道提比略愿意做什么?”她厌恶地说,并回头瞄了他一眼。“而且我怀疑没有人在乎他母亲。”她压低嗓门,“你知道吗,她在巴列丁丘上有两千名奴隶。”我倒抽了口气,她点点头,绑在她黑发上的金色发带里滑出了一缕卷发。“他们住在山坡的最西端。”

“但我没有见过他们。”

“当然了。因为那里有地下通道。我们不希望他们涌到大街上。但是你想她自己完成了这些工程，并抱怨她需要更多的奴隶。另外，她把怀孕的女孩都给卖掉了。”

“因为她无法怀上屋大维的继承人?”

面对我聪明的判断，她抬起眉毛。“我父亲说你很聪明。”她用那对黑眼睛紧张地打量着我，似乎在考虑她是否喜欢这一点。“是的，她惩罚那些女孩的方式是把她们卖到农场，那里的工作会把她们累垮，也没有机会再见到让她们怀孕的男人。如果她发现是谁干的……”朱丽叶摇摇头。

“那你的父亲爱她吗?”我迟疑着问道。

“哦，我不这么认为。但罗马人不是为了爱情而结婚的。当然，”她接着开心地说，“我会的。等到马瑟卢斯成为了恺撒，法律就会改变。”

“那阿格里帕呢?”

“他会负责军队。”

“那他能辅佐你们吗?”

“我父亲让他做什么他就做什么。如果我父亲叫他辅佐马瑟卢斯，他也会照办。他们是很长时间的老朋友了，我父亲只会让忠心耿耿的人跟着他。”

这时，我们来到了那个地方，朱巴就是在这里杀了那个对我图谋不轨的人。我寻找着尸体，但已经被人搬走了，我还是打了个寒战。“所以他才留着利维娅做他的妻子?”

朱丽叶看着我，我看得出她从未想到过这一点。“是的，很有可能。这当然不是为了孩子。”

“但是她生了提比略和德鲁苏斯。”

“和她的第一任丈夫，”她冷冷地说，“不是和我父亲。而当年我父亲和他的第一任妻子生下了我，没有人会说这是我父亲的错误。这很明显，不是吗?”

我皱起眉头。

“他们的婚姻是被诅咒的！我出生的那天，我父亲抛下我母亲，和利维娅交往，当时她已经结婚并且怀孕了。当利维娅得到离婚的许可后，她的前夫还出现在她的婚礼上，这是一桩交易。想想看！”她说，这件事很可耻，我几乎以为她说的是别人，而不是她的亲生父亲。“当然，他为什么要她也并不奇怪。你父亲曾经在参议院羞辱我的父亲，说他是无名鼠辈，是一个下层平民的孙子。”

我可以想象我父亲说出那种话，幸灾乐祸地看到屋大维被激怒，而我暗自感到骄傲。

“我的父亲有了他所需要的一切权力，但是他缺少贵族身份。利维娅来自古老的克劳狄家族。但你知道他们结婚的那年发生了什么事情？”我摇摇头。朱庇特神庙沐浴在绚丽的阳光下，朱丽叶的皮肤上泛出柔和的红色，我认为罗马没有比她更美丽的女孩了。“罗慕勒斯小屋被烧毁，一尊美德之神塑像正面倒下。利维娅生下一个死胎，然后迄今为止，再也没有下一个孩子了。”

生下两个健康的儿子之后生了一个死胎，看起来确实像是个诅咒。“那么塔伦提娅呢？”

“他永远不会娶她，”她很快地说，“利维娅会替他缝制托加袍、炖他的补品，确保他不会同她离婚。”

“难道他没有奴隶来做这些杂事？”

她笑了。“当然。但世界上没有一个奴隶能让他这么信任，像信任利维娅那样。而塔伦提娅是什么？”她坦率地反问道，“只是一个能谈论戏剧的漂亮女演员。”

我们来到广场里面的一扇木门前，加利娅带着我们四人进入一个小房间。

“这是哪里？”我紧张地问。

朱丽叶叹了口气。“学堂。”

当眼睛适应了里面的昏暗，我看见一名男子穿着一件整洁的托加袍，站在一张书桌后面。我本以为他会比加利娅年长许多，但他不过三十岁，像马瑟卢斯一样长着浅色的头发，只是眼睛的颜色更深。他一看见加利娅便站了起来。

“维利乌斯老师。”她微笑着说，他穿过房间，走过来握住她的手，我发现他吻的时间长了一点。

“早上好，加利娅。这一定是埃及的王子和公主。”他用希腊语说。

“是的。亚历山大主人和塞勒涅主人。”听见加利娅用希腊语回答我很吃惊。“他们曾在博物研究院读书，屋大维娅主人告诉我，公主在艺术方面很有天赋。”

维利乌斯老师看着我。“哪一门？”

“我对建筑感兴趣，”我回答，“房屋和城市。”

“那亚历山大王子呢？”

见我不知怎么说才好，马瑟卢斯笑出了声。“亚历山大喜欢赛马，”他用希腊语主动说，“他还特别会玩骰子。”

老师微微皱起了眉头，朱丽叶咯咯地笑了起来。

“浪费时间有什么好笑的。”提比略尖刻地说。

“傲慢更没什么好笑的。”朱丽叶微笑着说，提比略苍白的脸涨得通红。

维利乌斯老师不理会他们两个。“我猜想你们在博物研究院学习过维吉尔？”他问我。

“还有荷马，还有雅典的剧作家。”

维利乌斯老师看上去非常满意。“那么很欢迎你们加入这个学堂。”他朝马瑟卢斯和朱丽叶扫了一眼，而我在想，要不是在巴列丁丘的地位，他们会很受欢迎吗。他指着不同的桌子要我们入座，每张桌子都配有蜡盘和尖笔，而加利娅走了。

“我们所有的课程都会用希腊语上吗？”哥哥问道。

“就像西塞罗说的，美德用在同胞身上，文化要看希腊人的。”

我和亚历山大的目光交错，我看见他的嘴角浮上了微笑。如果要求我们做的是学我们祖先的语言，那么我们几乎不需要学什么。

在上午接下来的时间里，我们阅读雅典的剧本。课程并不难，至少还是有趣的，维利乌斯老师还进行了一次竞赛，看谁能最先回答他的问题。回答正确他就送出一份小小的记分物，这节课到了最后，就成了我和提比略之间的较量。亚历山大的桌上有七个记分物，朱丽叶三个，马瑟卢斯一个。但我和提比略都答对了十一个问题。我不知道我们为什么要竞争，但我一定要赢。

维利乌斯老师站在教室前面，笑得很灿烂。"最后一个问题。"

我看着提比略，他坚定地抿着薄薄的嘴唇。

"除了索福克勒斯①，"维利乌斯老师说，"还有哪位剧作家写了一出名为《安提戈涅》②的戏剧？"

"欧里庇得斯！"我喊道。

提比略丧气地往后靠去。他打量着我，我看得出他的脸上显出棋逢对手的敬意和心有不甘的嫉妒。"终于，"他最后说，"又有一个学生值得维利乌斯老师的教导。"

老师来到我的桌子前，送给我一个卷轴。"送给你。索福克勒斯的《安提戈涅》。"

我抬起头。"送给我？"这是我在罗马得到的第一件真正的礼物。

"当然，不然呢？"

我感谢了他，把记分物送还到他的桌上，他挥手示意我们下课。"去战神操场操练。"他说。

马瑟卢斯转向我。"你怎么知道得这么多？"

"她整天就是看书和画画。"亚历山大评论说，但我看得出他很骄傲。

"嗯，你很快就会有你自己的图书馆了，"朱丽叶猜测道，"是该有人让提比略收敛一点了。"

我朝提比略看了一眼，他很不开心地绷着下巴，但什么也没说。

---

① 古希腊的悲剧诗人和剧作家，和下文的欧里庇得斯以及埃斯库罗斯并称为希腊三大悲剧大师。

② 希腊神话中伊底帕斯王的女儿。

加利娅在外面等着我们，撑着一把皮革伞挡住夏日灼热的阳光。“好了，塞勒涅主人，亚历山大主人，今天怎么样？”

我拿出我的卷轴，她咧嘴笑了。

“我就知道维利乌斯老师会很高兴收你做学生！让我猜一猜——你是从提比略的手里抢来的。”

提比略耸耸肩。“她是个对手，”他对加利娅说，“而不是一块没用的石头，压在另一把椅子上。但学到萨鲁斯特的时候，我们看看她知道多少。”

我看看提比略，又看看加利娅。“那是谁？”

对于我的无知，提比略显得很满意。“萨鲁斯特是谁？”他重复了一遍。“那是罗马军事历史上最伟大的作家。你难道没有读过他写的《朱古达战争》？或是《喀提林叛乱记》？”

“除了你没有人会对这些枯燥乏味的作品感兴趣。”马瑟卢斯说。

加利娅清了清嗓子，打断了这场争论。“去战神操场吧。”她说。

“要看我们能否去得了，”朱丽叶抱怨说，“看看这些人，他们到处都是。”

这是屋大维胜利庆典的第二天，一列游行队伍刚刚经过广场，成千上万的观众都跑来观看作为消遣。孩子们的身后追着闹哄哄的哥哥姐姐，在立柱间跑来跑去，母亲责骂着，父亲大笑着。这里不像亚历山大城那样微风阵阵，于是维纳斯·吉尼翠斯神庙里熏香的气味滞留在空气中，和欧弗拉饼——一种烤圆面饼，上面涂着融化的奶酪（披萨饼的前身）——的香味交织在一起。来自世界各个角落的男男女女挤成一团，我从他们的身高和亚麻发色上认出了日耳曼人和高卢人。来自埃及南部的黑皮肤女人，头上稳稳地顶着五颜六色的篮子，在一群群醉醺醺的男人和亚述店员中间左躲右闪，婀娜地绕行着。

“这边，”加利娅一边说，一边把长辫子里滑出的发丝往后拉。太阳升到了最高点，炙烤着我们脚下的石头，即便是隔着皮革的凉鞋，我们还是可以感觉到路面越来越烫。

“我们要做什么样的操练？”我问朱丽叶。

她嗤之以鼻地说：“要操练的是男人。他们去练习剑术和骑马的时候，我们和利维娅坐在一起学纺织。加利娅会陪着我们，屋大维娅会带着她的女儿们待在那里，还有维普撒尼娅。”

“但是我对纺织一窍不通！”

“一点也不会？”

“当然不会。”

“但是你哥哥操练的时候你在干什么？”

“我和他一起游泳。”

“在河里？”她叫了起来。

“不，在水池里。怎么会有人想要纺织？”

“没有人想，”她不悦地说，“但利维娅认为那会让我们保持谦卑。”

“也许我可以画画。”我无力地说，并指了指我背在腰上的皮革袋子，里面装着我的素描本和维利乌斯老师送的卷轴。

但朱丽叶告诫说：“即使你的手指在流血，她还是会教你纺织。”她抬起头，叹了口气。“到了。”

随着战神操场映入眼帘，亚历山大惊讶地看着我。数百栋房子占据了地平线，仿佛在争抢罗马城墙外的空间。大理石的澡堂挨着剧场的水泥墙，雄伟壮观的拱门和一旁几个熙熙攘攘的小广场竞相夺目。

“你没有见过这么多房子吧？”哥哥问道。

“全都挤在一个地方倒是没有见过。”我不赞同地说。我们走过一排乱七八糟、怪模怪样店铺——无半点整齐美观可言，显然没有刻意设计过。在令人汗流浃背的面包房里，人们试图用母猪的乳房和蟹饼来招徕我们，而在大理石澡堂光滑的台阶上，商人们叫卖着埃及麻布和香油。

“那将是阿格里帕建造万神殿的地方。”马瑟卢斯说，并指着一块场地，上面散布着断裂的立柱和遗弃的马车。

“那里将会建起一座神庙？”我再次问道。

他笑了。“现在看起来还不太像，然而一旦我母亲的建筑师插手……”

我环顾四周寻找伊西斯神庙，但太多建筑物挤在一起，很难把它们区分开来。“那埃及的神庙呢？”我问。

“就在几条街开外，”马瑟卢斯激动地说，“你想去？”

“当然不是！”加利娅严厉地说，并生气地看着我，“恺撒在等着。”

“但那是顺路的。”马瑟卢斯反驳。

“卢帕纳（妓院）也顺路啊，”她气乎乎地说。“你也要去？”

“我从来没有去过伊西斯神庙，”提比略突然说，大家都看着他，“我想我们应该去。”

“你看吧？”马瑟卢斯说，“就连提比略也认为这个主意不错。我们会很快出来，”他保证。“亚历山大和塞勒涅可以告诉我们，所有那些奇怪的画是什么意思。”

“还有那些面具，”朱丽叶接着说，“难道你没有想过要进去？”

五比一。加利娅瞥了侍卫们一眼。

“别担心他们，”马瑟卢斯很有把握地说，“他们什么也不会说。”

“真的？”我问，“你怎么知道？”

他转向我，咧嘴笑了。“相信我。”

加利娅看着提比略。我怀疑如果有人跑去告诉屋大维，那一定是他。

“我想去，”他直截了当地说，“没有人会知道。如果他们知道了，你可以怪到塞勒涅头上，说她趁机跑了。这个可能性是有的，对吗？”他若有所指地说。

马瑟卢斯看出我很不开心，于是插嘴说，“快走吧！”

我们兴高采烈地走过几条拥挤的街道，我极力掩饰自己的兴奋。尽管加利娅有点疑虑，朱巴知道了会生气，但我将会见到伊西斯和塞拉匹斯的最高祭司。

“你认为这是一个明智的主意吗？”哥哥用帕提亚语问。

“当然是的。”

“如果屋大维发现，他会封掉罗马所有的伊西斯神庙。”

“我们必须见最高祭司，亚历山大。如果他无法帮助我们返回埃及，也许他知道什么人能够做到。”

“什么?”哥哥叫了起来,“你疯了?”马瑟卢斯和朱丽叶都朝我们这边看过来。哥哥低声说:“那绝对不会成功。连想都别想。你惹的麻烦够多了。”

“那是为了你!”

他吓了一跳。

“难道你不想回去?”

“当然。我是埃及合法的国王。”

“好吧,你和我一样,都听到屋大维的话了。他准备把我嫁掉,并且只是出于仁慈让你活下去。”

“他……他可能会改变主意。”

“如果他没有呢? 你难道不认为我们应该制定出计划?”我早就闻到了浓郁的奇斐①香味,就像是在亚历山大城一样。“我宁可冒生命危险逃跑,”我坚决地说,“而不是等着屋大维像杀害安蒂拉斯或恺撒里昂那样砍了你。”

哥哥不再言语,但随着我们走向神庙,他开始犹豫了。在台阶上,一群士兵围住了一对年轻男女。

“主人,这不是好主意!”加利娅喊道。

“为什么? 一些士兵有什么害处?”马瑟卢斯反问道,“他们可能只是在找一个乞丐的麻烦。”他挤过旁观的人群,而提比略喝道:“往后退。”

“主人,别管闲事!”

“怎么回事?”马瑟卢斯问道。

人群边缘一位灰发的队长②打量着马瑟卢斯。“你是谁?”

“恺撒的儿子。”提比略趾高气扬地说。

队长看着站在我们身后的屋大维的侍卫。“那你们在这里干什么?”

---

① 古埃及人最爱使用的混合了多种芳香植物的精油。

② 即罗马军团百人队的队长。

“不关你的事。”提比略厉声说。

“那个女人是谁?”马瑟卢斯说。

队长眯起眼睛。“一名奴隶。她声称这个男人是她丈夫,要求释放他们两人。”他举起一只小小的皮革袋子,上下摇晃。里面的钱币叮当作响。“显然是偷了金子,很可能是从恺撒的行军队里偷的。”

“就是上个星期,在前往萨图尔诺神庙的路上被袭击的那支队伍?”提比略问道。

队长咧嘴一笑。“对。”

“她袭击了那支队伍?”马瑟卢斯不相信地问道。他看着那名年轻女子,只见她衣衫褴褛、凉鞋破旧,一副可怜的样子。

队长咳了一下。“如果不是她,那就是他。我们有理由怀疑他们在为那个叛党工作,下层平民喜欢叫他们红鹰。”

“我可以看看这个袋子吗?”马瑟卢斯伸出手。

“你在干什么?”朱丽叶小声说,“你会害我们都惹上麻烦!”

队长犹豫了一下,接着把那袋金子递给他。

马瑟卢斯装模作样地查看着皮袋。“她没有撒谎,”他突然说,“这些金子是她的。”

士兵们大声抗议,但马瑟卢斯嗓门比他们更大。“这个袋子来自于屋大维娅别墅。”

队长绷紧下巴。“我相信如果你看得更仔细点,你会发现你错了。”

“不,我不会。”

“你是说,”队长怒气冲冲地提高嗓门,“恺撒的妹妹这么随便地赠送她金子?”

“不,是我送的。”

那队长看看脸色变苍白的加利娅,又看看小心翼翼、保持沉默的提比略。突然,他一挥手。“好吧。我们省点力气,”他郑重地宣布,“放他们走。”

那对男女跑去感谢马瑟卢斯,但他把那个袋子塞给他们,认真地说:

“离开这里。”

那群士兵散去了，虽然我注意到那队长在离开前回过头来，露出怀疑的神色。我们四个都看着马瑟卢斯，我猜想，就连我们身后的侍卫也满腹狐疑地面面相觑。打破沉默的是提比略。

“干得好。如果我们去监狱参观，你可以释放剩下被囚禁的奴隶。”

“那愚蠢透顶，”朱丽叶说，“谁在乎那对逃跑的奴隶会怎么样？他们是小偷。”

“不。他们是一对夫妻，想获得自由，”我回答，马瑟卢斯那对浅色的眼睛和我视线交错。“我想那么做是仁慈的。”

朱丽叶看看我，又看看马瑟卢斯，并激动地说：“我们还要不要去神庙？”她走上余下的台阶，而马瑟卢斯对我露出微笑。

“谢谢你。”他说。

“一定要快点出来，”加利娅告诫我们，“在里面看一看就可以了。恺撒在战神操场等着。”

我们跟着朱丽叶跑上台阶，穿过拱门之后，我眨眨眼，忍住泪水。这里就像是亚历山大城的神庙。冷冰冰的内墙上画着有关伊西斯和塞拉匹斯的熟悉的壁画，光头的祭司们穿着麻布长袍从镀金的球里分发熏香。一尊眼珠由蓝宝石镶成、戴着金项链的圣母神像矗立在神庙另一端。马瑟卢斯低声吹了个口哨。

“欢迎回家。”一名身材高大的男子从阴影中现身，我看见加利娅紧张起来。

“最高祭司，”哥哥用帕提亚语很快地说，“就是这位——？”

我点点头。

“亚历山大王子和塞勒涅公主。”最高祭司张开双臂以示欢迎，“你们带来了尊贵的朋友们。”

“他怎么认识你们？”提比略立刻怀疑起来。

“他一定是在胜利庆典上看见了我们。”哥哥镇定地说。

最高祭司往后退去。“你们是来看伊西斯和塞拉匹斯的吧？”

“是的。”我回答，我极力克制着心中越来越强烈的思乡之情。高耸的花岗岩雕像和粉红色纹理的大理石都是从埃及运来的。就连清洗池里的塑像可能也是出自埃及人之手。“谢普西特!”最高祭司打了个响指，一名年轻女子出现在他身边。“带我们的新朋友参观神庙。”

那女孩顺从地低下头。当所有的人都跟着她走了，我留在最高祭司身边。

“你不来吗?”亚历山大喊道。

“我想献一份供品。我马上就来找你们。”我看出他脸上的迟疑，接着朱丽叶拉住他的胳膊，他便走了。

最高祭司低头看着我。“你看了我的纸条?”

“是的。所以我来这里。”

“那就是说，你明白恺撒会怎么对待你，”他说着，把我带到一个珠帘后面的房间里。小小的房间里放满了篮子和柜子，我努力不去想这些篮子有多眼熟，它们曾装点着我们在亚历山大城的王宫。“你觉得还有多久，恺撒就会除去克里奥佩特拉最后的孩子?”

“我——我不知道。所以我才来找你。找你帮忙。”

他笑了。“你想回到埃及去?”

“如果我们有生命危险的话。”

“当然有危险!”他凑近我，“你的母亲怎么样了？你的父亲呢？你的兄弟呢？亚历山大城伊西斯和塞拉匹斯的祭司们又怎么样了?”

我背靠在大理石墙上。“他们都走了。”我喃喃地说。

“没错。”他停下脚步，“但我可以帮你逃走。”

我朝珠帘瞥了一眼。“回到埃及?”

“或者印度，或者你想去的地方。”

“我们要躲到什么时候?”

“直到你哥哥长大，能够组建一支军队足以和恺撒抗衡。”

“我父亲失败了，他拥有罗马半数的军团！你凭什么认为我哥哥能够成功?”

最高祭司眯起眼睛。“他可能不会。也许在第一次开战的时候，他就全军覆没。但如果他留在这里，你认为恺撒会怎么做？”

“他饶过了我父亲的儿子们，把他们放在福尔维娅。我有哥哥——”

“他们不是埃及女王的儿子！”

在紧张的沉默中我们对视彼此。即便浓郁的熏香弥漫着，我还是能闻到他的口臭。有蛀牙的男人往往会有这样的气味。

“你看重你的生命吗？”

“当然。”

“那么逃跑是你唯一的选择。”

我打量着他的脸。“那么谁会帮助我们？”

他伸出手，用一根骨瘦如柴的手指抚摸着我的项链。“重赏之下必有勇夫。”

我的项链能让一个人的余生衣食无忧。它也能买到一条通往印度的道路。但我绝对不会把我母亲的珍珠项链拱手送人。“如果我不想付钱呢？”

最高祭司抓住我的手腕。“有得必有失。”

“放手！”

“只要把你的珍珠给我，”他阴森森地说，“我让你离开罗马，再也不必回来。”

“离她远一点！”马瑟卢斯掀开珠帘。朱丽叶站在他身后，带着四名板着脸的侍卫。

最高祭司放开我的手，若无其事地笑了。“你们参观得开心吗？”

马瑟卢斯看了我一眼。“他有没有伤害你？”

“没有。”

他看着最高祭司的眼睛。“伊西斯在罗马这么不受爱戴，她的祭司胆敢冒犯恺撒的客人。”

“那就是她的身份？”他笑得很灿烂，“一位客人？”

“是的。”马瑟卢斯有力地说。他伸出胳膊，我匆匆地离开了最高祭司。

“想想我说的话，”最高祭司阴险地警告说，“对于保护伊西斯来说，那只是一点小小的代价。”

虽然女祭司们正在外面的庭院里摇着镀金的法器，我只听见朱巴的话语在我脑子里回响。

“那就算祭拜？”等到我们来到神庙的台阶前，朱丽叶俏皮地说。

哥哥投来不认同的目光，我生气地说：“别说了！”

“任何人都会碰到这种事，”马瑟卢斯说，“你碰巧只是脖子上戴着一位女王的遗物。任何女神的祭司都很贪财。”

我挤出一个微笑，但显得很假。

“过来。”他同情地说，并递给我一块亚麻小方巾。我擦拭眼睛的时候能够闻到上面有他的香味，此时我只想扑到他的肩头痛哭一场。但朱丽叶在场，还有提比略。

“你们看到了吧，去陌生的地方会怎么样？”加利娅责问道。

“我觉得那里很漂亮。”朱丽叶想要反驳她。

“如果你喜欢那些穿得像豺狼似的男人。”提比略说。

“你不是很喜欢那些女人吗。”她反唇相讥。

提比略涨红了脸，但没有人再提到最高祭司，当我们来到战神操场，连哥哥都把对我的不满抛在了脑后。“看这！”他喊道。

只见几百亩低洼的平原和泰伯河西岸相接，而东岸则挨着奎里纳丘。那是一片供马匹和马车比赛的场地，也是马拉松运动员训练的地方，在一片片长满绿草的原野上，数百名士兵在练习摔跤、拳击，或是玩着皮球。我看见满身油光、汗流浃背的男人们奋力跳进泰伯河，于是心想，他们一定很勇敢，连鳄鱼都不怕。

“那些房子是什么？”哥哥问道。他指着散布在平原里的许多圆顶建筑。

“马房，”马瑟卢斯回答说，“战神操场是有钱人养马的地方。里面还有澡堂，便于洗澡和更衣。那些是我舅舅的马房。”他指着河边的一栋大房子说。

随着我们走近，我看见屋大维娅和利维娅早已坐在门廊的荫凉处，在织布机上做活。小孩子们也在那里，安东尼娅和东尼娅耐心地听从她们母亲的指导，而德鲁苏斯和维普撒尼娅咯咯地笑个不停。屋大维站在朱巴和阿格里帕之间，三人都穿着短上衣，腰上系着细细的麻布腰带，凉鞋的带子交叉绑在他们结实的小腿上。但只有屋大维戴着一顶宽边帽子用来遮挡午后的阳光。

“亚历山大，”阿格里帕招呼他，“既然你是一名骑士，我们决定来骑马。同马瑟卢斯和提比略一起去换衣服吧。他们会告诉你短上衣在哪里，还会找把剑给你。”

但亚历山大回头看着我。“那塞勒涅呢？”

“塞勒涅会开开心心地做她的纺织活。”朱巴说。

“但是她不会。”

“什么样的女孩子不会纺织？”利维娅问道。

“她是位埃及的公主，”屋大维娅回答，“她母亲教她学语言，而不是如何使用织布机。”

“那也许她母亲本该叫她谦卑一点，这样她自己也不会被一条眼镜蛇缠在脖子上一命呜呼了。”

我看见哥哥想要发火，但马瑟卢斯走上前。“快来。”

亚历山大回头看看我，我点点头。“去吧。你应该去骑马。”我勇敢地微笑着，随后看着男人们消失在马房里。我转身面对屋大维娅。“我可以用读书代替织布，如果你同意的话。或者我可以画画——”

但利维娅呵斥道：“你要像我们一样织布！”

我在朱丽叶和屋大维娅之间坐好，朱丽叶在我耳边嘀咕着：“照她说的做。”

“为什么她应该织布？”屋大维娅突然问道，她的女儿们睁大眼睛抬头看着她。阿格里帕七岁的女儿维普撒尼娅倒吸了口气。“教塞勒涅学织布毫无意义，教她纺线更是浪费时间。她什么时候会用到这些手艺？”

“侍奉她的丈夫。”利维娅生气地顶撞了一句。

“没有什么人喜欢穿自己做的衣服。我认为她未来的丈夫也不会喜欢。我看没有理由不让塞勒涅画画。”

利维娅把木梭子放在膝盖上。“什么？画那些可笑的房子和彩色的罐子？那有什么用？”

“好吧，如果做任何事情都必须有用处，那么维特鲁威可以培养她成为一位建筑师。”

利维娅坐直了身体。“你觉得他会培养一个女孩子？”

“为什么不呢？”

“你哥哥绝对不会允许！”她恶狠狠地说。但当屋大维同阿格里帕和朱巴一起出现时，我注意到利维娅一言不发。

我迅速拿出我的素描本，而朱丽叶无比羡慕地看着我。我知道她在想，屋大维娅为何会如此这般地为我争取。但我想我明白，她想借此机会来激怒这个被她哥哥选为妻子，但心胸狭窄、满腹嫉妒的女人。

我哥哥同马瑟卢斯和提比略一同现身的时候，我什么也不敢说，即便是提比略吹嘘着他要教亚历山大如何骑马。他们离开之后，令人不安的沉寂一直持续到午后。没有人说话，当我抬起头想评价朱丽叶的作品，她严肃地摇摇头。

最后当马瑟卢斯和亚历山大策马朝我们飞奔过来，身后还跟着其他人时，朱丽叶站了起来。“他们回来了！”

“坐下。”利维娅命令说，我看见屋大维娅向她的侄女投去同情的目光。

亚历山大在门廊边勒住了马，身边是马瑟卢斯，看上去得意洋洋。这两人最先下马。

“你哥哥是名出色的骑士。”马瑟卢斯宣布。

我看看亚历山大，又看看提比略。“你们去了哪里？”

“去了赛马场，在那里，马儿绕着杆子赛跑。那远远好于亚历山大城，塞勒涅。”

朱巴轻松地从马背上滑下。“罗马有哪样不比亚历山大城好？”

对于朱巴的打趣，屋大维露出微笑。“他是位模范骑士。”他直截了当地说，并走向我们。“比马瑟卢斯好，可能和提比略不相上下。”

“是的，但他怎么知道战场上的策略？”提比略问道，“你自己这么说的。没有读过萨鲁斯特的人不应该骑马。”

“嗯，那总是有时间补课的。”阿格里帕说。

提比略尖声笑着说。“你真的认为他会成为像我一样优秀的学者？”

阿格里帕打量着我哥哥。“你永远不会知道。”

朱巴把手放在提比略的肩膀上。“跳进泰伯河里凉快凉快。”他提议，“今天谁干得好没有关系。”但当他开步带提比略一起离去，我站了起来。

“别跟他去！”

朱巴和提比略转过身。

“你们不应该到那条河里去，”我说，“你们不知道里面有什么。”

朱巴哈哈大笑。“什么，难道有海蛇潜伏在水下？”

“当然不是，”我气愤地说，“有鳄鱼。”

朱巴咧嘴笑了。“很抱歉我必须告诉您这一点，公主，泰伯河里没有鳄鱼在游泳。”

我看看提比略，他露出傲慢的微笑。“我猜你什么都不懂。”

屋大维和阿格里帕跟着他们去往岸边，我回到座位上，朱丽叶说：“别理他们。”

“但那些鳄鱼呢，它们都被杀死了吗？”

“从来就没有鳄鱼，”屋大维娅回答，并放下她的纺锤，“只有鱼。它们都不会伤害人。”

我不知道在河里游泳是什么感觉，我们看着马瑟卢斯和亚历山大脱得只剩缠腰布，我问屋大维娅，“我们也游泳吗？”

“什么？穿着缠腰布游泳？”利维娅叫了起来。

“还有裹胸。”我说，但维普撒尼娅咯咯直笑。

“也许你还想赤身裸体地上街游行呢！”利维娅加了一句。

“她差点就那么做了。”屋大维娅话里有话地说，让利维娅想到胜利游行，和她为我选的那条串珠裙子。

利维娅坐起来，瞪着我。“我父亲自杀是因为你父亲。而现在你父亲自杀是因为我的丈夫。多么奇怪的世界，不是吗，塞勒涅？而我可以想象，如果你母亲来到罗马，她以为她站在参议院自立为女王只是时间问题。但罗马人不会接受那些涂脂抹粉、满身珠子，或是在河里游泳的女人，他们也不会接受一个从亚历山大城来的、自认为能代替她母亲的小娼妇。我知道你要什么。”她阴险地笑了，“你以为我丈夫会把你送回埃及，那决不可能，除非希腊人也开始在每月初一还清债务！”在罗马，初一是每一月的第一天，但希腊人没有这样的习俗。

等到利维娅坐了回去，屋大维娅微微一笑。“你总是这么讨人喜欢，利维娅。每天下午都不忘贴心地提醒我们，为什么我哥哥选你做他的妻子。”

我斗胆看了朱丽叶一眼，但她只是盯着跟前的木梭子，接下来的几个小时里，我们默默地做着各自的事情，而男人们在河里开心地游泳。随着热浪升腾起来，就连有树荫的地方也炎热难耐，但没有人动。屋大维娅用一块麻布小方巾擦去额头上的汗水。在热浪中，朱丽叶的头发都粘在一起。我想到哥哥正在划着泰伯河里凉快的水，不由怒火中烧。母亲总是对我们一视同仁。如果亚历山大可以游泳，那么我也可以。如果他在博物研究院上学，那么我就和他一起去。没有什么事情因为我是女孩而禁止我去做。

等到男人们归来，哥哥知道最好不要显得太得意。他看见我在暑热中煎熬便不安地问道：“画得怎么样了？”

“热死了，”我用帕提亚语简短地说，“你游得怎么样？”

“还好。”

我怒视着他。“我敢打赌，比和高尔根[①]坐在一起要好得多。”

“对不起，”他不知所措地说，“下次我不去了——”

---

① 希腊神话中的蛇发女怪，也指令人讨厌的老女人。

“我不是这个意思。”我暴躁地说。

他看着利维娅。“她确实是个怪物，对吗？”

“你能想象如果我们和她住在一起会怎么样？”

哥哥不由得一哆嗦。“来吧。”他伸出手，“加利娅要带我们去马克西姆赛马场。”

“那我是不是只能站在外面，隔着拱门往里面看？”

哥哥傻笑起来。“马瑟卢斯说谁都能去。”

“我猜想女人的钱和男人的一样好使。”

朱丽叶看着我们，想听懂我们的对话，等到我哥哥去马房里换衣服，她问我：“你会说几种语言？”

“四种，再加上一点希伯来语。”

“但你是怎么学会的？”

“我是听着这些语言长大的，就像你是听着拉丁语长大的。”

“你是在学校里学语言的吗？”

“每个星期学六天。”

朱丽叶若有所思。接着她小声问，“有时候，我在想，如果你父亲的舰队在阿克提姆获胜，那会怎么样。”

“他可能会杀了你。”我坦率地说。

“或者我会到亚历山大城来，和你一起在博物研究院读书。”

男人们换好衣服从更衣室走出来，屋大维娅命令加利娅在日落前把我们带回家。“我希望他们尽快回到别墅，有时间休息一下并洗个澡。另外别让马瑟卢斯花光所有的钱，就算他对侍卫们很大方。”

“你来吗？”马瑟卢斯问提比略。

“去赛马场？不，谢谢你。”

“什么？”马瑟卢斯大笑起来，“你还有更好的事要做？”

“我和德鲁苏斯在跟阿格里帕学习。”

“还要去学萨鲁斯特？”我问。

“两年前我们学完了萨鲁斯特。目前我们正在学习罗马最伟大的将军。我弟弟熟知喀提林的一生，从他跟着庞贝出道，到他反叛共和国为止。”

“那他为什么不和我们一起在学堂里学习呢？”我问。

“他才九岁。但连他也知道看着一群马绕着一个圆圈跑是浪费时间。”

正当我们开步要走，朱丽叶问道：“他这么讨厌，你为什么还邀请他？”

“我为他感到遗憾。”马瑟卢斯坦言。

“嗯，你不必，”她说，“他就像他母亲。”

“只是因为她逼迫他。”

“那又怎么样？”她一边跟着带路的加利娅走，一边喊道，“他无所谓！”

“那他有什么别的选择？”

“他可以闭上嘴不说。”

马瑟卢斯扮了个鬼脸。“提比略绝对不会闭嘴。就算他只剩最后一口气，他也会用来抱怨。”

“但为什么利维娅受得了？”哥哥问道，“别的事情她都受不了。”

朱丽叶和马瑟卢斯交换了一个意味深长的眼神。

“因为他是她最大的希望，”马瑟卢斯说，“她希望看到提比略成为罗马的统治者。虽然他宁可参军，前去攻打高卢。”

“但你是屋大维的继承人！”亚历山大喊道，“不是提比略！”

“目前是这样。但如果我出了什么事情呢？如果我在战场上受伤，或是从马背上摔下来——”

“马瑟卢斯！”朱丽叶喊道。

“怎么啦？”

“你的话会传到朱诺[1]的耳朵里，”她提醒他，“你不该说那种话。”

“为什么？”他满不在乎地笑了，“你真的以为神灵会在意我们说的话？”

---

① 罗马神话中的主神朱庇特的妻子，等同于希腊神话中的赫拉，也是婚姻的保护神。

"我父亲这么说的。"

"因为他希望下层平民这么想。有信仰的人民就是有决心的人民。如果粮食歉收了,或是高架渠塌了,那就是朱庇特的错,不是他的错。"

朱丽叶迟疑着说:"我可以相信。我父亲所做的一切都是作秀。所以他会让你做他的继承人,而不是提比略。你愿意表演。"

"你是说我愿意当他的傀儡。"见朱丽叶想要反驳,他露出微笑。"我不介意。但亚历山大和塞勒涅要小心。"

我们沿着泰伯河前进,经过屠牛广场,一个臭气熏天的家畜市场。朱丽叶从袋子里掏出一个小木球,挡在鼻子上用力吸气。"给你。"她对我说。

我吸了口气。"这是什么?"

"琥珀球。所有的女人都用它。"

我深吸了口气,接着屏住呼吸,这样一来,小球里的泥土芳香尽可能长时间地伴随着我。但最后,我还是要再次呼吸,我咳了一声。

"很糟糕,不是吗?"马瑟卢斯问道,"如果我是恺撒,我会把屠牛广场搬到泰伯河的另一边。"

"这里一直都是这么拥挤吗?"亚历山大抱怨说。

我们经过一头脚上绑着干草垫的公牛,马瑟卢斯往后一跳,避免被踩到。"一直如此。在没有胜利庆典的日子里也是一样。"

当我们抵达马克西姆赛马场,马瑟卢斯和加利娅停下脚步,让我们仰望用拱门和大理石雕像装饰的水泥巨石碑。我曾在巴列丁丘上看到过赛马场,在那里,屋大维造了一座长长的木质露台,这样他就能安安静静地在他的别墅里俯瞰比赛,但直到我们站在台阶下方,我才明白这是一项多么伟大的工程。

"你可以画在素描本上。"亚历山大说。

我听见里面人声鼎沸,随着马车绕场飞奔而欢呼不止。加利娅推开拥挤的人群,一直把我们带到西面的大门前。一名穿着托加袍的男子朝我们挥手,高喊着招呼我们,但我们听不清他在喊什么,我们登上一段窄窄的楼梯前往恺撒的包厢。

“小心点，”加利娅大声告诫我们，“这里每天都有人撞断脖子。”

“通常是因为他们喝醉了。”朱丽叶补充说。

“或是急着去找他们的卢帕女。”马瑟卢斯放声大笑，但我注意到这次加利娅没有笑。

“那些小房间是做什么用的?”哥哥问道，“就是拱门下面的那些?”

朱丽叶咯咯直笑。“那是窑子。里面总是挤满了人，无论白天还是晚上。”

当我们爬到阶梯的顶端，只见脚下整个马克西姆赛马场如同一个巨人卧倒在太阳下。赛道从阿文丁丘的斜坡一直延伸到巴列丁丘，将它围起的看台高达三层。

我们一到恺撒包厢，就有一个肥胖的男人出现在下方请人下赌注。

“在这儿!”马瑟卢斯喊道，并招呼下注员过来。

那男人吃力地走上台阶，而我不明白，既然他的工作如此耗费体力，怎么还会长着这么一个大肚子。

“我有七十五便士。”马瑟卢斯说。

加利娅倒吸了口气。“主人!”

“怎么啦? 其中一部分是给亚历山大和塞勒涅的。还有朱丽叶，如果她没钱的话。”

但朱丽叶从袋子里翻出了一把钱币。“我要在白队上押二十便士。”她说着，把钱递了过去。

“只能赌下一场。”下注员提醒她。

她轻轻一摆手表示不在意。“没关系。”

“那您呢?”那男人看着马瑟卢斯。

“结果会怎么样?”马瑟卢斯转向我们。“每场比赛每个队有三辆车，一共有四个队。红队、白队、蓝队和绿队。”

“你最喜欢哪个队?”亚历山大谨慎地问道，眼睛注视着马匹。

“白队。”

"他们比较好？"

马瑟卢斯皱起眉头。"谁知道？我总是赌白队赢。"

"难道你不应该赌那些更强劲的驾车手吗？或是那些在先前的比赛中获胜的马？"

"谁会去考虑那些？"马瑟卢斯喊道。

"你应该考虑，如果你想赢的话！看那个红队的驾车手，"哥哥说，"他是那个队里唯一还留在场上的人，因为他很轻。他的马不需要负重，所以马车跑得比较快。"

马瑟卢斯和朱丽叶都瞪着他。"那么你押红队？"马瑟卢斯犹豫不决地说。

"我不知道。我要先看几天比赛才决定。"

"嗯，你没有几天可以下注，"下注员酸溜溜地说，"我还有其他的客人，所以马上下注吧。"

"那就押红队。"亚历山大肯定地说。

马瑟卢斯转过来看着我，我说："我哥哥不会浪费时间去画一道门廊，而我也不会浪费时间假装自己很懂赛马。听他的。"

"二十五便士押白队，五十便士押红队。"马瑟卢斯递过满满一袋钱币给那个人，我见加利娅看到这么一大笔钱，吓了一跳。这笔钱几乎能换取她的自由了，如果屋大维娅允许的话。这也是维利乌斯老师在学堂当半年老师才能挣到的钱，但她什么也没说。马瑟卢斯接着说。"我每天都来这里，"他兴奋地说，"加利娅太好了，能忍受这一点。"她露出一个倦怠的微笑，即便她看上去又热又无聊，但还是那么美丽。"我们需要让我母亲到萨图尔诺神庙为你们两个取几袋钱。"

"然后我们去购物，"朱丽叶向我保证，"我要带你到集市去，我们挑选一些能穿着上剧场的衣服。我父亲在这里的时候，我们每个月去一次。"号声在赛马场里回响，朱丽叶的注意力被吸引过去。"红队跑在前面，就像亚历山大说的那样！"她站了起来，当她和马瑟卢斯大喊着为白队加油的时候，我拿出了我的素描本。她回头看看我。"你不会现在就画吧？"她喊道。

“为什么不呢？我在亚历山大城从没见过这个。”

“没有赛马场？”她扯着嗓子盖过喧嚣的人群。车手在跑最后一圈了。

“当然有，但没有这么大。”

红队赢了，马瑟卢斯坐下来朝亚历山大背上拍了一下。“你很了解马匹，对吗？但你认为他们第二次还是会赢？”

“如果红队选用同一个车手，没道理不赢。”下方的赛道正在清理，一名摔倒在对手马蹄之下的车手死了，尸体被拖走。赛道在被仔细清扫的同时，一支乐队出场为观众助兴，一些奴隶艰难地爬向我们并拉开一个遮阳篷，挡住赛马场的西区，也就是有钱人坐的位子。

朱丽叶看着我，我开始画画，先画出赛道中央长长的中轴。亚历山大的赛马场里中轴只是一道简单的石头屏障，马克西姆赛马场则不同，有两个长方形的水池，里面装满了水。在每一个水池里，七只青铜海豚嘴里喷出水流，比赛中每跑完一圈，一名官员就把一只海豚转到相反的方向。对于那些眼睛不够好，看不见海豚是朝北还是朝南的观众，还有七个青铜蛋，另一名官员每完成一圈就拿下一个蛋。

“那些是阿格里帕造的。”朱丽叶解释说。

“他造了多少东西？”我问道，“几乎是半个罗马。”

她笑了。“那是因为他是我父亲最伟大的建筑师。”

“那么他是亲自建造的？”

“他只是提供构想和金钱。我猜想由建筑师维特鲁威来完成图纸。你见过他吗？”她问道，“要知道，他是屋大维娅的情人。”

“我在别墅里见过他。他们同居多久了？”

“自从你父亲宣布要和她离婚。她已经一个人过了好几年。”

“你觉得她爱他吗？”

朱丽叶疑惑地看着我。“你父亲？当然！你以为她为什么会为他东征的军团集结所有？”

我正要回答，我们下方的人群喧哗起来打断了我。数千名观众站起来，朝我们这边看来，并指着我们上方。“红鹰！”我们身边的某个人叫了起来，当我抬起头，看见奴隶们绑在赛马场西区上方的巨大金色遮阳篷上，画着一只鸟。它张开翅膀，在它那伸长的爪子之下，一对孩子挣扎着要逃走。我不必去看那埃及式的假发和白色的头饰便知道他们是谁。

“那是你。”朱丽叶小声说，她吓坏了。

加利娅立即站起来。“快走！”她喊道，我们马上移动。

“那我们的赌注呢？”马瑟卢斯喊着。

加利娅转过身。“恺撒现在正在观看这些比赛，你认为他从巴列丁丘看见了什么？”

“但他是怎么办到的？”马瑟卢斯不敢相信地说。他抬头看着红鹰。它画得很精美，并被完完全全地隐藏起来，直到遮阳篷被撑开。

亚历山大摇着头。“他一定是夜里来画的。”

朱丽叶紧抓着我的胳膊，我们下楼跑到混乱的人群中。赛马场贵宾席上的男男女女都冲向大门，要是被扣上目击反叛的罪名就来不及了。但奴隶们开始高喊“红鹰”，而那些希望比赛继续进行的人开始朝遮阳篷上扔食物。

“快点！”加利娅喝道，“要是发生暴动我们就出不去了！”她挤过疯狂的人群，我们推搡着下了台阶，来到街上。当我们抵达门口，我感到有人把手伸到我一侧的包里，我转过身，那个想要偷我东西的小男孩举起手，表示自己是无辜的。

“你再敢偷我就拿刀捅你。”我狠狠地说。他挑逗地看着我，我不知道他是否明白我在威吓他。

到了大街上我们终于能喘口气了，但加利娅没有停下脚步。虽然跑起来有失体面，但我们差不多是一路狂奔返回巴列丁丘。

“看啊！”马瑟卢斯指着。一群人聚集在朱庇特神庙的门口，当他们认出马瑟卢斯，纷纷后退。

“红鹰的又一张传单！”朱丽叶推开人群，不顾加利娅的反对，为我们大声念出上面的内容。“他在抱怨胜利庆典，”她说，并快速念出纸上的字。“看这个！他释放了一百五十名来自希腊的奴隶。”三张相同内容的纸张贴了出来，人群静静地看着它们。“他还为二十个孩子赎身，并把他们送回高卢和父母团聚。”

她念出了一份很短的名单，而我在想，他接下来是否有可能帮助我和亚历山大。他已经冒着生命危险把我们的画像画在赛马场里面，他的信息已经很明白了。我们的命运就和奴隶一样，主人一时兴起就会杀了我们。如果他知道屋大维准备杀死我们，他一定能帮助我们逃出罗马，但那代价昂贵。“他一定很有钱。”我说。

“他一定很勇敢。”朱丽叶叹了口气。

一位祭祀从神庙里走出来，看看出了什么事，并愤怒地呵斥道：“走开，不然恺撒会知道！”他从神庙的门上扯下那三张纸，并把它们扔在地上。

第七章

只有一小群人聚集在屋大维的前庭等待晚餐。朱巴和阿格里帕都来了，而马瑟纳斯和他那美丽动人的妻子塔伦提娅也来了，但大家的心情都不太好。虽然不在同一桌上，我还是能听见马瑟卢斯和朱丽叶小声说话，不敢说得太响，怕惹怒屋大维。

“我不知道为什么大家都在窃窃私语，”提比略突然说，“这不像是那个叛徒干的，他以前没有开过这种玩笑。这么说他在一个遮阳篷上画画。”

“在胜利庆典的日子里，”马瑟卢斯低声说，“接下来还有一天。”

“那又怎么样？”提比略傲慢地说，“明天，屋大维会在赛马场扔下钱币，而人们会像畜生一样去抢，这件事会被完全遗忘。”

我们看着屋大维，他正怒气冲冲地在一个卷轴上涂着什么。对于面前煮好的阉鸡，他视而不见，他似乎在吃一份简单的迷迭香花朵色拉。

“你觉得他在写什么？”我紧张地问道。

“他的回忆录。”

我以为提比略在嘲讽他，但马瑟卢斯点点头。“他把每件事都记录下来。”

“为什么？”我问。

“他认为，总有一天他的继承人会读到他的思想，并成为一位更出色的领袖。”

提比略轻蔑地吸了口气。“好像只有他知道。”

“你想说什么?”马瑟卢斯问道。

提比略微微一笑。“我想你知道。”

马瑟卢斯从长沙发上站起来,我猜想他要动手,这时一个小男孩匆匆跑进餐厅,所有人都转过身。他双手颤抖着举起一个卷轴,利维娅责问道:“怎么回事?”

男孩递上书信。“一些建造阿波罗神庙的工人发现了这个,主人。这是写给恺撒的,上面的印章——”

没等男孩说完,利维娅就一把抢过了卷轴。“又是一张!”她尖叫着说,“又是一张传单!”她把卷轴递给屋大维,他读着卷轴,脸色越来越阴沉。他看着那名奴隶,后者穿着凉鞋的脚瑟瑟发抖。

“那么告诉我,”他说,冷静得吓人,“有目击者吗?”

“没有,”男孩支支吾吾地说,“今天下午工人们来的时候,它已经钉在神庙的大门上了。”

屋大维放下手里的芦秆笔,整个房间安静下来。“去吧。”他说,那男孩急忙跑出房间,恨不能跑得再快一点。

屋大维转向阿格里帕。“这个人能自由上下巴列丁丘,走进阿波罗神庙也不会引起怀疑。”他缓缓地站起来。“那么我们该怎么处理这件事,阿格里帕。”

他把卷轴递给将军,后者扫视了一遍。“他想要解放罗马的每一名奴隶。”

“奴隶制度早就建立了!”屋大维吼道。

“但他一定是个参议员。”阿格里帕念出卷轴上的内容。

如果你这么担心罗马的文化会发生改变,那么别再依赖于你的奴隶了,开始自己干活吧。或许你更愿意看到囚车队送来一千个高卢人。或许你宁可宽恕那些买卖希腊美人的奴隶贩子。这么一来,你很快就会得到一个没有罗马人的罗马。你可以强迫他们说拉丁语，穿上束腰外衣和凉鞋，但血统已经消亡。

“只有在参议院里的人才听到你的演讲。”

但朱巴皱起眉头。“参议员会说出去，任何人都有可能。”

“那我们不应该做点什么吗？”利维娅问道。

“应该怎么做？”朱巴抬起眉毛，“把守罗马每一座神庙的大门？”

“如果有必要的话，”她喊道，“你的职责是——”

“够了！”屋大维喝道，利维娅立即闭上了嘴。“我们听够了。”但一名士兵出现在门口。屋大维涨红了脸。“什么事？”

那名士兵犹豫了一下，接着穿过餐厅走过来。“有——有消息，恺撒。在屠牛广场发现了一批武器。我们认为那是属于一群逃跑的奴隶的。”

阿格里帕立刻站了起来。“什么样的武器？”

“标枪、剑、匕首、长矛、弓箭。外加步兵的头盔、铠甲和盾牌。大部分都是新的。”

屋大维看看朱巴，又看看阿格里帕。“他们在密谋造反。”他猛地站起来，打翻了杯子，水洒了一桌。“我要禁止每一个奴隶在罗马的任何地方购买武器！”

“但是武器商人怎么知道——？”

“出示市民的身份证！”屋大维怒吼道。

那士兵马上点点头。“但我能否提个问题，恺撒。买这些武器的金子从哪儿来的？大部分武器都是新铸的，如果我们能查到源头——”

“一支从朱迪亚前往萨图尔诺神庙的商队遭到袭击，”阿格里帕说，“那些金子一定是用来购买武器了。”

屋大维把手放在额头上，用食指和拇指按摩太阳穴。餐厅里鸦雀无声，就连利维娅也不敢说话。“你可以走了。”那名士兵用不着他说第二遍，就像刚才来报告消息的男孩一样，迅速离去。屋大维转向朱巴。“带我们去你的别墅，我要看看新的塑像。晚餐结束。”他宣布。

朱巴从长沙发上站起来，每个人都站起身，不管有没有吃完饭。我们跟着他穿过餐厅，到了外面之后，他带领我们沿着山坡，前往一座掩映在一片古老橡木林里的别墅。他房子的百叶窗漆成了绿色，两扇门上装饰着铜钉。

“朱巴一定非常有钱。”我小声说。

朱丽叶点点头。“他自己赚的。”

“靠写作？”

“还有古董，”马瑟卢斯补充说，“我母亲付钱让他找来正宗的希腊雕塑，他可能还有其他的客户。”

朱巴为我们挡住门，房子里，地面由小小的砖块拼成，双耳细颈瓶费心地嵌在陶土中。藤条做成的屏风隔开了一些空间，当我们穿过别墅，我注意到长沙发被雕刻成各种奇特的形状：半狮半鹫和海蛇，高尔根和赛壬①。一看就知道家的主人是个周游四海的人。

“那是希腊的胜利女神尼姬吗？”我们穿过中庭的时候，提比略问道。

朱巴微笑着说：“从菲迪亚斯本人那里买来的。”

屋大维在几处壁凹前停下脚步，欣赏朱巴找来的雕塑。每一次，他都用手触摸大理石，轻抚着一只手、一条胳膊或是一侧肩膀的弧线。当我们来到图书馆，奴隶们跑去点燃高大烛台上的油灯，在温暖的金色灯光中，将近一百尊雕塑披上了柔光。

“太美了。”屋大维娅喃喃自语。

“这些他都是从哪儿弄来的？”哥哥问马瑟卢斯。

“我在罗马各地寻找卖家，”朱巴听到了哥哥的问题，于是回答。“如果我找不到好的雕塑，我会到希腊去。”

每一尊雕塑都被编上了号，底座上都放着小铜牌，标明它们的名称和发现的地点。屋大维在房间的另一边转悠，向利维娅和屋大维娅介绍他最喜欢的作品。

---

① 希腊神话中的海上魔女，以歌声诱惑路人。

“看这个!”朱丽叶喊了起来,她指着一尊阿芙罗狄蒂女神像。

“她长得很像你。”马瑟卢斯说。是真的。雕塑家选的模特长着浓密的黑发,眼睛像暮光一样深沉而柔和。所有的雕塑都是彩色的,只有一些,因为多年疏于维护,颜料剥落,显露出无瑕的白色大理石。

“让我们来找一个长得像你的。”朱巴兴奋地说,并拉住他的胳膊,他们看了几尊雕像,最后朱丽叶认定马瑟卢斯长得像阿波罗。

“我们应该常常来这里,”朱丽叶喊道,“我喜欢希腊雕塑。”

“你当然喜欢,”提比略没好气地说,“它们正好满足你的虚荣心。”

“嗯,也许我们应该找出一件像你的作品,这个怎么样?”她指着一尊丑陋的高尔根塑像,马瑟卢斯大笑起来。

“我觉得你太宽容了。”他说。

我偷笑了一声,提比略恶狠狠地看了我一眼。“你和他们一般见识就是自轻自贱。”

在图书馆的另一边,屋大维观赏着一尊朱庇特的像。这位神灵的象征是一只老鹰,那只骄傲的鸟栖息在他那大理石雕成的肩膀上。屋大维用手指轻抚它的嘴。

“我们会找到他的。”我听见朱巴坚决地保证。

屋大维抬头注视着那只鸟的黑眼睛。“我知道,等我们找到他,我们就在十字架上钉死他。”

等我们回到屋大维娅的别墅,我和亚历山大把耳朵贴在卧室的墙上,偷听屋大维娅审问马瑟卢斯。

“我想知道,今天下午其他人都在这栋别墅里睡觉的时候,你上哪儿去了?”

“我出去走走,”马瑟卢斯发誓说,“在山下,”他接着说,“绕着阿波罗神庙。”

“也就是红鹰的传单被发现的地方。”

“母亲,”他哀求道,“我只是走走。”

"不带随从？不告诉任何人？"她质问道，"神庙的祭司说他清楚地看到一个浅黄色头发的人张贴了那张传单。这座山上有几个人长着这样浅色的头发？"

"你哥哥！"他喊道，"还有差不多每一名奴隶！"

"他们去得了一座挨着恺撒别墅的神庙吗？"

"也许他们偷偷溜进去，留下了给他的信息。或者就是工人当中的一个。母亲，"他反驳说，"你不会真的认为——"

"为什么不呢？我看见你和加利娅在一起。她很漂亮。也许你为她感到遗憾。"

"我当然觉得很遗憾。但是背叛我的舅舅是另一回事呢。"

隔壁的房间里陷入了沉寂，我刚想开口，亚历山大摇摇头。屋大维娅的回答很温和。"你很理想主义，而且冲动。但我希望你不会冲动到这个地步，马瑟卢斯。"

"我向你保证，母亲，我不是红鹰。看看他写的内容。"

"写的人可能是加利娅，也许你是替她张贴传单。"

"冒这么大的险？你觉得屋大维会怎么做——？"

"我很清楚他会怎么做，即便他发现是你干的，也不会手下留情。"

"我不需要。我对此一无所知。我只是出去溜达溜达。"

"那么以后绝对不要一个人出去溜达。"她警告说。

我们听见有人开门，急忙从墙边挪开。

我看着亚历山大。"你认为会是马瑟卢斯干的吗？"

"你听到他的话了。他为什么要拿恺撒继承人的地位来冒险？他可以轻轻松松地等着当上恺撒，随后更改法律，如果他想那么做的话。"

我靠回沙发背上，拱起膝盖。"那么加利娅呢？"

"有可能。她有充分的理由，而如果屋大维娅早就怀疑她……"

第二天早上，我看着加利娅小心翼翼地把一件干净的束腰外衣摊在我的沙发上，而我在想，是否同一双纤细的手起草了反叛的传单。我注意到哥哥也看着她，比以往更缓慢地穿上托加袍和凉鞋。

“怎么啦？”加利娅很不高兴地问道，“要我亲自帮你们穿衣服吗？主人，建筑师在等你。”

“叫我塞勒涅，叫她亚历山大。不要叫主人。”

等到我把头饰在眉毛上方戴好，她走过来温柔地打理我的卷发。“谢谢你。”她轻声说。

“你和我一样，都是公主。”我回答。

“再也不是了。”她抿起嘴。

我本想同她争辩，但当我去拿素描本的时候，屋大维娅出现在门口，两手叉腰等着我。“我就来，”我向她保证，并跟着她走进中庭。“你觉得维特鲁威会同意教我吗？”

“我不知道，”她坦率地说，“他是个非常忙碌的人，从来不单独辅导学徒。但我们可以试试看。”她把我带进图书馆，里面整整齐齐贴着标签的卷轴放在光亮的松木书架上，一直堆到天花板。建筑师维特鲁威已经在等我们了，他坐在一张桌子后面，双手握在面前，若有所思地看着我给屋大维的那幅画。当他听见我们进来，便抬起下巴，目光落在我的素描本上。

“你就是塞勒涅，”他说，用那对尖锐、深邃的眼睛打量着我。“听说你喜欢画画。”他的语气有些困惑。

“看看她画的，”屋大维娅说，“她很有天赋。连我哥哥也这么认为。”

我看着维特鲁威，看着他那纤瘦的脸庞和有棱有角的下巴，不知道他在想什么。

“让我看看你的素描。”最后他说。

我把本子交给他，他静静地翻着。他用一种挑剔的目光审视着每一页，在描绘我母亲陵墓的那幅画上停留得最久。他缓缓地把画举到灯光下，接着又放低，以便对我提问。“这是在亚历山大城吗？”

“是的。在伊西斯和塞拉匹斯神庙旁边。”

他点点头。“她很会画，”他意味深长地说，“但很多人都会画画。你究竟要我做什么?”

“当她老师,”屋大维娅回答。

“哪方面?”

“建筑。”

“教一个女孩?”我以为他会笑出声来,但他只是看了看我的脸,严肃地说,“她有必要学建筑吗?”

“就好像我母亲有必要学八种语言,”我斗胆回答,“她手下有世界上最出色的外交官,但她不愿意把任何事情都交给别人去做,因为她能做得更好。”

“那么你希望自己做什么事情能做得更好?”维特鲁威抬起眉毛。

“建房子。”

他往后靠。“在哪里?”

我瞥了屋大维娅一眼,她鼓励地点点头。“底比斯。那是我母亲的梦想,”我解释说,“我知道她相关的计划。”我急切地说。“整个城市毁在托勒密九世的手里。但如果我和哥哥能够回到埃及,我就能和他一起建造一个全新的底比斯。”

维特鲁威看着屋大维娅。“你知道恺撒绝对不会允许。”

“他会改变他的主意。”

但维特鲁威摇摇头。“他会把她嫁掉,如果她运气好,利维娅不插手。”

“你是说,利维娅会决定——”

“她是我哥哥的妻子,”屋大维娅打断了我的话,“一切都有可能。所以你必须培养她,维特鲁威。让我哥哥看看她的用处远不止嫁给某个老参议员。你可以让她做你的学徒。”

维特鲁威放声大笑。

“为什么不呢?”她叫了起来,“屋大维给你看这幅亚历山大城素描的时候,他说画很有灵气。”

“是真的。她有天赋。但她对于建筑了解多少呢?”

“你可以教我，”我说，“我早就知道每一种用于建筑的工具，以及从埃及到希腊的每一种建筑风格。”

维特鲁威摇摇头。“建筑工地可不是一个公主去的地方。”

“那你早上需要视察工地的时候就带上我。”

“你的儿子对建筑一点儿也不感兴趣。”屋大维娅指出。

维特鲁威的脸颊泛红了。“是的，”他苦涩地说，“他想做个大众情人、风流诗人。”

“那么把你的知识教给我。”

维特鲁威往前坐了坐，屋大维娅鼓动说：“我哥哥想造一座和克里奥佩特拉王后一样的陵墓。塞勒涅可能已经画过好几遍了。至少给她机会协助你做这件事。”

我拍起手来。

“我们就从恺撒的陵墓开始，如果我对你的进步感到满意，我会教你怎么建造房子。”

“谢谢你。谢谢你！”

屋大维娅露出微笑。“去吧。不然你上学要迟到了。”

我在门廊同亚历山大和马瑟卢斯会合，并告诉他们刚才的事情。等到朱丽叶和提比略在路上碰见我们，马瑟卢斯骄傲地说：“你们听说了吗？维特鲁威想要培养塞勒涅当建筑师。”

“哦，我不敢肯定他愿意，”我马上更正道，“那是屋大维娅的主意。她说服了他。”

朱丽叶睁大眼睛看着我。“为什么她会为了你这么做？”

“让我有些事情可做。”我尴尬地说。

“不止这个，”马瑟卢斯反驳说，“她喜欢你。”我看见朱丽叶挺直了背。“毕竟你是她女儿的异母姐姐。”

但想到十岁的安东尼娅和七岁的东尼娅是我的妹妹，我觉得很别扭。

“她们和我们不太像，不是吗？”亚历山大问道。我们跟着加利娅穿过拥挤的街道前往广场。今天是屋大维胜利庆典的最后一天。

"不像,她们很文静。"马瑟卢斯总结说。

"而且很好心,"提比略补充说。

"我很好心,"马瑟卢斯反对说,"在赛马场我总是付钱。"

哥哥笑了。"下注员很感激你呢。今天我们还去吗?"

"当然。"

"你母亲让加利娅给了我一些便士,"亚历山大拍拍他腰上的一个小皮包。

"你没有告诉我!"我说。

亚历山大不好意思地看着我。"因为你去见维特鲁威了。"

"他真的想教你?"朱丽叶怀疑地问。

"你父亲想要一座埃及式的陵墓。屋大维娅说服他说,我或许可以帮忙。"

朱丽叶好一会儿都不说话,我不知道她是否很嫉妒我。"我听说亚历山大城很美。"她最后说。

"世界上最宏伟壮丽的城市。"

"比罗马还要宏伟?"

我不知该怎么说才好。"它花了三百年来建设,"我小心翼翼地说,"所有大理石的房屋都临海而建。"

"那你母亲呢? 她是不是像他们说的那么美丽?"

我们向学堂走去,我不住地眨着眼睛,不让自己流下眼泪。"她不是那种传统的美女,"我解释说,"美的是她的心灵。"朱丽叶皱起眉头。她无法理解一个人的心灵也可以是美丽的。"还有她的嗓音。那吸引了来自世界各地的男子。"

"像赛壬一样,"朱丽叶小声说,"我在维纳斯神庙见过她的像,我不知道那是否就是她真正的模样。"

我和亚历山大停下脚步。

"什么像?"

"尤里乌斯·恺撒广场上她的塑像。"

“现在还在那里吗?”

朱丽叶疑惑不解地看着他。“当然了。不然呢?”

“但为什么你父亲没有把它打碎?”我问。

“一位女王的塑像?”朱丽叶很吃惊,“因为她是尤里乌斯的爱人。”

我看了哥哥一眼。“这么说屋大维对她的愤恨全都是谎言,”我用帕提亚语说,“只是一出戏,好让整个罗马都痛恨她。”

他转向朱丽叶。“你觉得我们能去看看吗?”

“我觉得没什么不可以。战神操场的训练结束之后我们可以去。”

那天早上我们学习了荷马的《奥德赛》,背诵的诗句是关于奥德修斯航行在灰眼睛的雅典娜看管的深红色海上。下课后,加利娅带我们去战神操场,敏捷地穿过等着观看最后游行的兴奋的人群。在马房的大理石门廊上,朱巴和阿格里帕坐在屋大维的身边,后者正在向他的妹妹介绍一系列建筑的规划。我坐在安东尼娅旁边的一把椅子上,当我伸手去拿素描本时,利维娅一言不发。

“这些是在那不勒斯建造高架渠的计划,”屋大维说道,“这是造广场的计划。”

屋大维娅露出微笑。“维特鲁威有没有给你看我的建筑规划?”她问道。

她哥哥在一侧展开一个卷轴。“修复古老的梅特利柱廊,”他饶有兴趣地说,“现在被称为屋大维娅柱廊,里面包含了三百根新建的立柱和两座神庙。”

“我希望里面再建一座公共图书馆。”

屋大维记录下来。“很好。非常好。”他接着说,“平民会喜欢图书馆的。还有别的吗?”

“也许再建一个浴场。”

利维娅涨红了脸,她放下手里的纺织活儿。“也许我也应该建造一座柱廊,”她说,“你觉得呢?”

“那会是一个大工程,”阿格里帕说,但利维娅想要的是屋大维的许可。

“我能出钱造我自己的建筑吗?”利维娅问他。

屋大维的眼睛在草帽下朝她瞄了瞄。“罗马很感谢你的慷慨,但你有足够的时间——?”

“当然,”她马上说,“为了罗马,总是有时间的。”

屋大维欢喜地看着她。“我很幸运有这些女人的陪伴,”他轻声说,而朱丽叶转着眼珠看着我。“我会把这些记录下来,维特鲁威会在下个月雇用工人。”他站了起来,而每一个正在骑马的人都飞奔过来跟着他进入马房。

他走了之后,利维娅露出微笑。“一对柱廊,”她对屋大维娅说。

“你真慷慨啊。”

她扬起眉毛。“钱总是要花的。在高卢,你哥哥给了我一些铜矿。在朱迪亚则是整片整片的棕榈林子,你知道他在埃及给我什么?”

“一座神庙?”

利维娅眯起眼睛。“我要那个干吗? 一座神庙赚不到一分钱。”

“当然了,”屋大维娅微笑着说,“都是为了钱。”

利维娅大笑。“哦,我看见你在苏布拉做的慈善。你觉得你不计报酬,只要得到微笑、尊敬,以及女人趴在地上吻你的脚就够了?”

“没有人吻过我母亲的脚!”安东尼娅喊道,所有人都吃惊地望着她。就连常常咯咯傻笑的维普撒尼娅也捂住了嘴。

“那也是报酬啊,”利维娅冷冷地说,“我只是希望我的报酬有点价值。”

“你是一个粗俗的女人。”屋大维娅说。

“拥有莎纸草田的粗俗女人。几十片。”她咧嘴一笑。“在东方论赚钱,没什么及得上莎纸草的一半。屋大维让我挑选田地,也许塞勒涅可以帮助我选择最值钱的。”

“够了!”屋大维娅站了起来,我一度以为她要去揍她,“加利娅,你可以带朱丽叶和塞勒涅去购物了,在训练结束之前回到这里。”

朱丽叶马上站起来,想不到自己的运气这么好。

“你可以带走塞勒涅，”利维娅说，“但朱丽叶不能去。”

“朱丽叶是我的侄女，”屋大维娅说，“她和你没有血缘关系，如果我说她可以去购物，那么她就可以去。如果你为此让她日子难过，或是我听说，你因为她听我的话而责罚她，那么我哥哥就会知道。”

利维娅气得红了眼睛，但是她没有动，朱丽叶挽住我的胳膊。加利娅带着我们匆匆离开了战神操场，等我们跑到了他们听不见的地方，我小声说：“你和她住在一起怎么样？”

“她忙于看着塔伦提娅，没时间注意我。”朱丽叶回答。

我看着加利娅。“谢谢你。”

“那是主人的想法，”她谦虚地说，“我只是护送你们。”

“我们可以顺道去维纳斯神庙吗？”朱丽叶问，“塞勒涅想要看看她母亲的塑像。”

“那建了有十五年之久了。”加利娅提醒我。

“我还是可以认出她。”我肯定地说，然而等我们抵达恺撒广场的尽头，步入维纳斯·吉尼翠斯神庙，加利娅见我一脸疑惑便笑了。

“你能找到她吗？”

在凉爽的大理石殿堂里，女祭司们伫立着看守神庙里的艺术品。其中一尊尤里乌斯·恺撒的塑像我绝对不会认错，因为恺撒里昂长得那么像他，还有一尊维纳斯穿着麻布半身裙的塑像。我跳过闪闪动人的珠宝藏品，虽然这吸引了朱丽叶的目光；我走过一副精美绝伦的、饰有不列颠珍珠的金属护胸甲。我走过一尊又一尊塑像，而最后正是亚历山大城的头冠让我认出了她。“是这个吗？”我喘不过气来。

“埃及的克里奥佩特拉。”加利娅回答说。

朱丽叶来到我身边兴奋地问道：“她就是这个样子吗？”

我看着这个女人丰满的胸部、长长的罗马式鼻子和尖尖的下巴，接着沮丧地摇摇头。“不。”我看得出朱丽叶很失望。“我母亲瘦得多，”我告诉她。“她的手甚至比我的还要小。”

“真的吗？那么她的脸呢？”

虽然嘴唇是对，深琥珀色泽的眼睛也没错，但别的都不像。“她的五官没有那么突出，”我坦言，“而她的鼻子……”我迟疑着说。“完全不同。”

“这么说恺撒爱她不仅仅是因为她的美貌。”

我点点头。“她会说许多种语言。埃及语、埃塞俄比亚语、希伯来语、阿拉米语、叙利亚语、米迪亚语、帕提亚语……”

“拉丁语。”朱丽叶打断了我。

“当然。而且她很会享受生活。”

“他们说她喝下珍珠，是不是真的？”

我想起母亲常常对我和亚历山大讲起、和我们父亲第二次见面的故事。为了用她的财富来吸引他，她答应为他举办史无前例的奢侈宴会。等到他来了，桌上只有一只酒杯。她把她最大的珍珠扔进杯里，等珍珠溶解了，她接着就喝下了酒。我沮丧地笑笑，想起我的母亲有多俏皮。“是的，珍珠的故事是真的。”

“我希望我的母亲也这么出名。”

“她还活着吗？”

朱丽叶紧张起来。“在某个地方，”她简单地说了句，也不说明。“我听说你母亲教你如何化眼妆。你觉得，如果加利娅带我们去逛街，你能教我吗？”

“利维娅主人会不高兴的。”加利娅提醒她。

“但是我们偷偷地干，”朱丽叶保证。“求求你了，”她恳求道，“我们一点乐趣也没有。”

加利娅犹豫不决，那一刻她不知所措。

“来吧！”朱丽叶喊道，“我们要去伊特拉斯坎的大街。”

“那是卖埃及商品的地方？”

“那里什么都有！”

加利娅顺从地带路，而我在想，那些保护我们的士兵们，被迫徘徊在一间出售埃及春药和彩色珠子的店铺外，他们会怎么想。

“那些是我们用来装饰头发的，”我解释说，“但是在官方庆典的日子里使用。”

朱丽叶把手伸进放彩珠的盒子里，喜欢小小的彩陶珠子在手指上滑过的感觉。“我们需要多少？”

“装饰你的头发？你不会真的要用吧？”

“为什么不呢？”她咧嘴一笑，“明天我们要去看戏。出发之前，我可以过来，你就把它们戴上去。”

“利维娅绝对不会允许，屋大维娅也不会。”

“谁在乎她们怎么想？”她开心地反问道，“在其他人发现之前，我们就把它们摘下来！”我还在犹豫，她兴奋地招呼店员。“我要一整盒！”

“一——整盒，主人？”那个老人结结巴巴地说。

“是的。快点。你可以把账单送给我的父亲。”

他不用问她父亲是谁。

“接下来我们去哪里？”她激动地问道，并把买下的东西交给加利娅。“我希望打扮成一位公主。”

“你就是一位公主。”

“一位真正的公主。”她的眼里闪着羡慕，“化上彩妆、穿上丝绸外衣，戴上利维娅不同意、但所有女人都应该戴的首饰。她只是嫉妒，你知道的。”我跟着她沿街行走，她寻找着一家埃及化妆品店。“她希望每个人都和她一样平庸丑陋。”

我注意到加利娅不发一语，虽然我肯定她心里是赞同的。“这家店怎么样？”加利娅问道。

“有脂粉吗？”

“各种颜色都有。”

我们走进店里，朱丽叶什么都想知道。突然我明白了，我们坐马车一路进入罗马的路上，我和哥哥一个接着一个问题地提出，马瑟卢斯是什么感受。

朱丽叶举起一瓶赭色的粉。

“涂嘴唇的，”我说，“有时候涂脸颊。”

她把瓶子放在柜台上。“那么涂眼睛的呢，像塔伦提娅一样的。”

“主人，”加利娅倒吸了一口气，“塔伦提娅是——”

“荡妇？我知道。”她心情愉快地说。

“但是她嫁给了马瑟纳斯，”我反驳，“她怎么会是——”

“她是名女演员。我们只知道演员和卢帕女差不多。但我父亲安排他们结婚。”

“让她嫁给他最亲密的一个朋友？他怎么能——？”

“哦，马瑟纳斯对女人不感兴趣。但是他需要一个妻子，而我父亲需要一个借口来接近她。”

“那为什么他自己不娶她？”我问。

“塔伦提娅？因为她没有亲人。”

“一个也没有？”

“哦，我肯定她有亲人，但他们没有权势。那么他能得到什么？但她很漂亮，不是吗？你觉得她化眼妆用的是什么？”

我警惕地看了加利娅一眼，她的表情很不赞同。“孔雀石，”我说得很慢，“用锑粉来画眼线。”

朱丽叶把她要买的东西堆在柜台上，等到那老人算出了总价，加利娅喊道：“胡来！你要透支了。”

“那又怎么样？”朱丽叶说，“我父亲有大笔的钱可以付给他。”

出了店铺，朱丽叶把买的东西交给加利娅，后者满腹疑虑地摇摇头。“我们要快点了，主人。操练很快就结束了。”

“那塞勒涅呢？”她转向我，“你不要买什么东西吗？”

“我买不了。钱在亚历山大那里。”

她一挥手。“你可以把账单送给我父亲。他绝对不会知道是谁买的。”

我微笑着说：“也许过几个星期，我要买些新的芦秆笔和墨水。”

“就是这些？”朱丽叶皱起鼻子，即便她做出这么一个不雅观的动作，还是很美。上百个女人走在我们周围，但男人的目光只是热切地流连在她的身上。“那么看戏呢?”她问道,“你穿什么?”

“屋大维娅给什么我就穿什么。”

朱丽叶摇摇头。“当然不行。我们都需要新的束腰外衣。”

“主人!”加利娅无力地反驳道,“没有时间了。”

“那么我们就去买布料,不用试了,”她保证,趁加利娅还没来得及进一步反对就闪进了下一间店铺。店里,一匹匹漂亮的布在午后的阳光中泛着光彩。孔雀蓝、青灰绿、银锡灰的丝绸,在各种色泽平凡的布料里脱颖而出。朱丽叶举起一段金色的丝绸衬在我的皮肤上。“这会很漂亮。”

“利维娅主人绝对不会允许。”加利娅警告说。

“利维娅什么都不许。”她坏坏地看了我一眼,“不管怎么说我们买了。一旦我们买了她能怎么样?”

“她会没收!一件全部金色的束腰外衣不适合穿去看戏。如果屋大维娅主人生气了,那这就是你们最后一次购物。”加利娅告诫我们。

朱丽叶犹豫了。“好吧。那么这个。”她选择了一匹紫罗兰的绸缎,恰到好处地搭配她的深色皮肤,当她找店员安排送账单的时候,我打量着店里陈列的色彩丰富的布料。也许我应该给我的画加上颜色,我想。一瓶瓶赭色和炫目的蓝铜正无所事事地待在我的箱子里。我不可以把它们涂在脸上,那为什么不把它们加到我的素描画上呢?

我们离开店铺后,加利娅严肃地说,“到此为止。不要再买东西了。明白吗?”

“明白。”朱丽叶有点嘲弄地说。我们跟着加利娅穿过希托利姆广场,在那里沿泰伯河摆满了小摊售卖蔬菜,而朱丽叶喋喋不休地议论着我该如何打扮她的头发,哪种颜色最适合给她化眼妆。“紫罗兰,”她决定了,“来搭配我们新的束腰外衣,我会让我们的裁缝今天晚上来做,而到了明天,我过来的时候我们就能——”

我停下脚步。

朱丽叶回头看看。“怎么啦?”

在广场上布满涂鸦和鸟屎的高大立柱前,几十个婴儿躺在篮子里。

有的在可怜地号哭着，有的伸着胳膊等待永远不会到来的母亲。“这些孩子在这里做什么？”我喊道。

“他们都是弃婴。”朱丽叶想要继续往前走，但我还待在原地。“要知道，”她气恼地说，“就是没人要的孩子。”

我看着加利娅，她沮丧地点点头。

“你是说，他们就是被扔在这里，等死？”

朱丽叶不自在地挪了挪。“有奶妈的，”她指出，“所以他们把这里叫做乳儿柱。”

“但只有一些孩子有人喂奶！”

“当然。你以为有多少奶妈没事可做来喂奶？”

我看着那些疲惫的女人靠在荫凉处，尽力哺育这些哭泣的孩子。“那其他孩子呢？”我问。

“他们会死去。他们是没人要的，塞勒涅。”

加利娅见我一脸惊恐，便接着说：“不是全部，有些被收作奴隶，有些会去妓院。”

“那比死好不了多少吧？”

加利娅小声说：“即使在最艰难的人世中，总还有希望。”

埃及不存在乳儿柱这样的地方。那些丈夫出海后因为外遇而怀孕的女人，可以吃草药堕胎，而有些不育的夫妇愿意收养未婚母亲的孩子。加利娅拉住我的胳膊把我拽走，但那天晚上，我忍不住想起那些被遗弃的婴儿。

“你怎么啦？”亚历山大恼怒地问道，“你应该帮我补习荷马的诗。”

我把学校的功课收起来，拿出我的素描本。我没有心情看《伊利亚特》。

“塞勒涅，我怎么能一个人完成这个？”

“你可以做好的。又不是说我们以前在博物研究院从来没有读过。”我平静地说。

哥哥瞪着我。“是因为那些弃婴？朱丽叶告诉我——”

“她说了什么？”我厉声说道，“她不愿再朝他们看第二眼？”

亚历山大举起手表示不愿吵架。“我不知道。”

“好吧，你应该看看。那很可怕，亚历山大。”我眨着眼，忍住泪水。

“有孩子躺在篮子里？”他问道。

“到处都是。就是被扔在那里等死。”

“当然不是所有——”

“不是。有的会成为奴隶，而运气不好的最终会进妓院。”

“罗马人的法律很奇怪，不是吗？”他嘀咕着。

这时有人敲门，我气呼呼地说：“我们假装睡着了。”

“别傻了。还有两盏油灯亮着呢。”他从长沙发上起身去开门。“安东尼娅。”他诧异地说。

她低头看着她的凉鞋，即使对一个小女孩来说她的脚也太小了。“我可以进来吗？”她问道。见亚历山大往她身后的大厅里扫了一眼，她解释说：“我哥哥今晚不许离开他的房间。”

亚历山大退到一边，安东尼娅走了进来，环顾我们的卧房。

“和埃及不太一样，对吗？”

“比监狱好得多。”亚历山大回答。

她露出微笑，又很快敛起，目光落在我的身上。“我听说你今天看到了乳儿柱。”见我皱起眉头，安东尼娅接着说，“加利娅告诉我的。我和母亲每天都去那里帮助他们。她付钱给刚生完孩子的妈妈来给那些孩子喂奶。”

“所以她们才喂奶？”我下了沙发，坐在一把绣花的椅子上，示意安东尼娅也坐下。

她入座并点点头。“是的。有些人是出于同情，因为她们刚刚失去了自己的孩子。但大部分女人都有自己的宝宝，她们是为了赚钱。”她看着我，我有一种奇怪的感觉，她是想看透我的表情。“我们的父亲是个仁慈的人吗？”她小声问。

我瞥了亚历山大一眼。

“如果说为他的朋友掏空金库也算的话。”他苦笑着说，并坐到她对面的一把椅子上。

安东尼娅看着我，见我没有反对，又接着说："这么说他并不帮助穷人？"

"是他军队里的人他才帮。但是他造了别墅，"我说，"沿着海岸建造的宏伟的别墅。"我看得出她对此并不满意，便接着说："他充满热情。他爱赌博、赛马和交朋友。"

"那么你们两个比我更像他。"她说，语气中带着一丝无奈。

我左顾右盼，想找些话题来说。"那你为什么不和我们一起在学堂上课？"

安东尼娅用她那浅色的眼睛注视着我。"因为我跟着母亲上课，一起做慈善。"

"但你学到了什么？"

"比和朱丽叶一起购物学到得更多。"她轻声细气地说。

亚历山大笑了起来，但我对于这番嘲讽有点紧张。

"哦，我并不吃惊。"安东尼娅挥挥手，"每个人都想和她在一起。她是恺撒的女儿。但我母亲是和维利乌斯老师一样好的老师。我们不是一起背诵诗歌，就是在苏布拉发送面包。"

哥哥皱起眉头。"你喜欢做这个？"

"当然。"

"那为什么马瑟卢斯去学堂读书？"我问。

"因为他会成为恺撒的继承人，如果他自己不搞砸的话。"她加了一句。

亚历山大往前凑去。"你是说红鹰？"

安东尼娅回头看了一眼。

"我们什么都不会说出去的。"我主动承诺。

安东尼娅迟疑着说："是的。"

"但你真的认为他会是叛党？"我喊道。

安东尼娅摇摇头，令她看起来那么年轻的小卷发在她的肩膀上跳动着。“不。他太冲动了。今天对这个感兴趣明天就腻了。他没有耐心制定那么多计划。”

“但你是觉得他可能在帮他。”哥哥提出。

安东尼娅低头看着她那小巧的彩色指甲。“母亲说他太理想主义，一切都有可能。但即使只是提到反叛，我们的舅舅也会把他送到般达塔利亚岛上去。如果他走运的话。”

“那是一种惩罚吗？”哥哥问道。

她看着他的眼神，就好像她无法相信他从未听说过。“是的。成百上千的男人——和女人——被送到岛上去挨饿，去挖土，或是靠潜水找海绵来维生。这比叫你们割腕要好一点。”她压低声音，“那是我母亲说的，任何对我舅舅没用的人都会是这种结果。男人、女人、参议员、保姆。看看你们的父母。”

“我母亲是被一条眼镜蛇咬死的。”我忿忿地说。

“仍然是自杀。利维娅的父亲，我母亲的父亲，他们都被迫自杀。你们也可能以这种方式在罗马结束生命，”她说，“除非你们学会以某种方式发挥作用。”

“那么你怎么发挥作用？”

“我会为了罗马的利益，和指定的某个人结婚并乐意接受。”

“即使你不爱他？”我喊道。

“当然。”安东尼娅用她的大眼睛看着我们，见我们都不说话，她接着说：“我希望你们不会重蹈那些人的覆辙。”

“当然不会。”亚历山大的声音很坚决，安东尼娅站起来要走，他小声问道：“那是一种警告吗？”

即便在我们房间里昏暗的灯光下，我还是能看出她的脸红了。“没有人派我来。”

“但这是你用你的方式来警告我们。”他说。

她没有说话，表示默认。

第八章

太阳还没有完全升到山坡上，我已经穿好了一件轻便的束腰外衣和一双凉鞋。

“我不知道你为什么这么做?”亚历山大埋在枕头里咕哝着，“外面天还黑着呢。”

“这是维特鲁威唯一能教我的时间。”

“但你希望学到什么，你什么都懂。”

我笑了，但尽量小声，不吵醒隔壁房间里的马瑟卢斯。“你觉得我能自己造一座神庙吗?”

“当然不能，”他嘀咕着，“那是工人干的活。”

“那么我怎么知道他们做得对不对?”

亚历山大睁开眼睛看着我。“你不会真的以为你要去造房子吧?”

“为什么不呢?”

他抬起头。“因为我们不在埃及了!”

“总有一天我们会回去，记住安东尼娅说的话，”我提醒他，“起床跟我一起去会对你有好处。”

但是他摇摇头，又躺下了，我关上门，没想到用力过头了。我走到中庭，那里一簇簇百合花和黄水仙在清晨温暖的微风中颤动。我看见图书馆里的大烛台点燃了，当我走进去，维特鲁威从桌子边挪了挪。

“进来。”他疲倦地说，并指着他对面的一把椅子。我坐下来，看见他看着我，打量着我头上的希腊式的头冠，和脖子上的亚历山大城珍珠以及里面的罗马印玺。他打了一个哈欠，像是一个耐心接受考验的男人，接着在前面的桌子上双手相扣。“除了阿波罗神庙，”他开口说，“那花掉了两年多的时间，我目前在建造阿格里帕的万神殿和屋大维娅柱廊。现在我要开始规划恺撒的陵墓。所以我几乎没有时间做别的。”

“我明白。”

在微弱的光线中，他的黑眼睛看着我的眼睛。“是吗?”

“是的。你指导我是给屋大维娅面子。但是我来这里并不会占用你的时间，我来是帮助你构思的。”

他扬起眉毛。“怎么帮?”

“帮助你设计一座陵墓。”见他想笑，我马上说：“我知道怎么画画。我也学过哪种石头适合建筑，在什么地方使用它们。”

“拉弗佩斯塔黑石?”他问道，想考考我。

“铺地，可以用白大理石碎石打磨。”

“萨尔诺石呢?”

“薄片可以用在天花板上，在室内营造一种洞穴的效果。”

“木构架的瓦砾和泥灰呢?”

我咧嘴一笑。“只能造出太过廉价的房子，撑不过第一个冬天。”

维特鲁威靠了回去，双手相扣。“你是从哪里学到这些的?”

“在亚历山大城。在博物研究院，我们可以选择一些想要学习的课程，而我选了建筑学。”

他饶有兴趣地看着我。“那么你是下定决心了，对吗?”

“是的。我知道我画得很好看，但并不精准。我希望能够画出真正的设计规划图。”

“那需要数学知识，特别是几何学。”

“我学过了。”

“那为什么你的导师没有教你如何把它运用到建筑上?”他问。

“他们本来会教的，但我在博物研究院读书的时间被缩短了。”我不需要说为什么。

他叹了口气，接着伸出手。“让我们从陵墓开始吧。”

我马上打开素描本，翻到画我母亲的陵墓画得最好的一页。“她全部用白色大理石来建造，”我说，一边把本子递给他。“地面上渗入了珍珠母，立柱刻成了女像柱。”

他端详着画面。“你是说它完全是用大理石造的？”

我点点头。

“那么前面有什么？一根高大的尖柱？”

“是的，两座方尖石碑。都是用花岗石做的。”

维特鲁威掏出一支尖笔，开始快速地写下。“它们是什么颜色？”

“红色。怎么？恺撒想要方尖石碑？”

“他要和他在亚历山大城看到的一模一样，几乎没有什么改动。”

“我可以告诉你一切，”我向他保证，那天上午我在维特鲁威那边如此得意，甚至不介意朱丽叶坚持要我给她化眼妆，化得和我母亲一模一样。

“我希望我像是一位埃及女王，”她说。她坐在我的浴室里，而加利娅正费力地往她的头发上绑珠子。

“你要明白，在我们去剧场之前，主人，这些珠子都要取下来。”

“知道，”她不耐烦地说，“就这一次……接着，也许塞勒涅可以为我画像。”

“我不画人！”

“但是你画建筑，”她指出，“我还有别的办法来记录这个装扮吗？”

“我不知道。看镜子。”

“求求你了，”她恳求道，“我不能雇佣一个真正的画家。我父亲会发现的。毕竟加利娅花了这么多精力。”她撅着嘴咕哝着，我看着加利娅，觉得自己别无选择。除非我同意，不然朱丽叶会让加利娅再做一次。

我找来素描本，默默地咒骂着这本本子的一张页面要用在朱丽叶身上。她可能也想保存，那就意味着要从本子上撕下一页。

“是彩色的吗?”我回来的时候朱丽叶问道。

“不是。黑白的。”

“但我怎么能记得那些彩陶珠子和彩妆呢?”

“用你的想象力。”我拧开一瓶墨水盖子,小心翼翼地把芦秆笔往里面蘸。

我画的时候,朱丽叶在镜子中打量着自己。“我本该生在埃及。”她渴望地说。

“那么你就会变成我,会失去你的王国。”

“但你在这里很开心,不是吗?”她回过头,目光从黑色的睫毛下透过来,完全不明白我和亚历山大遭遇了什么。

加利娅吐了吐舌头。“她是个囚犯,主人。”

“但是她住在屋大维娅的别墅里,”朱丽叶反驳,“她去学堂上课,还学习建筑。”

“是在罗马,”加利娅又说,“她的家在埃及。”

朱丽叶叹了口气。“我的家应该在埃及。”加利娅把最后一颗珠子绑在她的头发上,她又说了一遍。她从椅子上站起来,在光亮的铜镜中端详着自己。“难怪你想念亚历山大城。”她漫不经心地说。她买的那块紫罗兰绸缎被做成了两件束腰外衣,我穿在身上直挺挺地像个杆子,而她的衣服垂下来显出玲珑有致的身材。我把赭色和蓝铜粉混合在一起,做成一种紫罗兰色的粉末涂在她的眼睑上,配合她头发上的珠子,她看起来确实像位公主。“把你的头冠给我,”她突然说,见我犹豫不决,她皱起眉头。“只是让你画画用。”

我摘下那曾经象征我有权统治昔兰尼加和利比亚王国的珍珠头冠,虽然加利娅眯起眼睛表示不赞同,我还是把它递给了朱丽叶。

她把它戴在黑色的卷发上。“你的母亲就是这个样子吗?”她喃喃地问道。

我知道她要的答案。“是的。”

“你在画头冠吗?”

“如果你能乖乖地坐好。”

“我应该坐着还是站着?”

我想了一下,低头看着我的画。“站着。我能把你的凉鞋也画进去。”

没想到她想要某个东西的时候,真的能一动不动。她耐心地站着,我画出她外衣上的皱褶,当我要求看到她缀满珠子的头发侧面,她一声不吭地转过去。最后我说:“画好了。”她一拍手。

“我要看看!”她叫了起来,我把本子转过去对着她,她屏住了呼吸。她先是看看加利娅,接着又看看我。“我真的有那么漂亮吗?”

我垂下下巴。“墨水画总是能画得很美。”

“但你会上色,对吗?”

“用什么上色?”

“我会派一名奴隶去买颜料。看看这画已经这么美了,想想看如果上了颜色该有多好看。”

我正要反驳,一阵急促的敲门声打断了我。“快点!”我喊道,“要是屋大维娅该怎么办?”

但朱丽叶没有动。“不会的。肯定是马瑟卢斯。加利娅,”她开心地说,“让他进来。”

我瞪着朱丽叶。“你怎么知道?”

她微微一笑。“我叫他来的。”

马瑟卢斯和亚历山大走了进来,当哥哥看见朱丽叶戴着我的王冠,他停下脚步。“那是你的头冠吗?”

“只是戴一会儿。”我马上说。

马瑟卢斯小声地吹了个口哨,朱丽叶听见了便转过身来。

“好吧,你觉得怎么样?”她问道。

“和塞勒涅一样漂亮。”

朱丽叶生气地看着我。“你是说我们看起来很像?”

“当然,我不是这个意思。你是最最漂亮的公主!”他说这话的时候冲我使了个眼色,我感到胸口一阵莫名的躁动。

她咧嘴笑了。“你觉得我的妆容怎么样?”

“我希望你快卸掉,”他认真地说,“因为我母亲就要来了。”

朱丽叶吓得尖叫了一声,接着把我的头冠塞给我,匆匆跑回浴室。“快点!”她喊道,“珠子!”

马瑟卢斯哈哈大笑,而朱丽叶忙着擦脸。“你认为她在哪儿?”他问道。

“她应该在苏布拉做慈善。别站在那儿,快来帮忙!”

我们四人跑去手忙脚乱地摘下珠子,加利娅把它们藏在我沙发边上的一个小罐子里。

“不是塞勒涅的,”朱丽叶抱怨说,“我要!”

“在我母亲离开之前你应该把它们留在这里,”马瑟卢斯提议,“最近她对什么都疑神疑鬼的。”

朱丽叶满是怨气。“你这是什么意思?”

我和亚历山大都看到马瑟卢斯紧张地朝加利娅瞥了一眼。“关于红鹰的事。”他说。

“什么? 难道她认为他会藏在一个罐子里?”

“不。但相信我,这样做比较好。”

屋大维娅打开了我们房间的门,见我们五个在一起,不由退了一步。“加利娅,这是怎么回事?”

“他们在打扮,准备去看戏,主人。”她轻描淡写地说。

“你喜欢我的衣服吗?”朱丽叶问道。她转了一圈,她的脸上一点儿也看不出曾上过赭色。

“是新买的吗?”屋大维娅皱起眉头。

“昨天买的。塞勒涅也有一条。还有足够的布料给安东尼娅做一条,如果你喜欢。”

屋大维娅露出淡淡的微笑。“谢谢你,但我觉得她比较适合更素雅的颜色。”

朱丽叶并不生气。“那么我们要去看什么戏?”

“《昂菲特里翁》，”屋大维娅回答，她的眼睛搜索着房间，就好像她能感觉到什么不对劲的地方。

“你知道谁会来吗？”马瑟卢斯一边问道，一边拉住她的胳膊，把她带出我们的房间。

“阿格里帕、朱巴、马瑟纳斯、塔伦提娅。还有，朱丽叶，你会很高兴地知道霍拉提娅会和波里奥一同前往。”

马瑟卢斯回头看了看朱丽叶，一脸的同情。

“怎么啦，霍拉提娅是谁？”哥哥问道。

朱丽叶眯起眼睛。“她过去和我们一起去学堂。但去年利维娅安排她嫁人。”

“那有什么问题吗？”

“她的丈夫是个恶心的老男人——而她才十三岁。”

随着我们走出房间，我和亚历山大交换了一个眼色。

“利维娅为什么要那么做？”他紧张地问道。

“因为霍拉提娅是我最好的朋友。她还教我游泳。”朱丽叶喃喃地说道，眼里泛着泪光。

“就因为这个她安排了一桩糟糕的婚姻？”

“如果三头狗还没结婚，她也会安排她嫁给他。而如今霍拉提娅怀上了一个老商人的孩子。”

我们来到门廊，那里有六顶蒙着布帘的轿子等待着，我和朱丽叶同坐一辆。我们已经早早地在餐厅里吃了饭，夕阳的余晖在我们的帘子上镀了一层金红的光泽。

“我真的不是个好人，”朱丽叶突然说，“不然我绝对不会让你给我化妆。”

“为什么？”

“因为如果利维娅发现，她会对你做同样的事情。”

我坐直身体靠在垫子上。“我绝对不会让这种事情发生。”

朱丽叶苦笑道：“你无能为力。一旦我父亲下定了决心，就连屋大维娅也不能改变他的主意。利维娅一直都在，”她接着说，“像伯利亚斯一样在他耳边嘀嘀咕咕。”我不明白她怎么会知道希腊的北风之神，我还没来得及问，她又尖声尖气地说：“我可不是一个彻头彻尾的傻瓜。我很注意听。”剩下的路程我们都不言不语，来到战神操场后，轿子停下来，朱丽叶解释说：“我们要从这里走过去。我父亲认为，如果我们步行前往，会给下层平民留下好印象。”

六名奴隶把我们的轿子放到地上，我掀开帘子，由马瑟卢斯搀扶着钻出来。他看出了我的表情，于是问道：“看来和朱丽叶一路上很开心？”

“你不会明白的。”朱丽叶责怪地说。

“哦，开心一点。你还记得上一次我们上剧场吗？”

“在我父亲去埃及之前。”

“对了。虽然霍拉提娅嫁给了大腹便便的波里奥，至少她还有钱来看戏。”

“如果她还算聪明的话，她应该用那些钱来买毒药给他吃。”

马瑟卢斯耸耸肩。“他会在她二十五岁之前死去。接下来她就能改嫁。”

“你们两个真是恶心。”提比略说。

我没有注意到他带着他的弟弟走在我们身后。朱丽叶懒得转身，但马瑟卢斯马上说：“也许你母亲可以替你娶个下身松弛的老女人，我们看看你感觉怎么样。”

亚历山大笑了出来，一见我的表情立刻收住。“屋大维在前面，”我用帕提亚语说，“还有其他人。”二十名士兵护送我们去剧场，而屋大维的两侧则是阿格里帕和朱巴。他们长长的托加袍在夏末的微风中掀动着，但我隐约看见外袍里面的锁子甲。很快，我哥哥冷静下来。

我们穿过一道壮观的大理石拱门进入剧场，一层层石头长凳建造在山坡上。背后延伸出一片光亮的马赛克拼图，描绘出喜剧和悲剧的面具。剧场的每一边都有精心打理的花园和小柱廊。一切看起来都是新的，或至少是维护得很好。“这是什么时候造的？”我问马瑟卢斯。

"二十五年前。"

"是谁造的?"

"庞贝。他是尤里乌斯的劲敌。石头剧场在罗马被禁,于是他在城墙外造了这个,即使那样人们还是抱怨。于是他加了一座神庙。"我顺着他的目光朝维纳斯神庙望去,它坐落在剧场座位的上方。"注意到座位是怎么安排的吗?"他问,"它们像是通往神庙的巨大阶梯。"他笑了起来。"就这样他才说服他们来施工。工人们害怕触怒神灵!你能想象他们这么蠢吗?"他说得太大声,引得他的母亲转过头来。马瑟卢斯压低嗓门:"而那就是尤里乌斯·恺撒被杀的地方。"他指着剧场的后面。

"我以为他是在参议院被杀的。"亚历山大说。

"有时候参议院以元老院的形式在开会。"

"所以我父亲觉得这里很不吉祥,"朱丽叶突然说,"所以他带了那么多的士兵。"

随着我们走近第一排为我们预留的、加了坐垫的长凳,我看不出屋大维有半点紧张。他在和塔伦提娅聊着天,而利维娅脸上阴云密布,像是一场风暴即将到来。当我在亚历山大和屋大维娅之间坐下后,我听见利维娅提议:"也许我们女人应该为罗马做个榜样,坐到上层去。"见屋大维犹豫不决,她接着说:"你现在是恺撒了。在体育场里女人是不可以和男人坐在一起的,为什么在剧场里就可以呢?"

"因为我们是统治罗马的家族,"屋大维娅说,反驳她的提议,"而且我们知道在公众场合该作出什么样的行为。"

"我妹妹说得对。屋大维娅就是全罗马慈善和美德的榜样,你也是。"屋大维补了一句。

"那塔伦提娅呢?"利维娅用一种甜甜的、可怕的声音问他,"她是这个家族的一分子吗?"

屋大维垂下下巴。"嫁给马瑟纳斯的就是家人。"

一个年轻的女孩向我们走来,捧着她那隆起的肚子,利维娅的情绪一下子明朗起来。"霍拉提娅!"

那女孩努力回应利维娅的微笑。她的座位在朱丽叶旁边，长凳的最远端，但她在屋大维跟前停下，郑重地向他问好。

“恺撒，见到你身体健康真是太好了。”

“你也是，”他简单地说，“你丈夫波里奥在哪儿？”

“在和一个商人聊天，我想。”

屋大维显得不大高兴。“在剧场里谈生意？”

“他就算洗澡的时候在水里都能谈生意，只要他觉得能赚到钱，”她无奈地说，“希望您看戏看得开心。”

她经过的时候我闻到了一股温暖的薰衣草香味，见到波里奥出现，我屏住了呼吸。

“就是他？”亚历山大用帕提亚语小声问道。

“一定是的，”我回答。

他摇摇晃晃地走在舞台和长凳之前，和每一个人握手，他的手指上满是沉甸甸的金戒指，当来到朱巴跟前，他举起了双手。“努米底亚王子，”他不合时宜地大声说，“我是应该握手，还是鞠躬？”

朱巴朝屋大维看了一眼。“我认为我们只对王室鞠躬，波里奥，而现在，我不是任何国家的国王。”

波里奥伸出胖乎乎的手，朱巴毫无热情地握住了它。

“利维娅，”——波里奥像个信徒一样吐出这个词——“你令维纳斯抬不起头来。”

这个夸张的谎言让屋大维皱起眉头，但利维娅眉开眼笑，说道：“你可以恭维朱庇特的闪电。”她说。

波里奥移到屋大维跟前，但不去握他的手。“恺撒。”

“我听说你在剧场里做生意。这里像是集市吗？”

“当然不像。原谅我吧。”

“你是个非常有钱的人。但你的财富来自于罗马授权的粮食订单。这不是广场。如果你再搞不清楚，”屋大维直截了当地说，“你会发现自己没有生意可做。”

随着波里奥走过，我小声问屋大维娅："在娱乐场所做生意是违法的吗？"

"不，但尤里乌斯·恺撒过去来剧场的时候总是谈生意，于是激怒了下层平民。从此人们被禁止把这个地方和贵族财富联系在一起。"

乐队开始演奏，我朝下排的提比略瞥了一眼，他正在和维普撒尼娅说着什么，把她逗乐了。在他的另一边，屋大维娅的两个女儿安静地坐着，于是我想，她们这辈子有没有做过什么让她们母亲不满意的事情。

一名穿着托加袍、瘦瘦的男演员穿过垂着布帘的门，来到舞台上。"今晚我们的开场和以往一样，"他说，"依然是脱口秀！"人群中有几个报以嘘声，那演员露出微笑。"也许你们这些反对的人，是想给我们的演说家一个有挑战性的话题吗？"

亚历山大朝我咧嘴一笑。"他在开玩笑吗？"

"不。我觉得他们真的是那么做。"

观众当中有几个人喊道："雅典！"另一个喊道："让他讲讲秃头的美。"听到有个人喊："阿克提姆战役，"我绷紧了下巴。"讲讲一个出轨妻子的价值怎么样？"有人提议，而那演员拍拍手。"我们有一个主题！"

我看着屋大维，他显得自得其乐。

一个肥胖的演讲者从舞台的左边走来。"丈夫出轨的价值，"他说，而所有的观众都笑成了一团。"当通奸的角长在你的头上，想想看它们会有什么用处。你可以不用剑来自卫。"他作出一个戳的动作，观众们又笑了。你可以刺穿你的敌人——或是挠痒。他歪着头在松弛的肩膀上磨蹭。"一个长了角的男人有一千种用途，更别说一个长角的女人。"他接着赞美一个娴熟的妻子，但是他接着说，在漫长一天的尾声，男人的责任要少得多，有观众起哄，并有人喊道："把熊带上来！"

"我还没有说完。"演讲人生气地说，但这只是引得喝醉酒的男人喊得更起劲。

"把熊带上来！把熊带上来！"

我转向屋大维娅。"真的有只熊吗？"

她笑了。“不是。这些剧场里过去有熊。它们可以表演杂技，但它们太危险了，我哥哥禁止熊的表演。”

“那他们要什么？”

“要他下台，让戏剧演出开始。”

出场的演员走出来，那个胖男人在一片奚落和嘘声中被带下了舞台。

“我觉得他不错。”亚历山大失望地说。

接着，舞台上满是翩翩起舞的少女。两个带着长胡子萨梯[①]面具的男人出现了，而观众已是一片笑声。一个昂首阔步，一个蹦蹦跳跳，而第三个戴着面具、手持弓箭的男人上场了。第一个萨梯开始朗诵诗歌，第三个人举起弓箭指向观众，我意识到那是怎么回事。

“屋大维！”我忍不住尖叫了一声，朱巴突然扑到他身上，把他推到地上。男演员的箭嗖嗖地飞过来，扎在屋大维刚才坐的石凳上。

“以红鹰之名！”戴面具的弓箭手喊道。

接着人群猛地骚动起来。

士兵们冲向舞台，但那演员已经不见了，而人们开始从座位上逃跑。士兵们紧紧地围住我们，把我们推向出口。

亚历山大拉住我的胳膊。“你怎么知道？”

“我看见他把箭搭在弦上。”

“但他只是个演员！”

这里的恐慌就像在赛马场一样——只是这一次，有人企图谋杀剧场前排的恺撒。到了外面，没有时间安排轿子了。一队全副武装的士兵护送我们回到巴列丁丘，当朱丽叶紧握起我的手，我能感觉到她的恐惧。如果她的父亲被杀，她将失去一切：她在巴列丁丘上的别墅，她和马瑟卢斯的婚约，还有继承权。

屋大维在阿格里帕和朱巴的左右护送下走得飞快，没有人说话，就连大街上的路人也不敢说话。当我们抵达他的别墅，他把我们带进图书馆。

---

① 希腊神话中半人半羊的森林之神。

奴隶们匆匆跑去点燃烛台，随后阿格里帕锁上沉甸甸的金属大门。朱巴倒了几杯酒，而这是我第一次听见屋大维娅哭泣。

“这个红鹰，”屋大维打破了沉默，“现在是个杀人犯。”

“我怀疑这不是红鹰。他说话有高卢人的口音。”阿格里帕说。

“为什么这个叛党不可能是个奴隶？”利维娅尖叫着。

“看看他的传单，”朱巴说，“那是一个奴隶写出来的吗？”

“那么你是什么意思？”利维娅质问道，并打量着每一个人，“这件事和那个叛党没有关系？”

众人再次陷入了沉默，最后阿格里帕说：“是的。这是一名奴隶，希望借一借红鹰的威名。”

屋大维那灰色的眼睛射出愤怒的光芒。“做一个叛徒没什么威名。”他提醒说。

“当然没有。但是对于奴隶——”

“告诉我，如果我被杀会怎么样？”

房间里众人不安地动了动。

“朱巴，”屋大维阴沉沉地说，“你不妨告诉我们？你精通历史。罗马会怎么样？”

“三十个部落会开战，”朱巴预测，“他们不会接受马瑟卢斯作为继承人，因为他太年轻了，而参议院不会接受阿格里帕，因为他是一个被解放的自由民的后代。”

“那会陷入一片混乱，”屋大维肯定地说，“罗马会倒退，而不是进步。今晚可能不是红鹰，但这个人一直在煽动叛乱。还有奴隶和自由民在掩护他！一个人不可能张贴一百张传单都没有人看见！”他开始吼了。“也许我们应该看看我们贫穷的自由民更需要什么。自由，还是食物。”

屋大维娅倒吸了一口气。

“我们停发救济粮十天，”他下令，“告诉他们，我必须用这些钱来雇佣私人侍卫。”

“但会有数百人死去！”屋大维娅喊道。

他哥哥坐了回去。“没有人会因为一点饥饿而死去，没有食物也能撑过几个星期。”

“但老人不行！生病的孩子不行！”

“那也许他们在帮助一个叛徒之前应该好好想想，”利维娅厉声说，“这么做会让人民反对他，”她激动地说，“并让那些自由民知道，为什么他们一直都需要恺撒。”

阿格里帕显得很不舒服。

但屋大维对他的决定很满意。“等他们抓到了那个射箭的人，就钉死他。”他站了起来，也就表示我们可以走了。阿格里帕拔掉门闩，把门打开并撑着。我们离开的时候，屋大维喊了我的名字。

我转过身，心猛跳起来。

但屋大维没有微笑也没有生气。“你让我很吃惊。”他只说了这么一句。

第九章

在外面，士兵们围住了屋大维娅的别墅，巴列丁丘上每一栋房子都戒备森严，以防暗杀再次发生。我们走进别墅的时候，亚历山大和马瑟卢斯急促而小声地议论着暗杀的事。屋大维娅突然停下脚步。

“加利娅在哪里？”

“我看见她在山脚下，和维利乌斯老师在一起。”安东尼娅回答。

“她和他在一起做什么？”

“聊天。我猜她没有想到我们这么早就回来了。”

我看着屋大维娅，看到她眉间的皱纹加深了。也许加利娅不善于写拉丁文，但维利乌斯老师当然可以。如果是他们一起写了传单呢？维利乌斯知道当奴隶是什么滋味。他本人是个自由民，虽然在学堂他从来没有谈起过他的童年。

马瑟卢斯看看我，又看看他母亲。“怎么啦？”

“没什么？”她严肃地说，挥手示意我们散去。“回你们的房间去。”但我正要走，她伸手把我拉回去。等到众人都走了她才说：“今晚你救了我哥哥的命。”

“我什么也没做。那是朱巴。”

“但是你先看见的。”在中庭的火光中，她打量着我的脸，“你怎么会知道？”

“我看见他把箭搭在弦上。然后肌肉绷紧了，像是真的要把箭射出去。”

屋大维娅点点头，眼睛却满是泪水。“为什么？”

我知道她在问什么。我为什么喊了屋大维一声，虽然他被暗杀意味着我的自由？从胜利庆典到今天究竟发生了什么变化？我抿着嘴，想着该怎么回答。“因为他是我的未来。”我小心翼翼地说，不需要再解释什么。没有他，谁知道我和亚历山大会怎么样？如果另一位参议员自立为恺撒，那么谁是另一个屋大维娅？谁来养活穷人，把衣物送去苏布拉？那只会出现更多的流血事件、内战纷争，而乳儿柱下的弃婴们会成为罗马野狗的口中食。

“感谢神灵把你带来，塞勒涅。”

我涨红了脸。

“你能为我办一件事吗？”

“当然。”

她掏出一把钥匙，打开了图书馆的门。房间里依然炎热难耐，满是皮革和莎纸草的气味。月光在架子上一尊尊大理石半身像上镀了一层银色，屋大维娅走向其中一尊塑像并把它取下。在远远投来的火把光芒中，她端详着塑像的脸庞。塑像是个英俊的男人，长着一个坚毅的下巴和一脸浓密卷曲的胡子。我猜想那可能是一尊宙斯像，但屋大维娅小声说：“这是朱巴的父亲。我本该在多年前把这尊像交给朱巴，但是我没有。今晚，朱巴救了我哥哥的命。我要你把这尊像拿去交给他。”

我的心往下一沉。我很乐意去罗马的任何地方，但为什么偏偏是朱巴的别墅呢？有一百名奴隶可供使唤，为她送去这份礼物，连加利娅也行——等到她回来以后，而我不知道屋大维娅为什么选择了我。她把那尊大理石的半身像放入我的怀中，由于它比其他塑像都小，所以并不重。她把我带到门口。虽然天很黑，但有士兵沿着山坡上下巡逻，数百个火把照亮了道路。见我犹豫不决，她解释说：“我哥哥的人到处都是。巴列丁丘是安全的。”

几名士兵朝我点点头，我认出其中的一些是跟随我们往来学堂的侍卫。当我敲响了朱巴别墅的大门，应门的奴隶低头瞪着我。他是个上了年纪的人，浓密的头发全都白了，脸长得很特别。

“什么事?”他问道。

“我是来送一件礼物的。”

“主人现在不想见任何人。”

“是屋大维娅派我来的。”我伸长脖子往里面看，见我试图绕过他闯进去，他挪了挪，挡住我的去路。

“今晚没有人可以进去。”

“屋大维娅派我送来一尊朱巴父亲的半身像！你是怎么回事?”

突然朱巴出现在他身后，那男子无奈地摇摇头。“她不听，主人。”

“我并不意外，塞吉乌斯。她很少听别人的话。”朱巴回答。

塞吉乌斯抿起了嘴，像是感到自己被冒犯了，我故意绕过他走进去。“我来送一份礼物。”我抬起了下巴。

“我知道了。那我要感谢谁?”朱巴问道，并接过他父亲的半身像，漫不经心地递给塞吉乌斯。

“屋大维娅，”我说，“她可不是轻易送出的。你连看都不看?”

“我知道这是什么。努米底亚国王朱巴一世的大理石像。”

“能拥有你父亲的塑像，难道你不感激吗?”

朱巴微微一笑。“非常感激。请代我转达你能清楚感受到的全部谢意。”他示意那名奴隶关上门，但随着他走到一边，我环顾中庭，透过图书馆开着的门，看见一张又一张桌子上摆满了卷轴。

“那些是什么?”我小声问。

朱巴往身后看了一眼，我确定我看出他的脸色有点苍白。

我往里面走，而这一次，这两个人都没有拦住我。“也许你并不感激，是因为你有什么东西要藏起来。”

“胡说八道!”塞吉乌斯生气地说，但朱巴扬起眉毛。

“等等。让我们来听听她认为我在隐藏什么。”

两个男人都看着我。一个是王子,另一个是奴隶,但两人都比我更高大、更有力量。"没什么。"我马上说。

但朱巴伸出手臂,于是我动弹不得,他的黑眼睛严厉地瞪着我。"你往我的图书馆里张望还宣称我在隐藏什么。塞吉乌斯,你不妨带这位公主到里面看看如何?"

塞吉乌斯大声地叹了口气,接着拉住我的胳膊,带我穿过中庭。在图书馆里,一张张桌子上堆满了卷轴,就像我刚才看到的那样,但每张桌子上都有一幅不同的彩色地图。"主人在写世界历史,"他说,"现在你高兴了吧。"

朱巴站在我身后,我感觉到他的目光射向我的后背。"就是这个。我所有的秘密都摊在你面前了。怎么啦,塞勒涅?你以为会看到什么别的东西?"

"完全不是,"我撒谎说,目光却落在一幅埃及的地图上。"我只是在想为什么你在亚历山大剧场旁边加了一座神庙,其实它根本就不存在?"我沾沾自喜地说。

但朱巴露出了微笑。"也许从前没有,但现在就会有了。"

我回头朝地图瞥了一眼。"在剧场旁边?"我喊道。

"那是恺撒的想法。现在,请原谅我,"他说,"我有一些秘密的工作要做了。"

我回到别墅后,并没有看见屋大维娅,但当我一跨进房间,马瑟卢斯和亚历山大从椅子上站了起来。我很诧异地看见他们都站得那么直。

"你上哪儿去了?"亚历山大喊道,油灯的光芒在他侧脸晃动。

"屋大维娅要我去送一尊塑像。"

"给朱巴?"马瑟卢斯猜道,"多年来她一直想要把他父亲的半身像送给他,但舍不得送出去。那是一尊非常珍贵的塑像,那位雕塑师一生当中没创作过几件作品。"

"那它是属于朱巴的?"

马瑟卢斯点点头。"他两三岁的时候被带到了罗马。所以在那之前,我认为那是他的。"

“但为什么屋大维娅派你去?”亚历山大问道。

“我不知道,”我一边心存戒备地说,一边坐到我的沙发上,打开我的本子,翻到空白的一页。“也许是种惩罚。”

马瑟卢斯哈哈大笑。“今晚?我觉得不是吧。为什么?他的脾气很坏吗?”

“难道他不是一直脾气很坏吗?他正在写他的世界历史。”

“他想要撰写各个王国的完整的历史,”马瑟卢斯解释说。“画出它们的国土,记录它们的语言,研究它们的人民。也许她派你去是有更深的用意。”

我蜷起膝盖,一想到我愿意去相信朱巴就是红鹰,不由红了脸。一切都属于恺撒,他告诉过我。特别是他。他是巴列丁丘上最不可能背叛罗马的人,就连阿格里帕也会先于朱巴背叛屋大维,但我不想再去想他了。当马瑟卢斯和亚历山大在烛光中嘀咕着在剧场里发生的事情,我拿出墨水和尖笔,画了一栋两层楼的建筑。我加上了壁画和马赛克地砖,以及足以收容三百多个孩子的房间。马瑟卢斯起身要走的时候,从我后背伸过头来。

“你在画什么?”

“一栋房子。”

“我可以看看吗?”

我递过我的素描画。从外观来看,它和别的建筑没有不同。但画里面的房间很清楚地表明了它的用途。

“一家旅店?”他不太肯定地问道,“但为什么一家旅店需要那么多张床?”

亚历山大从他身后望过来,并问道。“这是给弃婴们住的吗?”

我从马瑟卢斯手里拿过我的画。“他们不能被扔在乳儿柱底下!想想看多少孩子会因为挨冻而死去,这是一种残忍的做法。”

“是的,”马瑟卢斯点点头,“但把他们收容在一栋房子里能有什么帮助?”

"可以安排别人来收养。"

"那么,那些没有被收养的孩子呢?"他问。

"那么,他们可以被送到神庙里,培养成神侍。"

马瑟卢斯皱起眉头。

"祭司的助手。"哥哥说。

"最后成为男女祭司。"我接着说。

马瑟卢斯打量着我,他眼里的温柔让我的心跳加速。"这是一个极好的主意,塞勒涅。如果我能够成为恺撒,我保证让它实现。"

"真的吗?"

"为什么不呢? 你很像我母亲,"他说,"你只想着把最好的东西带给人民。"他打开门离去,我很诧异屋大维娅没有进来,催我们上床睡觉。也许她和她哥哥或是维特鲁威在一起。

马瑟卢斯走后,亚历山大严肃地看着我。"别想了。他是要娶朱丽叶的,塞勒涅。"

"我什么都没想!"

"不,你在想。你最好到此为止。"

他把油灯吹熄,并很快入睡。而我依然醒着,听见隔壁房间的一扇窗缓缓打开。接着传来砰的一声,像是有什么东西砸在外面的地板上。我急忙跑到阳台上掀开窗帘,恰好看到马瑟卢斯消失在黑暗中。他在想什么,外面有这么多他舅舅的侍卫? 也许他们被他买通了。据我所知,我们去伊西斯神庙的事情,以及马瑟卢斯对那个队长说的话,绝对不会传到屋大维的耳朵里。但我不知道他冒这么大的险是要去哪里。

第二天早上,当我走进图书馆,维特鲁威饶有兴趣地打量着我。

"我听说你昨天救了恺撒的命。"

我的脸上微微发热。"是朱巴救了他。"

"但是你发出了警报。你反应很快,所以像你这么聪敏的人才能明白这个。"他展开一个长长的卷轴,把它摊在我面前的桌子上。

"屋大维的陵墓。"我说。

维特鲁威点点头。

屋大维想造出和我母亲在亚历山大城的墓地一样宏伟的建筑，带有巍然矗立的大理石立柱和高高在上的穹顶。然而，即便草图上有个类似的穹顶，陵墓也被一个圆形的柱廊环抱，这座建筑还是缺乏我母亲陵墓的雄浑气势。它建在地面上一个圆形、可能由石灰砌成的平台上，一道阶梯从底部一直伸向顶端。台阶的两侧各有一座红色花岗岩的方尖石碑，虽然显得简洁雅致，但人们不会像在亚历山大城那样惊叹着驻足。我抬起头看着维特鲁威并猜想说："你做了简朴的设计，就不会让下层平民感到受辱。因为现在他害怕被人行刺，不敢像尤里乌斯·恺撒那样显得太有权势。"

维特鲁威笑了。"确实如此。也许昨晚只是一个人的行动，也许那刺客真是这个叛徒的同党，也就是自由民称为红鹰的人。不管怎么样，人民很愤怒。"

"恺撒会怎么做?"

"他能怎么做?"维特鲁威卷起卷轴。"他的企图够多的了，而平民会开始认为恺撒是个独裁者。他可以在罗马建造最大的运动场和澡堂，但对于自己，那必须是简朴的。"

"但是他会喜欢吗?"

"今天早上我给他看的时候，他似乎很喜欢。"

"他已经醒了?"

"他总是醒着。踱步、写作、为参议院准备演讲。"

"你能教我如何计算吗?"草图上每一面墙边都写着尺寸，阶梯边写的方程式我看不懂。

"恐怕今天我没有时间给你上课了。"见我很失望，他又说，"但再过几天我会教你。在那之前，这些就是陵墓里的房间。"他递给我一个卷轴，上面画的是一些空房间，在每一个房间旁边都标注着它的体积。"设计房间内部，"他简单地说，"加上马赛克砖、女像柱和喷泉。平民只看到外面，所以内部装饰想怎么奢华都可以。如果我对你的画满意，我会在最后的工程上实施。”

维特鲁威对我的信任令我极为震惊。“谢谢你。”我说，而维特鲁威笑了。“我会尽全力去画。”我向他保证。小心翼翼地卷好卷轴。

我走的时候，维特鲁威加了一句：“罗马为你感到骄傲。恺撒不会忘记你的作为。”

我转过身。“你是否认为那意味着我和亚历山大会被送回埃及？”

维特鲁威迟疑着说。“恺撒派了一位长官代替他统治埃及。”

“但是他可以被召回来。”

“他可以。”他的语气里并没有多少希望，“但在那之前，恺撒会安排你的婚姻。未来这几年你必须非常小心，塞勒涅。你看到了恺撒最仁慈的一面，”他小声说，“但等到他们抓到这个射箭的人，他会被钉在十字架上处死。不管是谁帮助他上了舞台，即便是塔伦提娅本人，也会和他一起死。”

我点点头。“我会小心的。”我保证。

“并且留心着周围的一切。”

我开始在学堂里留心。当维利乌斯老师读着《伊利亚特》里的句子，我注意到他是那么喜欢赫克托的妻儿被卖做奴隶的片段。在他的描述中，赫克托像英雄一样斗争，像勇士一样死去，他的城市被劫掠，成为最伟大的悲剧，因为这座城市的人民所输掉的，不是他们的生命，便是他们的自由。他越是长时间地说着奴隶制度的痛苦，我越是深信他就是红鹰，而马瑟卢斯在帮助他。

安东尼娅看见他和加利娅一起待在巴列丁丘，有可能加利娅独自写出传单，而更有可能是某个能够拿到纸和墨水的人在背后支持他们，那个人出现在巴列丁丘上绝对不会被人怀疑，他反应敏捷，并且有愤怒的理由。如果维利乌斯和加利娅是情人，他们不是有充分的理由奋起反抗奴隶制吗？奴隶是不可以结婚的，除非被释放，但拿着一份教师薪酬的他，难以为一位高卢公主赎身。

那天下午，我一直看着加利娅在战神操场的门廊上缝补一件束腰外衣。她似乎一点儿也不担心有人拿着叛党的证据来威胁她。虽然，当马瑟卢斯宣布去马克西姆赛马场的时间到了，朱巴突然出现在她身边，我看得出她吃了一惊。“你和我们一起去？”她问朱巴。

“这是恺撒的命令。”

“但我们已经有侍卫了，”朱丽叶抱怨着，“为什么我们还需要更多人？”

“也许你宁可待在家里，”朱巴故意说，“没什么地方像你自己的卧室那么安全。”

朱丽叶眯起眼睛，在前往赛马场的路上，她咕哝着：“这下我们什么也干不成了。”

“你这是什么意思？”

“朱巴在这里。我父亲和他就像是罗慕勒斯和雷穆斯。”

“罗慕勒斯不是杀了雷穆斯吗？”亚历山大警惕地问道。

“你知道我的意思！”朱丽叶恼火地说。加利娅和朱巴一同走在我们身后，他们的头凑在一起小声聊天。“现在我们做的一切他都会知道。至少加利娅是个奴隶，知道要守口如瓶。”

我朝身后瞥了一眼，希望加利娅没有听见她的话。“那一直跟着我们的侍卫呢？”我问道，“难道他们不会回去向你父亲报告吗？”

“当然不会，”马瑟卢斯回答，“我们付钱给他们。”

“你是说收买？”哥哥喊道。

“只是几个便士。而且只是当我赌得太厉害了，或是去了不该去的地方。”他朝我哥哥使了个眼色，我在想他说的是不是一家妓院。

随着我们走近赛马场，一大群人聚集在入口处，朱巴严肃地说：“这是怎么回事？”他挤到前面去，人们为他让出去路。“又是一份传单？”他吼道，“谁干的？”大家一下子都失去了兴致，朱巴抓住近旁一个人的胳膊。“这是什么时候贴在门上的？”

那个人摇摇头。“我不知道。”他吓得发抖，“今天早上我们开门以后，我看见它贴在这里。”

“没有人撕下来？你知道支持一个叛徒要受到什么惩罚吗？”

“不——不是支持他，”他结结巴巴地说，“我当然不支持他。”

“那为什么还贴在这里？”

“我不知道。我只是安排下注的。我不巡逻大门。”

朱巴撕下那张纸，马瑟卢斯犹豫不决地走上前。

“我可以看看吗？”

我以为朱巴会拒绝，但他把纸塞给马瑟卢斯，我们全都围拢在他身边。这和我先前看到的传单一样，用工整的字迹写成，只是这一次，作者谴责对屋大维的蓄意行刺，警告流血事件只会造成更多的流血惨案，统治者和奴隶一样有权活得长久。他提醒看到这份传单的人，斯巴达克思失败了，没有一次起义能够指望得到参议员表决出的结果。接着他继续嘲笑屋大维对下层平民的惩罚，承诺一旦人们开始遭受饥饿，苏布拉就会发生暴动。还有别的内容——有关帮助奴隶们穿过内海（亚得里亚海）返回祖国。但朱巴拿回了纸卷。

“够了。你们来这里是为了看比赛，那就让我们去看吧。”他把揉皱的传单递给加利娅，后者把它放进腰上一个刺绣精美的包里。她的穿戴总是很着迷，没有别的奴隶会携带装饰精美的包。但加利娅是屋大维娅的最爱。

我们爬到为恺撒家族预留的座位区，当朱巴和加利娅坐下聊起天来时，马瑟卢斯嘀咕着：“我不知道为什么这个叛徒乐意批评我舅舅，却反对暗杀？”

“可能是因为如果你舅舅死了，受苦最多的不是那些权贵，而是下层平民。”我猜想，“有钱人总是能填饱肚子，会挨饿的是奴隶和自由民。”

“你真的认为会有暴动发生？”朱丽叶问道。

“我认为是的，”马瑟卢斯回答，眼睛一直看着我们下方的下注员。当那人朝我们这边看过来，马瑟卢斯朝他挥挥手，掏出一个装满便士的钱包。“但是他们不会长久。正当那些自由民开始后悔支持红鹰，感到饥饿，罗马赛会节的到来会分散他们的注意。”

“这么说你同意对他们的惩罚？”我喊了起来。

“当然不是。但那是我舅舅的想法。”马瑟卢斯把钱包交给下注员，并机敏地说：“绿队。我听说他们买了新的马。”

“没错。二十四新的种马。全都来自阿拉伯。”

亚历山大笑了，我立刻明白得到这个消息的是他。“绿队。”他也说，看到他的钱包那么鼓我倒吸了一口气。“我一直在赢钱，”他解释说，“那罗马赛会节是什么？”

“你没听说过赛会节？”朱丽叶喊道，“他们是世界上最大的运动会。”

“我们有我们自己的运动会。”我说。

“嗯，罗马赛会节持续十五天。赛车、角斗士比赛、戏剧演出……”她很不自在地瞥了朱巴一眼。“也许我们去不成。”

“你以为你父亲在经过了一次暗杀之后还会搞庆典？”我问。

“哦，那不是庆典，”马瑟卢斯说，“那是一种传统。取消赛会节就像是取消……”他想找出一个合适的词。

“一年中的六月。”朱丽叶提醒说。

“或是取消农神节。再说，那让人民很开心。那些天里，所有的工作都暂停，每个人都带着食物和马戏垫参加。”

亚历山大皱起鼻子。“那是什么？”

马瑟卢斯指着赛马场的最下层，只见人们正拿着灯芯草做的厚垫子。“他们的座位和我们的不一样，没有坐垫。”

号声响起，主持人发出信号，比赛开始，各道门被掀起，车手们闪电一般地冲到跑道上。朱丽叶和亚历山大跟着马瑟卢斯扯着嗓子高喊，我拿出素描本，翻到维特鲁威给我的、关于屋大维陵墓的草图。他要我画出内部设计，很有可能，我的创作一点也不会被采用。但是我决定令他大为吃惊。我要画出美得令他无法拒绝的设计图。也许他还雇用了其他的建筑师，每个都比我年长几十岁，但他们中没有一个人曾经在亚历山大城生活过、见过托勒密家族成就的一切。他们中也没有一个人曾在博物研究院念书、多年来专心致志地描绘着世界上最美丽的女像柱和马赛克砖。我拿出墨水和尖笔，并注意到朱巴看着我。

“画出一个新的罗马?”他问道。

“这是一个任务。”

“是吗？这么说有人付你报酬?”

“不是。我这么做是为了帮忙。”

朱巴微微一笑。“多么善良的天性啊，连十二岁都不到。很快你就能和屋大维娅一起去发放面包了。”

“我看到今天早上你谢了她，”我故意说，“看来你确实很珍视这份礼物。”

他扬起眉毛。“当然。这是我拥有的唯一一座我父亲的像。”

我绷紧下巴，决定不再被他激怒，整个下午，我确保他看不见我在画什么。

第十章

到了停发救济品的第七天，苏布拉发生了暴动。虽然除了屋大维娅没有人对此感到惊讶，但是人们开始闯进商店，偷窃街上摊贩的食物，在那些不接受赊账的旅店里放火。当我们坐在餐厅里吃牡蛎和画眉鸟、聆听一名奴隶女孩在竖琴上弹奏出优美的曲调时，苏布拉像只疯狂的恶狼在撕咬自己。饥饿的暴民见动物就吃——鸡、狗，甚至是猫。到了第八天晚上，一名士兵打断我们的晚餐，报告一个下层平民交出了剧场里的弓箭手，我看到屋大维的眼里流露出胜利的喜悦。

“明天恢复发放救济品，”他说，“让人们知道我用我自己的便士为他们买粮食，告诉他们，我卖了我的塑像来购买他们的食物。”

那士兵露出微笑。“是，恺撒。”

“那罪犯呢？”他问道，像是突然才想到。

“您的一名奴隶。一个厨房里的男孩，我认为。”

屋大维娅愣住了。“一个厨房的男孩，还是一个男人？”

“十六岁。”

“你肯定就是他吗？”

“他三个星期前从巴列丁丘逃走，那些平民似乎非常确定。即便不是，他也是一个逃犯。”

阿格里帕生气地站起来。“那究竟是，还是不是？”

"是，"那士兵更自信地说。屋大维规定奴隶不能购买武器倒不是问题。总是有商人为了一个好价钱愿意出售任何东西。

"鞭打他游街示众，"屋大维说，"明天，在广场边把他钉死在十字架上。"

屋大维娅倒吸了一口气，用丝手帕优雅地捂住嘴，只有这一次她没有反对。

"但他们怎么知道那些下层平民没有撒谎，希望借由他来恢复救济品的发放？"我小声问。

马瑟卢斯总是那么明朗的脸色变得苍白。"有可能。"

"如果他们拷打他，"朱丽叶指出，"他可能会承认一切。"

屋大维显得漠不关心。他斜躺在沙发上，继续为明天在参议院的演讲写笔记。我忍不住想着那个被判死刑的厨房男孩，而第二天，我们在战神操场的工作完成之后，我说服朱巴允许我们去参议院的广场。

"去看死人？"我们去那里的路上朱丽叶抱怨着，"目的何在？"

"我想看看是否真的是他？"我说。

"如果不是呢？"

"她只是想知道，"马瑟卢斯说，"我也想知道。"

"那无关正义，"朱巴阴沉地说。他这话是对我们所有人说的，但说的时候却看着我。

"我们明白，"马瑟卢斯回答，"我们只是去看看。"

朱丽叶重重地叹了口气，剩下的路上我们默默无语地走着，身后跟着朱巴和加利娅。等我们到了那里，对于即将发生的事就不会错过。成百上千罗马士兵站在参议院门外，佩着剑、举着盾牌待命。他们头盔上的红缨在阳光下耷拉着，我可以想象这些人穿着盔甲该有多热。但他们全都一动不动。只是他们的目光在广场上徘徊，搜寻人群中有可能出现的叛党。

"这些全都是为了一次死刑？"亚历山大喊道。

"叛徒的支持者可能会设法营救他，"马瑟卢斯解释说，"或者至少让他死得痛快。”

“你认为会发生这种事吗?”朱丽叶激动地问道,并环顾广场的周围。

“这我不敢打赌。”朱巴简单地说。

没有人可以靠近那个木头的十字架和那个即将钉在上面的男孩。朱巴带我们来到参议院的台阶前,侍卫们立刻让出一块空地给尊贵的看客。我感到胃里一阵紧张。

“就是他?”亚历山大在我身边小声问。

士兵们已经鞭打了那个厨房男孩并游街示众,他赤裸的后背已是血肉模糊。但即便没有用手遮在眼前挡住阳光,我还是能看见那个奴隶,和剧场里戴着面具的弓箭手有着同样的身高和体型。“我不知道。可能是。”我看着朱丽叶,她买了一个欧弗拉饼正在满足地咀嚼着。“你看着这个怎么还吃得下去?”我问道。

“这只是一次死刑。大部分死刑都在埃斯奎利诺丘大门前执行。这是我见过的唯一一次在广场执行的死刑。”

“少有的待遇。”朱巴说。

“我不知道为什么没有更多的死刑在参议院旁边执行。”她说。

“可能是因为广场是一个做生意而不是刑讯的地方。”他毫不客气地说。

她咔嚓咬下最后一口欧弗拉饼。“可能你说的对。”她转向我,“我的天啊,看看这些人。全都是为了一个奴隶。”

她没有想到我们也是这些人中的一部分,看着这个刺客的手腕和脚踝被绑在十字架上,随着他被抬升到半空,听着他痛苦的尖叫,我把脸埋在亚历山大的肩膀,朱巴说:“怎么啦?我以为你想看这个。”

“我想看看他是不是那个弓箭手!”

“然后呢?”

我点点头,说不出话来。不管怎么说他也听不见我的话了。那男孩的惨叫声太响,随着十字架上升,他的身体沉入赛迪勒,一个原木做成的位子,承受来自他手腕的压力。

最后，连朱丽叶也受不了了。“我们应该走了，”她说，“我再也不想看这个了。”

马瑟卢斯表示同意。这里没有红鹰出没的迹象，这个厨房男孩显然不会痛快地死去。

“想想看如果他企图谋杀我们的父亲，”我们离开的时候亚历山大小声地提醒我，“我们会希望他死。”

但屋大维不是我们的父亲，而我忍不住想到，如果我当时闭着嘴，那又会怎么样。

在巴列丁丘上不再有人谈到红鹰，但屋大维在参议院做了一番特别的讲话，并要求获得一批士兵，他们唯一的职责就是保护他。参议院同意了，集结了一支专门的队伍，屋大维称之为他的禁卫军。但几个星期来不再有新的传单张贴于罗马，于是每个人都怀疑红鹰是不是藏了起来。

“不然他为什么那么安静?”在去罗马赛会节的路上，朱丽叶问道。大街小巷，人们拿着马戏垫纷至沓来，前往圆形剧场观看比赛的开幕，我们的轿子剧烈地左摇右晃，因为轿夫努力避免撞到别人。

“也许他想和厨房男孩划清界限。”我说，一手抓着木头边缘。

轿子突然停了下来，朱丽叶往前一冲，用一只手稳住自己。“小心点!”她叫了一声，并掀开精致的帘子，咒骂着那些倒霉的轿夫。她猛地把帘子拉上，转向我。“到现在已经三年了，红鹰每次都出现在赛会节上。”

我倒吸了一口气。“他本人出现?”

“不。他夜里潜入把传单贴在赛马场的大门上。去年，”她小声说，“他释放了那些准备在斗兽场格斗的角斗士!”

“所以你认为奴隶制度应该结束了?”

朱丽叶警惕地看着我。“当然不是！但想想看一个人胆敢把角斗士从他们的单人间里放走。”她叹了口气。“斯巴达克思很勇敢。但是红鹰，”她小声但激动地说，“可能是任何人。甚至不是奴隶。”

我回想起加利娅和维利乌斯老师的会面。从那以后，我好几次试着和她谈起红鹰，但每一次她都挥挥手制止了我。“爱上一个叛徒是很危险的。”我提醒说。

朱丽叶哈哈大笑。“许多女人都爱上了角斗士，而大部分角斗士都是罪犯。”她掀开帘子并指着路边的商贩。“你看他们在卖什么？”

“欧弗拉饼？”

“不。”她扮了个鬼脸，“更仔细地看看。”

“那些是——？”我捂住了嘴。

朱丽叶咯咯直笑。店员们在卖阳具勃起的角斗士小塑像。“大家都知道女人们对他们很着迷。”她让帘子垂下。“就连霍拉提娅也有一个。”她坦言。

我俯身向前。“背着她丈夫？”

“波里奥占有了她的五六个奴隶女孩。她应该得到一点乐趣。”

“但如果被他发现呢？”

“只有一次。他绝对不会同她离婚。”

“你怎么知道。”

“因为他告诉我父亲，他不要别的，只要十四岁的女孩子。”

“他是怎么想的？难道她不会变老？”

“当然会。但她一直那么娇小，就像你一样。”想到一个类似波里奥的男人把我带上他的长沙发，把他赤裸裸的肚子贴着我的，就像巴列丁丘上的那个男人一样，我不禁打了个寒战。我绝对不会让这种事再次发生在我身上。如果我碰到这种事我就跟随我的母亲下坟墓。朱丽叶可能看出我厌恶的表情，因为她又说：“霍拉提娅曾经发誓说，在她嫁给波里奥之前她会割腕自杀。”

帘子的另一边传来一声骇人的尖叫，朱丽叶连忙再次掀起了帘子。在一座神庙的台阶上，一个老人正在用鞭子抽打两个男孩。他们跪在神庙的台阶上哆嗦着，双手抱头。

“他们为什么不跑？”我喊道。

“他们是奴隶。”朱丽叶往前凑过去，想看得更清楚。“事实上，他们是法比乌斯的奴隶!"

"你认出他了?"

她回头瞄了我一眼。"他是罗马最富有的人之一。"

那两个男孩的惨叫听上去可怕极了。我用手捂住耳朵。"但他们做了什么?"

"对法比乌斯?我听说只不过是拒绝他的占有。"

"对男孩?"

"还有女孩。还有寡妇,还有老女人。恶心。"她说,并放下帘子。

我们到的时候,阿格里帕去确认恺撒的包厢是否准备好了,接着返回扶我们钻出轿子。

"这是新的圆形剧场,"朱丽叶激动地说,"我在想我们的座位是什么样的。"

屋大维禁卫军的成员护送我们穿过人群。武装的士兵们把下层平民赶开,但我注意到屋大维仍然走在朱巴和阿格里帕之间。

"你认为怎么样?"一个熟悉的声音问道,我转过身,看见维特鲁威和屋大维娅站在一起。他露出微笑。"全新的。由执政官提图斯·斯塔提利乌斯·托鲁斯所建造。"

"很漂亮。"我小心翼翼地说。圆形剧场耸立在战神操场的上方,即便里面人头攒动,它的雅致丝毫不被破坏。剧场底层被店铺所占据,它们整整齐齐地嵌在色彩缤纷的拱门之间,巨大的立柱两侧雕刻着花纹。

"但是?"

"但是我会选择红色的花岗石而不是石灰。几年后石灰看起来会显得脏兮兮的。"

维特鲁威笑了。"我不得不同意你的看法。"

"维特鲁威告诉我,你对于几何的理解力很强,"屋大维娅说着,挽起他的胳膊。"对于你为我哥哥的陵墓所做的设计,他特别喜欢。"

见我诧异地看着维特鲁威,屋大维娅笑了起来。

"哦,他很少夸奖别人。但是他给我看了你的作品。"

“我想看看。”马瑟卢斯说。

“她的设计草图在图书馆里。”维特鲁威回答说。

朱丽叶一声不吭。当我们来到带有酒红色遮阳篷的恺撒包厢时，她故意坐在我和马瑟卢斯之间，并背对着我，问他：“那么你赌谁？”

“我们可以在角斗士身上下注吗？”亚历山大问道。

“当然，”马瑟卢斯说，接着他又纠正道，“当然，但没什么赢钱的技巧。不像你告诉我的那种下注赛马的方法。你只能选一个号码——五十、三十七——如果那个角斗士存活下来，你就赢了。”

“有机会赢吗？”

“亚历山大！”我大声说，“你不能拿人的性命下注。”

“在赛马场里我就拿他们下注了。”

“那是赛马车。”

亚历山大显得局促不安。“拜托，塞勒涅。如果我赢了，我会把赢到的钱给你建造收容所。”

“什么收容所？”朱丽叶问道。

“她的弃婴收容所。”马瑟卢斯回答说，但压低声音，不让我们旁边坐在长沙发上的屋大维听到。

朱丽叶瞪大眼睛看着我。“我不知道这件事。”

“没什么。”我马上说。

“马瑟卢斯知道。”

“因为他看见了草图。那只是一个我想象出来的地方。”

“给弃婴住的，”马瑟卢斯解释说，“她对慈善活动很有兴趣，就像我母亲一样。”

“真是太好了。”朱丽叶说，但她的语气显出她的想法正好相反。

“很可能没有任何结果。”我说。

朱丽叶双臂抱胸。“为什么没有呢？”

“因为有谁会为弃婴建造一座收容所？凭什么有人听我的话？”

“我会听，”她若有所指地说，显然是为了马瑟卢斯的利益，“如果我是恺撒的妻子。”

我无话可说。

“你的心肠真好，塞勒涅。我希望我能有这么好心。”但我看得出她并不真心希望。她可以一边看死刑一边满足地吃着欧弗拉饼，面对号哭的婴儿一脚跨过，只要马瑟卢斯不觉得她冷酷无情。虽然马瑟卢斯永远不会批评她，但听到他赞扬我，她就受不了了。“那你下注吗？”她问道。

我摇摇头。“如果亚历山大愿意拿生死下注，那么他可以。”

“真的？”哥哥靠回长沙发以便看着马瑟卢斯和朱丽叶，“你不会生气吗？”

我不想回答他。

“哦，不管怎么说他们总是要死的。”朱丽叶说。

“下不下注并不会改变什么。”亚历山大指出。

下注员出现了，我们前面的长沙发上，利维娅兴高采烈地说：“二十便士押第一个角斗士。”

“生还是死，主人？”

“死。”她说，她身边的屋大维递给那个人一个沉甸甸的钱包。

“那您呢，主人？”

屋大维娅想了想。“前五个角斗士。”

“生还是死？”

“生。”屋大维娅争锋相对地说，她哥哥笑了。

等下注员来到亚历山大跟前，我别过脸去。

“这并不好玩，对吗？”安东尼娅问道。她和她妹妹以及维普撒尼娅同坐一张沙发。在她们的另一边，提比略和他的弟弟德鲁苏斯正在玩骰子。“每当有人死去的时候我都尽量不看。”

“他们都是有罪的犯人吗？”

“不，有些是买来格斗的奴隶。难道埃及没有角斗士这样的比赛吗？”

“没有。我们不会把杀人当作竞技项目。”

“哦，还有女人，”她不悦地说，“还有动物。”

“在这里?”

“当然。看吧。”

号声响起,随着竞技场的大门被拉起,一群佩着剑的男子从圆形剧场下面走进来。他们脚上穿着鞋带一直绑到膝盖的古怪凉鞋,身上穿着短上衣,我猛然意识到其中一些还只是男孩。

“他们是什么人?”

“泰勒坚尼氏族,”安东尼娅说,“建造这个圆形剧场的执政官在迦太基南面发现了他们,把他们带来格斗。”

七头豹子被放出来的时候,众人齐声倒抽了一口气。

“他们不是要把这些豹子杀死吧?”我喊道。

“当然要了。不然他们自己就会被杀死。”

我往前坐了坐。“你就是对这个下注?”我对亚历山大喊道。

“不!没人说过会有豹子。”

“怎么啦?”马瑟卢斯问道。

“这些动物”——亚历山大激动地指着——“在埃及是神圣的。我们不会把它们杀了吃肉,当然也不会当作娱乐的对象!”

“哦,这只是开幕秀,”朱丽叶说,“只有七头。接下来真正的格斗就要开始了。”

亚历山大看了我一眼,我看出他眼里的恐惧。如果我们的母亲还活着,她绝对不会原谅我们看这种东西。

“你觉得他们是否把这种活动带去了埃及?”我用帕提亚语冷冷地问道。

“是的,”他小声说,“等到我们回去,我们要下禁令。”

主持人解说着比赛进程,每当观众欢呼起来,我就闭上眼睛,想象着自己回到了亚历山大城,在那里,博物研究院高高矗立在光彩夺目的城市中,而哲学家们上剧院看戏作为消遣。

“并没有那么可怕,”朱丽叶尖刻地说,“你可以睁开眼睛了,他们几乎全都死了。”

“豹子还是泰勒坚尼人?”

“豹子。只有两个泰勒坚尼人被杀死。”

我睁开眼睛,但不想去看,而是转过身看着加利娅,她在我们后面,和禁卫军坐在一起。当她看到我的凝望,对我招招手。我离开朱丽叶,加利娅在她的沙发上为我腾出位置。

“不喜欢比赛?”

“不喜欢。”我坦言。

“哦,但是你还没有看到最精彩的部分,”她干巴巴地说,“角斗士们被猛烈攻击倒地后,会有两个人出来把他们抬走。一个穿得像赫尔墨斯①,另一个像卡戎②。”也就是信使和摆渡亡者的船夫。

“他们做什么?”

“收尸体。但赫尔墨斯先是用一块热铁刺入角斗士身体,如果他还在动,卡戎就拿一个木槌砸碎他的头。”

我用手捂住嘴。“所以说就算他还活着,也会被杀死?”

“是的。”号声第二次响起,接着就像她说的那样,赫尔墨斯和卡戎出现了。

“他们全都对这个下了注。连屋大维娅也是。朱丽叶还看得津津有味。”

加利娅点点头。“我知道。但也许你对朱丽叶主人的评判太刻薄了。”

我吃惊地抬头瞥了一眼。“我根本没有对朱丽叶做评判啊。”

加利娅微微一笑,像是不相信我。“她也很不容易。”

“她是恺撒的女儿!”

“那她的母亲呢?”

我不知该说什么好。

---

① 希腊神话中奥林匹斯山十二主神之一,担任宙斯和诸神的使者。

② 希腊和罗马神话中的地狱有一条河,卡戎是河上摆渡的船夫,即摆渡亡灵去冥府的神。

“你看见那个女人了吗?”加利娅指着一个五官端庄但有点年纪的女人,坐在我们上面的几排,在那里,罗马的女人必须和男人分开坐。那女子有着令人着迷的美貌,她正专心致志地看着朱丽叶。“那是斯克里波尼娅,朱丽叶主人的母亲。”

当斯克里波尼娅注意到我们在看她,便无奈地笑笑。我转向加利娅。“她很漂亮。恺撒为什么和她离婚?”

“她不听话。现在,她在这些比赛中只能从高处的座位看她的女儿。”

“朱丽叶不能去看她吗?”

“一年一次,在农神节的时候,她可以给母亲送去一件礼物。”

这残酷的事实让我倒吸了一口气。难怪朱丽叶对我母亲这么感兴趣。现在,她只有利维娅。刻薄、自私、爱嫉妒的利维娅。“你认为她有没有偷偷地去看过斯克里波尼娅?”我问道。

加利娅淡淡一笑。我们周围的禁卫军正在大声地欢呼,完全不注意我们。“当然,”她小声说,“但偷偷摸摸的见面对于一个母亲来说就够了吗?对一个女儿来说呢?”

我环顾着整个圆形剧场。“这个地方到处都是秘密。”

“比你知道的还要多。”

我迟疑着说:“这里有关于我父亲的秘密吗?”

她长时间地打量着我,然后才回答。“有的。”

“在哪儿?”

她指着一个坐在斯克里波尼娅下方的女人。她的眼睛上画着浓浓的眼影,长头发上点缀着小小的宝石和珍珠。在罗马只有女演员和卢帕女才打扮成这样。加利娅说,“那是叙赛梨丝主人。”

“她是在剧场里工作吗?”

“现在不是了。但她当演员的时候,曾是你父亲的情人。”她打量着我的脸,看我有什么反应,但我并不吃惊。

“那现在她是谁的情人?”我问道。她头发上的珍珠和脖子上昂贵的珠宝不是白白得来的,而卡尔蒙曾说关不住自己双腿的女人也关不住自己的钱包。

“伽路斯主人。恺撒派去统管埃及的长官。”我微微喘了口气，加利娅把手放在我的手上。“我知道那很不容易。”

“那为什么她不跟他一起去那里？”我苦涩地问。

“她告诉他，她更希望留在罗马做演出。”

我想到父亲先前的情人，一个光着身子在舞台上表演的演员，如今可以选择住在埃及的王宫里，那是多大的讽刺啊。我母亲被迫夺去了自己的生命，而如今，一个像叙赛梨丝这样的女人可以睡在她的床上，用她的眼影粉化妆。但叙赛梨丝放弃了这个机会。难道她没有见过亚历山大城的画？难道她不想知道躺在宫殿里，聆听着海浪撞击在岩石上、海鸥鸣叫着呼朋唤友，那是什么感觉？

我抚摸着头上的珍珠头冠，而加利娅温和地说：“所以我才不想把这些事情告诉你。”

“那不会让我难过，”我撒谎说。“还有别的吗？”我全然不理会金属碰撞的声音和人群狂热的欢呼。“这里还有其他我父亲认识的人吗？”

加利娅指着一个坐在我们下方的年轻男子，他的浅色头发和宽阔肩膀显得异常熟悉。“那是你的哥哥朱勒斯主人，是你父亲和他第三任妻子生的。”

“他看上去很像安蒂拉斯！”朱勒斯和安蒂拉斯是兄弟，但只有安蒂拉斯作了错误的决定，跟随我父亲来到亚历山大城。我看着朱勒斯笑得前仰后合，金色的头发在耳朵后面晃动——就像安蒂拉斯和托勒密一样。对于他，我突然有种对安东尼娅和她妹妹从未有过的亲切感。也许那是因为我从小就没有姐妹，只有兄弟。“我希望能同他见面。”

“不可能，”加利娅严肃地警告说，“你不能让恺撒以为安东尼家族再次崛起。最好还是远远地看着他。”

“就像斯克里波尼娅看着朱丽叶那样？”

加利娅无奈地点点头。“是的。”

下方响起一片激烈的抗议声，突然所有人都站了起来。“出什么事了?"我喊道。

一名禁卫军转向我。"有个角斗士受伤了。"

"很多人都受伤了。"加利娅说。

"但这个人是最被看好的。他挺过了三天的格斗,现在卡戎带着他的木槌来了。"

"即便最好的斗士一息尚存,他们也会杀了他?"

"他受伤了,公主。他的眼睛闭上了。卡戎才不管大夫能不能救活他。"

虽然圆形剧场的座位一排排往上延伸,但前面人的头挡住了视线,我什么也看不见。我太矮小了,再说有太多人站在他们的位子上。也许这样更好。我听见当木槌砸在那名角斗士的头上时,人群猛然齐声地倒吸了一口气,安东尼娅的尖叫打破了突然笼罩在圆形剧场上的沉寂。屋大维娅连忙去安慰她,但她难以平静下来。她不断尖叫着,直到马瑟卢斯用手捂住她的嘴。"安静!"

屋大维站了起来。"今天我看够了。"

"对不起,"屋大维娅说,"她吓坏了。"

"那很正常,"他气愤地说,"不准再让赫尔墨斯和卡戎出来!阿格里帕,你去通知他们。"

"那战斗怎么算结束呢?"马瑟卢斯说。

"当一个角斗士太疲劳,或是伤得太重打不下去,就算结束。"屋大维转向安东尼娅,托起她的下巴,擦去她眼里的泪水。"不会再有人死了,"他承诺,虽然当下注员带着各人赢到的钱返回时,我看到屋大维还是收下了他赢的钱。

在屋大维娅的别墅里,亚历山大把他那沉甸甸的钱包递给我。"送给你的弃婴。"他小声说。

我把钱包放进屋大维娅最近送给我们的金属柜子里,而亚历山大用他和印玺串在一起的钥匙锁上了柜子。马瑟卢斯和朱丽叶站在门口,等着我们和他们一起走。

“来吧，”马瑟卢斯催促道，“我们可以在我舅舅的露台上观看赛车。”

“但他不饿吗?”亚历山大问道，“他说今天他看够了。”

“他只是担心他要付三百便士给教练，”朱丽叶嘲讽地说。

“教练是什么?”亚历山大问道。

“要知道，”马瑟卢斯说，“就是角斗士的主人之一。当一个角斗士死去的时候，比赛的赞助者必须付钱给教练弥补他的损失。罗马赛会节总是由恺撒来赞助的，受欢迎的角斗士更加值钱。”

“这么说你父亲单单为一个人就要支付三百便士。取消了赫尔墨斯和卡戎之后，他就不需要再付钱给教练了。”朱丽叶微微一笑，“你不会以为他是为了可怜的小安东尼娅才这么做的吧?”

赛会节又持续了十四天，在九月十九日之前，没有人想要回到维利乌斯老师那里去学习。马瑟卢斯恳求屋大维娅让我们多看一天，但是她的回答很坚决。

“六天后就是你舅舅的生日，要放假两天来庆祝。我认为那足够了。”屋大维娅送我们走到门廊上，朱丽叶和加利娅已经等在那里了。“在埃及你们庆祝生日吗?”她问。

“不，”亚历山大回答说，“但父亲有时候送我们礼物。”

屋大维娅抿着嘴，也许想到她的女儿们从来收不到礼物，因为她们的父亲和我们一起待在亚历山大城。

“一直都是小礼物，”我马上说，“微不足道的。”

“至少他还记得。”屋大维娅嘀咕着。

我对亚历山大皱起眉头，他明白自己的失言。“不管怎么说他很少有时间陪我们，”他说，“即便是在我们生日的时候。”

屋大维娅露出微笑，但略显苦涩。我可以感觉到她一直目送我们消失在巴列丁丘山下。当我们来到广场，维利乌斯老师在学堂门口迎接我们。

“上课上得愉快。”朱巴开心地说，我想维利乌斯老师明白我们的感受，因为未来的几天会有各种比赛。他安排了一场竞赛，看看谁能把欧里庇得斯的文章背得最多，以及一个游戏来测试我们对缪斯的知识——两者都是我赢。但提比略背出了最多恩尼乌斯和泰伦斯的文章，也就是那些我懒得去看的罗马人的作品。到了九月末，我们的比赛结束了，而维利乌斯老师决定教授我们修辞学，演讲的艺术。马瑟卢斯大声叹了口气，朱丽叶则瘫坐在位子上。

“今天，我要你们待在参议院门外，听听律师的辩论。”朱丽叶咕哝起来，维利乌斯老师毫不理会她。“你们要从头到尾旁听一场审判会，而且你们不可以选择今天结束的审判。”

“真是浪费时间，”我们走向战神操场的路上，朱丽叶气乎乎地说。“你觉得他们会不会为我们撒谎，说我们去过了？”

“什么？”马瑟卢斯问道，“难道我们要编造一场审判会？”

“好吧，我们应该什么时候去看一场？”她又问。

“我们只能放弃赛马场了。”他说，“至少一个星期。”

“他没说要听多长时间的审判会。我们可以选择一场明天结束的。”

马瑟卢斯看着朱丽叶好一会儿。“然后被告知重新看一场？”

朱丽叶转向我。“我不知道你怎么能忍受这个。天刚亮就跟维特鲁威学习，还一整天研究维利乌斯老师的功课。”

“她喜欢，”提比略代我回答，“有些人就是喜欢学习。”

“但为什么呢？维特鲁威教你的无非就是测量方法。”

“建造一栋房子的测量方法，”我回答，“昨天他带我去了阿波罗神庙。那就快完工了。”

“真的？”马瑟卢斯选了一条捷径穿过战神操场，“里面有什么？”

“一座配有黄金和象牙镶板的图书馆。斯科帕斯雕刻的一尊神像。”

“朱巴找到它了？”马瑟卢斯问道。

我耸耸肩，“那是维特鲁威说的。”远远地，我看见利维娅和屋大维娅待在绿荫掩映的马房门廊上，都在木织布机上做活，并且在不失礼貌的前提下，尽可能坐得离对方远远的。当我们来到门廊，屋大维娅站了起来。

“朱巴，”她微笑着说，“加利娅。感谢你们两个把他们安全地送过来。我的孩子们都还守规矩吗?”

“除了不停地抱怨之外?”朱巴说，“算是吧。”

“如果别人都能放假你却要上学，你也会抱怨。”马瑟卢斯咕哝着。

“啊，作为继承人的残酷代价。”朱巴说。

“他还不是继承人。”利维娅不客气地说。

“原谅我。可能的继承人。”

“我们全都知道屋大维想要马瑟卢斯接班，”提比略反驳道，“那为什么还要假装下去呢?”

利维娅看着她的丈夫，他正在和阿格里帕一起游泳，而侍卫们在岸边看守着。“屋大维告诉我他还没有决定。没有道理不让你做继承人。”

“这世界上没有什么道理，”马瑟卢斯挖苦地说，“来吧，亚历山大，我要去游泳。”

马瑟卢斯和亚历山大走进马房，而提比略对他的母亲怒目而视。“你为什么就不能放手呢?”他吼道。

利维娅马上站起来，给了他一个耳光。

提比略满脸通红，等到他走进马房，屋大维娅警告说:“他会恨你。”

“你怎么知道他会怎么样? 你是占卜师?”

朱丽叶始终看着她跟前的木织布机，而我的眼睛也不敢离开我的素描画，万一利维娅把气出在我头上就惨了。

“给我拿更多的织布机砝码来!”她对加利娅喝道。

“别忙，”屋大维娅说，“如果她想要更多的砝码，她可以自己去拿。它们就放在里面。”

加利娅不知所措，不知该顺从屋大维娅，还是进一步激怒利维娅。她看到利维娅瞪着眼睛、恶狠狠地注视着她，等到利维娅见她显然不会去拿，便怒不可遏地从椅子上站起来。

随后，等到男人们游完泳回来，朱丽叶把刚才的事情小声告诉了亚历山大和马瑟卢斯。随后我们回到广场去旁听一场审判会，路上她激动地说:“接着,加利娅就是不去拿!”

在我们身后,加利娅走在提比略和朱巴之间,门廊上发生的事情被抛在了脑后。但马瑟卢斯摇摇头。“我母亲在为加利娅制造麻烦,她不该那么做。”

“加利娅不是利维娅的奴隶,”我气愤地说,“她不应该是任何人的奴隶。”

“嗯,她属于我母亲,”马瑟卢斯回答,“而我母亲让她陷入了危险。没有人做得起利维娅的敌人。”

“我明白屋大维娅为什么这么做,”朱丽叶说,“她受不了利维娅认为自己拥有整个罗马。”

“她就是拥有整个罗马。”马瑟卢斯指出。

“不,我父亲才是!利维娅只是一个嫁了好人家的荡妇。”

亚历山大偷笑起来,我捂住嘴不让自己笑出声。

朱丽叶俏皮地对我露出微笑。“现在让我们来找一场时间最短的审判会,早点把它搞定。”

但广场上只有一场审判会。讲台前的人越聚越多,一名律师正招呼在座的陪审团,他们最终会作出有罪或无罪的裁决。

“我看不见,”朱丽叶抱怨说,“发生了什么事情?”

“两百个奴隶因为谋杀他们的主人盖尤斯·法比乌斯而受审。”朱巴说。

朱丽叶倒吸了一口气。“法比乌斯?”她转向我,“你不记得他了吗,塞勒涅?他就是你看见的在神庙鞭打男孩的那个人。”

“两百个奴隶都参与谋杀他?”我喊道。

“当一个奴隶谋杀他的主人,所有奴隶都会受到惩罚。”朱巴平静地说。

突然朱丽叶很来劲。“你觉得我们能看得更清楚吗?”

朱巴抬起眉毛。“当然。”他带我们到讲台后面,只见一排排奴隶脖子上套着锁链,我们可以观看律师们对陪审团和人群讲话。

“看看他们多年轻啊，”我对亚历山大嘀咕道。有些奴隶不过五六岁，决不可能参与任何谋杀。我转向朱巴。“他们真的会被判死刑吗？”

“当然。如果他们有罪的话。”

“你怎么能这么冷酷无情？”我反问道。

“因为那不关他的事，”提比略说，“对此他能做什么？”

为奴隶辩护的公共律师停止了讲话，讲台上换成了为死去的盖尤斯·法比乌斯说话的律师。“你们听说过，”他用雷鸣般的声音说，“那些可能未参与谋杀的奴隶的悲惨故事。女人、孩子和几乎残疾失明的老人。但是他们看到了什么？他们目击了什么？对什么守口如瓶？别弄错，”那律师愤怒地说，“旁观和参与没什么区别！当盖尤斯·法比乌斯在卧室被勒死，接着被捅了十几刀的时候，我们不知道那些人渣当中有哪几个袖手旁观。”人群一阵骚动，而在前面坐在木质长凳上的陪审员们摇摇头。“我们必须杀一儆百，”他马上说，“将近三十五年前，一场类似的审判会判决四百名奴隶死刑。当时的陪审团明白，必须传达出一个信息。这个信息就是防止任何奴隶杀害主人，否则所有人都会受到牵连。现在我们也必须阻止这件事，”他吼道，“不然谁是下一个？你？”他指着长凳上的一位老人，他的脖子上戴着沉甸甸的金项链。“你？”他反问道，并看着一个身穿审判员托加袍的年轻人。“忘了你们在这之前听到的话吧。当然，会有一些奴隶小孩死掉。但他们的生命比你们的更重要吗？比你们妻儿的更重要吗？”

他走下讲台，朱丽叶目不转睛，看得入迷了。“现在会怎么样？”她小声问道。

“就这样。”提比略说。

“什么？还有更多的辩论吗？”马瑟卢斯问道。

人群开始散去，朱巴准备走了。“明天才有。”

“但这会持续几天？”朱丽叶问道。

“能持续几天就持续几天。”

她气乎乎地看着朱巴。“但可能会持续一个月。甚至两个月。”

“不可能两个月，”提比略反驳道，“十一月和十二月法庭不开放。”

“那么谁来决定什么时候结束？”我问。

“陪审团，”加利娅回答。在此之前，她一直不开口。此时她接着小声说，“那些可怜的小孩子。”

第二天，没有人抱怨要到广场去。连我哥哥和朱丽叶都很关心那两百个奴隶的命运，而不是马克西姆赛马场的比赛。我听见街上的人们议论着盖尤斯·法比乌斯的奴隶，似乎民愤很大，不是针对谋杀，而是针对审判会。“五十三个孩子，”人群中一个女人说，“那不公平。”虽然我们是和上次同一个时间到达，但消息已经传遍罗马，一千多人蜂拥而至，聚集在讲台和陪审团座位边。

“看看人民有多愤怒！陪审团必须释放他们！”我喊道。

“他们不必做任何事情，”朱巴回答，他带我们前往讲台后方为贵宾预留的区域。这一次，几位参议员已经到了那里，观看律师们的辩论。“陪审员会根据他们眼中的正义原则来作出决定，而不是基于一群愤怒的暴民。”

“这么说你同意这个？”我喊道。

朱巴看着一连串悲惨的、戴着沉重脚镣的奴隶。其中有一个棕色头发的女孩，当朱巴和她目光相对时，她露出了微笑。“我赞同正义。”

盖尤斯·法比乌斯的律师站在讲台上，砰的一拳打在木板上。“你们愿意看到杀人犯吗？”他问道，人群一阵欢呼。“带他上来！”

侍卫们带着一名被单独关押的奴隶走上前，我在朱丽叶耳边说：“那不是法比乌斯在神庙鞭打的其中一个男孩吗？”

“谁知道？高卢人看起来全都一样。”

我注意到加利娅摇摇头。

法比乌斯的律师在空中一挥拳。“这是实施谋杀的奴隶，他甚至没有否认！”他喊道，“你们哪个认为一个十四岁的男孩可以独自实施谋杀？勒死主人、猛刺主人，接着把主人的尸体扔进中庭的水池里？”人们都摇摇头，而那个奴隶低头看着自己的脚。和厨房男孩一样，他知道自己完了。

接着那律师夸张地吸了口气。“这里有没有人认为奴隶都是瞎了眼的?”人群中有人放声大笑,我感到胃里一阵搅动,这感觉似曾相识。“看来这里没有人认为一桩谋杀会无声无息地进行,而不为人知。毋庸置疑,会没有人看见一个混蛋把他主人的尸体拖出卧室,一定有共犯。”他斩钉截铁地说。“我们必须教他们知道罗马人的正义!”他大步走下讲台,那气势就好像知道自己胜券在握。

为法比乌斯的奴隶辩护的律师,还未开口就显得垂头丧气。他那瘦削的肩膀被沉重的托加袍压得有点驼背,他看起来就像是白天的热浪抽干了他的精气神。

“我们并不知道有谁看见或是听见盖尤斯·法比乌斯死去。在场的人没有一个能够告诉我,那些奴隶中哪一个是共犯。也许事情发生在清晨,当时年长的奴隶在干活,而目击这桩可怕罪行的正是孩子。我并不否认这个奴隶要对此负责。”他挥了挥手,于是侍卫们把男孩带走了,把他押在其他奴隶的旁边。我看见那男孩看着一个上了年纪的女人,她的眼泪告诉我,她是他的母亲。

“但这里有谁希望无辜的人受到惩罚?”律师接着说,“包括那些从未学习过善恶之论的孩子?”人群不安地动了一下,刚才大笑的男人们此时表情严肃。“没错,如果你允许这些奴隶被处死,你就是在罗马传达一个信息。但这个信息是,我们和野蛮人没有两样!”我看得出他整个下午一直在辩论,开始显现疲态。“看看这些脸,”他恳切地说,“这个。”他往回走,托起一个女孩的下巴,就是那个对朱巴微笑的漂亮女孩。“她不会超过六岁。她做了什么而应受死刑?她的人生都还没有开始呢!”

我看见加利娅极力忍住泪水。

“还有这个孩子,”律师说。他碰了碰一个男孩的肩膀,他看起来不超过十岁。“如果我们让他活着他会怎么样?他会很好的侍奉另一个主人,他可以为自己赎身。他可以变得有钱、有力量、有用处,就像恺撒的执政官阿格里帕一样!”人群中响起一片热烈的低语,而那律师注视着七排陪审员。“发发慈悲,”他恳求说,“把罪责放在应该承担的肩膀上,而不是无辜者身上!”他走下讲台,好一会儿都没有人说话。

“你觉得明天他们会作出判决吗?”马瑟卢斯问道。

“看来是的。”朱巴平静地说,而我在想,他有没有被那个公共律师的恳切所打动。

当我们穿过广场,朱丽叶开心地说:“谁会想到一场审判会这么有意思,也许我们应该下赌注。”

第一次,我看见马瑟卢斯反感地缩了一下。

“怎么啦?”她说,“这和斗兽场没什么区别。”

“也许我也不该在那里下注。”他简单地说,而朱丽叶疑惑地看着我。

第十一章

人群涌向广场，来见证盖尤斯·法比乌两百奴隶的命运，从监狱的庭院到卡斯特和伯乐克斯[①]神庙，挤得满满当当。我们得到许可，拨出原本在战神操场的时间，前去旁听陪审团宣布他们的裁决，就连屋大维也来了，还有利维娅和阿格里帕。

“你们的妹妹在哪儿?”我问马瑟卢斯，“你的母亲怎么不来?”

他走上前去想看得更清楚。虽然我们站在抬升的木板平台后面，但几百位参议员挤在我们周围。“这种审判会让她难过，”他说，“她从来不允许我的妹妹来看。她们曾看到一个人被判死刑，于是一直谈论个没完。”

“所以你觉得他们会被判有罪?”我担心地问。

“杀害法比乌斯的奴隶是一定的。其他人……”他犹豫着说，“不知道。判他们死刑是不公平的。”

“再说那些孩子怎么可能做什么?”哥哥说。

“如果红鹰在这里，”马瑟卢斯压低嗓门，“每一座神庙的大门都会贴上传单谴责这件事。”

“也许他在等待，”我猜想，“看看陪审团会怎么做。”

---

① 希腊神话中宙斯和凡人勒达所生的双胞胎，也是双子星座的由来。

虽然屋大维娅选择不来，但罗马城剩下的人似乎都来了。因为屋大维和我们在一起，律师们说得很快。他们最后的陈述最激动人心。盖尤斯·法比乌斯的律师要求正义，并指出人群中法比乌斯的妻子，她揉着眼睛。但奴隶们的律师乞求道义，对陪审团强调那些不可能参与谋杀的孩子和老妇人。当审判员一一站起来宣布他们的判决，我看着屋大维的脸，见他们全都裁定那奴隶男孩有罪，他点点头，像是表示赞同。人群中爆发出一阵震耳欲聋的欢呼声，那男孩惊恐地看了他母亲一眼，后者把她的脸埋在戴着锁链的双手中。

"就这样，"朱丽叶说，"不知道他们会怎么做。"她把一撮黑色的卷发从额头拨开，踮起脚尖想看看陪审员们的表情。

第一个审判员站起来宣布对两百名奴隶的裁决。"有罪，"他说，我看着屋大维，他的脸像是一张毫无表情的面具。第二个审判员站起来，当他也裁定有罪，人群开始骚动。

"也许我们应该走了。"当第三第四个审判员宣布有罪的时候，朱巴建议道。

"马瑟卢斯，"屋大维厉声喊道，"提比略。我们走了。"

"但我们还没有听到最终的判决。"朱丽叶抱怨说。

"也许你情愿留在这里被杀?"利维娅反问道。

人群越来越愤慨，当更多的审判员说出有罪的判定时，一些自由民开始高呼"红鹰"。

"走!"屋大维对我们喝道，"走!"

禁卫军清出一条道路穿过广场，然而当最后一个审判员宣布他的判决时，自由民和奴隶变得失控。我听见身后的人们暴动起来：塑像被打破，士兵和人群发生了冲突。愤怒的人潮冲向我们，利维娅尖叫着："斯巴达克思又来了!"屋大维抓住她的胳膊，接着侍卫们将我们围住开始奔跑。激愤的奴隶们不需要武器。他们需要的只是火焰和石块。

当我们抵达巴列丁丘，屋大维娅从她的门廊上飞奔过来。"出什么事了?"她喊道。

“有罪，”加利娅回答，而屋大维娅脸色惨白。

“两百奴隶都会被处死？”她看着她哥哥。

“那是他们的判决。”

“但是你不认为——？”

他的表情让她不敢说下去。我们跟着他来到他为观看比赛而建造的露台，看见广场上冒起一柱浓烟。

“看来下层平民又在暴动了。”提比略说。

屋大维绷紧下巴。“这不可饶恕。”

“问题就是这些奴隶，”利维娅扯着嗓子说，“他们必须被严格控制起来！不如让他们全都穿一个颜色的衣服。或是在身上烙印，怎么样？”

“罗马三分之一的人是奴隶，”朱巴提醒她，“你真的希望三十万奴隶在街上能认出彼此？”

屋大维抿起嘴。“说得对。他们不能被打上烙印。”

我偷偷瞄了加利娅一眼，但她的表情不置可否。

“不如放宽法律？”屋大维娅问道。

“这能减少这些奴隶的暴力吗？”她哥哥喝道。

屋大维娅退了几步。“可以。”我看得出她忍着眼泪，“如果他们觉得自己在法庭上有一席之地，能够挑战那些施虐的主人，也许就能减少暴力。”

屋大维看着马瑟卢斯。“那你会怎么做？”他突然问道。这是一次考验，马瑟卢斯不安地看了他母亲一眼。

“我不会把那么多奴隶带到罗马来。”他说。

提比略嗤之以鼻。“那么谁来耕地？罗马人不喜欢生孩子。男人不想花钱而女人不想长妊娠纹。”

马瑟卢斯哈哈大笑。“你怎么知道这些？”

提比略涨红了脸。“我……我是听说的。”

“没错，”屋大维娅小声说。在她身后，那一柱浓烟开始扩散。“女人不想冒生孩子的风险或是破相。”

屋大维绷紧下巴。“那也许需要给他们一点鼓励。”

“比如说?”提比略问道,不敢大声出气。“通奸节?”当看到屋大维的表情时,他立刻不出声了。

“货币的奖励。”阿格里帕说。

“奖励生孩子?”马瑟卢斯喊道。

“那会出现危机,”屋大维阴沉地警告说,“如果奴隶的数量超过罗马人。”

“那么我们应该把乳儿柱封了,”提比略提议,“那些孩子全都成为奴隶。想想看他们全都起来——”

“而明天会是真正的考验。”阿格里帕提醒说。他没有进一步解释为什么,但第二天早上,当加利娅和朱巴护送我们去学堂的时候,我明白了他的意思。

朱丽叶用手捂住了嘴,而加利娅努力敛起笑容。

“我不能相信。”提比略说。

在每一座神庙的门上,每一个十字路口,都有一大群人围拢着观看最新的传单。甚至在维纳斯·吉尼翠斯神庙门口,红鹰和他的同党也钉上了他们的纸。朱巴绷紧下巴,平民一看见他走近,就马上撕下一张传单。另一张他自己扯了下来。

“我不明白,”哥哥说,“祭司们为什么不把它们拿下来?”

“他们害怕激怒平民,”朱丽叶小声说,“即使传单被撕了,人们还是可能会抄录下来。”

等到朱巴拿着纸团回来,马瑟卢斯激动地说:“上面说了些什么?”

“你不需要知道。”

“但不管怎么说我们总会看的,”我们穿过广场,提比略争辩说,“如果不是现在,那么以后再看。”

“我们只是想知道罗马的情况,”朱丽叶恳求道,“维利乌斯老师总是叫我们留心。”

朱巴露出微笑。“我认为他说的不是看反动传单。”

“但那到处都是，”马瑟卢斯辩驳道，“有几十张。你希望罗马只有我们这些人不知道红鹰在说什么？”

“我父亲不会介意，”朱丽叶保证，这时我们来到了学堂，“他从来不对我们隐瞒这些事情。”那倒是真的。在餐厅里，屋大维无事不谈，从封闭罗马的卢帕纳到起诉通奸的女人。“这是我们认知的方式。”

朱巴把纸递给她。“我很想听听这个能教给你什么。”

大家都围着朱丽叶。看一看并不会有害处，说出来才有害处，我们五个小声地读着。开头是一番反对谋杀的严正警告。

> 报仇有一千种其他的方式。我不能提倡从你们主人那里偷东西，但偷窃有许多不同的形式。你们的生命被偷走了。那么，为什么你们应该身负重担，来满足主人的要求呢？如果你在农场里干活，放慢速度来割麦子。如果你为一个债主工作，在记录中出错。对于偷取时间或是芦秆笔下的错误，你不会被惩罚。如果你害怕死在奴役你的人手里，记住，即便你是无辜的，死亡依然会降临。别忘了明天会有两百个双手不沾血的奴隶死去。女人、孩子，以及还不会走路的小孩子。

接下来，传单上列出了黎明时分将被处死的每一个奴隶的名字。

“这很可怕。”我小声说。

“他怎么能弄清每一个奴隶的名字？”亚历山大不解地问。

“我们看完了吗？”朱丽叶问道，“还是我们要在公共广场继续讨论这个？”

在学堂里面，维利乌斯老师在他的书桌边等待着。他没有站起来迎接我们，他看上去像是没怎么睡觉。

“你听说红鹰了吗？”朱丽叶热切地问道。

“听说了。”维利乌斯老师简单地说，“我猜想正是因为他，今天早上你们都迟到了?”

“但是我们必须看看它!”马瑟卢斯反驳道。

维利乌斯老师举起手。“我不想知道。马上坐好,开始上课。”

提比略在课桌前犹豫不决。“今天会不会有竞赛?”

维利乌斯老师坚决地摇摇头。“不会。”

那天晚上,屋大维的情绪也很糟糕。

“大家都是怎么了?”朱丽叶问道。

虽然竖琴师弹奏的乐曲飘荡在餐厅里,但马瑟卢斯压低声音。“你认为呢? 明天,两百个无辜的奴隶将被处死。”

她撬开一只牡蛎,蘸了点鱼酱。“那对父亲有什么影响?”

屋大维邀请了他最爱的诗人来为他助兴。利维和马瑟纳斯在贺拉斯和维吉尔旁边用餐,但连他们的幽默感也难以逗乐他。我看见塔伦提娅伸手去拿一只玻璃碗,当她的手碰到屋大维的手时,他还是面无笑容。

“他以为他扼杀了红鹰,”马瑟卢斯猜测说,“但如今那叛徒回来了,对于明天可能发生的事情,他忧心忡忡。”

“我不觉得他能把他们放走,”哥哥实际地说,“他们都被锁在监狱里面。”

“会有一百多名士兵押送他们到埃斯奎利诺丘的大门受刑,”朱丽叶接着说,“一点儿希望也没有。”

但马瑟卢斯并不肯定。“他曾经做到过。”

“没有自己的军队,他绝对做不到。”哥哥说。

在我们旁边的桌子上,利维娅站起来对用餐的人说:“我们来听听今晚的第一首诗歌怎么样? 贺拉斯,给我们来点振奋人心的东西。”

一个秃头的男人从他的长沙发上站起来,来到房间的中央。“振奋人心的,”他沉思着说,“但选择恺撒哪一次振奋人心的胜利好呢?”

“阿克提姆之战,”利维娅说,“或是克里奥佩特拉之死。”

贺拉斯微微一笑。“那么,就来一首关于克里奥佩特拉女王的颂诗。”

马瑟卢斯看看我,又看看亚历山大。

“我们应该走了。”我马上说，但朱丽叶把手放在我的胳膊上。

“利维娅希望我父亲对你恼火。别冒险了。”她小声说。

“他的情绪已经很低落了，”马瑟卢斯小声告诫，“留下吧，别去听就是了。”

但对于贺拉斯编排进一首诗歌里的谎言听而不闻，那是不可能的。

贺拉斯诵完诗之后，哥哥看着我。虽然诗歌一开头把我母亲描述成一个“醉生梦死”的女王，但最后三节赞美她是位勇士，毫无畏惧地接受死亡。贺拉斯朝我们这边恭敬地鞠了个躬，而屋大维从沙发上站起来鼓掌。

“妙极了。”他看着他的妻子，“你觉得怎么样？”

利维娅露出无力的微笑。“开头令人十分的期待。但很不幸，我觉得结尾是画蛇添足。”

屋大维低头看着塔伦提娅。“很动人。”她对他说。

我转向哥哥。“我要走了。”我小声说。

“你不能一个人走！”

“如果你不想走，加利娅在中庭，她会带我回去。”

亚历山大犹豫不决。

“我不想再听到有关埃及的诗歌。”我对他说。

“但屋大维会认为那是一种怠慢。”

“那么你留下。”我顾不得把饭吃完便站了起来，当我来到中庭，我在坐着的奴隶之间寻找加利娅。

一个男孩从凳子上站起来。“您在找什么人吗，主人？”

“加利娅。”我对他说。

“她不在这里。”他小声说。

“她上哪儿去了？”

他迟疑着。“和一个男人走了。”

“维利乌斯老师？”

他低头看着他的凉鞋。

“我是她朋友。”我对他保证。

男孩看起来极为不安。“是的。在屋大维娅主人准备回家之前，他会把她送回到这里。”

“谢谢你。”我说。

“您不会告诉她是我说的吧？”

“当然不会。”

我一个人走过那段短短的路程，返回屋大维娅的别墅。回到房间里，我拿出素描本，细看那些画作。弃婴的收容所是我最得意的作品。那只是一幢普通的别墅，带有地砖和简单的马赛克，但那对我来说，比屋大维的陵墓或是阿波罗神庙更为重要。亚历山大赌博赢到的钱都不够为一块地面购买地砖，建一幢房子所需的钱可能我永远没有，但用手指划过画面上的阳台，我就能想象着那些孩子们会眺望这座城市。天亮时分将要被处死的奴隶中，某些可能曾是弃婴。也许甚至还有贵族的女儿，只是她们的父母不愿意准备更多嫁妆，或是商人的儿子，只是他们的父母不愿意养活更多孩子。我想象着，如果我和亚历山大作为奴隶被带到罗马，那会是何等不同的生活状态，当加利娅同屋大维娅以及其他人一起回来的时候，我并没有提起她和维利乌斯老师一起走开过。

“你错过了最好的部分。”亚历山大冲我喊道，他和马瑟卢斯一起闯进我们房间。

“什么？关于埃及的另一首诗？”

马瑟卢斯瘫坐在第三张沙发上。“不。马瑟纳斯提到了红鹰，我舅舅勃然大怒。”

“真的？”我放下本子，“他怎么样？”

“他想要对这个叛徒设下陷阱。”哥哥说。

“但是红鹰神鬼莫测，”马瑟卢斯接着说，“并且从来不在同一个地方张贴两次传单。所以我舅舅想让士兵扮成平民，在罗马各处巡守。”

“你觉得那会奏效吗？”我问。

“如果那叛徒明天试图插手，那就会奏效。”马瑟卢斯闭上眼睛，“很可怕，不是吗？”

“你觉得可怕，是因为你知道谁是红鹰，对吗?”哥哥问道。

马瑟卢斯睁开眼睛。“你为什么会说这种话?”

“因为我们听见你在夜里离开房间，”我说，而马瑟卢斯突然脸色惨白。“有一次我看见一个人影穿过花园，看上去很像你。”

我们都瞪着他。

“我不是红鹰，”马瑟卢斯坚决地说，“我怎么可能写出那么长的传单?学堂里的功课我几乎都完成不了。”

“但也许你认识他。”

“或者她。”我提议说。

马瑟卢斯看看我，又看看我哥哥。“她? 你们两个在想什么?”

我们沉默了一会儿，接着亚历山大说，“也许那是加利娅，而你在支持她的斗争。”

“反对奴隶制?”马瑟卢斯的语气满是疑惑，“你们真的认为我在帮助一个叛徒?”

“你还能去哪里呢?”亚历山大小声问道，而马瑟卢斯的脸色好了一点。

“去见某个人。”

“一个女人?”我倒吸了一口气。

他没有回答我的问题。“有时候我会收买侍卫。但如果他们怀疑我是个叛徒，你觉得他们还会替我隐瞒吗?”

我和亚历山大都不作声。我双手抱胸，想着他会去见什么样的女人。一个妓女? 朱丽叶? 巴列丁丘上的某个漂亮女孩?

马瑟卢斯俯身向前，“但你们真的认为那会是加利娅?”

“她一个人?”哥哥说，“那不可能。但也许她认识某个能拿到大量墨水和纸张的人。”

马瑟卢斯睁大了眼睛，我知道他在回忆他舅舅差点被暗杀的那天晚上，安东尼娅看见加利娅在山脚下。“不会是维利乌斯老师吧?”

哥哥把手指放在嘴唇上。“还有谁有这样的资源?”

“或是能够上巴列丁丘，”马瑟卢斯明白过来。他看着我，“你觉得是他？”

“你说你不是红鹰。你还没有告诉我们你去了哪里，但如果我们相信你，那还会有谁？”

马瑟卢斯靠回沙发上，但没有被我套出话来。“那有点道理。但也有可能是其他几百人中的某个。”

“所以我们不能说什么。”亚历山大马上说。

“即使你知道你也不会揭发他，对吗？”我问道。

马瑟卢斯若有所思。“如果我确定他是谁，而我舅舅知道……”

我看着亚历山大。真不该告诉他我们对加利娅和维利乌斯的怀疑。

“我什么也不会说，”马瑟卢斯保证，“但那不是我。”

他离开之后，我在灯光中注视着亚历山大。“你相信他吗？”

“我不知道。”

我躺倒在沙发上，看着天花板。“那么你认为明天红鹰会救他们吗？”

“不会。罗马的每一个军团都在找他。如果我是红鹰，我会消失几个月。”

我在黑暗中穿好衣服，在黎明破晓前，蹑手蹑脚地穿过中庭来到灯光昏暗的图书馆。我看见灯光映出了维特鲁威的侧影，他那棱角分明的轮廓让我想起了一种鸟。他从书桌上抬起头来。

“他们被处死了吗？”我问他。

他皱起光秃秃的眉头。“谁？”

“被关押在监狱里的奴隶！”

他的肩膀突然松弛下来。“天亮以后才会行刑，塞勒涅，但可以肯定他们会死。那是命令。”

“谁的命令？五十个对奴隶制度一无所知的陪审员？公平何在？”

维特鲁威缓缓地点点头。“许多事情都不公平。”

“但恺撒不就是为了这个吗？伸张正义？”

"不。恺撒在这里是为了保持太平。如果两百个奴隶死去能够保证罗马的太平,那么他愿意牺牲他们。"

我瞪着他。

"我不是说这是我的信仰,"他接着说,"但恺撒是这么想的。"

我在他书桌的另一边入座,但没有拿出我的素描本。"你觉得红鹰会救他们吗?"

"不会。在这栋别墅里我不会提到他的名字。它开始是个麻烦,现在成了威胁。那个被钉死的男孩以那个叛徒的名义行刺。你可以认为这个人很勇敢,塞勒涅,你甚至可以同情那些奴隶,但别在恺撒或是他妹妹跟前说出他的名字。"

我很失望维特鲁威并不理解,一个小时后当我返回房间,让加利娅帮我梳头时,我把他的话告诉了她。

"他说得对。"

我诧异地抬起头看着她。

"没有人知道那个男孩是否为红鹰效命。"

你知道,我想说,但在确定之前,我还是保持沉默。另外,如果她想要对我吐露实情,她会的。"那两百个奴隶呢?"

她低下头。"今天早上他们被处死了。"

我倒吸了一口气。"所有人?"

"最小的孩子们被关在牢里。"她在镜子里看到我的表情,于是走到我前面。"没有必要为这件事伤神,"她告诫说,"你是自由的,如果你远离麻烦,也许恺撒会让你返回埃及。想想看你能改变的一切。"

我闭上眼睛,强迫自己不去哭泣,而是发誓要让自己成为维特鲁威教过的最有才华的学徒,在我二十岁生日之前,就连屋大维也会看到我是有用的。

第十二章

公元前29年，十二月

"他的轮子在冒烟！"亚历山大喊着从沙发上站起来。"你看见了吗，塞勒涅？"

一名灭火员提着一桶水冲到跑道上泼向马车，而车夫惊慌失措地示意这人快点灭火。接着灭火员往后一跳，车夫继续比赛。

"我真不知道在这种天气里有什么东西会冒烟。"我不悦地说，并裹紧肩上的斗篷。

我身边的马瑟卢斯挥挥手。"哦，那不算太糟糕。等到明天再说。"

"明天会怎么样？"

"从天色来看，会下雪。"朱丽叶裹着斗篷直哆嗦。几个月前，我们就已经把丝绸的束腰外衣换成了棉布的，但现在将近十二月中旬，似乎没有什么能挡住寒气。

"你是说山上会下雪？"亚历山大问道。

"其他地方也一样。"马瑟卢斯伸出手，淡淡的雾气在他的掌心留下美丽的光泽。"如果在农神节期间下雪就太可惜了。我母亲说有一次一连下了三天。"

我和亚历山大对视了一眼。

"怎么啦？"朱丽叶问道，"难道你们没有见过雪？"

"只有在我母亲的酒窖里见过。"我坦言。

马瑟卢斯哈哈大笑。“就这样？但你一定尝过雪糕。”

我皱起眉头。

“从山上带来的有甜味的雪，”朱丽叶马上说，“和蜂蜜水果混合在一起。”

但我和亚历山大摇摇头。

“哦，如果你们从来没有尝过冰淇淋就等于白活了。”马瑟卢斯说，“也许农神节之前在集市上能买到。”

“那农神节是什么？”亚历山大问道。

朱丽叶咧嘴一笑。“在十七日那天，我们要上萨图尔诺神庙拜祭。那一整个星期里不用工作也不用上学。大家都不用穿托加袍，就连奴隶都能赌博。”

“到时赛马场会开放吗？”亚历山大问道。

我不耐烦地叹了口气，但马瑟卢斯笑了。“那是一直开放的。而我听说如果不下雪，庞贝人会派来他们的队伍挑战罗马。我们必须提前去到马房里。”

“另外一整个星期里，每天都是盛宴，”朱丽叶接着说，“而且人们还交换礼物。”

“为什么？”我问道。

“就是好玩！它们只是小东西，像是漂亮的丝绸或塑像。那真是孩子们喜欢过的节。”

“奴隶和他们的主人交换位置，”马瑟卢斯接着说，“我们坐在奴隶通常用餐的中庭，他们用餐厅——”

“今年不行，”朱丽叶提醒说，“我父亲不允许这么做。他还说第一次宴会将由波里奥来主办。”

马瑟卢斯嘀咕了一句。“为什么？他总是唠里唠叨，除非往他嘴里塞满吃的。”

“至少霍拉提娅在那里。”朱丽叶闷闷不乐地说。

“她怎么动啊？她快生了。”

“孕妇还是能走路的，”朱丽叶反驳道，“也许在那之前她就生孩子了。”

十二月十七日那天下雪了。白雪犹如一块洁白的麻布，覆盖着街道和屋顶，它令喷水池结冰，阻碍了一切交通。一阵狂风携带着炭盆的气味，扫过罗马的街道。在萨图尔诺神庙的台阶上，我把亚历山大的兜帽拉了拉，紧紧贴住他的脸。

“戴着这玩意儿，我看上去像格来贡[①]吗？”他问道。

“不。你看起来像是位埃及王子。”我说的是真话。厚重的斗篷用貂皮镶边，柔和的白色反衬出他那橄榄色的肌肤。黑色的卷发从他的兜帽里滑出来，在风中晃动，使得他看起来像是一尊年轻的赫尔墨斯塑像。“这里真的很冷，不是吗？”我失落地说。

“这让你希望自己回到亚历山大城。”

“许多东西都让我这么想。”

屋大维在神庙的仪式完毕之后，四轮马车立刻把我们送到波里奥的别墅。在罗马一般是禁止使用四轮马车的，但路面太滑坐轿子太危险。由于天空如此阴沉，十几名火把手开道，照亮去路。我裹着斗篷缩成一团，冷得不想说话，我偷偷看了朱丽叶一眼，她那通红的脸颊和冻得发亮的鼻子说明她也很痛苦。当我们进入波里奥的别墅时，我第一次体会到，来到一个遮风挡雨的地方是那么幸福。一股暖流围住了我们，烤肉的香味充满了整个前庭。

“感谢神灵。”屋大维说。他像是遭遇了最大的痛苦。在羊毛斗篷里面，他还穿了三件不同的束腰外衣，他的右手上有一个支架，马瑟卢斯说那是因为他的手每年冬天一冷就会僵硬。

波里奥张开双臂。“欢迎！”

“带我们去餐厅，”利维娅命令他说，“我丈夫很不舒服。”

“当然！”波里奥急忙照办，他那厚重的皮毛斗篷在身后甩开。“当然！”

---

① 希腊神话中半狮半鹫的怪兽。

我们穿过中庭，就连那里精美的炭盆也难以抗衡刺骨的冷风。但当我们来到餐厅，屋大维的肩膀放松下来。这个房间和浴室一样温暖。金色的花瓶里鲜花盛开，立柱上缠绕着花环，好像现在是春天一样。

“太奢侈了。”利维娅挑剔地说。

“霍拉提娅在哪儿?”朱丽叶问道。

房间里不见女主人的身影，随着客人们涌进房间，波里奥犹豫不决地说。“恐怕今晚她不能陪伴我们了。”

“为什么?”朱丽叶环顾四周，“她病了?”

“算是吧。”

“难道她不是在生孩子?”屋大维娅喊道。

波里奥点点头，显得很尴尬。“恐怕时机不对——”

“那我们为什么来这里?”屋大维娅说。

波里奥皱起眉头。“因为我答应在农神节的第一个晚上招待恺撒。”

朱丽叶表情像是要发火。“我要见她。”

“对不起，她在卧室里。”

“这是什么意思? 难道说其他人都在大吃大喝的时候，她倒像个待产的母牛似的被关起来?”朱丽叶斥道。

“收起你的脾气，”屋大维严厉地说，“在沙发上坐下。”

“但是我更想见霍拉提娅。求求你，父亲，求求你。”

屋大维看着波里奥。“今晚孩子会出世吗?”

“如果我走运的话。要不然，想想看我既要招待农神节晚宴，又要办庆生宴。”

“那也许我女儿可以去看望她。女人生产的时候，房间里有人陪伴是种安慰。”

我看得出波里奥想拒绝，但他还是点了点头。“是的……是的，当然。上楼梯，右边。”他指示说。

朱丽叶看着我。

“你要去看她?”亚历山大喊道。

“为什么不呢?”

“因为会有血,而且看着很不舒服。”

“那是生孩子,不是瘟疫。”

“女人不会介意的。”马瑟卢斯安慰哥哥。

我跟着朱丽叶上了楼梯,一个女人凄惨的叫声,引我们走到了房子最后面的一间光线昏暗的卧室里。当我们打开门,一股恶臭的汗味令我的胃抽动了一下,我在想也许我应该听哥哥的话。

霍拉提娅看见我们的时候倒吸了一口气。“朱丽叶!”她已经坐在了一张产椅上。她几乎全身赤裸,只有一件罩袍搭在她的肩膀上。产婆们在椅子下方忙作一团,婴儿会从椅子上的洞里掉到她们的手臂上。霍拉提娅大口喘着粗气,朱丽叶冲上前去,我愣在原地。我从来没有见过生孩子的场面。

“霍拉提娅。”朱丽叶温和地说,用手抚着她朋友的眉毛。

“快要生出来了,”霍拉提娅呻吟着,“我能感觉到。”

“用力。”一名产婆鼓励她说。

“她们给你吃了什么?”朱丽叶问道。

“一点酒。”

“就这个?”朱丽叶叫了起来,“没有马鞭草?”

“没有!”霍拉提娅哀嚎着,紧紧抓住椅子的皮革扶手。“波里奥不让我用!”

“那是乡巴佬的迷信!”朱丽叶斥道。她看着我,虽然感到晕眩,我还是帮忙用一条蘸着薰衣草水的麻布方巾擦去霍拉提娅眉间的汗珠。

“也许我不能活着看到新年了。”霍拉提娅喘着气说。

“胡说,”朱丽叶愤愤地说,“你很健康,这只是你的第一个孩子。”

朱丽叶咬紧牙关。当霍拉提娅尖叫起来,我肯定,对于这般惨叫,餐厅里的人就是隔着竖琴乐声还是能听见。几个小时我们一直这样努力着,不断鼓励,并对着霍拉提娅的脸扇风。终于,一名产婆喊道:“出来了,主人!用力!”

霍拉提娅抬头注视着朱丽叶的脸。“谢谢你。”她开始抽泣，“谢谢你来看我。”

“别谢我了！集中注意力！”

霍拉提娅紧抓住椅子的扶手，她的脸因极度的痛苦而扭曲。她一次又一次用力，尖叫，哭喊，接着终于随着一摊血水的涌出，一个孩子被推到了这个世界上。我屏住呼吸，而朱丽叶喊道，“女孩！是个女孩！”

“不，”霍拉提娅无力地说。产婆们用羊毛包起这个新生儿，霍拉提娅坐起在产椅上。“不可能！”

“是个女孩，主人。一个健康的孩子。”

“但是他想要个儿子。”

“所以下一次——”

“你不明白！”她绝望地看看产婆，又看看朱丽叶，“他绝对不会接受！”

“他当然会接受！”朱丽叶把女婴抱进怀里，而产婆们用羊毛裹住霍拉提娅的腹部。“看啊，”朱丽叶用指尖轻抚孩子的小鼻子，随后轻轻地把孩子放到她朋友的怀中。我从未见过她对别人有这么温柔过。

霍拉提娅的眼里满是泪水。她把啼哭的婴儿抱到胸前，但孩子不肯吸奶。“她不饿。”

最年长的产婆笑了。“把她交给乳母吧，那是她的事。”

“你给她取什么名字？”朱丽叶问道。

霍拉提娅一言不发，只是用两个手指抚摸着女儿的眉毛。接着她说，“加雅。和希腊的母亲女神一样。”她抱了加雅一会儿，而下方音乐和盛宴还在进行着。

“你必须洗澡，主人。呆在这里沾着这些血对身体不好。”

霍拉提娅把她女儿交给了朱丽叶，接着产婆们扶她走进浴室。

“她很美，对吗？”朱丽叶说。

加雅和她母亲一样长着浓密的头发，那双黑色的眼睛早就睁开了。

“你觉得波里奥会非常生气吗？”我问。

“有可能，”朱丽叶坦言，“但下一次她会生个儿子。你想要生孩子吗？”

十四天后我就到了结婚的年纪，等到月经来了，我就能生下我自己的孩子。“想的，但还要过很多年。”

“我现在就想。”她坦白地说。

“在十二岁的时候？”

“霍拉提娅只不过十三岁。现在她有了一个会永远爱她的亲生女儿。一个永远不会抛弃她的人。”

我想起加利娅说过的、我对于朱丽叶的评判太过草率的那番话，突然我对她感到抱歉。她有一个父亲，却只在乎她的婚姻能带来多大价值，有一个母亲，却只能让她偷偷地看望。虽然我的双亲去世了，但我一直知道他们是爱我的。我的父母只是因为死亡而离开了我。

霍拉提娅从浴房出来，极为小心地走着。产婆们轻手轻脚，缓缓地帮她穿上一件绣花的束腰外衣和厚厚的、皮毛镶边的新罩袍。只有结了婚的女人才穿罩袍，当产婆们给朱丽叶的朋友穿上漂亮的外套时，我看得出朱丽叶眼里满是羡慕。霍拉提娅张开双臂拥抱她那新生的女儿，我觉得朱丽叶交还孩子的时候很是不舍。

“愿朱诺保佑她顺利度过第一天，”灰发的产婆吟诵着，“愿古尼娜①守护着摇篮。”

“现在你要去见他吗？”朱丽叶问道。

“当然不要！”产婆吐了吐舌头，“主人必须到他们的房间来看她。他必须先要接受他的女儿。”

我们跟着霍拉提娅走过大厅，来到她和波里奥睡的房间。一名奴隶被派去到晚宴上找来波里奥，我们等在外面，而霍拉提娅坐在一把椅子上，怀里抱着她的女儿。

“他是来给孩子取名字吗？”我问道。

“不。那要等到八天后的涤罪仪式。这是父亲的举起②仪式。”

---

① 古罗马人所崇拜的专门看守婴儿摇篮的神灵。

② 古罗马家庭中父亲的地位至高无上，父亲将新生儿举起表示接受，以及获得父亲的强大权力。

我还没来得及问朱丽叶那是什么意思，就听见波里奥重重地走上楼梯，等走到平台上，他期待地看着朱丽叶。“是儿子吗?”

产婆歪着头。“您的妻子在里面，主人。”

波里奥走进他的卧室，门还没在他身后关上，我就听见他急着问道：“是儿子吗?”

朱丽叶的黑眼睛闪闪发亮地看着我。“他甚至不关心她的身体状况。”

“真是悲惨的婚姻。”

“他们全都很悲惨。”她苦涩地说。

“但你的婚姻不会那样。”

她长时间的意味深长地看着我。“如果我父亲没有改变主意的话。”

墙的另一边传来一声尖叫，接着门猛地被打开，波里奥走了出来。“把她带走!”他命令产婆。我往房间里看去，只见霍拉提娅的女儿独自躺在地上。

“波里奥，求求你!”霍拉提娅追着他。

“我说要个儿子。”他转身面对她，“不是女儿。儿子!”

“但是我会给你生个儿子的。波里奥，求求你，她属于我们!”

“她属于神灵。”他走下楼梯，而朱丽叶冲过去扶住霍拉提娅不让她晕倒。“把她送到垃圾场去。”波里奥回头说。

霍拉提娅跪倒在地。“求求你!”她哀求道，“把她送到乳儿柱去。给她一次机会!”但波里奥走了。她抬头注视着产婆。“别把她带走，”她恳求道，但产婆早就把孩子抱在了怀里。“你不能把她从我身边带走!”霍拉提娅尖叫着。

泪珠滚落在我的脸颊上直发烫，我意识到自己的手在发抖。“别这么做。”我说。

但产婆的神情很坚决。“付我钱的是主人。我听从的是主人波里奥的命令。”

“但是别把她带到垃圾场去。她是个孩子。她没有做错什么。”

那女人的笑容充满了报复的快感。“那两百个奴隶也没有做错什么。”

“那又怎么样？”朱丽叶喊道，“因为奴隶死了，贵族的孩子也必须死？”

那女人没有回答。

“我给你钱，”霍拉提娅不顾一切地说，“求求你。别把她带到垃圾场去。”

那产婆犹豫不决，接着转向其他的奴隶并厉声说。“走开！”那些女人马上走了，有的下了楼梯，有的去了其他的房间。等到大厅里空了，那产婆说：“两百便士。”

霍拉提娅脸色苍白。“那是我全部的嫁妆。”

“这是你女儿活命的机会。也许有人会收养她，也许不会，但在垃圾场她会被狼吃了。”

朱丽叶瞪着那产婆，她回望了我们一眼，神情没有半点悔意。

“你根本不是人，是野兽。”朱丽叶说。

“难道奴隶不就应该这样吗？不就是承受重担的野兽吗？”

霍拉提娅拿来几个沉甸甸的钱包，那产婆把它们塞在斗篷里面。“你怎么把她带去？”霍拉提娅担心地问道。

“放心吧。”

但就算加雅活了下来，她可能最终会去一家卢帕纳，从她学会说话的时候起就遭受虐待。母亲曾告诉我，有的男人就是喜欢那些年幼的女孩，她们根本不明白自己身上发生了什么事情。泪水滚落在霍拉提娅的脸颊上，而朱丽叶喃喃地说：“难道就没有人能收养她吗？”

“我怎么能瞒着波里奥安排呢？”

产婆拉起她的斗篷盖住孩子，我转身逃离这可怕的一幕。霍拉提娅和朱丽叶啜泣着，而我缓缓地走下楼梯。在餐厅里，竖琴师还在演奏，波里奥正在举杯敬酒。

“怎么啦？”亚历山大问道。

“是个女儿。”我告诉他。

马瑟卢斯皱起眉头。“她是畸形儿？”

“不是。波里奥想要一个儿子，所以他叫人把她带出去。”

“当作弃婴？”他喊道。

我点点头。

屋大维娅从沙发上站起来，向我走来。“霍拉提娅在哪儿？”她小声问道。

我把事情告诉了她，连两百便士和乳儿柱也说了。等我说完，她的脸色很凝重。

“你觉得她会怎么样？”我问。

“你是指孩子还是霍拉提娅？”

“两个都是。”我说。

屋大维娅深吸了口气。“即便能活下去，她们也会在极度的悲哀中度过余下的人生。”她走回桌子边，来到斜靠在妻子和塔伦提娅之间的屋大维跟前，在他耳朵边嘀咕了一阵。他匆匆扫了我一眼，随后从沙发上站起来。

“怎么啦？”波里奥喊道，“甜点还没有上呢。”

屋大维的声音清晰有力。“我听说你妻子生了孩子，”他说，“我留在这里很不礼貌，你应该去陪她。”

波里奥肥大的嘴巴像张鱼嘴似的张开又合上。

“马瑟卢斯，”屋大维厉声说，“去把朱丽叶找来。”

波里奥环顾四周。“但我们不能让女人的事情来干扰农神节宴会。”

“罗马的孩子对任何人来说都很重要，”屋大维冷冷地说，“即便是像你这样的蠢货。”

几十位宾客依然留在餐厅里，但跟着屋大维来的人都准备走了。

“恭喜你。”阿格里帕说，他对于楼上房间发生的事情一无所知。

波里奥的脸色白得像是未烘烤过的面团。他带领我们穿过中庭来到外面的马车前。“您一定要走？”他挽留说，“外面很冷。您不妨在这里过夜！”

屋大维娅转身平静地说，“我肯定你的女儿也想要在这里过夜。你哆嗦的时候，想想看垃圾场会有多冷。”

在回巴列丁丘的路上，我想象着霍拉提娅的女儿在乳儿柱冻僵了，而全罗马的人正在噼啪作响的火堆边饮酒、吃烤肉。一旦所有的客人都走了，波里奥一定会爬上床钻进他妻子身边的被窝，向她求欢，即便她的乳房隔着束胸漏出奶水。想到这里我打了个寒战，而朱丽叶则轻柔地啜泣着，亚历山大和马瑟卢斯交换着哀伤的眼神。

回到屋大维娅的别墅后，朱巴借故离去，但阿格里帕和屋大维留下来，和我们其余的人安坐在温暖的图书馆里，维特鲁威的蓝图铺在一张张桌子上。没有人说话，直到朱丽叶打破了沉默。

“为弃婴们造一座收容所怎么样?”她问道。

坐在火盆边的马瑟卢斯抬起头，亚历山大和我的对视了一眼。

“在那个地方，母亲们可以留下孩子，使得他们被自由民和市民收养，”她说，“塞勒涅画了草图，画出了这栋房子的模样。”

“那对罗马能有什么作用?”屋大维问道。

“我们能够挽救生命。罗马人的生命。”朱丽叶说明。

“那只会增加吃救济粮的嘴。”利维娅反驳道。

“如果有市民愿意收养孩子就不会这样!”

“那谁会去收养?”利维娅问道，“如果一个女人生不出孩子，她会收养一个奴隶的孩子。她为什么会去收养一个脏兮兮的弃婴?”

屋大维娅针锋相对地说:“我可不认为霍拉提娅的孩子是脏兮兮的。”

“你怎么知道? 你看见她了? 这个孩子一定是个畸形儿。”

“她再健康不过了!”朱丽叶喊道，“我在场，塞勒涅也是。”她转向她父亲。“如果有个弃婴收容所——”

“那会花费很多钱，”屋大维驳回了她的话，“有一个乳儿柱存在就够了，下层平民对此也很满意。我们花钱雇乳母来喂养婴儿已经足够了。”

“但他们大部分都死了!”朱丽叶喊道。

“那就是神灵的旨意了。”

她看着我，但我知道最好还是闭着嘴。

“你为这些人做得够多了，”利维娅安慰屋大维，“免费的粮食，免费的澡堂，甚至还雇佣灭火和在苏布拉巡逻、防止犯罪的人。你到底要付出多少？”

“越多越好，”屋大维娅说。

“那你为什么不出钱来造这个弃婴收容所？”她反问道。

“如果我哥哥认为这个主意不错，我会出钱的。”

图书馆里的每个人都看着屋大维，尽管房间里很温暖，他还在发抖。“我妻子说得对，我们做得够多了。”

朱丽叶的眼里闪着泪光，我看见马瑟卢斯温柔地拍着她的膝盖。

“那霍拉提娅的孩子呢？”朱丽叶咕哝着。

“那是个女孩，”屋大维简单地说，“这件事是农神节不幸的开端。但我准备用个好消息来结束这个夜晚。”

我想象不出什么样的消息能够驱散图书馆里笼罩的阴霾，但屋大维看着阿格里帕，这位将军宣布说，“我要结婚了。”

朱丽叶倒吸了一口气，我在想，她是不是担心新娘就是她。“和谁？”她冒昧地问道。

“我的女儿克劳狄娅。”屋大维娅说。

“我妹妹？”马瑟卢斯喊道。他看着他母亲，“我怎么不知道？”

屋大维娅尴尬地一笑。“嗯，现在你知道了。”

在农神节接下来的几天里，朱丽叶一直留意着霍拉提娅的女儿，每天到乳儿柱去找她。几天来我们冒着风雨，在光溜溜的鹅卵石路面上紧挨着彼此，而朱巴和禁卫军用青铜油灯的光芒照亮空空荡荡的街道，加利娅想知道，如果她找到了那个孩子准备怎么做。

“我要把她带回家！”

“什么？带到你父亲的别墅里？”马瑟卢斯问道，“理智点，朱丽叶。已经有人把她带走了。”

“但是是谁呢？”她喊道，她的声音在冰冷的庭院里回荡。农神节的最后一天集市不开门，理智的人都待在家里，蜷缩在火盆前，在厨房里煮羊肉、喝着温热的酒。

“可能是个好心的市民。”亚历山大说。

“但如果是个卢帕纳的老板怎么办？”

“这个嘛，没有办法知道是哪个，”朱巴说，“现在没有人把她退还。”

朱丽叶盯着那根柱子看，多年来数千个女人把她们的孩子留在了那里。庭院里静悄悄的。

“快要下雨了。”朱巴说。

我们跟着他回到等待的马车里，朱丽叶还对我们造访波里奥的那个晚上耿耿于怀。“我本该把加雅从产婆那里抢过来。”

“那你会拿她怎么样，主人？”

“给她找一个家！”

“送给谁？”马瑟卢斯问道，“在哪里？”

朱丽叶看着朱巴。“你觉得她会怎么样？”我知道她为什么问他。在马车里的所有人中间，只有他会给出最接近事实的答案。

“一个自由民看到她，把她带回了家。”

“但你怎么知道？”

“因为贵族人家都不住在集市边上，也不会晚上在那里出没。”

“但如果是个经营卢帕纳的自由民呢？”

“你不觉得这种人更有可能待在屋子里，庆祝农神节的第一个夜晚？”他反问道，“而不是站在一个被废弃的集市上等着弃婴，这个星期中，其他任何一天都更有可能发现弃婴。”

这番话令朱丽叶稍稍心安了一点。然而，当新年的第一天我和亚历山大都到了十二岁，屋大维娅为我们庆祝生日的时候，她很安静。

“明天，”屋大维娅和蔼地说，“你不妨过来帮我准备克劳狄娅的婚礼，如何？”

朱丽叶正看着噼啪作响的火盆，里面的肉桂条和木炭混在一起为餐厅熏香。她抬起头来，“你的奴隶呢？”

“哦,她们可以去做那些单调沉闷的事情。清洁、烹饪。但谁来帮我准备衣服和面纱呢?两个星期之后,我的女儿们就要从庞贝回家了,克劳狄娅就要结婚了。”

于是在痛苦的一月中,喷水池里依然结满了冰,屋大维依然裹着皮草,朱丽叶忙着帮助屋大维娅准备婚礼。在去学堂的路上,她告诉我们克劳狄娅会佩戴什么样的珠宝,穿上什么样的凉鞋,来罗马的马车会布置成什么样子。但当我问她为什么屋大维娅的大女儿们住得这么远,她看看我,又看看亚历山大,不知道怎么说才好。

“你可以告诉他们,”在我们从学堂返回的路上,提比略说,“那似乎不是他们的错。”

朱丽叶犹疑地点点头。“屋大维娅为了嫁给安东尼而把她们送走了。后来,当安东尼离开她的时候,克劳狄娅和马瑟拉选择留在庞贝,和她们的姨妈住在一起。”

我沉默了好一会儿。尽管我的父亲和母亲给屋大维娅的人生带来了这不幸的一切,但没想到她对我们这么友善。

我哥哥摇摇头。“我不知道你母亲为什么对我们这么好。”

“她很爱孩子,”马瑟卢斯干脆地说,“等你见到我的姐姐们再说吧。我们全都很相像。”

“你是说她们也喜欢赌博?”提比略问道。

“他是说她们都是金发碧眼,”朱丽叶说,不理会提比略的嘲讽,“她们是他仅有的同父同母的姐姐。”她转向我,接着开心地说:“你应该帮助我们一起做准备。”

“哦,是的,”马瑟卢斯说,“真是太有意思了。比观看赛车好玩得多,我们能真正动手做事。”

朱丽叶拍了他一下。“亚历山大喜欢这个。”

“因为他喜欢你们女孩子。我受不了那些讨论发网和化妆之类的事情。”

“来帮我们嘛，”她恳求道，“维特鲁威不会每天都需要你。”

“他可能根本就不需要我。”

“胡说。”我们一边走着，我哥哥一边说。在庭院的另一边，加利娅和朱巴在等着我们，身上裹着最温暖的冬装斗篷。“就在昨天，”亚历山大吹嘘说，“他对她说，等到天气转暖，他会带她一起去视察工地。”

“带一个女孩？”提比略喊道。

“那又怎么样呢？”朱丽叶反驳说。

“一个女孩和建筑工地能扯上什么关系？看看她！她连一块砖也搬不动。”

“我可以做测量，”我不客气地说，“我能画出铺设地面或是屋顶的设计草图，比维特鲁威手下的任何一个老头都画得好。”

提比略哈哈大笑。“那维特鲁威准备干什么？把你当作他的学徒来引荐？”

“我会在早上工人开工之前去。”

他笑了。“这么说他觉得难为情。”

“饶了她吧。”马瑟卢斯警告他说。

“也就是说你不来帮我们了？”朱丽叶撅起嘴说。

“是的。”我坚决地说。

等到我们回到巴列丁丘的家里，六七辆轿子围在屋大维娅别墅的门廊前。

“女祭司们来了，”加利娅告诫说，“你们进去的时候别出声。”

朱巴和提比略跟着我们走进中庭，在那里，朱诺女祭司们已经围在了一个火盆前。屋大维娅拿着一个展开的卷轴，举在火焰上方，阿格里帕则用手扇着火。

“他们在干吗？”我小声问道。

朱丽叶凑过来，她的嘴唇贴着我的耳朵。“屋大维娅拿着的卷轴是一本日历。等到女祭司们认为烟够多了，她们会解读烧黑的痕迹并确定哪几天是不吉利的日子。”

我和她分开。“不吉利的日子?”

“三月、五月和整个六月都不适合办婚礼。还有每一个月的初日、毋日和望日[①]以及之后的一天。另外,没有人可以在宗教节日那天结婚。”

“那真是不吉利的吗?”

她转着眼珠。我们听着女祭司们对朱诺女神吟诵着。屋大维拿着一块蜡板和一枝尖笔,站在他妹妹身边。他穿着一件厚重的皮毛斗篷,肩膀的部分太大了。我看得出他很冷,站得离天窗远远的,雨水正从这些地方泻进冻结的池子里。他的面色和斗篷一样苍白,脸上唯一的色彩便是那双灰色的眼睛。

“够了。”一位女祭司说。

屋大维娅立刻抽回日历,那位说话的女祭司对着上方透进来的昏暗光线举起日历。其他的女祭司停止了吟诵,一片寂静中只有滴滴答答的雨声。

“二月二日不行。”她说。

屋大维用他的尖笔匆匆写下,我注意到,他原本戴在右手手腕上的、光亮的象牙手镯如今被推到了手臂上。

“你父亲身体还好吧?”亚历山大对朱丽叶耳语道。

她点点头。“每年冬天他都这个样子。”

即便是在亚历山大城最糟糕的天气里,我也没见过我的父亲显得如此虚弱。

“二月十日不行。”女祭司说。

屋大维在他的板子上又作了一个记号。

“二月最好的日子会是十二日。”

正看着板子的屋大维抬起头来。“牧神节[②]的前一天?”他问道。

女祭司正要回答,突然一道闪电划破天空,雷声震动了中庭的各面墙。

---

① 初日是古罗马日历上每月的第一天;毋日是三月、五月、七月、十月的第七日,其余月份的第五日;望日是三月、五月、七月、十月的第十五日,其余月份的第十三日。

② 古罗马祭祀畜牧神卢比克斯以求兴旺的节日,也有人认为是情人节的起源。

“占卜师!”屋大维喝道。“到学院里去,把占卜师带来!”

亚历山大转向马瑟卢斯。“怎么回事?”

“打雷,”他惊恐地回答说,“那是一个可怕的预兆。”

闪电再一次划过,雷声霹雳作响,并带来了又一阵雨势。屋大维娅匆匆说道:“去图书馆!”

我们涌进图书馆,到了那里,朱巴帮着屋大维娅点起一盏盏油灯,分隔整齐的房间里洋溢着一团橙色的光芒。女祭司们一同挤在火盆边,但看起来最害怕的正是那个说话的女祭司。如果占卜师到来后声称神灵对于她的预测大为不满,便意味着她的下场不堪设想。

“这预示着什么?”屋大维问道。他看着坐在火盆边的朱巴。外面,暴雨倾泻入喷泉和水池。

“我们应该等占卜师来。”朱巴说。

我离得很近,于是能听见提比略对朱巴嘀咕道,“你不会真的认为那有什么含义吧?那就是下雨的前兆。就是这样!”

“占卜师就要来了。”朱巴坚决地说。

“但你不相信他们的!说实话吧。连西塞罗都嘲笑占卜师。”

一些女祭司低声抱怨着,图书馆笼罩在一片不安的寂静中。我想象着占卜师们舒服地瘫坐在长沙发上,身上盖着几层厚厚的毯子,直到一名奴隶召唤他们走进风雨中。他们来的时候会是什么样的心情?会不会愤怒得只想把气出在一位朱诺女祭司的身上?

当一名奴隶出现在门口,所有人都坐了起来。“他们来了,主人。”

屋大维站了起来。“带他们进来!”他看着阿格里帕,“这桩婚事绝对不能出错。它一定要得到所有神灵的祝福。”

第一个走进来的占卜师看上去急于讨好恺撒。他看了看挤在图书馆里的其他人,并对屋大维提出第一个问题。“我们很荣幸提供解答,恺撒。把我们带到这里来,是因为打雷吗?”

朱诺女祭司解释了事情的经过,屋大维接着说:“她刚宣布完,就打雷了。整个早上都没有打过雷。几天来都不曾有过闪电。”

“闪电来自何方?”占卜师问道。

“东面。”朱巴说。

屋大维皱起眉头。“我没有看见。”

“因为您正在写字。我一直看着天空。”

第一位占卜师举起双臂。“那正是赐福之兆!”

屋大维娅把手放在心口,她哥哥还是坚持说:“即便选中的日子是牧神节的前一天也没问题?”

第二位占卜师点点头。“神灵已经明示了。”

提比略朝朱巴瞄了一眼以示胜利,但朱巴出于礼貌没有回应,只是微微点了点头。他在说谎,我心想,他根本不相信这一套,只是顺水推舟罢了。没有人知道闪电来自东面还是西面。但没有人说话,于是阿格里帕的婚礼就定在了二月十二日。

第十三章

公元前28年，二月十二日

克劳狄娅站在她母亲房间的中央，十几名奴隶在周围忙活，把她的头发编成六条平整的辫子，在她那深红色面纱上贴上鲜花。她又是晕眩又是害羞，一直红着脸，作为一个十九岁的女人，她出奇的天真。也许因为她的肤色是那么浅，于是稍有情绪，脸颊就晕上了一片粉色的阴影。先是晕上她的双颊，接着蔓延到她的鼻子，她的耳朵，最后是她的脖子。我注意到马瑟卢斯脸红起来也是这样，就好像她的脸是一张展开的纸等着被解读。

“罗马人做事当然和埃及人不同。”亚历山大评论说。

“为什么？埃及人怎么操办婚礼？”克劳狄娅问道。

“新娘和新郎洗一次特别的沐浴。”

“一起？”她喊道。

朱丽叶笑了。“真有意思。”

“真粗俗。”利维娅反驳道，但没有人理她。她抱怨克劳狄娅试戴面纱的时候，居然允许我哥哥进房间，但屋大维娅公正地指出，这就像是看着某个人穿上一件斗篷。克劳狄娅裸露在外的肌肤，就跟裹成木乃伊的欧西里斯①差不多。她那长长的外衣腰部绑了一根带子，并且，像个贞洁的

① 古埃及最重要的神灵之一，掌管冥界，曾被弟弟杀害并分尸，他的妻子伊西斯把尸块找回，做成了第一个木乃伊，并令其复活。

少女一样，戴上面纱遮住了身体的其他部分，包括脸的上半部。

“别紧张，”屋大维娅低声说，“阿格里帕是罗马最好的男人之一。”她转向十七岁的马瑟拉。“下一个就轮到你了。”

马瑟拉沮丧地点点头。

“我走了你不会感到孤独吗?”克劳狄娅担心地问道，“如果你厌倦了住在庞贝，可以过来和我一起住。”

“和你抢浴室?”马瑟拉逗她说，“不了，姨妈需要我。”

“那么你就替我吻她，好吗? 告诉她我爱她，即便我已经嫁了人，好不好?”我听得出克劳狄娅想哭，而她的妹妹伸出双臂搂住她的腰。

“我当然会告诉她。”

我注意到屋大维娅的眼神很哀伤。分开这么多年后，她对于她们来说不再像是个母亲。她已经失去了那条特殊的纽带，就像霍拉提娅失去了加雅。

克劳狄娅提起外衣的裙摆，以便走路时不被绊倒，于是露出一双深红色的凉鞋。她展开双臂好让我们看得清楚。

“美极了。”亚历山大说。

“和埃及的新娘一样美丽?”

“比她们还要美。”他哄她说。

我们听见中庭传来乐声和欢笑，在那里，漂浮的油灯照亮了水池，数百座枝状大烛台把暮色挡在门外。这里和埃及不同，没有特别的程序。我们只是陪着新娘走向屋大维娅的奴隶搬来的花岗石圣坛。一只母羊在先前被宰杀，于是占卜师们可以再次声明这是个吉利的日子。

“看看这些人。”克劳狄娅焦虑地说。

罗马各地的显贵都赶来参加晚上的婚礼，屋大维娅说:“那是一桩重要的婚姻。如果我哥哥出了什么事情，你觉得谁会取代他的位置? 马瑟卢斯还是太年轻了。”她捏了捏她女儿的手，而阿格里帕在屋大维和朱巴的陪同下走向圣坛。他那八岁的女儿维普撒尼娅站在他的右边，好奇地打量着这个即将成为她继母的女人。

“她是幸运的，”朱丽叶注意到我投去的目光，便说，“克劳狄娅会对她好的。”

中庭里的欢声笑语停止下来，参议员们都穿着最好的托加袍，他们凑近圣坛，听听新人们在说什么。

“阿格里帕之所在乃我克劳狄娅之存在。”

“克劳狄娅之所在乃我阿格里帕之存在。”阿格里帕掀起克劳狄娅的面纱，中庭里所有的人都高喊着“恭喜”！

“就这样？”亚历山大不敢相信地问道，“准备这么久就为了这个？”

朱丽叶举起双臂拍着手。“完成了！”

笛子手领我们走向餐厅，只见长沙发上铺着染成深红色的羊毛来搭配新娘的服装。一个高高的小麦蛋糕上装点着鲜花，当我俯身去闻香味，利维娅兴高采烈地说：“很快就轮到你了。”我直起身子，她招呼我身边的一个老头说：“卡图勒斯，见过塞勒涅公主了吗？”他那黑色眼睛上蒙着一层黏乎乎的薄膜，双手因为年迈的病痛而抖个不停。

那位年老的参议员放下酒杯露出微笑。“幸会幸会。”

“真是个漂亮的女孩，不是吗？她母亲生了四个孩子，说不定还能生更多的。”

卡图勒斯扬起眉毛。

“那么告诉我，”利维娅说，“你真的在找女人结婚？”

我只觉得自己大惊失色，害怕得不知该转移话题，还是转身离开。

“是的。”那老人缓缓地点点头。

“好吧，也许你愿意和塞勒涅待上一会儿。”

我的心在胸膛里怦怦直跳。

卡图勒斯皱起眉头。“做什么？”他谨慎地问道。

“哦，目前看来，就是随便聊聊。”利维娅回答说。

“他和一个孩子究竟能聊些什么？”

我第一次对于朱巴的出现感到庆幸。

“感谢您的关心，”卡图勒斯马上对利维娅说，“但我认为我需要到那边去。”

利维娅看着卡图勒斯离去，接着注视着我。“你永远回不到埃及。”

“那你怎么知道她想回去？”朱巴问道。

利维娅尖声大笑。“因为我了解她。一旦认为我丈夫不会把她送回亚历山大城，她会想方设法地逃跑。”

屋大维娅像朱巴一样悄悄地走来。“利维娅，”她甜甜地说，“我希望你不是在拿塞勒涅出气。我哥哥带走了塔伦提娅并不是她的错。”

利维娅抬起下巴。“他绝对不会离开我。塔伦提娅只不过是个剧场里的荡妇。”

“他离开了斯克里波尼娅。”屋大维娅提醒她。

“因为我有他需要的东西。”

“什么？”屋大维娅问道，“一个贵族的名号？你以为他现在还需要吗？”

“我记得曾有一封信，”利维娅若有所思地说，“我认为那是马克·安东尼写的，说你们的祖父是一个来自图利镇的自由民和搓绳工。你真的以为没有我的家族，那些参议员会乖乖坐着——仅仅是坐着——而让一个搓绳工的后代来为他们制定法律？”

我想起我父亲曾把屋大维叫做“图利努斯”，现在我明白了。

但屋大维娅只是微笑着。“是的。等到那个时候来临，”她说，“希望你的朋友比敌人多。”

餐厅里爆发出一声欢呼，此时新娘和新郎从同一个杯子里饮了第一口酒。我注意到朱巴不见了。屋大维娅对我伸出胳膊。“我们走吧？”她把我带到一张桌子边，在那里，马瑟卢斯和亚历山大正在逗朱丽叶，说她以后的婚礼会是多么奢华。但当朱丽叶转过来冲我微笑时，我心里一点儿也不开心。

庆祝典礼一直持续到凌晨，这时屋大维返回，宣布是时候了，新郎要把新娘带去她的新家。参议员们开始唱起粗俗的歌曲，让新娘脸红，笛子手和火把手在前面带路，客人们跟在后面。当我们来到阿格里帕别墅的门廊,我哥哥被第一格台阶绊倒了。

“亚历山大!”我喊道。

“怎么啦?”他咯咯直笑。马瑟卢斯和朱丽叶也咯咯地笑了起来。

“你们三个都喝醉了!”我责怪说。

“那是费乐年酒①,”朱丽叶反驳说。她看着依然坐在门廊第一格台阶上的亚历山大,他们全都笑成一团。

“朱丽叶、马瑟卢斯、亚历山大,”屋大维娅厉声说,“你们自己回去吧。”她身边的加利娅不赞同地摇着头。

“但新娘还没有——”

“我不管。”她打断马瑟卢斯的抗议,接着低头看着我,“你可以留下。”那不是一个提议。那是一个命令。

亚历山大回过头来恳求地看着我,马瑟卢斯把他扶起来,他们三个踉踉跄跄地走了。

“只有你还算理智。”屋大维娅嘀咕着。

在阿格里帕别墅外的台阶上,克劳狄娅往门柱上悬挂羊毛,接着用狼的脂肪涂在上面,来保佑她的新居。当阿格里帕抱着她跨过门槛,几十个醉醺醺的参议员跟在后面,迫不及待地要看他把克劳狄娅放在新娘沙发上,解开她的腰带。我也跟着去了,但利维娅的声音打破了欢乐的气氛。

“怎么回事,参议员?”一个穿着托加袍的瘦男人刚刚往一个罐子里吐了一通。他颤巍巍地站起来,利维娅对他说,“你应该回家去。”

“怎么能错过解腰带呢?”他发出一声淫笑并往里面挤,但利维娅伸手拦住了他。

“我会派一个奴隶送你。加利娅,”她命令说,“把盖尤斯参议员送回他的别墅。”

我见那参议员想要抗议,但他看到了加利娅。接着他笑得更欢了。

加利娅不知所措。“您确定您不需要找个男人来护送您吗,主人?”

---

① 意大利坎伯尼亚地区出产的白葡萄酒,是世上公认的最好的葡萄酒之一。

“今晚不需要，”他激动万分。“山脚并不远。”他肯定地说。

加利娅搜寻着屋大维娅的身影，但她已经跟着克劳狄娅进了阿格里帕的家。她不在，加利娅绝对不能违抗利维娅。“当然了，主人。”

利维娅目送着这两人离去，当一群欢呼雀跃的参议员和祝福者返回，她挽住屋大维的胳膊。“一个美满的夜晚，”她开心地对他说，“我们回去吗？”

远处一只公鸡啼叫起来，屋大维打了个哈欠。“是时候了。”

客人们唤来各自的轿子，喝了太多酒的奴隶们扛起轿子来摇摇晃晃。我听见一声声惊呼，因为这边或那边的轿夫摔倒了。

屋大维娅转向朱巴。“现在问你一尊塑像的事情是不是太晚了？”

“我想我睡不了多久。”他回答说。散去的宾客们在昏暗的天色中招呼彼此，呵斥奴隶们小心点，吵吵闹闹的声音足以传到珀耳塞福涅[①]的耳朵里。

“那是我买给我女儿的一件礼物。”屋大维娅说，“但在她收到之前，我想知道那是不是一件真品。”

我们一同走向屋大维娅的别墅，我在想我是不是应该说出利维娅的所作所为。但还没来得及开口，屋大维娅转过身来。“加利娅在哪儿？”

“走了。”我告诉她。

她皱起眉头。“和维利乌斯老师一起走了？”

“不是。利维娅派她送一个参议员回家。”

朱巴马上问道：“谁？哪一个？”

“一个叫盖尤斯的男人。”

他和屋大维娅交换了一个眼色，后者把手放在肚子上。“天啊，”她喃喃地说，“他什么时候把她带走的？”

“就是大家都进去看克劳狄娅新娘沙发的时候。”

“我知道他住在哪里，”朱巴马上说，“在山坡南脊下面。我去看看。”

---

① 希腊神话中冥界的王后。

“等等！我知道一条捷径。”我告诉他。

“哪里?”

“玛格那玛特神庙的后面。”

屋大维娅倒吸了一口气。“穿过树林?”

“我们先前去学堂的时候走过那条路，在朱巴护送我们之前。”

屋大维娅看着他。“你知道吗?”

“没有人会往树林里走。”他回答说。

“我们走过！马瑟卢斯说服加利娅带我们走那条路。我可以带你去，”我保证说，“加利娅绝对不会在夜里走那条路，但是你可以更快地赶到山下。”

屋大维娅立刻示意我们。“去吧，你们两个！”

朱巴没有反对。他从一名士兵手里抢过一个火把，带着我穿过一群醉酒的男人和轿子，向玛格那玛特神庙进发。“那么那条路在哪儿?”他问道，“我看不到有什么小路。”他把火把递给我，我找出了一条我们曾经每天早上必经的道路。

我从没在夜里去过树林，于是我很庆幸朱巴跟在我身后，尽管他总是和我针锋相对。“那里，”我说，并照亮了道路。我想起朱巴救我的那个晚上。“如果他在路上袭击她怎么办?”

“有这么多士兵在巴列丁丘巡逻，怎么可能?”

当我们抵达山脚，他拿过我手中的火把，我们一同跑过一片房屋。他那深红色的斗篷在身后猛烈地掀动着，月光照在他的长发上，使得他显得比以往更为英俊。我们在一栋由一群侍卫看守的房子前停下，朱巴走近第一名侍卫。

“是不是有一个奴隶女孩进了这里?”

“这不关你的事。”

那侍卫还没来得及眨眼，一把匕首抵在他的喉头，其他人都纷纷后退。火把掉在一摊积水里灭了。“我再问一遍，”朱巴说，“我是恺撒的妹妹屋大维娅派来的，她想知道高卢公主、她最爱的奴隶是不是被带到了里面。”

其他的侍卫缓缓地放下手里的剑，脖子上被架着刀的男子发着抖咽了下口水。“是的，她在里面。”他小声说。

朱巴从他身边闪过，我跟在几步之后，他猛地推开盖尤斯家的门，喝道：“盖尤斯·塔西图斯！”中庭后面的房间里传来一阵拖曳重物的声音，随着朱巴走近，奴隶们都躲到柱子后面。“盖尤斯·塔西图斯！”他再次喝道，这一次，盖尤斯出现在中庭的另一端。他的托加袍已经脱去了，只穿着一件最薄的衬衣。

“朱巴，”他露出微笑，“埃及公主，您已经出落成一个女人了。”

“她在哪儿？”

“谁？”

朱巴穿过房间，盖尤斯立刻退开。

“你是说那个高卢娼妇？”

中庭后面的房间里传来一阵呻吟，朱巴把盖尤斯的头猛地撞在墙上。“加利娅！”朱巴喊道。

我飞奔到里面，只见加利娅蜷缩在沙发上。在敞开的百叶窗透进来的月光下，她的皮肤显得极为苍白，只有长长的头发盖住了裸露的身体。“加利娅！”我喊道，她抬起头，用那双淤青的眼睛看着我。

“塞勒涅。”她反抗他，但失败了。

“她受伤了！”我尖叫道，并跑去拿我的斗篷给加利娅披上。周围找不到她在婚礼上穿的束腰外衣，也没有屋大维娅送给她的漂亮皮鞋。“来吧。”我对她说。

但听见朱巴突然警告说，“待在里面别出来！”

我们听着外面的人打斗起来，当我试图扶着加利娅站起来，我发现她的脚踝肿了。

“对不起，”我对她说，“真是对不起。”

“不是你的错。”

“但是我在场。我看见利维娅派你去。”

“但你怎么会知道这个人要干什么?”

“屋大维娅知道!她派朱巴来,如果我早点告诉她……”

外面安静下来,接着朱巴出现了。“加利娅,”他说着,把她抱在怀里。她抽泣了一声,没有哭出来,尽管满身淤伤。

“请带我去找维利乌斯老师。”她低声说。

我跟着他们走出房间,只见盖尤斯弯着腰,紧抓着自己的肚子。他的嘴里和伤口淌出了血。我在想他霸占了多少个女人,但接着想到朱巴该如何解释他杀了一个参议员。

在房子外面,侍卫们不安地挪动着。“出……出什么事了?”

“进去看看吧,”朱巴阴沉地对他们说。他抱着加利娅走向一栋坐落在一片小树丛里的房子,烟雾袅袅地从中庭上方的天窗里冒出来。当来到门口,他不需要敲门。维利乌斯老师打开了门,立刻明白发生了什么。

“加利娅!”

她的嘴唇开始颤抖,维利乌斯老师带路穿过中庭来到一个女人的房间,里面薰衣草的香味弥漫在空气中。朱巴轻轻地把她放在一张沙发上,随后跟着我走出房间,而维利乌斯老师把加利娅抱进怀里。我听见她开始把事情的经过告诉他。接着朱巴关上门,我们单独待在外面。

“她本该对利维娅说不!”我喊道。

“她是个奴隶。她没有那样的特权。”

“但如果这样的事再一次发生在她身上呢?”

“有可能。”

我难以理解朱巴的麻木不仁。门的另一边传来哭泣声,还有维利乌斯老师的怒吼,他在学堂里从来没有提高过嗓门。“那么你如何解释那个参议员的死?”

“我会说他对我挑衅,只有你在场看到了一切。”

他的轻蔑激怒了我。“难道你不在意今晚发生的事情?”

“我当然在意,不然我绝对不会冒生命危险杀了盖尤斯。但除了释放罗马的每一名奴隶、加入一个叛徒的行列,你觉得我能做什么?”

我想起亚历山大在赛车上赢得的便士，但转念想到数量太少了。接着我摸着母亲给我的粉色海珠项链。单单是上面的黄金挂饰就能为加利娅赎身，剩下的项链可以支持她过好多年。我解下母亲给我的最后礼物，接着递给朱巴。

“我拿这个能干什么？”

“你买卖古董塑像和珠宝，”我对他说，“我要你替我把它卖了，为加利娅赎身。”如果加利娅被释放，她就再也不用听从一个市民的命令。

他扬起一边的眉毛。“你凭什么认为屋大维娅会接受这个？”

“这条项链所值的钱可以养活苏布拉一半的人。”

“我估计她不需要钱。”

“你是在拒绝我？”

他拿起项链，对着一盏橄榄油灯举起。

“是真的。”我告诉他。

“一个埃及公主的东西当然不会差。那是女王的？”

我眨眨眼忍住泪水。“是的。但如果屋大维娅接受这笔钱，我希望你不要告诉加利娅是谁出的钱。”

“真是太好心了。”

“那不是好心！”是我给加利娅带来了麻烦。当我拒绝穿上利维娅要求的串珠裙时，她曾替我说话，于是被这个喜欢看见别人受苦的女人视为仇敌。“是我欠她的。”我喃喃地说。

第二天早上，我绝对无法按时醒来去见维特鲁威，幸好那是牧神节和一周假期的开始。当我睁开眼睛，亚历山大已经离开了房间，原本透过窗子总是能望见一座昏暗但树木茂密的花园，此时窗子被冬季乳白色的阳光照得透亮。我听了一会儿房间外的动静，心想现在是什么时候了，大家都上哪儿去了。他们知道加利娅的事情吗？朱巴杀死了一个参议员会被惩处吗？

我尽快穿好衣服，匆匆忙忙地用头冠把头发往后推。当我往镜子里看，只有金色的印玺在闪烁。我拿母亲最后的礼物去换取加利娅的自由。朱巴做每件事都很迅速。显然到了现在这时候，应该已经有某个女人把我母亲的珍珠戴在了她的脖子上，在一面庞大的铜镜前欣赏着它们，却对它们的意义一无所知。我闭上眼睛不让眼泪落下，并想着屋大维娅是否接受了赎金。

我打开门，听听马瑟卢斯在不在，以往各个大厅总是充满着他的欢声笑语，此时却都安安静静的。当我往图书馆里窥探的时候，看见屋大维娅和维特鲁威坐在一起。维特鲁威一看见我便站了起来。“屋大维娅想和你谈谈。”他平静地说。我打量着他的眼睛看看他有什么暗示，但他面无表情。他走出去关上门，于是我看着屋大维娅。

她示意我坐下，接着握起双手，重重叹了口气。“昨晚发生了一件可怕的事情。”

“是的。非常可怕。”我小声说。

“但是你从死神手里救了加利娅。”

“我什么也没做。是朱巴。”我说，就像是让屋大维逃过行刺的人也是朱巴。

她用那对温柔地眼睛打量着我。“今天早上带来足够的钱为加利娅赎身的正是朱巴。”

我低下头看着自己的膝盖。

“所以我释放了她。”

我马上抬起头。

“我不好意思说那全是因为我的仁慈，我对加利娅不像你那么慷慨。”

“她跟盖尤斯走是我的错。我本该阻止她！”

“违抗利维娅的命令？”屋大维娅苦笑道，“你什么也做不了。”

“我们本可以早一点找到她！”

“你们在盖尤斯勒死她之前找到了她，塞勒涅。如果他得手了，那么罗马就没有人能说出真相。你认为他的侍卫会出卖他吗？他的奴隶呢？”

“她在哪儿？”我小声问道。

“现在她会和维利乌斯老师住在一起。”

“你不生气吗?”

屋大维娅什么也没说。她紧握双手,接着又松开。“我很难过我不得不告诉你加利娅她自由了,而解放她的不是我的慷慨。而且我很难过自己会失去最亲密的朋友。我一直自私地留她做奴隶,也许我在很多事情上都太自私了。”

“不,你是安潘达的化身,”我想到了慈善女神,于是真切地说,“就连安潘达也有贪心的时候。”

“以一个人的生命为代价?”她站了起来,我不确定她指的是谁的生命。是死在朱巴剑下的盖尤斯,还是一生为奴的加利娅。“加利娅有可能会回来,”她说,“但要等到她恢复之后。”我从维特鲁威的椅子上站起来,跟着她穿过房间。到了门口,她停下脚步。“不过,如果你还想解放其他的奴隶,塞勒涅,我不会收你的钱。加利娅算是我的朋友,”她告诫说,“但我不是红鹰。”

我错过了牧神节。期间亚历山大和马瑟卢斯在罗慕勒斯的山洞献祭了一只山羊,观看年轻男子们穿上祭品的皮毛,跑下巴列丁丘,一路上用山羊皮做成的辫子抽打遇见的每个路人,而我独自坐在房间里画画。在房间里,我听见外面女人的尖叫声不断。正是她们站在路中间挨鞭子来确保新年的丰收,当叫嚷声平息后,我听见马瑟卢斯的声音,于是认为大家都回来了。

亚历山大第一个踏进房间,我看见他的脸,吓得从沙发上跳起来。

“出什么事了?”我喊道。

他哈哈大笑。“不是我的血。那是山羊的。”

“为什么?”

“牧神节!要不是你在睡觉,你就能来。但是我很抱歉,不忍心叫醒你。”

“对我抱歉,还是对加利娅?”我问道,他的神情立刻凝重起来。“你以为，就凭你这副样子，有一天会当上埃及的国王？你没看到那些没完没了的吃喝对我们的父亲有什么影响？”

“不是没完没了，”他小声说，“只是一个上午。”

“前一天晚上刚刚发生了惨剧！”

“我听说了你的事，”马瑟卢斯小声说，“我母亲说你为加利娅赎了身。”在他身后的朱丽叶和亚历山大都惊叫道，“你解放了一个奴隶？”

“屋大维娅放她走了？”哥哥紧张地问道。

“似乎是那样。”

“你觉得加利娅会回来吗？”马瑟卢斯问道。

“你母亲说有可能。如果我是加利娅，我会永远离开罗马。”

“今天早上利维娅心情很好。但如果她听说你做的这件事，一定会气疯的。”朱丽叶担心地说。

“那么谁都别告诉她，”马瑟卢斯坚决地回答说，“加利娅不知道是谁替她赎身，利维娅也不会知道。”

但哥哥愁眉不展地看着我。“在亚历山大城你从来不关心奴隶。”

“在亚历山大城，我们拥有一个王国。在这里，我们和加利娅有什么分别？”

“你们是公民。”朱丽叶说。

“不，”哥哥说，“只是一对骰子而已。我们本可能轻易地被当作奴隶。”

“女王的孩子怎么会呢？”朱丽叶喊道。

“难道加利娅不是王后的孩子？”哥哥反问道。

她扮了个鬼脸。“高卢人是野蛮人。”

“那如果明天你父亲认定埃及人也是野蛮人怎么办？”我问道。

马瑟卢斯和朱丽叶都不出声了。

“请你们保证什么也别说。”我恳求道，即便朱丽叶点点头，我还是怀疑她能否保守住秘密。

那天晚上，在去往屋大维别墅的路上，马瑟卢斯等着我哥哥走到我们前面，小声对我说："你心肠真好，塞勒涅。"

我庆幸天上只有一轮银色的月亮。因而他看不到我的脸羞得通红。

"我总是希望等我当上了恺撒，就要解放加利娅。我不能肯定我母亲会不会接受。你做了我不敢做的事情。"

"没什么。"

"我不这么认为。"他温柔地说。

我们的目光交错，一时间我在想他是不是想要吻我。接着朱丽叶穿着一件崭新的银色束腰外衣，出现在门廊，朝我们挥手。马瑟卢斯转过身，我们不再多说什么。

第十四章

公元前28年，六月

在夏季我们前往屋大维在卡普里岛的行宫之前，加利娅回来了。就在整栋别墅里众人忙得不可开交的时候，一天早上，她来到屋大维娅的信贷会，问她是否还需要化妆师。她那蓝色的丝绸外衣上缝着小珍珠，长长的头发梳在后面，上面绑的玳瑁发圈在中庭明亮的光线下泛着柔光。盖尤斯带给她的淤伤早就不见了，愈合的皮肤泛着健康丰润的光泽。屋大维娅一看见她便啜泣起来——喜极而泣，也可能是松了口气。那天晚上她用萨默斯岛产的烤孔雀肉和塔兰顿产的珍贵牡蛎庆祝她的归来。

"这是不是意味着你会和我们一起去卡普里岛？"马瑟卢斯问道。我们一同坐在餐厅里，过去加利娅从来都不能和我们一起用餐。

加利娅用手给自己扇风。"你觉得我会待在这么炎热的地方？"她逗他说。加利娅就是适合做个自由的人：从头上镀金的发饰，到身上用金线绣成的昂贵丝绸外衣便可见一斑。没有人提起盖尤斯的事情，而朱巴也没有因为杀人而受罚。

但在我们出发的那天早上，我和加利娅单独在一起的时候，我小声问她："你还好吗？"

她坐在我的旅行箱上，思考着我的问题。"我康复了，"她说，"当然，得到自由真好。现在没有人能对我发号施令了，"她坚定地说，"除了恺撒。"

"那屋大维娅付你工钱吗？"

她露出微笑。“比维利乌斯老师在学堂赚的多。再说，我再也不用晚上溜出去见他了。我们结婚了。”

我颇感意外。“就在那时候？”

“就在屋大维娅给我自由的时候。”但是她竖起一根手指挡在嘴唇上。“如果利维娅知道，会对他的授课工作不利。恺撒很尊敬他，但是利维娅……”她的蓝眼睛眯成一条缝。“她不赞同自由民嫁给公民。我想尽可能瞒着她，越久越好。”

“那维利乌斯老师会去卡普里岛吗？”

“当然。如果能够逃离，谁会在这里度过夏天？”

七月一日那天我们离开了罗马的酷热，我突然想到，就在一年前托勒密还活着。我想起他微笑时会露出酒窝，大笑起来脸颊像是两个小苹果。但想到他只会令我心痛，我试图不再多想。于是我把注意力放在旅途上。在抵达那不勒斯海岸前，那会是一段漫长的行程。我们在晚上出发，所以不需要举行正式的欢送仪式。这样，屋大维离开时就不会让人注意到这个问题，也就是平民都在热浪中煎熬，权贵则逃往他们那临海的凉爽别墅里。阿格里帕和朱巴骑马走在禁卫军的前面，昏昏欲睡的众人坐在马车里跟在后面，在鹅卵石道路上不断颠簸着。我们是仅有的行进在路上的人。没有几匹马钉过铁蹄，为了减少光马蹄的伤害，大部分马车选走亚壁道长满绿草的路肩。

我、亚历山大和马瑟卢斯、朱丽叶同乘一辆马车。每当马瑟卢斯的腿擦到她的，或是他帮她在背后摆好枕头，我看在眼里都妒火中烧。他们以为没有人看着，便用眼神逗彼此开心，因而朱丽叶比在罗马的时候更常露出笑容。

“等你看到卡普里岛再说。”当我们离开这座城市凝滞的空气时，马瑟卢斯说。

“那里和巴列丁丘像吗？”亚历山大小心地问道。上一次马瑟卢斯兴致勃勃的出行，是他接我们来到罗马的时候，那时我们看见这座城市，烟雾从灶台喷出来，神庙上满是涂鸦。而现在，我不再去注意胡乱涂在参议院台阶上的粗俗画面了。

“不能比，”朱丽叶说，“在巴列丁丘上，我父亲装成罗马谦卑的公仆。而在卡普里岛，我们的生活才真的像是统治者的家族。”

“那是我舅舅的临海宫，”马瑟卢斯解释说，“你以为维特鲁威为什么会来？”

“大概是为了你母亲。”

马瑟卢斯哈哈大笑。“也为了那里的美景。”

坐马车要走三天，但在十二岁这个年纪，我们觉得旅途漫漫，没有尽头。我们想出各种游戏来打发时间，但大部分时候我们望着窗外，看着昏昏沉沉的城镇和路边的神龛往后移动。几家旅店标榜提供面包、美酒和陪同过夜的女孩，全部加在一起只要一个便士，但我们从来没有在这样的地方停下过。我试图读我带着的一些卷轴，我挑选了《那不勒斯历史》和《特洛伊指南》，但看书让我反胃，就连清新的海风也不能缓解我的恶心。

当我们终于抵达那不勒斯的海岸，登上去卡普里岛的船，我才感到身体状况良好，而其他人都捂着肚子不断呻吟。我和亚历山大昂着头面对凉爽的晨风，闭上了眼睛。

“感觉像是回到了家里，不是吗？”他说。

我叹了口气。“是啊。”只见高高的石灰岩上，厚厚的植被一直垂到海里，岩壁底部形成坑洞和海湾，在那里，孩子们沿着岩石游泳或钓鱼。

“总有一天，等我们回到埃及，”哥哥信誓旦旦地说，“我们要建造一艘新的塔拉美格斯号，像这样，沿着亚历山大城的海岸来回航行。不管航行多久都不会腻。”

维特鲁威来到我们身后。“快到了。”他说，我听出他的语气里满怀深情。

临海宫坐落在一片海岬上，离海面如此之高，以至于飞溅的浪花也够不到它的花园，它犹如一只用石头雕刻出来的老鹰。马瑟卢斯说得没错。它和巴列丁丘上屋大维的低矮别墅毫无相似之处。

“我不明白。他为什么不在这里统治罗马?”

“因为尤里乌斯·恺撒远离了参议院便行事不力,”维特鲁威回答说,“我认为他不想重蹈覆辙。”

真是可惜。奴隶们抬着青铜和乌木的轿子载我们去行宫,只见露台上的花园居高临海,在门廊上能看到一片令人惊叹的美景:阳光普照的葡萄园和金光灿灿的田野。我第一个从轿子里出来,接着是维特鲁威。

“这改变了你对于建筑的信仰,对吗?”他说。他深情地用手抚摸着一根女像柱,又停下来把手放在女像的大理石脸颊上。

“这是你造的,对吗?”我明白了。

他咧嘴笑了。“我的第一份差事。我知道夏天学校放假,但如果你愿意,我可以继续在这里教你。这里没法做测量或是设计马赛克地面,但是灵感——”

“好的。”我马上说。

他笑了起来。“我们先参观一下。”

屋大维从轿子里出来,宣布晚餐将于日落时分安排在夏宫餐厅,之前的这段时间我们可以到处看看。马瑟卢斯和亚历山大想要去马房,朱丽叶马上跟他们一起走了。马瑟卢斯回头看着我。“你不来吗?”

我朝维特鲁威瞄了一眼。“去马房?”我犹豫不决,看着朱丽叶挽起马瑟卢斯的胳膊。“不,我……跟维特鲁威走。”

“那么我们待会儿再见,”马瑟卢斯轻松地说。漂亮的三人组转身走了,我那英俊的哥哥、朱丽叶和马瑟卢斯。

维特鲁威看出了我的表情,于是保证说:“你有整个夏天的时间和他们待在一起。”

“谁愿意听着朱丽叶说个没完?”提比略问道。我没有看见他从轿子里钻出来,我想他是不是躲着,直到他母亲走到里面才现身。他看着维特鲁威。“我可以和你们一起参观吗?”

“我不知道你也对建筑感兴趣。”

提比略不好意思地耸耸肩。“如果塞勒涅感兴趣,那我也算是吧。”

我们跟着维特鲁威走进行宫，入口处的彩色石灰碎片，在我们脚边拼出了意为欢迎的拉丁词 Ave。大厅墙上是出自奥德赛场景的壁画，主要描绘着水手和船只。当我们来到中庭，维特鲁威停下脚步，让我多站一会儿，能看清楚一切。长长的白色布帘在微风中掀动，轻抚着马赛克地面。一切都漆成了海洋的色调：蔚蓝色、深蓝色、青绿色。

“这里和罗马截然不同，”我感叹道。墙上装饰着色彩缤纷的拱点和壁龛。“看看立柱上的大理石饰边！”

“还有彩色的天花板。”维特鲁威接着说。

“这些都是怎么做出来的？”提比略问道。

“壁画？塞勒涅可以告诉你。”

“涂上三层泥浆和三层混有大理石粉末的石灰。接着趁这些混合物还没有干的时候，请画家在墙上作画。”

“看来你在这个方面学了不少东西。”提比略说。

“她是个好学生。”

他若有所思地点点头。“我不奇怪。在学校里她是我唯一的对手。”虽然他傲慢得令人讨厌，但还是忍不住称赞我。“你应该带她去参观图书馆。”他对维特鲁威说。

“我们正要去那里。”

图书馆很是宏伟。厚重的木书架从地板一直竖到天花板，上面塞满了卷轴。木质的天花板上雕刻着海鸟，漂亮的罐子摆放在每一个壁龛处。维特鲁威解释了这些书架是如何造出来的，接着带我们穿过餐厅和客房，一一指出有特色的细节，像是刻着凹槽的立柱和漆成海绿色和金色的酒窖。我们走进的每一个房间都摆满了家具。有大理石台面的桌子和面对铜镜的沙发。就连椅子都镶嵌着贵重的象牙。当我们走到台阶顶部的卧房时，我看到我依然和亚历山大同住一个房间，但这个房间是那么宽敞，以至于在门口无法看到每一个角落。草帽和羽毛扇子已经摆放在桌上，方便在岩石上行走的厚底凉鞋也已经为我们准备好。我走到阳台上俯瞰大海。

"这里和亚历山大城一样美吗?"提比略在身后急切地问道。

我没有撒谎。"是的。"我转向维特鲁威,"建造这一切花了多长时间?"

"我的全部青春岁月。"

"最困难的地方是?"

他指着洁白无瑕的花园,里面有着绿荫掩映的凉亭和小巧精致的大理石神庙。

"我们能去看看吗?"我激动地问道。

他带领我们走下楼梯,穿过一对大门,走进一座门廊。只见四面八方都是花园,有些布满了立柱,有些建在临海的露台上。藤蔓缠绕着彩色的凉亭,等到我们走进去,他解释了难度所在。

"一座花园像是一个洋葱,"他说,"需要一层层地叠加来组成整体。一开始土地上要培育植物,接着重新规划景观。"他指着一丛丛茂密的桃金娘和黄杨木,接着带我看了一个个果园,里面桃树、柠檬和无花果种在一起。"但正是这些小细节成就了圆满。"

黄水仙和百合花从沉甸甸的瓦罐里满溢出来。喷泉欢乐地冒着泡,卡里斯都大理石神像对着太阳伸出双臂。我们来到花园的底部,维特鲁威指着加热的澡池,游水的人能够俯瞰大海。就连在亚历山大我们都没见过这样的池子。那天下午他还带我看了许多能同埃及媲美的景致。

当我们按时来到餐厅准备享用晚餐时,我看见亚历山大穿上了一件新的外衣,而我还穿着旅行服。

"你一整天都在干什么?"他问道。

"跟维特鲁威和提比略一起参观建筑物。"

朱丽叶啪的打开一只牡蛎。"就这些?"

"这座行宫里可看的东西比你知道的多得多。"提比略回敬道。

马瑟卢斯抬起眉毛。"比如说?"

"奴隶住的房间,"我说,"你有没有见过他们使用的浴室?"

朱丽叶大笑起来。"谁想看那个?"

“你会的，”我认真地说，“那是我所见过的最漂亮的壁画池子。而他们的玫瑰水比你在罗马用的都要好。”

朱丽叶皱起鼻子。“真的吗？为什么奴隶们过得这么好？”

“因为我们每年只来一次，”马瑟卢斯猜测说，“余下的时间他们想干什么就干什么。你父亲把这里叫做‘闲散宫’不是没有道理。”他对我微微一笑。“我想去看看他们的浴室。”

“维特鲁威肯定会带你去。”

“或者你带我去。”

在座的每个人都停了下来。哥哥警告地瞪了我一眼。接着朱丽叶故作轻松地说：“你可以带我们一起去。明天下午。”

马瑟卢斯摇摇头。“我听你父亲说，我们要去拜访波里奥。”

朱丽叶放下手里的牡蛎。“什么？”

“波里奥一直在借钱给金库，”他解释说，“而你知道他每年都来海边——”

“所以我父亲就为了一把便士，要和一个杀人犯待上一天？”朱丽叶喊道。

马瑟卢斯竖起一根手指挡在唇上，好在屋大维正忙着和朱巴聊古董的事情。“至少你能见到霍拉提娅了。”他安慰道。

“那又怎么样呢？”她阴沉地说，“难道问她喜不喜欢大海？”她把盛着食物的盘子推到一边并站了起来。“我再也没有心情吃了。”

她走出餐厅，马瑟卢斯不知该去追她，还是和我们待在一起。

“哦，让她去，”亚历山大建议说，“我妹妹可以找她谈谈。”

“为什么是我？”我喊了起来。

“因为你是个女孩，明白这种闹情绪的事情。”由于几个月前我来了月经，亚历山大遭遇了几次我莫名的发火。

“没错，”马瑟卢斯恳求道，“你比我们好。”

“所以你情愿自己不去？”我故意说。

马瑟卢斯摇摇头。“她生气的时候态度很恶劣。”

我挤出一个笑容，并站起来。只要我们没坐在屋大维的桌子上，没有人在意我们离开餐厅。我在朱丽叶房间的阳台上找到了她，她沐浴在火把的光芒中，望着海浪。“马瑟卢斯?”她激动地问道，当她发现那是我，肩膀微微垂了下去。“塞勒涅。”她那白色的外衣在微风中掀动着，我发现她的脸颊湿了。

“我认为你父亲这么做并不是要伤害你。”我说。

“对，”她转过身。“但利维娅想。你以为我父亲借不到金子？另找一千个人都没问题，为什么问波里奥借?”她反问道，“为什么定在明天，就是学堂刚刚放假，我们开始玩乐的时候?”她从阳台上大步走出，我跟着她走进房间。她的眼泪噙满了泪水。“我不去。”

“别让利维娅得逞，”我对她说，“她就想看到我们都走了，你一个人留下生闷气。如果你明天不去，她就知道自己找到了一个孤立你的方法。她只会一而再、再而三地做这种事。”

朱丽叶坐在她的沙发上。“你看到了她对加利娅做的事。”她说，“连一根手指都不用抬。如果我去了，她只会另找方法来伤害我。”

“那么去告诉你父亲!”我在一把椅子上坐下。

“你以为他会听?”她轻蔑地笑了，“我就像是他那些陈酿的塞汀南酒。时间一到，他就会把我廉价卖给马瑟卢斯。”

“但我以为你很想嫁给他?”

“我当然想。但我父亲不在乎这个。就算我讨厌马瑟卢斯，我们依然会结婚。”她的声音越来越轻，越来越无力。“你很幸运还有个母亲，”她说，“就算加雅能活过乳儿柱下的第一个晚上，她也永远不会知道她的生母是谁。就像我一样。”

“但是你母亲还活着——”

她的眼里闪着泪光。“被赶出了巴列丁丘！因为害怕惹怒我父亲，没有人敢请她来吃晚餐。她没有朋友，没有丈夫。她甚至没有我。你知道现在她在哪里吗?”

我摇摇头。

“在罗马，和平民一起受酷暑的折磨。她没有钱买一栋夏季别墅，你以为我父亲会在乎？如果我可以，我愿意离开这个岛，陪她一起在罗马的酷暑中流汗。但是，我却要在这里受折磨。”

当她低下头，我意识到她在哭。没有什么可以说的，没有办法改变罗马和她的父亲。我只是倾听着她的哭泣，并庆幸我代替马瑟卢斯来这里安慰她。

在前往波里奥的别墅之前，一名占卜师被召来，确认这一天和一个朋友吃饭是不是吉利。在阳光下渐渐升腾的热浪中，我们站在布满立柱的花园里，等待着一群鸟从头上飞过，以便占卜师从它们飞行的姿势来预言这一天是吉日，还是不吉日。

提比略重重地叹了口气，而面对整个过程，马瑟卢斯显得极为无聊。

“那该死的鸟呢?”屋大维质问道。

占卜师不安地挪了挪脚。“恐怕神灵不管凡人的活动安排，恺撒。”

利维娅发疯似的指着北面。“画眉鸟!”她喊道，于是所有人都转头看着占卜师。

朱丽叶闭上眼睛，我差不多能听到她的心声。*请宣布这是一个不吉日*。

占卜师张开双臂。“今天会有好运降临!”他宣布，“今天是个吉日。”

提比略立马站了起来。“很好。我们走吧。”

我看见朱巴看着他，露出苦笑，而屋大维则对占卜师表示感谢。十几顶装上了布帘的轿子正在别墅外等着我们，我和朱丽叶同坐一顶。

“我真希望他宣布今天是不吉日。”轿子开始移动的时候，我坦言。

“我就知道他不会。所有的占卜师在作出预言之前，都要看我父亲的脸色。如果他看起来并不想去，那么这就是一个不吉日。”

“这么说你父亲不是真的相信这个?”

朱丽叶睁大了眼睛。“他当然相信。”

“但怎么——”

“他相信他想要相信的东西。就像你相信伊西斯一样。”

“这是什么意思?”

“嗯,你见过她吗?”朱丽叶反问道,“在你需要的时候她有没有来帮助你?”

“伊西斯创造的奇迹是看不见的。”

朱丽叶昂起头,一脸怀疑地看着我。“这就是你相信你想要相信的东西。”

我不愿意作出回答来反驳她的侮辱。我只是拉开窗帘,遥望着我们面前那片无垠的蓝色。一栋栋亮白色的别墅犹如一串珍珠镶嵌在大海的边缘,在阳光下泛着柔光。

“你看见那边的别墅了吗?”朱丽叶问道,“那就是波里奥的。”

我本想对她发火,但只是吸了口气。“就是像一座城市那么大的别墅?”

“没错。等到我们进去你就知道了,”她愤懑地说,“比你见过的任何房子都要大,说不定还超过亚历山大城的王宫。”她断言。

朱丽叶并非言过其实。虽然波里奥在罗马的别墅已是连成一片,但他在卡普里岛的住宅大得能容纳三千人,大部分是奴隶。一条一英里的走道,从壁画精美的门廊一直通到金光灿灿的餐厅,餐厅天花板上的星星是用白银做成的,墙上的太阳则是用金箔。波里奥陪同我们穿过一个又一个房间,一一指出他最新购买的物品。

“这是一个正宗的米隆作品,”他说,讲的是世界上最杰出的希腊雕刻师之一。“那是我的鳗鱼池。”

“鳗鱼?”屋大维娅嗓子里咳了一下,“干什么用?”

“好玩嘛!您想看看吗?”他不等她回答,便带着我们前往中庭远端的一个角落,走到一个大得足以能航行一只小船的池子边。但没有人想要在那样的湖上行船。在黑乎乎的水下,长着利齿的鱼在岩石之间扭动。什么样的人会养鳗鱼来取乐?

我没有走到礁石上,我注意到就连马瑟卢斯也离得远远的。“它们是从哪里弄来的?”他问道。

波里奥伸出胳膊做了一个豪放的动作。“全都是从卡普里岛各处抓来的。我叫我的奴隶们替我找来的。”

“那一定很危险。”朱巴说。

波里奥微微一笑。“是的。我们一起观看喂食如何?”

见没有人反对,他命令一个奴隶男孩去厨房里拿一把腐肉来。男孩回来的时候,他小心翼翼,避免走得离池子太近。

“您要的肉,主人。”

“去吧,”他命令这个孩子,“扔下去。”

男孩吓得发抖。“我来扔,主人?”

“是的! 等在这里的是恺撒!”

奴隶男孩紧张地往礁石边移动,接着尽快将肉抛向水池。波里奥得意地看着鳗鱼涌到食物周围,为了得到食物一阵猛咬并相互攻击。在灯光下它们的牙齿像是小小的剃刀,闪闪发亮,而屋大维娅无力地问道:“我们还要继续看下去吗?”

波里奥抬起头。“哦,是的。但您看到它们是如何攻击的吗?”他激动地问屋大维,“它们真是异常凶猛的动物!”

我们走过象牙做成的、精巧玲珑的屏风,和一把靠背雕刻成老鹰的木椅子。“这栋别墅里的每一样东西都有一个故事,”波里奥吹嘘着,“那把椅子曾经属于一个高卢酋长。”

“维钦托利?”我问道。

波里奥显得颇为惊讶,就像是一只鸟张开嘴同他说话。“没错。那边是我最新的添置,”他说,“陈列收藏的第二个图书馆。”

“那造第二个餐厅怎么样?”利维娅不客气地说,“不需要坐轿子就能走到的餐厅。”

对于这番显而易见的批评,波里奥放声大笑。“我已经有两个餐厅了。您能想象有三个餐厅的别墅吗? 当然了,如果恺撒这样建议,我非常乐意——”

“我妻子在说笑。”屋大维严肃地说。

“当然。”波里奥紧张地笑道，“谁能造得起三个餐厅？”

我们来到夏季餐厅，只见霍拉提娅穿着一件杏色和金色、精致无比的束腰外衣，耐心地等着她的客人。她的目光立刻和朱丽叶相对，我看得出她想同她私下聊聊，但目前只能做着自己的分内事，陪同客人们走向各自的沙发。在每一张桌子边都能俯瞰海水，温暖的风中飘来海水的咸味和美酒的香气。

“就像亚历山大城一样。”哥哥叹了口气，一边拍了拍头发。

“你们一直住在海边吗？”马瑟卢斯问道。朱丽叶和提比略都在他对面入座，而在房间另一边，波里奥和霍拉提娅要与屋大维一同用餐。

“每天都是。在水里玩耍，在岩石边捡贝壳……”

“我想去埃及。”朱丽叶渴望地说。而我在想，一天之中她有几次希望自己身在别处。

“总有一天，”马瑟卢斯喃喃地说，“如果我当上了恺撒，我们要把亚历山大和塞勒涅送回他们的国家，他们会带我们游览亚历山大城作为回报。”

朱丽叶看着她父亲。既然冬天已经过去，他的脸上恢复了血色，因而显得很健壮。“那会是很多年以后。”她担心地说。

“已经盼望恺撒死了？叛变就是这么开始的。”提比略警告说。

“没有人说什么死不死的。”马瑟卢斯说。

但提比略咧嘴笑了。“我知道她是什么意思。”

“你什么也不知道，”朱丽叶生气地反驳说，“你像只变态的猫一样狞笑着听着，希望捞到一片肉跑去交给我父亲。你以为我不知道，你把我们说的话都告诉他了？”

他哼了一声。“你以为我真的在乎做这种事。问问朱巴，他才是密探。”

但朱丽叶往前坐了坐。“你希望，如果你把一切都告诉我父亲，他会非常信任你，派你和阿格里帕一起上战场。甚至还会封你为将军，而你再也不用回到这里了。”她嗤之以鼻。“但那种事绝对不会发生。我父亲会把你留在这里，把你当作木偶来操控直到他死。接班的贤人。”她看看马瑟卢斯，又看看提比略。“多余的闲人。”

马赛克地面上传来砰的一声，像是水晶被打碎，所有人都转过身。

“你这个愚蠢的王八蛋!”波里奥吼道。他从椅子上跳起来，对那个在地上瑟瑟发抖的老人大发雷霆。

“求求您，主人，我不是想——”

波里奥飞起一脚，重重地踢在那名奴隶的下巴上，那老人摔倒在碎片之中，霍拉提娅连忙下了沙发，冲了过来。

“求求你，波里奥——”

“这是我们拥有的最好的水晶!”他喝道。

朱丽叶和提比略对视了一眼，不再斗嘴了。

“这个杂种打破了我最大的容器。屋大维娅想知道我为什么养鳗鱼?”他转向餐厅门口的侍卫，“把他扔到池子里去!”

那老人紧握双手，放在血淋淋的脸孔前。“求求您，主人。”他的声音变得歇斯底里。“求求您! 在这里杀了我吧，不要扔给鳗鱼。”

我看看阿格里帕，又看看朱巴，心急如焚地希望他们当中有一个能出手。接着屋大维站了起来。他举起手里的水晶酒杯，把它扔在地上，看着它碎成无数片。没有人说话，甚至没有人敢大声出气。屋大维接着把他桌上的每一件水晶器皿都打得粉碎。碎片散落在地面上，一些孩子听到这些可怕的声音吓得捂住了耳朵。最后，见没有什么可摔了，屋大维问道:“你也要拿我去喂鳗鱼吗?”

“当然不会，恺撒。”波里奥说。

老人的眼里满是泪水。

“你用这种方式杀了多少人?”

“七个。”倒在地上的老人无力地说。

“他们全都是罪有应得!”波里奥反驳道，他的几层下巴因为愤怒而抖动着。

“还有这个奴隶。他也是罪有应得吗?”屋大维问道。

波里奥想了一会儿才开口说:“对于恺撒这样的模范来说,不能算。”他很聪明地说。他不像表面看起来那么愚蠢。

“您真是慷慨,主人。”那老人说。他颤抖着,这景象很是可怜。屋大维娅别过脸去。

“是的,波里奥主人非常慷慨,”屋大维说,“如此慷慨,他今晚要释放你。”

霍拉提娅倒吸了一口气。但是,波里奥第一次知道要谦卑地低下头,接受屋大维的决定。

第二天早上,在卡普里岛的每一座神庙大门上,红鹰张贴了第一张赞扬恺撒的传单。

在后来的两个星期里,人们每每聊天都会谈到这件事。显然,自从厨房男孩被处决以来,红鹰已经躲藏了够长的时间,如今再次现身。但他在卡普里岛住在什么地方,他又如何知道在波里奥的别墅里发生的事情?

“也许那是波里奥手下的人。”马瑟卢斯猜测说,他坐在游泳池边,晃着双脚。我们四个在太阳底下晒干身体。因为不在罗马,我和朱丽叶可以游泳,但只能在别墅里面,这样就没有人会看见我们穿着裹胸和缠腰布。

“或者,也可能是一个在波里奥别墅外听到消息的人。”哥哥说。的确,在波里奥的奴隶被释放这几天来,连庞贝那么远的地方也有人来打听这件事。我们看着全裸的维普撒尼娅在池子的另一头跳入水里。虽然我和朱丽叶此时有衣物遮体,但我注意到马瑟卢斯用一种新的好奇的眼神打量我们——尤其是朱丽叶,她那湿漉漉的裹胸紧贴住胸部。我恨不得站起来挡住他的视线。

“但如果是某个去拜访波里奥的人,”朱丽叶推测说,“那人一定很有钱。波里奥只和这种人来往。”

“会不会是他房子里的一个奴隶呢?”我问道,“或是这栋房子里去过那儿的某个人。”

但哥哥皱起眉头。“赞美屋大维的不像是个奴隶。”

整个夏天，我们继续猜测着，每个人都有嫌疑，连朱巴和阿格里帕也不例外。但在卡普里岛不再出现新的传单，每座神庙的门口都派驻了禁卫军，他们无聊地扔骰子或是看着猫头鹰捕食来打发漫漫长夜。到了八月底，屋大维宣布，能够提供有用情报抓住红鹰的人都能得到五千便士的赏金。

“你认为会是谁？”我问维特鲁威。我们坐在图书馆里，研究着阿波罗神庙的最终蓝图。一段雄伟的阶梯从屋大维的住处延伸到神庙，里面有一个庞大的图书馆早已收藏了他最好的典籍。几天后，等到我们回到热浪逼人的罗马，最后的几笔将会被添上，神庙也就要落成了。

“如果我知道，”维特鲁威说，“我就会得到五千便士，比现在有钱多了。现在帮我测量出阶梯平台的尺寸。”

“那里要用马赛克吗？”我急切地问道。

维特鲁威笑了。“我们会采用你设计的方案。”

我开心地喊了一声。在跟随维特鲁威学了将近一年之后，我终于有第一份设计要被他采用了。我给屋大维的陵寝设计了马赛克砖的图案，为阿格里帕的万神殿设计了立柱，但这些都没有被采用。

“别太兴奋了，”维特鲁威告诫说，“我们必须在十月前完成。而且你要监督地砖的铺设。”

我不在乎那会有多少工作量，也不在乎我要在上学前提早多少时间去监督马赛克工匠们干活。当我告诉哥哥的时候，他正在打包行李，于是停下手里的活，抬头看着我。“你愿意做这个？”

“当然。为什么不愿意？”

“因为我们就要回到炎热的地方了。你要怎么干活呢？”

“早上。我不像你这么怕热。”

“我从来都不明白，”他一边嫉妒地说，一边合上他的行李箱，“只有你和屋大维能够忍受。我们的母亲绝对挺不住。”

亚历山大在我身边坐下。两年前，我们的母亲和父亲还活着。托勒密奔跑着穿过宫里的各个殿堂，卡尔蒙追在他身后，吓唬说要拧他的耳朵。那时拯救埃及还有希望。但现在它陷落了，而且很难说我们是否能回去。“如果屋大维决定不把我们送回去，你觉得会怎么样？”

“就像我们想的那样。他会安排我们结婚，我们继续留在罗马。”

“你不会觉得那很可怕吗？”

“当然可怕了！但我们能做什么？”

我沉默了一会儿。“如果恺撒死了，”我小声说，“马瑟卢斯会把我们送回埃及。”

哥哥连忙朝门口看去。“小心点，塞勒涅。我们不知道在这栋别墅里有谁会偷听。马瑟卢斯认为红鹰在这里有内应。”

“比如加利娅？”

“有可能。”他站起来打开了门，等确信门外没人，他再次关上，返回我的沙发边。“五个月后马瑟卢斯就要举行他的白袍成人礼[①]了。他告诉过你吗？”

我摇摇头。

“每个男孩到了十五岁都会摘下印玺，成为男人。屋大维很可能会正式宣布马瑟卢斯和朱丽叶订婚，如果是这样，那等于告诉每个人他的继承人是谁。屋大维想要在这件事之前抓住红鹰。他受不了在一个这么重要的时刻出岔子、丢脸。你想说什么，对谁说，都要小心点。”

“为什么？你不会觉得他怀疑我们吧？”

“我不知道。但连阿格里帕和朱巴的房间都被搜查过了。”

我扮了个鬼脸。

“我知道，”他说，“他们无计可施了。”

“加利娅的名字有没有被提起过？”

“我想没有。但是我们不可能知道禁卫军在监视着谁，包括马瑟

---

① 古罗马男孩满十五岁要举行成人仪式，改穿成人的白色托加袍。

卢斯。”

我沉默了片刻。“马瑟卢斯对于婚约怎么说?”

哥哥长时间地看着我。“没什么你想知道的。”

“这么说他爱着朱丽叶?”我喊道。

“我不知道。”

“但是他怎么说。”

哥哥迟疑了一会儿。“她很漂亮,而且他们对于赛马场同样热衷。”

“但她根本不在乎什么赛马场！她为了他才去的。”

“你希望我告诉你什么,塞勒涅? 他提到过他觉得你很美。”

“是吗?”

“许多男人都这么认为。”他干巴巴地说。

“但他还说了什么?”

“就是这些。很抱歉。你知道他注定要娶谁,你想着他只是浪费时间。”

那天下午,乌木轿子安排好了送我们去船边。没有人特别乐意离开,马瑟卢斯最不高兴,一想到要返回蒸笼似的罗马,他就受不了。

“如果我们像其他人家那样度假,”他在门廊上抱怨,“我们就能在这里待到十月。”

“我想我们和其他人家不一样。”他母亲提醒他说。

“是的,”提比略嘲讽地说,“还有治理罗马这样的小事。”

“那是参议院的职责。”

“这么说如果你当上了恺撒,你准备这么做?”提比略问马瑟卢斯,“把政府的统治权交给参议员们,坐到后面让他们操控?”

屋大维来了,众人陷入一阵不安的沉默中。

“和闲散宫挥手道别吧,”他一边跨过行宫的门槛,一边说,“这是它们一年中最快乐的日子。”

利维娅大笑起来,屋大维娅对于她哥哥这种奇怪的幽默感只是微微一笑。但马瑟卢斯交叉双手抱在胸前。

“我厌倦了学堂，”他抱怨说，并转身看着朱丽叶，希望她认同，“我不想等到十七岁才离开学校。我认为我忍不了两年了，尤其是我们不能待在这里的时候。”

她拍了拍他的胳膊。“那比做苦力要好，”她逗他说。“塞勒涅——”她转向我——“你为什么不和你哥哥同乘呢?”朱丽叶跟在马瑟卢斯身后钻进一顶轿子，我看着他们帘子后的身影好一会儿，随后哥哥把我拉进第二顶轿子。

“别沉迷其中，”他理智地说，“还是应该庆幸他不要你。”

我诧异地瞪着他。

“好吧，那会有什么结果?”他反问道，“你觉得朱丽叶会怎么做?”

“和我对立。”

他点点头。“她有的不只是漂亮的衣服和珠宝。”

“我注意到你看她看得够多了。”

哥哥笑了。“我对朱丽叶没有兴趣。相信我。”

“为什么？我以为你说她很漂亮。”

“她是很漂亮，她也属于马瑟卢斯。就算我们希望事情发生惊人的逆转，”他沮丧地说，“也不会有什么变化。”

我想到在我们旁边的轿子里，朱丽叶和马瑟卢斯笑作一团，他们的身影凑得越来越近，于是挫败的泪水模糊了我的视线。哥哥伸手搂住我的肩膀，我任由泪水滚落脸颊。接着我注意到不只是我在哭。哥哥那张英俊的脸庞也湿了。但是我在自己的痛苦中陷得太深，无心去问他为什么哭。

第十五章

公元前27年，二月。

我们从卡普里岛返回的几个月后，屋大维的阿波罗神庙落成了，随之而来的那场盛宴一直持续到第二天的凌晨。但还是比不上为提比略和马瑟卢斯准备的宴会，他们很快将满十五岁，并且会在三月的葡萄神节庆祝他们的成人礼。朱丽叶坚持要为庆典做新衣服，并且对我们在寒假购买的几匹布都不满意。

“这必须要特别一点。”在二月底的时候她说。她央求她父亲让加利娅带我们去屠牛广场，在那里，来自奥斯底亚的商船会卸下他们的货品。这样，我们就能抢在罗马的其他女人看到之前买下那些布料。在葡萄神节到来的一个星期前，他终于同意了，于是我们带着七名警卫士兵，跟着加利娅走进了牲口市场。

“怎么有人能忍受这个？”朱丽叶一边抱怨着，一边拿起一个琥珀球放在鼻子上。

“这是你的主意。”加利娅提醒她。

“但是看看这些人。他们那么穷。”

加利娅倦怠地看了我一眼。“欢迎来罗马。”

朱丽叶不满意加利娅的回答，她转向我。“你见过这么多灰尘吗？我敢打赌这些人甚至都不洗澡。”

“这是他们的工作，”我说，“他们没有办法，整天同牲口打交道。”

“虽然如此，”她用手在鼻子前扇了一下。“要不是我父亲那么在意下层平民对他的看法，他可能会命令那些船员把布料送到巴列丁丘来。”

牲口粪便的气味确实让人难以忍受。在道路的两边，砖砌公寓楼摇摇欲坠地造了三四层，我不知道那些居民怎么能忍受周围存在这种臭气和噪音。我们经过了占据集市中央的青铜公牛，加利娅提醒我们注意扒手。

“你们永远不会知道什么样的人在这里游荡。有时候——”

屠牛广场的另一头传来一声女人的尖叫，人们突然奔跑起来。朱丽叶抓住了我的胳膊。“怎么回事？”她喊道。

一时间，我们什么也看不见，接着广场中间的一块地方空了出来，加利娅喊道：“公牛！”侍卫们挡在我们周围，但随着两头牲口冲来，士兵们散开了。

我和朱丽叶紧紧靠在一栋公寓楼的一边。随着公牛越来越近，加利娅喝道：“快跑！”

但是我们已无处可逃。当第一头牛经过我们，穿入公寓楼敞开的大门时，它和我们只差分毫的距离。但是第二头牛低下了头。它不准备跟着它的兄弟跑，当它向我们冲来，加利娅发出了汽笛般的尖叫。紧接着，那头巨大的公牛突然摇晃起来，我从眼角的余光瞥到一个金发的男子拿着弓箭站在附近一栋楼的阳台上。第二支箭穿过天空，接着是第三支、第四支。那公牛怒吼起来，转身去看攻击来自何处。在这段宝贵的时间里，一名士兵跳上去用他的金属短矛刺入了那头猛兽。

那公牛倒在了朱丽叶的脚边，当我再次抬头去看那个金发的弓箭手，他已经不见了。人们依然在我们跟前叫嚷，屋大维的两名侍卫跃过公牛拉着我们离开了那栋大楼。在我们头上，第一头公牛正徘徊在阳台上。

一群叫喊不停的商贩们在警告房子里的人快逃跑。那公牛不明白自己被困住了，出于愤怒，它把犄角顶在栏杆上，并一次又一次地撞击墙壁。接着传来一声可怕的爆裂，公牛抬起头，就好像它感觉到将要发生什么事。阳台塌了下来，水泥块倾泻而下，公牛摔死在我和朱丽叶刚才站的地方。一时间所有人都惊呆了，接着我们上方轰隆隆地一声，上面的楼层开始坍塌。

“快走！”一名侍卫喊道，在我们被尘土和碎片包围之前，侍卫们同我们一起跑了起来。等到我们停下来往身后看，只见公寓楼的上层不见了。

朱丽叶开始发抖。我们的衣服上满是灰尘，屠牛广场另一头的商贩们跑来看出了什么事。“阳台上的那个人……”她哆嗦着说，“他救了我们的命。”

我们望着那弓箭手曾经站立的公寓阳台，一名士兵走近大楼。当他来到门口，立刻往后退去。“盖尤斯，利维乌斯，看看这个！”

我们跟着他们来到门口。

一支箭把一张传单钉在门上，控诉了在阿文丁丘上虐待奴隶的行径，这支箭和射倒公牛的箭是同一类型。在这张纸的最下面，那叛徒匆匆写道：

> 只要自由民和奴隶们被迫住在这样的房子里——砖墙单薄，泥土里掺入的水多于石灰——就会造成死亡，而那些死亡会弄脏恺撒的手。

当我们周围的人意识到那弓箭手是谁时，他们爆发出一阵兴奋的呼喊。派来跟着我们的侍卫们闯进大楼，飞快地爬上楼梯。

朱丽叶抓住我的手。“你觉得他还在那儿吗？”

“不，”加利娅说，“他可能早就走了。”

“但是他在这里干吗？”我问道。

“很多人都有几套公寓，”加利娅说，“这可能是他的第三或第四个住处。”

侍卫们返回时带着一瓶墨水，以及另一张传单，和钉在门上的一模一样。最年长的侍卫介绍自己名叫利维乌斯。他那灰白的短发下显露出坚毅、刀刻一般的脸部轮廓。他先是看看朱丽叶，接着又看看我。“那些箭射死公牛的时候你们看见了什么?”

朱丽叶迟疑着。“一个……一个男人站在阳台上。”

“这个人长什么样?”

“我说不出来。”

利维乌斯的眼睛盯着我看。

“我也说不出来,”我马上说,“当时一头公牛正朝我们冲来!”

“怎么回事?”加利娅说,“房东怎么说?”

“他告诉我们他从来没有在那个房间里见过那个租客。”

“但一定有人租了那间房!”我喊道。

利维乌斯缓缓地露出微笑。“他说每到付租金的时候钱就出现了,而在屠牛广场人们从不多问什么。”

“那倒是的。”加利娅说。

“也许是真的,”利维乌斯激动地说,“但没有人能够隐身。一定有人见过他,那栋楼里的人。等到恺撒听说这件事,”他提醒说,并把手里的红鹰传单揉成一团。“他派去的人对借口可不感兴趣。”

我们返回巴列丁丘,朱丽叶嘀咕着:“马瑟卢斯和亚历山大绝对不相信这个。我告诉过他们应该陪我们一起去,而不是去赛马场!”随着传单的出现,她的恐惧转为了兴奋,虽然我们的购物之旅泡汤了,她还是兴致高昂。“明天再去,”她开心地保证,“我们可以带他们看看差点让我们死掉的地方!”

“那栋楼里可能有人死掉。”我责备地说。

“如果红鹰没有救我们,那么死掉的人就会多两个!”

等我们回到屋大维的别墅,朱丽叶希望每个人都知道我们是如何差点丢了性命,那天晚上在餐厅里,她一再地讲着这个故事。“就在那个时候红鹰救了我们。”她喘着气说。

她父亲放下手里的卷轴。“什么?”

朱丽叶先是紧张地看着我,再转向屋大维。“是他。就在公牛朝我们冲来的时候,他射倒了它。侍卫们没有告诉你吗?”

我看得出利维娅怒火中烧，但屋大维依然显得很镇定。“你怎么知道他就是那个叛徒？”他平静地问道。

“因为同一种箭把传单钉在了门上。”

马瑟卢斯严厉地说：“别说了。”

但屋大维已经站了起来，显然侍卫们没有告诉他。他们报告找到了红鹰住处，并没有提到那个叛徒救了我和朱丽叶这件事。屋大维坐到朱丽叶的沙发上，温和地伸手搂住她的肩膀。“这么说他救了你。”

“救了我的命，”她说，“对吗，塞勒涅？”

我点点头。

“所以你有机会看见了他？”

我看得出亚历山大和马瑟卢斯都屏住了呼吸。

“我……我不知道。”

“这很重要，”屋大维温和地说，“想想你是否还记得。”

朱丽叶皱起眉头。“是。是的，我记得。他长着金色的头发和健壮的臂膀。”

屋大维站了起来。“谢谢你，”他说，“明天，你喜欢什么丝绸就去买吧。”

朱丽叶咧嘴笑了，显然对自己感到骄傲。

那天晚上，在我自己的房间里，我抱怨着朱丽叶的愚蠢。“她是怎么了？”

哥哥坐在沙发上，摇着头。

“那人有危险了！”我喊道。

“那也许是她爱的人。”他俯身说，并压低声音，“今天下午马瑟卢斯没去赛马场。”

“什么意思？”

“我们一起走的，接着他问我是否想找点乐子。我以为他是指去逛窑子，所以拒绝了他，但是他去了很久，连朱巴和禁卫军都找不到他。”

“没有人找到他？”

"只有七个人跟着我们。"

"那么他回来的时候他们怎么说?"

亚历山大长时间地看着我。"他们警告他说,如果他故伎重演,那么我们就再也不能去赛马场了。"

"他们一定火冒三丈。但他有没有说他去了哪里?"

哥哥摊开双手,我注意到他的手长得好大。如今他比我个头高。在大街上开始有女人盯着他看,而朱丽叶喜欢用食指轻抚他的头发并问他自己的衣服好不好看。我在想他会成为什么类型的丈夫,但不忍心去想会和他分开。如果屋大维决定把他送回埃及而把我留在罗马该怎么办?或者更糟糕的是,把我们送到罗马广阔疆域的两端呢?他用那双我们两人都有的浅琥珀色眼眸注视着我,眼里满是焦虑。"他没有说。马瑟卢斯只是用手肘顶了顶我的腰,说'你知道的'。他有可能是那个弓箭手吗,塞勒涅?"

我回想起下午当公牛朝我们冲来,我只是极为粗略地瞥见阳台上的男人。"他的头发是金色的。但是我离得太远,看不清他的脸。"

"嗯,如果他在学堂的表现是装出来的呢?如果他比我们任何人所想的更聪明呢?"

我想着马瑟卢斯——爱笑、傻气、总是心血来潮——并摇摇头。"他会冲动到那种地步。但是你见过他在学堂的写作,亚历山大。不可能是他。"

"写作是可以伪装的。"

"但你忘了还有维利乌斯老师。他们都长着浅色的头发和眼睛。"

"但维利乌斯并没有失踪。"

"你怎么知道?他可以在我们离开学堂的时候走掉。"在灯光中,我们瞪着彼此。"不管是维利乌斯老师还是马瑟卢斯,"我说,"只是朱丽叶把他给出卖了。"

"如果那是马瑟卢斯,你觉得屋大维会怎么做?"

恐惧感冷得像冰一样,爬上了我的背脊。"他会杀了他。"我肯定地说。

哥哥闭上眼睛。“你必须找她谈谈。”他看着我，眼神变得紧张，“她必须明白她做了什么。”

为了回报朱丽叶给的情报，屋大维允许奥斯底亚货船上刚卸下的各色丝绸送到巴列丁丘来。朱丽叶指挥商人们来到屋大维娅的中庭，这样利维娅就没办法破坏她的兴致了。但在她开始挑选之前，我把她拉到一边，严厉而小声地说：“我希望你知道这些丝绸的代价。”

她无辜地睁大了她的黑眼睛。“我只是把真相告诉他了。你也看见他了。他可能是个奴隶。他的头发和每一个日耳曼人、高卢人都一样。”

“能够潜入巴列丁丘和卡普里岛，并且有钱在罗马各处拥有住所？你觉得什么样的奴隶会这么有钱？”

“我不明白。”

“你不会那么笨吧。”我不客气地说，“当然你就是那么笨。巴列丁丘上只有两个人符合你的描述。维利乌斯老师和马瑟卢斯。”

她缓缓地眨着眼睛，像是第一次在考虑这个问题。接着她的眼里噙满了泪水。“不……不可能。”

“为什么不可能？昨天我们在屠牛广场的时候，马瑟卢斯从赛马场溜走，至于维利乌斯老师在哪儿只有神灵才知道。”

她立刻捂住了嘴。“我父亲绝对不会怀疑他们——”

“他当然会。即使他不怀疑，朱巴也会起疑。马瑟卢斯开溜的时候他就在那里，连他也找不到他。再说朱巴对你父亲知无不言。”

“不。”她别过身去，“不可能是马瑟卢斯。他为什么不告诉我呢？”

对于她的所作所为，我抬起了眉毛。

她害怕起来。“但是他在乎奴隶什么呢？他喜欢赌马取乐。”

“那在伊西斯神庙呢？”我反问道，“他很关心那些奴隶。”

“因为他们碰巧在路上遇上！他又莽撞又傻气。”

“而且很理想主义。”我提醒她。

“为什么，塞勒涅?”她脸上的痛苦是真切的，我差点儿为她感到遗憾。“我为什么要告诉我父亲呢?”

“不管你做什么，从现在起保持沉默。”

“但如果太迟了呢?”

我们一同往中庭另一边望去，看着屋大维娅和克劳狄娅对于各种丝绸惊叹不已。她们看起来都不担心。“如果马瑟卢斯被指控，我们就会知道。”

但等到葡萄神节来临时，我在想我是不是错了。屋大维是个好演员。但如果他想要将心中的怀疑瞒住他妹妹，那有多难? 他按时参加马瑟卢斯的成人礼，似乎乐在其中。他甚至带头前往家神的神龛，在那里，马瑟卢斯摘下他的印玺，将美酒和熏香献给家庭守护神，请求神灵引导他长大成人。但是我注意到恺撒的手臂搂着提比略的肩膀，利维娅的表情不像以往那么严厉。“我们去主神殿好吗?”屋大维眉开眼笑地问道。

朱丽叶穿着一件暗红色的丝绸束腰外衣，头发上戴着一个绣上海珠的金色发网。但即使马瑟卢斯的眼睛一直在她身上打转，她还是忧心忡忡、脸色苍白。“我父亲是怎么回事?”她咕哝着，“他为什么突然对提比略有兴趣了?”

我不知道，我也不想去猜测。

“你不觉得——?”

我竖起一根手指挡在嘴唇上。“别在这里说。”走路的时候，我提起我那件绿色的束腰外衣，防止裙摆弄脏，在三月的凉风中，我哆嗦起来。

“你要穿上我的斗篷吗?”马瑟卢斯主动说。

“亚历山大给我带了一件。”

“好吧，也许你应该穿上。你的手臂上起了鸡皮疙瘩。”

我觉得很害羞，他居然注意到这么私密的细节。哥哥把我的斗篷递给我。我们从奥斯底亚的商人那里买了很多布料，足以为一支军队缝制军服。马瑟卢斯见我穿着新的丝绸衣服，便露出微笑。“很好看。”

“朱丽叶的斗篷也是新的。”哥哥指出。

我瞪了他一眼。

“巴列丁丘的公主们，”马瑟卢斯恭维道，“对于两位公主来说，还有什么贡品比葡萄神节更合适的呢？”

当然他是在开玩笑。等我们走到巴列丁丘脚下，一队男孩推着一辆推车经过我们，车上放着一个高高的阳具塑像。

“那是什么？”我喊道。

“你没见过吗？”提比略嘲笑说。

“那些男孩是舞蹈祭司，”朱丽叶说，并不理会他，“葡萄神节也是生育节。”

“就像是我们家乡的酒神节。”哥哥连忙说。

“但是他们在唱什么？”

“没人知道，”马瑟卢斯愉悦地说，“这首歌非常古老，因而它的意思已经被人忘却了。”

年轻的舞蹈祭司穿着青铜护胸，拿着盾牌，就连倒腾古董的朱巴也会认为它们相当古老。数个世纪以来，已经没有人穿着这样的装备作战，而我在想，这些男人怎么走得动。随着石头阳具在推车里前行，女人们把玫瑰花瓣抛向空中，鼓掌并欢呼着，就好像这尊石像就是生育神本身。去年三月，屋大维禁止我们参加葡萄神节节庆，他告诉我们在学堂念书的时间仅剩几年，而我们余下的人生每年都可以用来庆祝葡萄酒神和他那美妙的赠予①。现在我知道他的意思了。等我们来到主神殿，第二个巨大的阳具上被装点了鲜花，矗立在塔尔皮亚岩石上。朱丽叶咯咯直笑，而马瑟卢斯问我哥哥，长了一对这么大的睾丸会是什么感觉。

“痛苦。”他回答说。

“接下去的事情还要痛苦，”马瑟卢斯叹了口气，“欢迎来到国家档案馆。”

国家档案馆是一个庄严的地方，拥有灰岩外墙和石灰华砖，用以遮盖

---

① 葡萄酒神也是丰产和自由之神。

内部光秃秃的石灰圆顶。这里是名录厅，在此马瑟卢斯和提比略将会自豪地登记成为公民，但经过我们身边的人都板着脸。在这里，葡萄神节对他们来说毫无意义，罗马的名册像金子一样被守护于此，阳光永远无法穿透它那错综复杂的穹顶。一位穿着托加袍的老人带我们走进一个房间，只见罗马最重要的氏族名录刻在墙上。他拿来朱利氏和克劳狄氏家族的名册，我们等候在光线昏暗的地方，马瑟卢斯和提比略念出他们先人的名字。芦秆笔和墨水被拿了出来，那位年长的名册记录人指示他们在各自氏族名单的最下面签上名字。等我们回到阳光下，连屋大维也受够了里面的阴暗。

“我应该为他们建造一座更明快的办公室，”他沉思着，“你愿意接下这份差事，作为你对罗马的第一份贡献吗，提比略？我会拨给你重建国家档案馆的资金。”

提比略受宠若惊。“我很愿意。”

我和朱丽叶惊恐地望着彼此。接着屋大维走近马瑟卢斯，重重地拍了拍他的后背。“那你呢？你对罗马的第一份贡献是什么？”

“造一座新的赛马场怎么样？”马瑟卢斯热切地问道。

提比略哈哈大笑。“你能不能别再想赌博的事了？”

屋大维不大高兴。“也许你应该做点别的。”

马瑟卢斯绝望地看看他母亲，又看看他舅舅，思考着他们所热衷的事物。“那一座剧场怎么样？”

屋大维露出微笑。“还不错。”

提比略绷紧下巴，我看见马瑟卢斯松了口气。

“马瑟卢斯剧场。那将是我献给你的礼物。”

“可以由塞勒涅来设计！”

所有人都转过身来。我屏住呼吸，而屋大维用他那难以捉摸的灰色眼睛望着我。“现在你几岁了？”他冷不丁地问道。

“我和哥哥都十三岁了。”

“非常成熟的十三岁孩子，”屋大维娅插话说，“她设计了阿波罗神庙的马赛克地砖，维特鲁威让她协助设计万神殿。”

屋大维用手挡在眼睛上方。“维特鲁威怎么没有对我说起这个？”

“因为她是个女孩，”利维娅说，“她应该去织布。”

“那是一幅非常漂亮的马赛克画面，”屋大维娅反驳说，“不管是不是女孩，她的技艺对他很有用。”

屋大维思考着。“今天他人在哪里？”

“设计万神殿，”她对他说，“接着是海神大会堂，朱丽叶神庙，你的陵墓和我的柱廊。”

屋大维转回来又看着我。“你是利用什么时间做这些设计方案的？”他好奇地问道。

“早上，上学堂之前，维特鲁威有时候带我一起去视察。”

屋大维似乎觉得这很有趣。“那么你做些什么？”

“测量，”我严肃地说，不愿让他轻视我的工作，“我还负责铺设地砖。”

“什么？”利维娅冷笑道，“像个马赛克工匠那样？”

“是的，如果马赛克工匠需要帮助或是指导的话。我也想为自己而学习。”

屋大维打量了我一会儿。“一位不介意干粗话的公主。”他意味深长地看着马瑟卢斯和朱丽叶，“这一点我的家人倒是可以学学。”一阵尴尬的沉默过后，他又说：“听起来维特鲁威的工程项目够他忙一阵的。如果他希望你帮助我外甥设计剧场，我看没什么问题。”

利维娅的嘴紧紧地抿成了一条线，但马瑟卢斯冲我露出胜利的微笑。在步行去广场的路上——到了那里他和提比略就要脱下童年时代的托加袍，换上白色的成人托加袍——他小声说：“干得真漂亮。”

“什么？”我莫名地问道。

“关于铺地砖的那番话。我舅舅喜欢把有用的人留在身边。”

“你说过了。那你呢？”

在我们周围，笛子手吹奏着乐曲，孩子们唱着献给酒神及其配偶利伯拉的歌曲——酒神夫妇会保佑他们结婚后多子多福，虽然，就连在巴克斯神庙，我都没有见过这么多戴着花环的阳具。马瑟卢斯诡异地冲我微笑，英俊而黝黑的脸上露出一抹洁白的牙齿。“我是他妹妹的儿子。接班的贤人和多余的闲人，”——他朝提比略瞄了一眼——“还记得吗？”

提比略凑近我的肩膀，温和地说：“小心点。你们的悄悄话让朱丽叶吃醋了。”

我见马瑟卢斯紧张起来，回头一看，只见朱丽叶的眼神生硬得像块石头。那天晚上在餐厅里，她很想知道我们先前在嘀咕着什么。

“你父亲会立谁为继承人。”我回答说。

一名竖琴师开始演奏，因为有钱的贵族们及其年轻的太太们前来祝贺贤人和闲人的成人礼。在我们用餐的沙发上，朱丽叶往我这边靠了靠。“你认为我父亲怀疑马瑟卢斯？”

“他拨给他资金来建造一座剧场。他怎么可能是嫌疑人呢？”

她缓缓地点点头。“这么说你们不是在聊红鹰？”

我靠了回去。“我有必要瞒着你吗？”

“也许你认为我再也不值得信任了。”

“不管马瑟卢斯对我说了什么，你一定是第一个知道的。”

她疑惑地看着我。“我父亲很会演戏，”她说，“我见过他对利维娅撒谎，装的好像他的话和金子一样纯。”

“我没有撒谎，”我发誓说，“如果我听到什么都会告诉你。你自己没有问过马瑟卢斯吗？”

“当然问过。他总是否认。”

“好吧，马瑟卢斯绝对不会对我吐露心声，”我不悦地说，“他喜欢对亚历山大说。”

这让她安心了一点。“就算是因为我父亲今天很慷慨，也不能说明他不怀疑，”她坦言，一边玩弄着她的食物。先前我只见过朱丽叶有一次没胃口吃饭。“你知道他们把舞台上的替补演员叫做什么？”她不等我回答便说，“影子。我父亲只要有一点点怀疑马瑟卢斯跳出了他的影子，一切就算完了。我会嫁给提比略，不管他是不是我的异父母哥哥，而马瑟卢斯会消失。”我这才明白，与其说她在生我的气，还不如说她在气她自己，而她的眼里闪着泪光。

“也许他不是红鹰。”我怀着希望说。

但朱丽叶只是望着她父亲，什么也没说。

天还没亮的时候，中庭传来一阵叫喊声，接着是一阵钉靴噼里啪啦的声音，噪声响彻各个厅堂。一时间我像是回到了埃及，在母亲死去的那天，和哥哥一起挤在她的床边。

“亚历山大！”我把被子推开。

他跳了起来。我们飞快地跑去穿上斗篷，只听见马瑟卢斯扯着嗓子在大厅里叫喊。亚历山大猛地打开门。屋大维娅、维特鲁威、马瑟卢斯和他的妹妹们正围成一个圈，站在马瑟卢斯的房间外面，看着士兵们在房间里进进出出。当马瑟卢斯看见我们时，脸上毫无血色。

阿格里帕在场。“我们在赛马场找到了他，”他说，“在窑子里。”

屋大维娅用手捂住了嘴。

“不是你想的那样！”马瑟卢斯辩解说。

“那么那个时候你在干什么？”屋大维从马瑟卢斯的房间里走出来，他的表情很可怕。“我希望，不是在写传单。”

马瑟卢斯往后退了一步。“就是因为这个，你认为我是红鹰？”我看得出他想放声大笑，要不是这个指控这么严重，他可能真的会笑出声。“就因为我在晚上溜出去找一些卢帕女，你就认为我是个叛徒？”

屋大维娅扯着嗓子说：“你去找肮脏的卢帕女？”

维特鲁威把手放在她的胳膊上以示安慰。“每个男孩都去过那里。”

“罗马的继承人不可以去！”屋大维吼道。

朱巴从马瑟卢斯的房间出来，把手往他的外衣上擦。

“你发现了什么？”屋大维问道。

“只是一些淫秽的画作。”

“我告诉过你！”马瑟卢斯喊道，“你见过我在学堂的功课。你以为我真的要对那些传单负责？我没有这个耐心！”

屋大维思考着。“也许你太过笃定，等着做我的继承人。记住，马瑟卢斯，我也喜欢菲德利乌斯，”他说着，帮助他回忆起那个在罗马城墙外被杀死的年轻士兵。接着他转向他妹妹。“好好看着你的孩子。”

大厅里的士兵都走光了，等屋大维的人离开后，马瑟卢斯向他母亲走去。

“我不想看见你！”她喊道，并把他推开。

“但事情不是你想的那样。母亲，听我说！”他凑过去在她耳朵里嘀咕了一阵，吓得她退了一步，用陌生的眼神看着他。“请别告诉屋大维。”他恳求道。

“所有人都回房间去，”屋大维娅命令说，“去睡觉。”

但前庭里突然传来一个女人喊救命的声音，所有人都惊呆了。

“是加利娅，”马瑟卢斯说，听出了她的声音，“我敢打赌他们抓走了维利乌斯老师！”他瞪着他的母亲。“我猜想巴列丁丘上的每个金发男人都是这个待遇。”

加利娅冲进大厅，看起来她是一路从巴列丁丘脚下的住处跑到这里的。她泣不成声地诉说了事情经过，证实了马瑟卢斯的恐惧。“他做了什么？是他教了不该教的东西吗？”

“不是，”马瑟卢斯愤愤地说，“根据情报，红鹰长得像个高卢人，但是他们还没有找到他。所以任何长着浅色头发的人都有嫌疑。”

加利娅看着屋大维娅。

“是真的，”她低声说，“我哥哥刚才在这里搜查马瑟卢斯的房间。”

她倒吸了一口气。“他的亲外甥？”

屋大维娅抬起下巴。“没有人能逃避嫌疑。”

加利娅双手蒙住脸。就算那天晚上在盖尤斯的别墅里，她也没有哭泣。她哭得浑身发抖，令人于心不忍。她自己的伤痛不足以令她崩溃，但如今那是维利乌斯老师……

屋大维娅伸手搂住加利娅的肩膀，叫维特鲁威去拿些毯子来。我们跟着她穿过大厅走进图书馆。早上不用去上课了，所以也没有必要叫我们去睡觉。一名奴隶赶来点燃火盆，我们一起围坐在火边，喝着温热的酒，蜷缩在斗篷里。经过这个夜晚，马瑟卢斯看起来脸色最差。

“他有可能被带到监狱，”屋大维娅猜测说，“他们会搜查他的房间，如果他们找不到任何证据证明他是叛徒，就会放他走。”但是她犹豫了一下。“他不是个叛徒，对吗？”

加利娅放下杯子，不小心发出了很大的声响。“我和他住了将近一年。如果他是红鹰，我想我会知道！”

屋大维娅点点头。“那么一旦他们搜过了他的卷轴——”

“那就让他们看吧！我希望他们喜欢西蒙尼蒂斯和荷马！”

火焰在炭盆里噼啪作响，图书馆里陷入了不安的沉寂中。维特鲁威带着毯子和温热的欧弗拉饼回来，但没有人吃得下东西。

随着黎明破晓，阳光奋力穿透厚重的云层，东尼娅把头靠在她母亲的膝盖上。“该上学堂了，”她说，“他们为什么不走？”

“因为今天不用上学堂了。安东尼娅，带你妹妹回房间。”

虽然换了我，我一定会和我的母亲争辩，但安东尼娅乖乖地站起来照办了。接着房间里的沉默令人胸闷。

“你听说剧场的事了吗？”屋大维娅打破了安静。

维特鲁威点点头。“恺撒同意让塞勒涅协助，”他小声说，“我期待着看到她的创意。”

话音落入寂静中，正当我的眼皮重得抬不起来的时候，一个身影挡住了门口的光线。

“维利乌斯！”加利娅喊道。她从椅子上起身冲过去，伸出双臂搂住他的脖子，打量着他的脸，看看有没有受刑。

“他在那里待了没多久，”朱巴安慰她，“士兵们搜查了他的房间，但一无所获。”

“当然了！”加利娅粗声粗气地说，“他们对你做了什么？”她温柔地问道。

“没什么。他们还没来得及给我戴上锁链，朱巴就及时赶来把我救了出去。”

泪水打湿了加利娅的脸颊。“谢谢你，朱巴——”

“这么说今晚没有任何发现，”屋大维娅气乎乎地插了一句，“这里、学堂、维利乌斯老师的家里都没有。”

朱巴的眼神很坚定。“我是奉命行事。”

“那么接下来你需要奉命做什么？”她问道。

“通知你屋大维决定辞职。”

第十六章

公元前 27—26 年

到了第二天，这个消息传遍了罗马，无人不知，无人不晓。成千上万的人涌向参议院，在那里，屋大维承诺放弃他的权力，辞去他的全部职位。士兵们在外面的庭院里维持秩序，男人们神色凝重，而一些歇斯底里的女人们捶胸顿足。我们站在参议院敞开的门前、一块为我们腾出的地方，我听见屋大维娅说："让一让！"

维特鲁威身边带着一名年轻男子，一时间我难过地想，他是不是收了一个新的学徒。

"亚历山大，塞勒涅，这是我的儿子卢西乌斯。"他说。

卢西乌斯冲我露出迷人的微笑。他比我哥哥矮一点，和屋大维差不多，金灿灿的凉鞋里露出小巧的脚跟。等我伸出手去，他久久地吻了一下。"这么说你就是替我承担重任的人，"他感谢地说，"没有你，我就要被绑去画草图、铺砖地了。"

我笑了。"这是一个美好的负担。"我对他说。

"嗯，有你这么漂亮的人监督那些工匠，他们一定会要求干更多的活。"

对于这番虚情假意的恭维，马瑟卢斯哈哈大笑，但卢西乌斯只是把注意力转到我哥哥身上。"亚历山大——"

"他来了，"马瑟卢斯打断了他，指着门里面的参议院，"他站到讲台上了！"

屋大维穿着一件朴素的白色托加袍，他身上没有半点恺撒的样子。他的两边是阿格里帕和朱巴，身后还站着禁卫军。虽然亚历山大和卢西乌斯在窃窃私语，但庭院里其他人都默不作声。

我问过朱丽叶，她父亲这么做是否是因为红鹰，但她只是笑。“他做什么事都是计划好的。对于这件事，他很可能考虑了几个月。甚至几年。”

“那么你认为他并不准备放弃他的权力？”

朱丽叶厌烦地看了我一眼。“是的，”她说这话的时候带有一种老成的愤世嫉俗。“如果他觉得这么做能增加他的权力，他才会这么做。”

我不懂辞职怎么能让屋大维掌握更大权势。当他站起来讲话，参议员们开始抗议。他们高喊着让他留下，指出在他掌权之前，内战令罗马支离破碎，并断言如果他拒绝留任，这样的局面会再次出现。男人们在空中挥舞着拳头，像奥斯底亚的水手那样不断咒骂。但当屋大维举起双臂，整个房间安静下来。

“现在是时候了，”他大声说，“我应该放弃统治的权力，并把共和国还给罗马的公民。”

“他绝对不是真心的！”马瑟卢斯喊道。

屋大维娅的双手不安地绞着腰带。但利维娅面带微笑，于是我心想，朱丽叶说得没错。他不是真心想那样。

“我想我们全都记得我的养父，盖尤斯·尤里乌斯·恺撒，只不过十七年前，他还穿着帝国的紫色斗篷、头戴月桂花冠站在你们面前。请注意，站在你们面前的我并没有穿着恺撒的官袍。我是一名谦卑的公仆，对于自己的过去记忆犹新。”

“那么您还记得内战吧！”一位参议员喊道。

“是的，”屋大维承认。“但是我也记得我父亲，”他厉声说，“为了缔造一个帝国而被刺死！”

参议院内一阵喧嚣。一个站在门口的男孩为庭院里的人传达屋大维的讲话，外面的骚动很快赶上了里面的混乱。

屋大维举起双臂，参议员们再次安静下来。“我已经为罗马做了我应该做的，”他接着说，“现在我完完全全地辞去职务。我把掌控军队、法律和地域的权力交给你们，罗马尊敬的参议员们。你们可以随心所欲地治理，无论是你们托付给我的那些疆域，还是我为你们斗争并赢得的土地。”

塞涅卡激动地从位子上跳起来。“我们不能接受！”他喊道，“您打败了安东尼，您打败了埃及王国，您重建了我们的城市，并派遣军力去管辖我们危险的山区。你在动荡的局势下建立了共和，把它缔造成了一个帝国，我们绝对不会同意您的请辞！”

维特鲁威转向屋大维娅。“他是不是收买了塞涅卡？”

她摇摇头。“我不知道。”

“他不必收买他，”利维娅没好气地说，“参议员们不想回到内战的局面。没有屋大维的领导，各个氏族会重新开始打仗，像恶狼一样彼此撕咬。”

“让我们表决吧！”一位参议员喊道。

底下一片嗡嗡的赞同声，屋大维举起双手。“那么我的去留由你们决定。”他勉强同意了。

塞涅卡对所有人说。“我们是要对罗马的未来作出表决。”他说，“这里没有一个人不知道屋大维为了这座城市、这个帝国、为了你们所有人做出的一切！你们想要回到无政府的混战局面吗？回到内战不断的日子吗？”他威胁说，“屋大维并不是另一个尤里乌斯·恺撒。他完全不同。那就是不同的地方。我们可以共有权力，并且在罗马历史上开创一个共同统治的方式。所以，为了彰显他的特别、他的胜利和他为了改善罗马而作出的牺牲，让我们给予他一个名号吧。让我们称他为盖尤斯·屋大维乌斯……奥古斯都。”

参议员们爆发出一阵赞同的欢呼，只有几个人还坐在长凳上。讲台上，屋大维谦逊地低下头。

参议员们坐回位子上，只有塞涅卡还站着。“至于辞职，”他继续说，这句话引来齐声的反对，“至于奥古斯都是否可以辞职，我们应该进行表决。”

这是一场盛大的演出，等到一切都结束了，我们看着屋大维不情愿地接受了叙利亚、伊比利亚[1]和高卢这些地区十年的统治权。埃及依然属于他，且二十多个军团的指挥权也是归他所有。但余下的地区和他们相对较小的军团归参议院管辖，他们可以选出监管的执行长官。接下来在街上举行的庆祝活动，和任何一次军事胜利一样喧闹一样狂热，就好像奥古斯都又一次从战场上奏凯而归。

那天下午在屋大维娅的别墅里，我们准备了一场欢庆宴会。加利娅把我的头发烫成了蓬松的卷发，并把一端镶着珍珠的发夹别在上面。我想象着那些发夹配上我母亲的项链会是多么漂亮，接着又强迫自己不要去想。加利娅的自由和幸福用多少项链去交换都是值得的，再说没有什么项链可以令我的母亲死而复生。加利娅在我的眼睑上扫了一层淡淡的孔雀绿，接着允许我戴上一对朱丽叶在农神节送给我的珍珠耳环。亚历山大看到的时候，哼哼着表示赞美。

"小心点，"他逗我说，"今晚所有那些参议员都会到场，他们可能看腻了屋大维。"

"你有没有听说发生了什么事情？"我不满地问道，"还是你一整天都在和卢西乌斯聊天？"

"我当然听说了！他保留了十多年的权力，我们全都要称他为奥古斯都。"

我抬头看着加利娅。"是真的吗？就连屋大维娅也要那么称呼他？"

"是的。罗马人总是喜欢改变自己的名字。"

我想起了维特鲁威早就开工建造的陵墓，所有的铭刻都要更改了。

"这么说你认为这是他计划好的？"亚历山大一边问道，一边在镜子前挨着我坐下，加利娅正在往我的脖子上喷香水。

"朱丽叶是这么说的。"

"卢西乌斯也是。"

---

① 欧洲西南角的一个半岛，也就是古葡萄牙和西班牙。

“卢西乌斯知道什么?”我问道,“他和他姑妈住在一起。”

哥哥抬起眉毛。“也就这些了。他和他父亲聊过。屋大维娅说他会搬过来住在这里。”

“他很会讨人喜欢。”

我们一言不发地坐了一会儿。接着我往镜子里看了一眼。“你真的认为我看上去很漂亮?”

“足够让餐厅里的每个人行注目礼了,”他保证说,“那我呢?”

我笑了。“你总是那么英俊。那又有什么关系呢?你没有看得上的人。”

他不好意思地笑了。

“有吗?”

“没有。”他肯定地说,“开始一段恋情会很傻。我们不知道屋大维——奥古斯都——心里面是怎么为我们考虑的。他可能会让你嫁给一个像宙斯那么老的参议员,让我去娶一个像利维娅一样的巫婆。”

“别这么说。”我嘀咕着。

“真的。所以卢西乌斯不愿意和他的姑妈待在一起。她认为她已经替他找好了妻子,一个在卡普里岛有栋别墅的可怕老巫婆。而他只比我们大一岁。”

“他什么时候来这里?”我问道。

“今晚。”

“这么快?”

“他和她住在一起越久,”哥哥说,“她越是有时间把那个女人带回家来见他。”

“但维特鲁威一定要同意这桩婚事?”

“卢西乌斯说维特鲁威相信他姐姐的眼光。”

“那么他认为他来这里就能逃避婚事?”

“也许吧。不是每个男人都愿意结婚,你知道的。马瑟纳斯很多年都不想娶妻。而维吉尔已经四十多岁了,从来没有结过婚。”

“他们是诗人,亚历山大。也可能是加尼米德派。”

但提到那个被诱拐到奥林匹斯成为宙斯情人的男孩，哥哥显得并不恼怒。他只是耸耸肩。“也许吧。”

在晚上接下来的时间里，我打量着亚历山大。即便当马瑟卢斯给我倒酒，赞美我戴的耳环很漂亮，我也还是看着哥哥聊天的模样，他说的每一句话都把朱丽叶逗得大笑，他的眼睛从未离开过卢西乌斯。只有当奥古斯都从餐厅的沙发上站起来，宣布明天会有另一个惊人的公告，他们的对视才分开了一下。

朱丽叶摇着头。“如果我父亲不是官员，他会当个演员。”

“有什么区别吗？”马瑟卢斯问道，我察觉到他的语气中带有一丝苦涩。他说他已经原谅他舅舅指控他的背叛，但是我不知道，他是否能原谅他舅舅派了那么多侍卫把他从窑子里拉出来。

“你觉得他会宣布什么事情？”我小声问道。我看看朱丽叶又看看马瑟卢斯，但开口的是卢西乌斯。

“战争。”见所有人都转过来看着他，他接着说，“我父亲说奥古斯都想造一座新的凯旋门。当他被问到这有什么意义，他说他要继续和高卢人打仗，并在阿斯图里亚斯和坎塔布里亚开战①。”

“维特鲁威从来没有对我说过。”我伤心地说。

“就是在今天早上奥古斯都要求建造凯旋门。”

“高卢发生了叛乱，”马瑟卢斯坦言，“而阿斯图里亚斯有金矿，坎塔布里亚有铁矿，它们会成为有价值的领土。更别说坎塔布里亚是伊比利亚唯一一个不属于罗马的独立国家。”

我们全都望向屋大维，尽管三月的天气算是暖和的，他还是裹着最厚实的冬季托加袍和皮毛镶边的斗篷。

“如果他要上战场，”朱丽叶直言，“我只希望他带着利维娅一起去。”

在四月的望日那天，朱丽叶的愿望实现了。跟着奥古斯都上前线平

---

① 两者都位于今日西班牙境内。

定高卢叛乱的不仅有利维娅，还有朱巴、提比略和马瑟卢斯。

“你不能去！”看着马瑟卢斯准备行装，预计会在国外待上两年甚至三年，朱丽叶不顾一切地说。

他哈哈大笑。“那只是高卢。你知道有多少军团去过那里？”

“但什么事情都有可能发生。为什么用这种方式拿自己冒险？”

“因为有一天，如果这是我的帝国，我就要独自上战场。没有你父亲、也没有他的将军和朱巴。”

“那阿格里帕呢？”卢西乌斯问道。他和我哥哥并肩坐在马瑟卢斯的沙发上，上面还有一个沉甸甸的箱子，里面装满了凉鞋和衣服。自从搬进别墅、开始和我们一起上学堂以来，他便和我哥哥形影不离，一同学习诗歌，一同玩骰子打赌，就连在赛马场也在同样的马匹上下注。我无法理解哥哥对他的迷恋，而朱丽叶觉得他们两个魅力难挡，每当他们三人在一起，就像土狼似的笑成一团。

“他要留下来治理罗马。”马瑟卢斯说。

哥哥很吃惊。“但他不是——”

“我舅舅的作战参谋？是的，”马瑟卢斯回答，“但必须有人来监督参议院。”

“但阿格里帕不是去了埃及吗。”我指出。

“每一个想要亲身为罗马作战的人都上了战场。如今他们穿着白色托加袍，自称为参议员。”

马瑟卢斯的热情令我心动。明天他将要同五个军团一起出发，奔赴一场战争，可能再也回不来，但他的语气里只有激情。我想象着他可能面临的危险，化了妆的高卢斗士隐藏在浓密的林间小道边。我肯定伊西斯决不会残忍地抛弃一个如此年轻的人，于是充满了希望。但为什么她抛弃了托勒密和恺撒里昂？当安蒂拉斯在恺撒的塑像脚下被杀害，当我的父母亲把他们的王国输给了一个瘦小、孱弱的年轻男子，她又在何方？

第二天早上，几乎所有人都挂着眼泪。朱丽叶抱着马瑟卢斯不断抽泣。接着他在她耳边嘀咕了一阵，并用手指温柔地抹去她的泪水。当他来到我面前，倒没有对我耳语什么。我很惭愧地承认，我是那么地害怕他一去不返。但是我不愿像个孩子似的抽抽嗒嗒。

“怎么，没有眼泪？”朱巴问道，“他是要去攻打那些可怕的高卢人和坎塔布里亚人。”

“伊西斯会保佑他的。”我坚毅地说。

“也许她可以用她的翅膀载我们飞去高卢，”提比略大笑着说，“这样我们就不用担心藏在路边树丛里的野蛮人了。”

“够了。”利维娅说，而这是我第一次感激她。我感觉到泪水刺痛了眼睛，马瑟卢斯跨上他最心爱的战马，朱巴好奇地看着我。战神操场边满是旁观者，他们等待着士兵们出发，以便把月桂枝抛撒在道路上。

我站在靠近马匹的地方，足以听到利维娅在提比略耳边嘀咕：“我会待在马车里。不管出了什么事，你知道该怎么做。”

“当然。”他简单地说。

“而且你不能傻到去挡任何射向马瑟卢斯的箭。如果神灵希望他死去，你不准违抗他们的意愿。”

提比略看着我，发现我在偷听。我别过脸去。

利维娅走到屋大维娅跟前，和她的小姑吻别。

“一路平安。”屋大维娅毫无诚意地说。

利维娅露出微笑。“别担心马瑟卢斯。他很能干。当然了，我会把他当作儿子来照顾。”

我忍不住想要揭穿她，但屋大维娅整个上午都在抽泣，此时再一次流下眼泪。坐在马背上的马瑟卢斯递给她一块小小的麻布方巾，她用它捂着鼻子。

“没事的，母亲。我们速战速决。”

屋大维娅点点头，假装相信他，随着军团开动，亚历山大伸手搂住我的腰。

“他会回来的。”他肯定地说。

“你怎么知道？”

“因为朱巴和阿格里帕训练过他。”

我看着朱巴爬上马背。他曾经救过我和加利娅的性命，我想他一定会对马瑟卢斯做同样的事情。女人们朝他吹口哨，把衣服掀到膝盖上，我怀疑其中有人是卢帕女。“她们为什么对他感兴趣？”我问道。

“因为他长得很帅。”亚历山大说。

我看了他一眼。

“是真的，”他坦言，“你也许不喜欢他，但罗马的女人显然很喜欢他。”

我认为朱巴多多少少有些魅力。他的头发又密又长，和他的眼睛一样有着深沉而浓郁的色泽。他那健壮的大腿跨在马背上，我想象着他的胸膛也同样刀刻似的线条分明。但没有人像马瑟卢斯那样，我眨眨眼忍住泪水，哥哥拍了拍我的肩膀。

“奥古斯都不希望他出什么事，马瑟卢斯不会参加任何危险的战斗。但是学堂里就冷清多了。”他谅解地说。

“还有赛马场里，还有餐厅里。”

“至少你还有朱丽叶。”

随着漫长的几个月过去，农神节渐渐临近，却没有任何士兵们要回家的消息，朱丽叶成了我唯一的慰藉。我们和加利娅以及七名禁卫军一起在假日集市上闲逛，但没有了马瑟卢斯的喋喋不休，也没有了打扮自己来取悦的对象，显得很奇怪。

“等到马瑟卢斯回家，”朱丽叶说着在一片各式各样的假发前驻足，“也许我要打扮成金发。”

我笑了。“什么？像个卢帕女那样？”

“不，像加利娅那样！看看她有多漂亮。”

“因为我是浅肤色的人，”她对朱丽叶说，“长着蓝眼睛和白皙的皮肤。你是个罗马人，深色是你的颜色。”

朱丽叶撅起了嘴。“那我该如何给他一个惊喜？”

我朝店员头上的镜子里瞥了一眼，心想我戴上金色的假发会不会好看。但一想到戴上某个奴隶女孩剪下的头发便感到一阵反胃。马瑟卢斯对我没有意义，我坚强地想道。如果他平安归来，那也是对朱丽叶有意义。但我情不自禁地感到一丝得意，因为等他回来，我有比一顶新假发更好的东西要给他看。剧场的工程已经在屋大维娅的柱廊旁边开始了，因为可以选择设计方案，我请求维特鲁威把它建造成赛马场的模样，造出三层用石灰华镶片的拱门，底部竖起科林斯立柱。他允许我设计每一片马赛克画面和内部重要的横饰带。我拿起店员的一个小塑像，对自己露出微笑。

“怎么？你现在考虑崇拜罗马的神灵了？”

我低头并意识到自己拿着一尊战神像。“当然不是！”我立刻把它放下。

朱丽叶笑了。“他看上去像阿格里帕，不是吗？”

那圆圆的大理石脸庞和短短的头发确实有点像他。“他一定是个非常忠诚的人，”我说，“你父亲离开的这些日子，他在参议院从来没有背叛过他。”

“阿格里帕为了我父亲可以牺牲自己的生命。他最大的哥哥在对尤里乌斯·恺撒的战争中站错了位。他和加图并肩作战，如果你能想象的话，当加图被打败后，尤里乌斯·恺撒把阿格里帕的哥哥当作俘虏。正是我父亲插手救了他一命，于是阿格里帕觉得他欠了他的人情，”朱丽叶说，“有时候，他来我们别墅只是来确认我和德鲁苏斯的安全。当然，有禁卫军看护我们，但是他总是来。”她压低声音，“他从来没有出卖过我，把赛马场那天晚上的事情说出来。”

我迟疑了一下。“哪天晚上？”

“我父亲跑去搜查马瑟卢斯的房间、认为他是红鹰的那天！阿格里帕发现我们在窑子里租了一个房间，但从来没有告诉过我父亲我也在那里。”

我的胸口突然闷得透不过气来。“马瑟卢斯偷偷溜出去见的人是你？”

朱丽叶咯咯直笑。“你哥哥没有告诉过你？”

“没有!”

“好吧,你应该多和他聊聊。”

等我们回到巴列丁丘,我怒气冲冲地跑进我的房间,让正在做功课的卢西乌斯和亚历山大吓了一跳。

“出什么事了?”哥哥问道,“买东西买得不开心了?”

“你对我撒了谎!”

他慌张地坐到沙发上,学堂的卷轴散落了一地。“什么事?”

“你从来没有告诉过我马瑟卢斯和朱丽叶在窑子里约会!”

“我刚刚知道! 朱丽叶是几个星期前才告诉我的。”

“几个星期?”我喊道,“那你准备告诉我吗?”

“他在等着适当的时机。”

我瞪着卢西乌斯。“这么说你也知道这件事? 我哥哥对你无话不说,却把他的孪生妹妹蒙在鼓里?”

“我并不想这样。”亚历山大辩解说。

“那你是想怎样?”

亚历山大穿过房间把门关上。“他在和她约会。我知道那会让你伤心,我不想看到你生气。”

“总比让我难堪好吧,”我激动地说,“总比我在广场买东西的时候知道这件事要好吧。”接着我突然闪过另一个念头。“这么说马瑟卢斯不是红鹰。”

“还是有可能,”哥哥说,“难道你没注意到自从他走了,一张传单也没有贴过?”

“那也可能说明那叛徒很聪明,让事情看起来像是他做的。”我双臂抱胸。

“对不起,塞勒涅。”哥哥小声说。

“我不知道有多久他们一直——”

“就是他离开几个月前,”他安慰我说,“在那之前,他是去找卢帕女。”

我倒吸了一口气。

“每个人都做这种事。”

“你呢?”我反问道。

“我当然没有!”他瞥了卢西乌斯一眼,“我是说其他人。”

我坐下来闭上眼睛,希望如果我一直闭着,就再也不用看见亚历山大,或是卢西乌斯,或是马瑟卢斯回来的时候眉开眼笑,并在朱丽叶耳边窃窃私语。

卢西乌斯坐在我椅子的扶手上,我睁开了眼睛。“今天你和我们一起去音乐厅吧。”他说。

“对啊,”亚历山大说,“你从没去过。而且你还声称喜欢诗歌。”自从卢西乌斯搬进屋大维娅的别墅,哥哥开始同他一起前往当地的音乐厅。那些小型的室内剧院举办着音乐比赛和诗歌朗诵会。自从马瑟卢斯离去,哥哥上音乐厅的次数比上赛马场更频繁。“来吧,”亚历山大恳求道,“操场上的那座小剧院会是你所见过的最漂亮的。”

“那甚至会带给你一些灵感。”卢西乌斯鼓动说。

“欧维德会在那里。”哥哥诱惑我说。

“欧维德是谁?”

亚历山大和卢西乌斯对视了一眼。“就是罗马最杰出的年轻诗人!”卢西乌斯喊道。“和我们一起去!”他拉住我的胳膊,我任由自己被带去战神操场,在那里,一栋小型的砖石建筑以其漂亮的马赛克砖和常春藤缠绕的拱门,欢迎到访的人。由于农神节将至,一个绿色和藏红色的华盖架在横梁上,让人想起了生育的颜色,它使得光顾剧院的人避免淋到十二月的小雨。禁卫军在我们身后入座,亚历山大向我解释会有什么样的演出。

“今天是诗歌,”他说,“你看见那个准备上台的脸颊泛红的年轻人吗?那就是欧维德。”

“他多大?”我喊道。

“十六岁。”

“他的家人同意他演出?”

“不是每个人的父亲都不愿意承认文学的价值。”卢西乌斯说。

“那贺拉斯和维吉尔呢?”我问道。

亚历山大皱起鼻子。“他们是属于奥古斯都的,现在他们写的诗全都和政治有关。欧维德写的则是现实。”

见我皱起眉头,卢西乌斯说:“爱情,”接着又很快加了一句,“和恋爱的痛苦。”

我双手抱胸。“你们觉得我想要聆听恋爱的痛苦?”

“嘘,”亚历山大说,“听着。”

欧维德走上舞台,音乐厅的老主顾们很快安静下来。那和屋大维的剧场演出不一样,在那里,人们从座位上站起来,向演员扔枣子并高喊:“把熊带上来。”这里的观众大部分是年轻男子,一些女人和她们的朋友坐在一起,咯咯笑着指指点点,当欧维德一开口,众人便安静下来,他宣布说:“这首诗叫做‘失望’。”

一些男人窃笑起来。

“有什么好笑的?”我嘀咕着。

“因为他总是在说他得意的事。”哥哥说。

接着欧维德开始朗诵:

但是啊,我以为她是丑陋的,她并不漂亮,
我并非常常祈祷着想要得到她。
然而抱着她我是那么麻木,什么都没有发生。
我只是躺在那里,可悲地压迫她的床。
我怀着欲望,她也是,但本该带来快乐的腰肢
却绵软无力,毫无快感的激荡。
那女孩用象牙白的双臂缠绕着我的颈项
(她的臂膀洁白得胜过锡索尼亚的雪花),
给我贪婪的亲吻,探入舌尖,不停震荡,
她的大腿激情四溢地贴着我的大腿,
在我耳边低语着火热的字眼,称我主宰了她的心房

将情人间的快乐私语窃窃道上。

然而，犹如冰冷的毒汁玷污了我的躯体，

我那麻木的四肢困住了我的渴望。

我躺着，像一块朽木，一个假人，一份毫无价值的重量，

我的身体还不如一条影子的模样。

如果老年降至，我的年华何以担当，

就连我的青春也是虚度一场？

观众们哄堂大笑，而欧维德继续诵道：

啊，我愧对我的年华。我是个年轻男子：那又怎样？

在我女朋友的眼中，我既不年轻，也不具男子的力量。

她似神圣的女祭司站起身，内心燃烧着烈焰，

或似姐妹般清纯地躺在哥哥身旁。

但不久之前我和金发碧眼的克莱德缠绵两次，优雅迷人的碧索三次，还有利伯斯三次，

皆一气呵成、极为流畅。

据我回忆，珂瑞娜在短短一个晚上

令我行九次之力——我也不负其望！

是否某种色萨利魔药令我全身乏力，

用恶毒的咒语和草药令我受伤？

是否某个女巫把我的名字潦草地刻在蜡版上给予诅咒，

并用纤细的针不偏不倚地刺进肝脏？

他继续形容着不作为的可耻，而我难以置信地看着哥哥。等欧维德诵完，所有的观众都站了起来。

亚历山大转向我。“好吧，你觉得怎么样？”

“真是恶心、粗俗。这就是他的表演？”

“你不喜欢?”卢西乌斯喊了起来,一边擦去笑出的眼泪。“他还有其他的题材,”他保证说,“献给他的情妇珂瑞娜的整部诗集。”

“他缠绵了九次的那个?”我讽刺地问道。

“就是为了讽刺,”哥哥说,“我以为你会觉得很有意思。”

“也许我没这个心情。”

“但剧院很漂亮,不是吗?”他问道。

我很不情愿地承认了这一点。对于一栋位于战神操场、挤在两家店铺之间的砖石小房子来说,它算是有些魅力。我们的母亲在亚历山大城绝对不会光顾这样的地方,她也绝对不会原谅我们脖子上戴着金色的印玺、却跑到罗马的一座剧院里欣赏粗俗的诗歌。但这个时候,我们的母亲已经不在了,而埃及已经在奥古斯都的新帝国中被清扫了一遍。我之所以还能忍受这种被流放的日子,全都是因为马瑟卢斯的存在。当我听见他在别墅的大厅里笑个不停,或是在马克西姆赛马场对着车队欢呼呐喊,我会一时间忘了卡尔蒙和托勒密已经离开了人世,或是我可能再也回不到我童年时代的埃及,或是关于我父亲的记忆已经从罗马被抹去了。

亚历山大和卢西乌斯极力哄我开心,但在一段时间里,来自埃及的消息似乎带来了希望。被奥古斯都推为执事、管辖我母亲王国的诗人和政治家克纳利乌斯·伽路斯失宠并自杀。如今埃及无人统管,那么对于我和亚历山大来说,要回去还有什么时机比现在更好?但消息接着从高卢传来,一位新的执事被选了出来。所以,即便是随着农神节来了又去,没什么能让我开心起来。

当我和哥哥在一月一日庆祝我们的十四岁生日时,朱丽叶送给我一对漂亮的黄金翡翠耳环,但她的慷慨只是令我苦恼。

“我们应该去广场,”她激动地说,“去买一匹丝绸来搭配它们。”

“我要为了谁戴上它们呢?”我反问道,破坏了吃饭时轻松的心情。餐厅里,屋大维娅在天花板上悬挂了农神节的神圣树枝,它们那蜡一般的树叶反射出灯光。

朱丽叶皱起眉头。“你这是什么意思?为了你自己,为了卢西乌斯。”

“卢西乌斯只会和我哥哥对视。”

朱丽叶看着他们两人在餐厅的角落里滚骰子玩。“这么说你认为他们不只是朋友?”她问道。

我诧异地看着她。“我当然不是这么想!”

“他们整天都在一起。”她指出。

“我们也是啊,”我咕哝着,“而我可不是你的情人。马瑟卢斯才是。”

她飞快地朝屋大维娅瞥了一眼。“拜托不要告诉她,塞勒涅。如果她知道,绝对不会原谅我。拜托。”

我很想说出刻薄的话来回答她,告诉她屋大维娅早就知道了,但她眼里的恳求太过急切。注定要嫁给马瑟卢斯的是她而不是我,她何错之有?

“这么说你不喜欢那对耳环?”她迟疑着问道。

“我当然喜欢,”我挤出一个微笑,“它们很漂亮。”

“那么明天我们去买点东西来搭配它们!”

当我们前往广场,我懒得装出一副好心情。即使天气阴冷,大街小巷笼罩在寒冷的薄雾中,我还是穿着最暖和的斗篷,跟着加利娅沿着圣道往前走。

“至少没有下雪,”朱丽叶说,“想想看在高卢的山区会是什么情形?”

“那里有多冷?”我问加利娅。

“冷极了,”她回答说,“下雪的时候,连动物都藏了起来。每年都有忍饥挨饿的孩子和无家可归的老妇人被狼吃了。”

朱丽叶哆嗦起来。“难怪我父亲写来的信那么可怜。他一直都在生病,身体虚弱。”

“高卢的冬天可能会这么冷,如果他聪明的话,”加利娅说,“就应该把他最忠心的人留在那里,并带着其余的人南下前往坎塔布里亚。”

朱丽叶看着我,我知道她在想马瑟卢斯。在高卢寒冷的山区中,他和朱巴、奥古斯都还有提比略一起在经受严寒的折磨。他们的人很可能希望回到舒适的家园,在家里,冬青树枝用闪亮的小图钉挂在门柱上,浓郁的烤鹅香味弥漫在各个厅堂间。他们中的一些人可能再也无法活着迎接下一个农神节，而我在想利维娅是如何在这么一个艰苦的地方煎熬。也许正好，我刻薄地想到，她能独占奥古斯都，而塔伦提娅却身在八百英里之外。

等我们来到广场，朱丽叶把胸前的斗篷裹得更紧了。“也许我们应该下一次再去。我们走捷径吧。”她建议说。

加利娅带路穿过参议院的庭院，尽管天气很冷，律师们依然在一场审判会上辩论。一个穿着厚重衣服的男人站在两座不同的讲台上，在一个薄薄的遮雨篷下躲避小雨。一群围观者挤在那里，我拉了拉朱丽叶的斗篷。“你觉得我们是否应该看看出了什么事？”

“在这种鬼天气里？”她叫了起来。

“但是看看这些人。这像是又一次审判谋杀盖尤斯·法比乌斯的奴隶。”

朱丽叶犹豫不决，在温暖的店铺和好奇心之间挣扎。“只看一会儿。除非很有意思。”

我们站在讲台后方专门为参议员和如今的皇室家族预留的空地上。一名年轻的被告被押在两名士兵之间，但是从她的衣服来看，她显然不是下层平民。她斗篷上的皮毛摩擦到她那柔嫩的脸颊，脚上的凉鞋是新的，还是皮革的。她那长长的辫子用金线小心地绑着，大街上凡是在她身边经过的男人都会觉得她很美。轮到她的律师到讲台上辩论了，她低着头聆听着。

“你们听到阿奎拉的律师声称，这个女孩曾是他的奴隶，”他气愤地说，“你们听到他像只疯狗似的口不择言，撒谎说她小时候就被人从他这里偷走了。那么阿奎拉怎么能说这个女孩就是十五年前他买回的女孩呢？她长着同样丰满的胸部吗？”他反问道，“同样肥胖的大腿和打耳洞的耳垂？”他面前的人群笑了一声。“那为什么阿奎拉现在突然站出来声称她是他以前的奴隶？有可能是因为她很漂亮？”众人不同意地摇着头，一个穿着皮毛斗篷的肥胖男人对他们眯起了眼睛。“有可能是他觊觎了图利娅好几个月，知道她是一位受人尊敬的队长的女儿，于是认为这是唯一能得到她的方法？”

“撒谎！”阿奎拉的律师喊道。

“我可以向你证明我没有撒谎！这个你们面前所看到的女孩从来就不是奴隶，我可以带来十几个见证她的出生并证明她身份的人。”

“那些人是谁？”阿奎拉的律师质问道，“能轻易买通的奴隶？”

“不像买通陪审员那么容易，”图利娅的律师反驳说，那些坐着的人纷纷直起了背。“没错。罗马的产婆都是奴隶，但是我可以带你去见她的母亲，她的父亲，甚至是她的姨妈，你会看到他们长得相像——”

“他们可以看出你和我也长得很像！”阿奎拉的律师嘲笑说，“看见没？我们都长着短头发和黑皮肤。那是否就能认定我是你的孩子？”

一些陪审员哈哈大笑，我的胃里一阵不安地抽动。

“明天，我会带证人来，”图利娅的律师承诺，“等到这个案子必须被裁定的时候，我请求你们想想原因。什么样的人会等上十五年才提出绑架的控告？为什么是图利娅？为什么是现在？记住，”他有预感地警告说，“下一次，当一个男人想要占有一个漂亮的公民，她可能会是你的姐妹，你的女儿，甚至是你的妻子！”

陪审员站了起来，人群开始散去。

“结束了？”朱丽叶喊道，“为什么今天不把证人带来？”

“因为现在雨下得很大。”加利娅指出。

我和朱丽叶都没有注意到。我们看着士兵们护送女孩离开讲台，穿着皮毛斗篷的男人用热切的眼神望着她。她避开他的目光，而是看着依然站在雨中抽泣的女人。*她的母亲*，我难过地想到。这个女人身边站着一位肩膀宽大的队长，他把手放在胸口默默祈祷。那女孩似乎在发抖，接着她的双腿一软倒了下去。

“图利娅？”那男人喊道，我肯定他是她的父亲。

士兵们马上把她提起来，而那队长转身走向穿着皮毛斗篷的男人。“我要杀了你！”她的父亲猛冲过去，但几名士兵立刻跑过去拦住了他。

“就让陪审员来决定吧！”图利娅的律师恳求道。

“他买通了他们!”父亲斥责道,“就连她的律师也知道他们的口袋里装满了那个肉蛆的金子!”

阿奎拉整了整他的斗篷。“小心点,”他警告说,“主人会遗弃那些对他们不再有用的奴隶。”

两个男人彼此瞪了一会儿,接着,那队长狠狠地说:“如果我是你,我会看好我自己,就连肉蛆也得睡觉。”

他们还没来得及动手,便有更多的士兵冲来把他们分开,地上泥浆四溅。

“明天我们一定要再来。”朱丽叶突然说。

“你不会愿意看到,”加利娅提醒她,“陪审员被买通了。”

“你怎么知道?”

“你看见他们的表情了。这些人为什么笑?”

“阿奎拉的律师,”朱丽叶突然意识到,“但那不公平!”

加利娅摊开手掌。“认为烂掉的只有一个果子就太傻了。奴隶制一旦生了根,一切都腐败了。”

我们没有买什么东西。雨像是一张张灰色的纸片,沉甸甸地从天而降,等我们来到一个有钱的丝绸商贩的店铺时,我们蜷缩在他那檀香木的火盆边,直到雨势平息下来,我们得以再次出去。朱丽叶买了几匹布料,以感谢他的款待,并指示他把账单送到奥古斯都那里去。

那天晚上,在屋大维娅的餐厅里,朱丽叶讲述着我们在广场看到的事情。当她讲到陪审员被收买这个部分时,屋大维娅倒吸了一口气。

“陪审员是来自体面的贵族家庭。”

“我只是复述了那个律师的话。”

“一个男人等了十五年才声称罗马最漂亮的女孩之一曾是他的奴隶,这难道不可疑吗?”维特鲁威问道,“我们真的能说所有的贵族都是体面的吗?”

“也许明天我们应该去。”阿格里帕提议。他看着他的妻子。

“我不介意下雨,”克劳狄娅回答说,“我们多穿一点。我们的到场也许会让陪审员们凭良心做事。”

我惊讶地看到她的想法是那么单纯。假设陪审员真的被收买了，任何人到场都不会比金子更有力。阿格里帕也许可以抽出一天的时间出席审判会，但这件事他会关心多久？如果陪审员判定图利娅是阿奎拉的奴隶，他会怎么做？正如屋大维娅所说，他们全都来自于体面的家族。指控他们受贿可不是一件简单的事情。

那天晚上，亚历山大吹熄油灯之前，我转到一边去面对他。“这是一个肮脏的体制，不是吗？”

“埃及也好不到哪里去。有什么更好的办法呢？”

“也许如果他们废除奴隶制——”

但哥哥只是苦笑了一下。“你以为那些贵族会同意？让他们赚钱的土地，不就要他们付钱找工人来耕作了吗？”

“那又怎么样？他们全都很有钱。”

“参议员绝对不会通过。即便是奥古斯都付钱给参议员表决，支持废除奴隶制，他们也是在拿自己的生命冒险。下层平民会造反。不单只有贵族才需要奴隶。最后，那会酿成什么结果？人们会禁止奴隶离开，违者被处死，而法院从现在开始，到下一个农神节，每天都会四处奔波，却找不到愿意惩罚这些奴隶杀手的陪审员。”

我沉默了一会儿，生气地想着他说的没错。“明天你去吗？”

哥哥犹豫不决。“维吉尔有一个朗诵——”

“所以你宁愿待在小剧院，也不去观看关乎一个女孩生死的审判？”我坐起在沙发上，“每次维吉尔被邀请到餐厅来，你和卢西乌斯不会漏掉他的一个字，”我斥责道，“他又怎么样呢？他只不过是个年老的加尼米德派。”

“你不该这么说。”哥哥回答。

“为什么？难道我说错了？”

“没错。但是他用一种美好的方式来描写男人之间的爱情。如果你读过他的一些作品，塞勒涅，你或许会改变想法。”

我瞪着他。“你没有爱上卢西乌斯吧？”

哥哥涨红了脸。

“爱上一个男人？”我喊道。

“我们并没有做什么，”他辩驳道，“只是接吻。”

我打量着哥哥。和他同名的人，亚历山大大帝，曾经把男人带到他的床上，并把士兵赫费斯提翁当作他最伟大的情人之一。但是他也娶了妻子，给了马其顿一个继承人。“那么等奥古斯都回来要为你安排婚事，你准备怎么做？”我小声说，“拒绝？”

“没有人会拒绝奥古斯都。那为什么我最后三年自由自在的时间——也许只有几个月——要花在一场我无法改变结果的审判会上，那个时间我明明可以和卢西乌斯在一起？”

我们在各自的沙发上瞪着彼此。我试着想清楚我对此有何感受。

“对不起，塞勒涅。我无能为力。”

“你有没有试过——”

“当然。”他马上说。

“为什么你不早点告诉我？”我扯着嗓子喊道。

“我以为你会很失望。”

他等着我告诉他，我并不失望，他对于卢西乌斯的欲望，就和马瑟卢斯对于朱丽叶的感情一样正常。但我没有说话，逼迫他解释清楚。

“有很多男人对女人没有吸引力。看看马瑟纳斯。你不会觉得塔伦提娅从没生过孩子是个巧合吧？马瑟纳斯没有兴趣，而奥古斯都让她喝罗盘草汁避免怀上他的孩子。”

“你怎么知道这些？”我气乎乎地问道。

“我听马瑟纳斯说的。”

“所以喜欢男人的男人就彼此交换秘密？”

哥哥抬起眉毛。“女人不也是吗？”

“维特鲁威对你们两个怎么想？”

“他不知道。或许他不想知道。”

“所以卢西乌斯不愿意结婚。”我说。

哥哥点点头。“是的。但除非他能养活自己或是找到一个慷慨的赞助人，不然他早晚还得结婚。那样的话，我们两个都会很悲惨，而不是我们中的一个。所以我不得不鼓励他在小剧院诵诗。对于奴隶制我无能为力，塞勒涅。但是我可以帮着改变卢西乌斯的生活。”他对我伸出手来，我慢慢地握住了它。

“这不是我所想象的，要是我成了利比亚的女王，你成了亚美尼亚的国王，我们会过上怎样的生活。”

亚历山大沮丧地笑笑。“我们的父亲有着宏伟的计划，不是吗？帕提亚王国还没有被攻下，他就封我为它的国王。”我们都露出了微笑，回想起父亲满满的自信。“你觉得我们这样过着毫无成就的生活，是不是命运的安排？”

我往后靠了靠。“当然不是。奥古斯都依然有可能封你做国王。”

“他先要让我和某个寡妇结婚。”

“但你是一个男人！你可以随心所欲——把她从那个国家送走，或是让她留在罗马而你回到埃及。马瑟纳斯就很心满意足。”

“但你呢？”他的语气那么温柔，充满了关切，使得我的泪水涌上了双眼。

“我不知道。”

“如果你能忘记马瑟卢斯，也许你可以找别人。”

“为了什么？让我再心碎一次？这里不是埃及，亚历山大。等到奥古斯都回来，他会替我找一个丈夫，对他来说很方便的人，而不是对我来说很满意的人。可能是某个类似卡图勒斯甚至阿奎拉那样的人。如果他禁止我去亚历山大城看望你，我也没有办法。”

“没有你，我绝对不会一个人回去。”他发誓说。

“你会的，”我坚强地说，“你会的，那是你的命运。”我往外看去。那些每到夏天就泛着蓝色和绿色光芒的花园，此时依然阴郁，被雨水浸透。

“我觉得不幸并非命中注定。看看加利娅，她被迫为奴，却依然找到了幸福。”

“因为你释放了她！但即使身为公民，我们也不自由。我们做的每件事，从我们吃的食物到我们穿的衣服，都是由奥古斯都来决定的！”

“而告诉我面对现实的人总是你。但看看现在，卢西乌斯夺走了你的心，快让你发疯了。”

哥哥别过脸去。“如果奥古斯都死在高卢，一切都会不同，不是吗？马瑟卢斯已经到了当恺撒的年纪，他会让我们结婚，不管我们想要谁。接着我们就能回到亚历山大城。”

“奥古斯都写给屋大维娅的信总是那么简短，”我激动地说，“朱丽叶听说他整天都在睡觉。他很虚弱。”

哥哥抬起眼睛。“你说的话伊西斯听得见。”他喃喃地说。

第十七章

伊西斯在对哥哥的祈祷作出回应之前，先回答了我心中一个默默的请求。当时我正要离开图书馆，维特鲁威正在那里为万神殿最后的台阶做规划，屋大维娅冲了进来，她如此焦急甚至没有注意到我也在。

“他又来了！”她喊道，“罗马到处都是。我们终于可以证明不是马瑟卢斯干的！”

维特鲁威从桌子边站了起来。“又出了传单？”

“在阿波罗、朱庇特、维斯塔①、卡斯特和伯乐克斯神庙上，甚至还有维纳斯·吉尼翠斯神庙。内容很短，只有几行字，呼吁人们去看图利娅审判会。但马瑟卢斯不在这里，他根本没有机会做这种事！”

我跑回房间告诉亚历山大这个消息，哥哥回答说：“这么说他没有撒谎。”

当卢西乌斯和我们在门廊碰头，他咧着嘴对我露出灿烂的微笑，就好像他已经知道昨天晚上哥哥透露的心声，知道我不得不接受这件事。“我听父亲说了传单的事情。现在罗马所有人都会去看审判会。”

“我认为这鬼天气会让一些人望而却步。老人不会去，当然，那些带着孩子的母亲也不会去。”我说。

---

① 维斯塔是古罗马所信奉的女灶神，由于古代群居以火种为宝，保持火种不熄非常重要，因此维斯塔自古在家庭和国家崇拜中占有重要地位。

但我的预测错了。尽管空气很潮湿，天却没有下雨，就连怀抱婴儿的老妇人也前来观看，到底是什么让红鹰再次现身。数月来他没有张贴过一张传单，每当我们前往学堂，我总是朝我们经过的神庙大门瞄一眼，总是觉得相当失望。红鹰的隐退只能让我更加肯定他就是马瑟卢斯，但最新的信息推翻了所有的可能性。

成千上万民众聚集在广场。就连屋大维娅也从一大早便开始观看审判会。她对我们解释了事情的进展，见维利乌斯老师跟我们一起来，她扬起了眉毛。

“这个案子的意义不只是一个小女孩。”对于她没有问出口的问题，他作了回答。

自从维利乌斯老师被捕那天晚上起，奥古斯都的密探一直在跟踪他。如果他们还是找不到什么，那也就没什么可找的。如今，马瑟卢斯身在高卢，两个和红鹰最相像的男人突然都成了无辜的人。亚历山大和卢西乌斯退到后面，让我站在他们跟前，这样我就能看到眼前的情况。如果一个外国人看到这一大群衣冠楚楚的参议员和他们穿着皮毛斗篷的太太，他一定会以为碰巧遇上了一场戏剧演出。但图利娅的生命危险是真实存在的，而我在想，红鹰是否混在人群里，聆听她的律师劝说陪审员相信，她是以自由身份出生的。

“我把少女的母亲、父亲、两个姨妈和一个叔叔带到你们面前，他们全都在朱诺面前发誓她是卡尔普尼乌斯·康茂德的女儿，”图利娅的律师说，“只有买来的女人发誓说她是阿奎拉的奴隶。你们相信谁？”他问道，“罗马的公民，还是奴隶？”

“恕我直言，”阿奎拉的律师反驳道，“但我认为你也会带来奴隶作为证人。”

“和公民一起作证！你的公民在哪里？”图利娅的律师反问道，“没有一个平民能够站出来支持阿奎拉的谎言。那是为什么？”人群开始骚动。“也许阿奎拉把他的钱都拿去收买其他的人。”他对陪审团怒目而视——警告他们，如果阿奎拉的金子进了他们的口袋，他们最好小心点。

众人举起愤怒的拳头，高喊着威慑那些穿着托加袍、坐在长椅上的人们。我看到，当人群中有人扔过来一个莴苣，阿奎拉退缩了一下，一个陪审员被砸到了头。陪审团愤怒地站起来，对观众说:“由于你们行为失当，我们今天的审判会到此为止。明天审判继续进行!”

场面混乱得几乎失控。

“他可以这么做吗?”亚历山大喊道。

“任何一个陪审员都可以终止审判，”维利乌斯老师说，“我猜想他们会在明天早上作出判决。”

“我们要来看吗?”朱丽叶问道。

维利乌斯看着屋大维娅。她打量着疯狂的人群，眉间显出两条细纹。“有禁卫军的护送才行。如果陪审团裁定图利娅是个奴隶，这个庭院就不会安全了。”

等到我们返回巴列丁丘，我问维利乌斯老师，他觉得红鹰可能是谁。这一次，朱丽叶不再抱怨肚子饿了，而是仔细听着。就连亚历山大和卢西乌斯也很关注。

“一个有钱的人，他个人对奴隶制很关心，也受过教育，对这个问题能写出有说服力的文字。”

“这个人还甘愿冒着被钉在十字架上处死的危险。”屋大维娅补充说。

“等到他被抓住，”阿格里帕严厉地说，“那只是时间问题。会有祭司看见他张贴传单，并想得到五千便士的奖金。也可能是一个路过的奴隶，或是一个有七个孩子要养活的年轻妇人。在罗马，有很多人的生活会因为五千便士而改变。”

“他为什么要被钉在十字架上处死?”我问道。

“煽动叛乱，”阿格里帕马上回答，“扰乱罗马善良公民的生活，并企图行刺。”

“我觉得厨房男孩和红鹰没有关系。”哥哥说。

“有些人会把秘密带到坟墓里，不管付出什么代价，”阿格里帕回答说，“他可能私底下认识红鹰。”

但是我不相信。面对最可怕的酷刑，什么样的男人会不顾皮肉之苦而守口如瓶？

在下午余下的时间里，大家都想谈论红鹰。那天晚上，在屋大维娅的餐厅里，朱丽叶小声说："也许他会在夜里割断阿奎拉的喉咙，那么审判就结束了。"

"但他曾经杀过人吗？"亚历山大问道。

"当然了，很多次。"朱丽叶告诉他。

"你怎么知道？"

"你看，他怎么能张贴那么多传单却没有一个人来指认他？他一定是杀了目击者。"

"也许他伪装了自己，"我猜测说，"或者是在夜里大家都睡觉的时候出没。"

朱丽叶歪着头看着我。"你在晚上看见过这些街道吗？尤里乌斯·恺撒禁止车辆白天进入罗马。只要太阳一下山，大街上就有成千上万的商贩。更别提杀手和卢帕女了。"

"但他们在神庙边上做什么？"我争辩说，"他们应该在广场，里面有店铺。"

"那也许他化装成一个商人混进去。"哥哥说。

我们争论不休，直到屋大维娅决定我们应该回房间去了。接着卢西乌斯跟着我们来到房间，斜靠在马瑟卢斯常常靠的沙发上，也就是留给托勒密用的那张沙发。"还好我们今天去看审判会，"他说，"我认为罗马不会有人相信图利娅是个奴隶。"

"如果陪审团的判决相反，就会发生暴动。"我预测说。

"朱丽叶应该喜欢。"卢西乌斯说。

"只要有事情发生她都喜欢，"哥哥说，"待在她父亲的房子里，只能和德鲁苏斯说话一定很无聊。"

"而现在，只有那些奴隶陪她，"卢西乌斯说，"你觉得他们什么时候回来？"

“还有几个月，”亚历山大回答说，“甚至几年。”

“但马瑟卢斯可能比奥古斯都早回来，”我充满希望地说，“他不是一个善战的士兵。奥古斯都没有理由把他留在那里那么久。”

我说的话伊西斯会听见。两天后，我的第二个请求得到了回应。先是红鹰回到了罗马。接着，阳光还没来得及透进我的百叶窗缝隙，就听见中庭里一片喧嚣，充满了欣喜若狂的欢笑和叫喊。

哥哥坐起在沙发上，看着我。

“他们回来了！”我甩开被子，尽快穿好衣服。我无心梳头发，也不管衣服乱糟糟的，但当我猛地打开门，看见马瑟卢斯，我真后悔没有花时间打扮一下。他离去的十一个月把他变成了一个男人。他比我记忆中更高，肩膀更宽，下巴更瘦了。他看上去吃得很好，休息充足，穿着一件军人的深红色斗篷和一双带有铆钉的靴子。安东尼娅和东尼娅都笑个不停，触摸着他横跨在胸前的皮带上的猎号，指着他腰上别的双刃剑。屋大维娅自豪地满脸笑意，而维特鲁威也开心极了，马瑟卢斯要是他的儿子就更好了。

马瑟卢斯看见我咧嘴笑了。他张开双臂穿过中庭。“塞勒涅。”我任由他把我抱进怀里，呼吸着他护甲上雨水和皮革的气味。“看看你，”他说着，放开我。“现在是个女人了。”

我一定涨红了脸，于是庆幸房间里只有油灯的亮光。“十一个月是很长的一段时间，”我回答说，“你也变了。”

“真的吗？”

“当然！你没有发现吗？”安东尼娅反问道，“你的头发长了。”

“你的脚更大了！”东尼娅喊道。

马瑟卢斯大笑起来。“好吧，如果你们认为我长大了，那你们应该看看提比略。”

“他跟你一起回家的？”我皱起眉头。

“还有朱巴。奥古斯都和利维娅准备待到高卢的叛乱平息和坎塔布里亚战争结束。”

“但那可能还有好几年。”屋大维娅担心起来。

“或者只是几个月。高卢大部分叛军都被镇压了。现在只是伊比利亚的问题。”马瑟卢斯看见我哥哥便露出微笑。“亚历山大。”两人拥抱了一下，马瑟卢斯称赞哥哥长得和他一样高了。“你比我小两岁却和我一样高？一定是罗马的阳光，不像高卢那么强烈。”他的身后传来一声开心的尖叫，马瑟卢斯转过身，看见了朱丽叶。她穿着一件透明的蓝色丝绸束腰外衣，耳朵和脖子上都带着绿松石。只见她的腰身和胸部丰满得恰到好处，相比之下，我看上去像个营养不良的乡巴佬。只有我和哥哥因为离他们很近，所以才听见马瑟卢斯一下子屏住了呼吸。“朱丽叶。”

她跑向他，他把她拥入怀中，亲吻她的脸颊。她身后走来了朱巴和提比略，两人都穿着深红色短斗篷。

“快乐的团聚早就开始了。”朱巴说，并看着我。

“朱巴！”屋大维娅的笑容很灿烂。“还有提比略，”她开心地说，“为什么没有人通知我们，你们要回来？”

“我认为应该给你们惊喜，”马瑟卢斯说，并放开朱丽叶，“算是吗？”

屋大维娅的眼里噙满了泪水。“是的。”

“我们今天不必去学堂了，好吗？”朱丽叶恳求道。

屋大维娅笑了。“不必了。今天我们好好庆祝！弗斯提娜，”她嘱咐她的一名奴隶，“去告诉维利乌斯老师今天他们不上学堂。并且邀请他今晚赴宴。”

“那审判会呢？”我担心地问道。

马瑟卢斯轮流看着我们。“什么审判会？”

屋大维娅解释了广场上发生的事情，以及今天早上会作出什么样的判决来决定图利娅的命运。

“我不知道。”马瑟卢斯看着朱丽叶，“我宁可待在家里——”

“我们可以派一名奴隶去听判决。”朱丽叶接着说。

“但建议我们去的人就是你！”我喊道，“你对于她的命运不感兴趣吗？”

“当然感兴趣，但马瑟卢斯刚刚回来，塞勒涅。他很累。”

在我看来，他并不累。

“也许很饿。”

“饿坏了。”他抱怨说。

我看看朱丽叶，又看看马瑟卢斯，心想，我怎么会认为马瑟卢斯的同情心能和红鹰相提并论。

“我和你一起去。”哥哥马上说。

“我也愿意去。”卢西乌斯说。

“你们不能独自前往。”维特鲁威告诫说。

“我可以带他们去。”

屋大维娅转向朱巴。“但你刚回来，”她反对说，“你不累吗？”

“如果我们不是沿途每到一个旅店就停下来，”他一边说，一边意味深长地看着马瑟卢斯，“我倒是会感到路途劳顿。正因为如此，我休息得很好。另外，公主似乎对奴隶们很是心软，我倒是有兴趣看看，这一次是什么样的受害者引起了她的同情。”

我双手抱胸，而哥哥的表情在警告我，不要说出什么话来让朱巴改变主意。

“那么你们一定要小心，”屋大维娅告诫说，“下层平民对于这件事很愤怒。”

“你不去吗？”我问道。

屋大维娅看上去有点尴尬。“我想今天我还是陪马瑟卢斯吧。”

最后，只有我们四个出发，一路上，卢西乌斯兴高采烈地和朱巴聊着天。

“这么说高卢人正像他们说的那么野蛮？”他激动地问道。

“看看周围。他们占据了半个罗马。”

“但他们是否真的吃人肉，赤身裸体地在丛林里走动？”

“我看到的不是这样。”朱巴回答说。

“但他们的马比罗马的都要好，”哥哥说，“那是真的，对吗？”

“是的，”朱巴说，“他们训练得更好，而这些战马的素质似乎也比较好。你要知道，他们的女神艾波娜就是一匹马。”

“我注意到你不是在嘲笑他们。”我说。

朱巴笑了。“那是因为大家都知道高卢人是野蛮人。相反，埃及人被认为是优秀的思想者。”

“天气像奥古斯都写的那么糟糕吗？”卢西乌斯问道，“屋大维娅念给我们听，信里说雪下了好几个星期。”

“高卢的山区是很可怕的，”朱巴坦言，“几百名士兵死去，如果叛乱继续下去，更多士兵会跟着死去。在夏天会痊愈的伤口，在冬天只会令人耗尽体力。”

“那么奥古斯都是怎么挺过来的？”我问道。

“经过一个月的雨天之后，他走了。”

“他走了？”亚历山大不解地重复了一遍。“去哪里？”

“伊比利亚东北面一个叫塔拉克的地方。而我怀疑他会一直待在那里，直到他的将军们打完坎塔布里亚的战争。”

哥哥停下脚步。“那么他不用上战场？”

“不用，”朱巴说，“奥古斯都不是打仗的料。”

亚历山大看着我，接着继续往前走，我能清楚地猜到他的心思，就好像他说了出来。我们的父亲在一生中从未生过病，他死了，才会有一个身体虚弱的人，来统治一个他不能亲自守卫的王国。而我的母亲宁可身披鹿皮，吃人肉，也不会把她的士兵留在高卢的山区挨饿受冻。她会身披战袍，像个男人一样亲自上阵，也不会掉头逃往温暖的地方。

“所以就是这个，”等我们来到广场的时候，朱巴说，“令平民和塞勒涅公主充满热情的最后审判。”

我不理会他的嘲弄，他带着我们来到讲台后面我们通常待的地方。因为我们来得早，陪审员们刚刚开始入座，但观众蜂拥而至，早就挤满了庭院。阿奎拉和图利娅的律师都登上了讲坛，处于审判中心的女孩被带了出来，两名士兵作为侍卫。她的脸上流着泪水，浑身发抖。我在人群中搜寻着她的父母亲，看见他们离讲台最近，微笑着鼓励她坚强起来。

我转向朱巴。“现在你还觉得这很好玩吗?”

“你误会了我,”他冷冷地说,“这从来就不是好玩的。只是一个反映人类处事不公的、伤心而短暂的场面,就像这个庭院所见证的其他大部分审判一样。”

我退了一步。“那你希望她被释放?”

“如果屋大维娅说的事情都是真的,那么是的。如果这令你失望,我很抱歉。我知道你认定我对于人们的遭遇漠不关心。”

我又看着律师们。他们穿着长长的斗篷,以防下雨。两人耐心地等着审判会开始,当最后一个陪审员入座,图利娅的律师和他们打了招呼。他请求他们讲求理性并保持清醒的头脑,请求在座的人想想他们自己的女儿、姐妹和妻子。接着阿奎拉的律师代表他的委托人说话,提醒陪审员阿奎拉是阿文丁丘最有声望的银行家。他说这番话的时候人群中一片嘘声,但是没有人敢冲向讲台或是丢食物。数百名士兵列队围住广场,当陪审员站起来,众人一片安静。

“阿奎拉,”第一个陪审员宣布。“阿奎拉,”第二个、第三个都这么说。

“那是什么意思?”我小声问道。

“他们支持那个银行家,”朱巴说,“我们就等着看下层平民的愤怒是什么样子。”

随着一个又一个陪审员站起来宣布支持阿奎拉,士兵在我们身边围得越来越紧。

“也许我们应该离开。”我不安地说。

“必须要有一些人支持图利娅!”亚历山大喊道,“不可能所有人都被买通了。”

但陪审员一个接着一个站起来说:“阿奎拉。”人群开始骚动,破口大骂并威胁要报仇。但当最后一个陪审员起立,整个庭院鸦雀无声。

“阿奎拉。”那个老人说,突然,图利娅飞奔过讲坛,投入她父亲的怀抱中。她不是把头靠在他的胸口,而是跪倒在地,露出了她的脖子。事情发生得那么突然,就连侍卫们也惊呆了。接着一声尖叫回荡在广场,平民们这才意识到出了什么事。那队长杀了自己的亲生女儿，为了使她免于奴役和凌辱。

卢西乌斯用手捂住了嘴，连朱巴也脸色发白。我们没有等着去看接下来发生什么。在马克西姆赛马场和盖尤斯·法比乌斯的审判会上，我已经见识过了平民的怒火，但这一次是不同程度的震怒。朱巴抓住我的胳膊，亚历山大和卢西乌斯迅速地跟着我们。“快走！”朱巴对我们周围的人喝道，“快走！”等到我们返回巴列丁丘，一个跑得飞快的奴隶已经告诉屋大维娅出了什么事，几十个人聚集在奥古斯都的露台上，看着广场上发生的冲突。在参议院的庭院里有什么东西被点燃了，我猜想那是讲坛，正是在那里，图利娅的父亲宁可杀了她也不让她遭到侵犯。星星点点的深红色在广场忽隐忽现，那应该是士兵们想要扑灭火焰，但别的地方也早就燃起了小团的烈火。

“他们这是在烧毁自己的生计。”提比略不屑地说。

“他们不在乎，”我告诉他，“他们是在对参议院传达一个信息。”

“那是什么？”他问道，“平民不应该观看一场公开的审判会？从现在开始，审判会应该秘密进行？”

“她还活着，”朱丽叶伤心地说，“就在昨天，她还活着。”

阿格里帕露出凶狠的眼神，我在想，他是否想到了他的女儿维普撒尼娅。“今天我本该去的。”

“那改变不了什么，”维特鲁威安慰他说，“陪审团被收买了。”

屋大维娅仍旧一言不发，看着一小团一小团火焰在广场各处燃烧着。它们被一一扑灭，但暴民们激愤的呼喊声随着风飘了过来。

“你觉得她的父亲会以谋杀罪被起诉吗？”我没有特别地问某个人。

“她是阿奎拉的财产，”朱巴回答说，“他的奴隶。如果他想要获得金钱的赔偿，他会的。”

“有人应该趁他睡觉的时候杀了他，”朱丽叶恶狠狠地说，“按照图利娅的父亲杀死女儿的方式把他干掉。”

年轻的奴隶女孩弗斯提娜迟疑着向屋大维娅走来。“主人，厨师说宴席已经准备好了。”

"太早了,"屋大维娅厉声说,那女孩吓得退缩了一下。我从未见过屋大维娅对一名奴隶提高嗓门。

"我们可以看着火灾,也可以进去,"维特鲁威说,"不管怎么样,那女孩已经死了。"

这不是一次令人愉快的接风。本该欢庆马瑟卢斯同提比略和朱巴一起回来的盛宴,如今变成了一顿闷闷不乐的午餐。对于巴列丁丘下发生的一切,大家刻意保持沉默。但乐声飘飘、酒过三巡后,马瑟卢斯为我们讲述他在战场上的功绩,而提比略甚至自豪地带给我们他在一次流血冲突后创作的一首诗歌。我听见哥哥对卢西乌斯嘀咕道他可以写得更好,当马瑟卢斯看见他们的亲密举止,他看着我。我无奈地笑笑,他点点头,而我心想他认识亚历山大有多久了。

"那么对我说说罗马的情况。"马瑟卢斯对我说。

没有什么可说的。只有万神殿几近完工,他的剧场在一个月前开工了。

"明天我们去看看好吗?"他激动地问道。

"你是说,在学堂上完课之后?"屋大维娅提醒说。

如果维利乌斯老师不在场,我肯定马瑟卢斯会转起眼珠。他只是礼貌地笑了笑。"当然。那么告诉我,"他兴高采烈地接着对维特鲁威说,"它是什么样子?"

维特鲁威露出微笑。"别问我,问塞勒涅。她是你的建筑师。"

"真的吗?"

"你不是说交给她来设计吗?"维特鲁威问道。

马瑟卢斯咧嘴笑了。"所以?"

"它看起来像是马克西姆赛马场,"我说。他一拍膝盖,我感到我的心在膨胀。"有三层拱门和科林斯风格的立柱。"

"大得足以举办赛车?"

"马瑟卢斯!"屋大维娅斥责道。

但大家都笑了,等到这天晚上结束之时,朱巴发现我正看着马瑟卢斯和朱丽叶。他在和她道别,并向她保证第二天早上会再见到她,并且很长一段时间都不会去打仗了。

“他们的婚约在几年前就定下了，”朱巴说，“傻看着也没用。”

“我没有傻看着，”我气乎乎地说。

“那么你在干吗？”

“观察。”我还没来得及想出更聪明的说法，他就走了。

他的话让我一夜心烦。我本该入睡的时候却在想这件事，就连第二天早上，我本该专注地听着维特鲁威教授的知识，却被它搅得心烦意乱。然而当中庭响起一片叫嚷声的时候，我完全忘记了朱巴。我抬头看着维特鲁威，他从椅子上站了起来。

“有人在嚷嚷吗？”我问他。

“我不知道。”

我们都跑去看。

“在每一个会堂大门上，”弗斯提娜说道，“一张像你们的外套那么长的传单贴在那里。上面说阿奎拉被谋杀了！”

“在他睡觉的时候？”我叫了起来，想到了朱丽叶的诉求。

“不。”她转向我，“在阿文丁丘，像头猪一样被留在那里死了，没有一个人愿意出来指证。”

“这不是很奇怪吗？”屋大维娅小声说。

我哥哥和卢西乌斯匆匆赶到中庭。“出什么事了？”卢西乌斯看着他的父亲。

“下层平民间的正义。”维特鲁威回答说。

在图利娅的审判会和我们出发去卡普里岛之间，还出现了另外七份传单。阿格里帕的士兵们把守在罗马的每一座神庙和会堂前，于是这个叛徒开始张贴在商铺的窗上，使得这些商贩瞬时在民间走红。当他们威胁这些商人要把他们送进监狱，他就把下一张传单贴在奥古斯都别墅那厚重的松木大门上。我们还没来得及看一看，这张纸就被扯了下来，但有很多奴隶已经在奥古斯都的门上看到了它，于是这件事如同火苗一般燃遍了整个城市。

第十八章

夏天终于来临的时候，屋大维娅的表情让我看出她松了口气，她可以逃到卡普里岛，躲开下层平民的仇恨。关于她在苏布拉的慈善活动，她没有对我说过什么，但维特鲁威坦言，在一些家庭，人们开始拒绝她的帮助，宁可去乞讨、去偷窃食物，而不接受一个贵族成员的施舍。

当我们的船从那不勒斯，驶向岩石上耸立着奥古斯都海宫的小岛，亚历山大转向我。"我在想红鹰是不是跟着我们。"

我从栏杆望向屋大维娅和维特鲁威，他们正坐在甲板上，撑着一个薄薄的麻布遮阳篷遮挡阳光。"如果他胆敢再一次在那里张贴传单，那么卡普里岛的每家每户都要被搜查。"我告诉他。

"如果他们派士兵乔装打扮，在岛上巡逻，等着他犯错，我也不会奇怪。"

"在罗马这招没用。"

"罗马不是一个岛。"哥哥说。

然而在海宫晒晒太阳，悠闲地过了一个星期之后，那叛徒丝毫没有动静，禁卫军开始在他们的岗位上休息。他们玩骰子、吃鱼，拿各种东西打赌，从海面上哪条船开得最快，到哪棵棕榈树长得最高。

没有奥古斯都和利维娅看着我们，我们几乎什么事都可以做。就连提比略和德鲁苏斯也痛快地玩了一阵，和我们一起，每天跟着马瑟卢斯坐船驶进蓝色洞穴，在那里，罗马的贵族把海里的洞窟变成了他们自己的游泳池。画着海神像的石壁矗立在海浪中，长着胡子的海神小塑像立在岩石上刻出来的壁龛里。接近夏末的时候，克劳狄娅变得足够胆大，也一起跟来，阿格里帕、朱巴和我们一同划船去洞穴。

“你觉得是什么让海水这么蓝？”克劳狄娅问道。就好像是有什么东西在海面下照亮了海水，让水面泛出矢车菊般的色调。

“是那边的口子，”朱巴坐在船上说，并指着一道完全显露出来的岩石上的裂痕。“阳光从那里射入并从下方照亮海水。”

“我先跳了！”马瑟卢斯喊道，他脱下外衣，裹着缠腰布跳入水中。克劳狄娅马上转开视线，但提比略和德鲁苏斯也脱下衣服跳下了船。

“你来吗？”德鲁苏斯招呼维普撒尼娅。

她站在船边。“看上去有点冷。”

“胡说！”卢西乌斯喊道，“去吧！”他把朱丽叶和维普撒尼娅推下了船，她们还来不及脱衣服，亚历山大紧随其后。

“你去吗？”我问克劳狄娅，一边把我的凉鞋安放在小船船头不会弄湿的地方。

“穿着裹胸和缠腰布？”

“为什么不呢？”我脱去外衣，“我们每天来这里。”

她不好意思地看着阿格里帕和朱巴，他们已经在游泳了。

“去吧，”我坚持道，“你丈夫不会介意。看看维普撒尼娅。你觉得他会让他女儿做出不得体的事情吗？”

克劳狄娅犹豫不决，接着脱下了她的外衣，缓慢而害羞地把脚浸入水里。

“你还在等什么？”马瑟卢斯喊道，把她拉进了水里。

“马瑟卢斯！”她尖叫起来，一旦浑身湿透，她咯咯笑了，“这里很暖和，就像浴池里的水。”

“你看见了吗？”我对她说，“不是那么可怕的。”我滑下船沿，游向马瑟卢斯。很快，朱丽叶来到我的身边。

“你能想象涨潮的时候到这儿来吗?”克劳狄娅担心地问道,“水位会升高,我们都会被困住。”

“再过几个小时才会涨潮。”马瑟卢斯说。

“还有,”朱丽叶接着说,“那里有一个通向山上的秘密通道。”她指着洞穴的尽头,只见一个石灰石平台通向一连串台阶。

“你去过吗?”

朱丽叶摇摇头。

“那你怎么肯定走得通?”

“因为有一次我们看见一只山羊穿过来!”

克劳狄娅看着她弟弟,证实是不是真的。

“真的,”马瑟卢斯说,“如果你不相信我可以问问阿格里帕。”

她游到她丈夫那边,朱丽叶嘲笑地说:“她太紧张了。”

“我所有姐妹都是这样,”马瑟卢斯,“你以为安东尼娅和东尼娅怎么不来?”

“因为你母亲不允许?”朱丽叶问道。

马瑟卢斯摇摇头。“只要我陪着她们,她们就可以来。但是她们害怕,她们情愿弹奏里拉[①]或是在花园里画黄杨树。”

朱丽叶皱起鼻子。“太没劲了。”

“她们像我母亲,”马瑟卢斯分析说,“她们喜欢单纯、安静的快乐。”

关于她们的单纯,那天晚上有件非常可爱的事情,当时一些人在夏季餐厅玩骰子,安东尼娅和东尼娅不赌博,而维普撒尼娅和德鲁苏斯太小了,不能玩。于是他们四个一起坐在沙发上,静静地看着骰子转啊转。只有亚历山大、卢西乌斯和朱丽叶在玩游戏,马瑟卢斯在朱丽叶耳边兴奋地讲着诀窍,看书的朱巴或是阿格里帕偶尔抬头看看是谁赢了。

朱丽叶转起骰子,卢西乌斯喊道:“四只秃鹰!”

她抱怨道。“我不玩了。”

---

① 古希腊一种七弦琴。

“但是没有人转出过维纳斯，”卢西乌斯反对说，“下一次可能是你们的。”

“和你们两个玩总是下一次。然后你们就可以把我的钱放进罐子里。”

“你输的钱。”哥哥引诱她说，但她不在意。哥哥和卢西乌斯决一胜负，等到卢西乌斯赢了，我注意到马瑟卢斯和朱丽叶不见了。

我环顾餐厅。“马瑟卢斯上哪儿去了？”

“和朱丽叶走了，”东尼娅说，“到花园里去了。我想他们正坐在眺望台上。”

“哪一个？”

“命运女神旁边的那个，你要我带你去吗？”

“别管他们，”朱巴一边说，一边抬起头来，“他们去那儿自有原因。”

“你怎么知道？”

“我长着眼睛。”

我马上从椅子上站起来，东尼娅兴奋地问道：“你要我带你去吗？”

“好的。”我固执地说。

“你在浪费时间。”朱巴的声音显得他恼了，“如果你觉得你爱上了他，那么你和那些路边小旅店的女孩没有什么区别。再说，他指定的对象是朱丽叶。”

“大家都这么说。”

“奥古斯都也这么说。”见我停了下来，朱巴接着说，“今天信来了。可能明天屋大维娅就会宣布。”

东尼娅依然抬头看着我，她的小手伸向我的手。“我们去吗？”

一时间，我没有回答。接着当我心中的迷雾终于散开的时候，我对她说：“带我去浴室。”

东尼娅一路上讲着可笑的话题——她的阳台上应该放什么颜色的花朵，我更喜欢哪样食物，画眉鸟还是鹌鹑。她想知道我是否见过一种叫做长颈鹿的动物，并告诉我，我们一回去，我就应该去参观她舅舅在罗马的动物园。她说的话都无关紧要。她只会谈论简单、不重要的事情，而对此，我感激不尽。

第二天早上屋大维娅在餐厅召集所有人，并宣布她有来自伊比利亚的极好消息，我的心一沉，我希望能和东尼娅一样过着单纯的生活。然而，我一整夜都在盼望朱巴错了，他告诉我这样的事情只是为了试探我、折磨我。但现在，马瑟卢斯期待已久的同朱丽叶的婚姻成为了现实，奥古斯都希望阿格里帕在十二月二十四日这个吉祥的日子里，代表他出席婚礼。

屋大维娅一说出这几个字，哥哥便看着我，卢西乌斯则拍着我的胳膊表示同情。在未来的四个月，我必须为朱丽叶感到兴奋和快乐，她有一大堆事情会需要我来帮忙：衣服和斗篷、新的凉鞋和新娘的珠宝。还有别的消息，但我听不进去。马瑟卢斯很荣幸地被封为营造司，一整年负责罗马的公共娱乐活动，这就意味着，他几乎能够得到无限的资金来取悦平民。当提比略听到这个，他坐回到位子上咕哝着："我希望奥古斯都知道他在做什么。"

但最后一个消息让时间骤停。为了表彰努米底亚王子朱巴对罗马的贡献，以及他和奥古斯都之间坚定的情谊，他被封为毛里塔尼亚[①]国王。那将是一个藩属王，因此他要为罗马的利益服务，并且毛里塔尼亚将和他的故土，也就是他父亲和祖父先前统治的努米底亚合并。我和桌子对面的哥哥对视了一下，当大家都在庆祝好消息的时候，亚历山大在我身边坐下。

"你看，"我用帕提亚语说，"在朱巴身上发生的事情，也可能发生在我们身上。"

"是的，但他已经二十二岁了，一直都为奥古斯都效力，侍奉他、保护他、随他作战。我做了什么？"

"什么也没有。但是没有给你任何机会！"

---

① 北非古国，位于现今的摩洛哥和阿尔及利亚。

“至少你和维特鲁威在一起有你的成就。”

我沉默了片刻。“也许那对于我们两个来说就足够了。”

我们看着餐厅另一边的朱巴，他正在接受阿格里帕和克劳狄娅的祝贺。“等到你在你的新王宫安顿下来，”阿格里帕对他保证说，“我们就计划南下来看望你。”

但朱巴笑了。“我想我不会很快离开。坎塔布里亚的战事还没结束。我不知道奥古斯都回到家里，发现我离开了他，会怎么想。”

朱丽叶和马瑟卢斯单独坐在餐厅最远端的沙发上，我看得出她在抽泣。他亲吻着她脸颊上幸福的泪水，此情此景让我的心痛了起来，我坚强地告诫自己，现在该做的是继续跟维特鲁威学艺，期待奥古斯都让我返回埃及，而不是爱上一个罗马人——无论他有多么迷人。

但当朱丽叶拖着我挨个去广场的店铺寻找最美的新娘礼服时，我很难想起我还剩下什么希望。伊比利亚还传来消息说，朱丽叶对她的婚礼不管需要什么都可以订购，而罗马的每一位参议员都将受邀参加婚礼。

“看看这些布料，”在十一月的时候朱丽叶抱怨说，此时离她的婚礼只剩下一个月。“羊毛、亚麻、厚重的冬季丝绸。这些怎么能用来做面纱？”我们已经跑了一家又一家店铺去寻找合适的物品，但她就是不满意。她在店员的椅子上坐下，而那老人在我们跟前忙得团团转，给我们看可选的布料。

“一定有合适的，”卢西乌斯反驳说，“那边那个红色的怎么样？”

“太厚了。”

哥哥举起一卷红色的丝绸。

“太亮了。”她脱口而出。

“没有别的店了，”加利娅提醒她，“把奥斯底亚的商贩请到巴列丁丘来怎么样？”

“她已经请过了。”我不悦地说。

“那么就从我们去过的一百家店铺里挑选一些东西，怎么样？”马瑟卢斯建议说。

朱丽叶的眼里满是泪水。“你不在乎我穿什么。”她气乎乎地站了起来，“我就算穿着一件乡巴佬的罩袍出席也没有关系！”

马瑟卢斯和我交换了一下倦怠的眼神。“你说得对。那没什么关系。”他走到她跟前。“对我来说重要的不是面纱。”他温柔地托起她的下巴。“而是你。”

亚历山大用帕提亚语嘀咕着：“你一定为他感到有点遗憾。他未来的生活就是这个样子。”

朱丽叶平静了一点，但面纱危机最终还是解决了，那是婚礼前的第八天，那天我们和维利乌斯老师道别。我们在学堂的日子结束了。新年一到，亚历山大、卢西乌斯要和马瑟卢斯、提比略一起去别的学校学习修辞，在那里他们会学到如何在公开场合发表演讲，如何辩论法律案件。朱丽叶将会负责打理她的新家，巴列丁丘上、在阿格里帕住处旁边的一栋富丽堂皇的别墅，她不再学习荷马或是维吉尔，而是会建立她自己的信贷会，做慈善，以她自己的名义承包建筑。学校对我来说也结束了，维特鲁威出于尊重，问我是否愿意在白天跟他学艺，并监督剧场、阿格里帕的万神殿，以及为纪念朱丽叶结婚而建造的新会堂等一些工程。只是这一次是他真心问我，不是屋大维娅要求他问的。

我们六个向维利乌斯老师作别，虽然朱丽叶最不喜欢学堂，但当我们最后一次穿过庭院走向朱巴和加利娅，她眨着眼忍住泪水。虽然朱巴现在是一个外国的国王，他完全可以把我们的安全交给禁卫军，但他还是留下来作马瑟卢斯的私人保镖，证明他对奥古斯都的忠诚。朱丽叶响亮地吸了一下鼻子，马瑟卢斯把他的麻布方巾递给她，她拿起来轻轻擦了眼睛。“你知道这意味着什么，对吗？”她带着哭腔说。

“我们的童年结束了。”亚历山大小声说。

“谁在乎我们的童年？”她激动地说，“只有八天的时间来找块布做面纱了！”

马瑟卢斯绝望地看着朱丽叶。“你不妨和塞勒涅一起去买东西，”他提议说，“朱巴，可以送我们回去——”

“每一家店铺我们都找遍了，”我打断他说，“罗马每个地方我们都去过了。”

朱丽叶的表情很悲哀。一切都准备好了。她那红金两色的绣花斗篷，用最好的羊毛织成的束腰外衣，她那表面饰有珍珠的凉鞋，她的手镯、她的内衣。只剩下面纱了。马瑟卢斯看起来也要哭了。接着我突然灵机一动。

“我想到我有一些东西。在箱子里有我从亚历山大城带来的——几卷红色绸缎。”

朱丽叶倒吸了一口气。“我们可以看看吗?”

我瞥了马瑟卢斯一眼，他带着最深的感激对我微笑，我必须承认我的奉献有那么点私心。“当然。”

马瑟卢斯重重地吐了口气。“我敢打赌塞勒涅的东西是绝对完美的。”

朱丽叶瞪了他一眼，当我们回到巴列丁丘，我打开那个锁了四年的箱子，她伸手去拿第一卷丝绸，叫了起来:“就是这个!”那是我出席母亲最后一次宴会时所穿衬衣余下的布料。那是在“至死不渝”的宴会上，我父母亲最后一次邀请了所有的亲朋好友来赴晚宴。我不知该如何是好，琢磨着我是否应该告诉她。

“你也许不要用那一卷。”我终于说了出来。

但她已经把它蒙在头上了。“为什么不呢?”

“因为我正是穿着这种布料去参加我母亲最后一次晚宴的。”

“一位女王的宴会，”朱丽叶喃喃地说，并在镜子里打量着自己。红色映衬着她那浓密的黑发，显得格外亮丽，而她并不在乎这布料本来是做什么的。

“它可能会带给你噩运。”

“胡说，”她说，“那只是迷信。”

“你父亲不会这么想。”

“我看上去像他吗?”

不。她看上去像是被抱着跨过门槛的最美的新娘。从印度海进口的珍珠在她深皮肤的脖子上泛着柔光，八天后，当她的头发用类似的饰物打扮起来，罗马的每一个男人都会嫉妒马瑟卢斯。我让她拿走了那些丝绸，她把它整整齐齐地折成方形以便交给裁缝，她在我浴室的椅子上坐了下来，眼里开始泛着泪光。

“怎么啦？”我喊道，“你有了你的面纱。一切都准备好了。”

她点点头，就好像她知道哭鼻子很傻。“我知道。”

“那又怎么啦？”

她抬头看着我，黑色的眼睛顿时显得大极了，像是一个孩子的双眸。“她不会来。”她喃喃地说，我立刻为我的怨恨感到惭愧。在这个世界上没有人比马瑟卢斯更了解朱丽叶了。她的父亲、她的继母，甚至包括没有血缘关系的兄弟，这些人只有自己称心如意了才会在意她的情况。在一个充满漂亮的丝绸和珍珠的世界里，一切都是演出，马瑟卢斯是她唯一真正的快乐，而她母亲连在结婚那天也不能来见她。我在她身边坐下，向她伸出手。我说不出话来，于是，我们默默地坐在一起，我在想，我是一个多么自私的朋友。

尽管朱丽叶的婚礼很激动人心，我还是沉浸在内心的痛苦中。虽然我的脸上保持笑容，帮助朱丽叶准备一位新娘需要的一切——帮她打包箱子、挑选香水、为她的新婚之夜寻找合适的丝绸外衣——当马瑟卢斯看着我，或是我听见他在他母亲的别墅里放声大笑，并知道那笑声会是最后几次在早晨把我吵醒时，我依然感到心里空虚得发痛。然而马瑟卢斯沉浸在幸福中，他要娶一个和他相爱的女人。他要计划一整年的演出和娱乐活动，而不久以后奥古斯都会封他为执政官，并正式任命他为罗马未来的皇帝。

在婚礼两天前的晚上，马瑟卢斯轻轻地走进我的房间，当时我和亚历山大、卢西乌斯正在小声议论着坎塔布里亚的战事，说到我们可能在多年后，才会再次见到利维娅那张酸溜溜的脸。自从他的婚事宣布之后，他就不再来找我们，夜里他的窗子吱嘎作响，由此推测，他去看朱丽叶了。但是他仍旧坐在第三张沙发上，哥哥激动地问道："嗯，准备结婚的感觉怎么样？"

马瑟卢斯微微一笑。"棒极了。也很吓人。"

"怎么可能吓人呢？"我揶揄道。

"这个嘛，想到了责任，"他说，"现在需要打理一栋房子，要买奴隶，还有——"

"你不是真的要买奴隶吧？"我喊了起来。

"他当然要买，"卢西乌斯说，"不然他怎么打理他的房子。"

我瞪着马瑟卢斯。

"我会善待他们，"他马上保证说，"我绝对不会因为她们怀孕而把她们送走。"

"也不能把他们扔到一个鳗鱼池里，"我接着说，"或是因为他们打破盘子而鞭打他们。"

"当然不会！"

我双手抱胸。"你会付工钱给他们吗？"

他吞吞吐吐地说："我……好吧……当然。为什么不呢？每到农神节他们都会收到礼物。朱丽叶会负责这个。"

"你为什么不可以？"

"因为我会忙着计划活动，分身乏术。"他咧开嘴露出灿烂的笑容。"有众民节、阿波罗神节，麦格琳节①和啤酒节。"他看着我哥哥，"你会帮我的，对吗？"

哥哥再乐意不过了。他们详细地讨论着马匹、游行的花车，以及奥古斯都动物园里哪些动物用在开幕游行上，最可能让下层平民惊呼连连。马瑟卢斯不再提到结婚的事，但他离开之前，最后一次在门口停下回过头来。"卢西乌斯和双胞胎，"他充满遗憾地说，"我会想念我们在一起度过

---

① 这三个都是演出戏剧的节庆。

的晚上。”

等到他关上门、卢西乌斯也离开后，我转过身面对着墙。亚历山大很知趣地吹熄了油灯。接着他吻了吻我的头发，并小声说到了早上一切都会好的。

但事情并非如此。那是农神节的最后一天，广场上所有的店铺都关门，但还有一百样不同的东西要准备。比如食物，必须派人到罗马另一边的屠户和面包师家里提醒他们，确保第二天早上他们会送来足够份量的东西。酒、蜂蜜、醋和鱼酱必须准备相当多，尽管那是一个假日，商贩们还是送来沉甸甸的箱子和木桶。在屋大维娅的屋檐下，没有哪件事比这场婚礼更重要的了，于是奴隶们拿着洗衣桶和扫帚从一个房间冲到另一个房间，用羽毛掸子来清洁最精致的雕塑，并爬上梯子以便擦拭最高处的马赛克砖。马瑟卢斯跑去陪朱丽叶过了一整天，而当亚历山大问我，要不要同他和卢西乌斯去小剧院，我摇摇头。

“那么你干什么？坐在门廊上可怜自己，”他反对说，“来小剧院吧。那里有温热的啤酒和欧弗拉饼。”

“我很好，再说，剧场的工地还有活呢。”

“在农神节干活？连维特鲁威都放假了。”

“只是一些我想监督的活，”我撒谎说，“那很重要。”

但是哥哥很了解我。“塞勒涅，你比马瑟卢斯更关心那个剧场。他可能会进去看一次。”

“那没有关系！”我生气地说，“那是我的工程。维特鲁威把它交给我，我要保证它造好。工程没有停下，只是因为这是一个愚蠢的罗马节日。”

我说服屋大维娅让我走，两名禁卫军派来护送我去马瑟卢斯的剧场。我拿着我的素描本，虽然，说实话，我不准备画什么。我只是想找一个地方，远离手忙脚乱的婚礼筹备，这个地方可以让我最后一次坐下来，回想一下在订婚、婚礼和酸楚的嫉妒滋生之前，生活是多么的单纯。

我们穿过霍利托里姆广场，那里的蔬菜摊贩因为农神节而关门了，虽然侍卫们想要抄近路，我还是拒绝了，因为我不想经过乳儿柱，也就是霍拉提娅的女儿被抛弃的地方。这个冬天并没有带来半片雪花，但乌云挡住了太阳，笼罩整个城市，令街道一片昏暗。等我们到了以后，我看得出侍卫们担心下雨。我们只有一把雨具，于是他们把它给了我，当我去查看空荡荡的剧场时，他们等候在拱门之下。

自从这栋建筑的构想出炉以来，大量的工程已经完成了：能容纳一万多人的梯形座位；即将铺上马赛克砖的舞台；以及三层由立柱支撑的拱门，每一座都是希腊建筑风格，先是多利克式，接着是爱奥尼克式，最后是科林斯式。近一年来，我每天都到这里来，不是跟着维特鲁威，就是由侍卫陪同，来监督工人们干活。我可以选择艺术品和马赛克砖，而自从维特鲁威声明，对于这座剧场，我和马瑟卢斯本人一样重要，于是工人们知道最好不要轻视我。

我走到舞台上，伸手轻抚着它的边缘。木头已经打磨得极为光滑，我确定没有碎片，便坐了下来，遥望着梯形座位。还需要几年的辛苦工作才能完成剧场余下的部分。在这里，建筑工人会从男孩成长为男人，而自从工程开始之时，我从女孩变成了女人。我想到，当马瑟卢斯最初问奥古斯都，我能否参与建设的时候，我是那么兴奋。我以为那表示马瑟卢斯对我的特别好感，那倒是真的，只不过并非我想的那种好感。他并不在意这座剧场，而明天他将要迎娶朱丽叶作为他的新娘。当他抱着她走进他们的别墅，她会把她那柔嫩的脸颊贴在他的胸口，等到他解开了她的腰带，他们的新生活便从此开始。我感到泪水刺痛了眼睛。接着一个身影出现在剧场的后面，我马上站了起来。

“你在这儿做什么？”我喊道。

朱巴微笑着走上前。“我看到了侍卫，以为这里出了什么麻烦。没想到你到这儿来伤心流泪，不过我认为任何悲剧都值得搬上舞台。”

“我没哭。”我倔强地说。

朱巴抬起眉毛。“我弄错了。”

“我来这里是做一些最后的规划，这个地方，”我心虚地说，“还需要一份马赛克设计方案。”我走下来，故意大步从他身边走过。接着我突然闪过一个念头。“我知道你为什么在这里，”我倒吸了一口气，“奥古斯都要你跟踪我！”

朱巴听了我的傻话哈哈大笑。“你真的以为我吃饱了没事可做吗？”

“那你为什么不打包行李，坐下一班船前往毛里塔尼亚？”

我立刻后悔自己说的话。他退了几步，平静地说：“也许我在罗马还有事要做，比如说，确保我的奴隶们在我走之后有地方可去。”他走过去站在侍卫们身边，他们三个谈论起坎塔布里亚的战事，完全不理会我。当我最后要求他们送我回巴列丁丘，我们四个默默地走过了短短的路程。

这是一场就连最富有的商人也会津津乐道多年的婚礼。成千上万的人挤满了别墅，从餐厅到花园，各处的炭盆驱散了冬季的寒冷，灯光照亮了玫瑰装点的小道。在每一根立柱之间，色泽最饱满的蓝色和金色绸布在微风中掀动，衣着漂亮的奴隶们在参议员之间跑来跑去，给他们递上一杯杯最好的驰安酒。当马瑟卢斯把一枚镶有绿宝石的金戒指戴到朱丽叶的手指上，雷鸣般的欢呼声“恭喜！”响彻山顶，就算在山下的马克西姆赛马场里，可能也听得见，而接下来的盛宴一直持续到三点钟。

“接下来会轮到我们。”当我们在餐厅休息的时候，哥哥颇感不妙地说。柔和的油灯光芒在他的头发上镀了一层柔光，我看见卢西乌斯在房间的另一边凝视着他。

“也许奥古斯都再也回不来了。”我说。

但哥哥不是那么有信心。“那么利维娅会负责从伊比利亚来安排这件事。她每个星期都寄信给屋大维娅。你知道七天后是什么日子。”

我们将会年满十五岁。亚历山大会在葡萄神节准备他的成人礼，而更多的男人会关心我的婚事，因为到了这个年纪，就连最严格的父亲也会意识到，他们必须对自己的女儿放手。我不安地用双手绞着餐巾。

我们不约而同地望着朱丽叶和马瑟卢斯，他们笑得合不拢嘴，沉浸在新婚的幸福中。他抱起了她，一个长长的队伍组织起来，护送他们进入自己的新房子。当他们经过我们的餐桌,朱丽叶的目光和我的相遇,她的微笑动摇了。我知道她在想她的母亲。我站起来,按住她的手。“总有一天,等到你成了皇后……”我小声说。她的脸色明朗起来,马瑟卢斯把她抱走的时候,我默默地乞求伊西斯和塞拉匹斯,希望朱丽叶一直都这么幸福。她常常都对我很好,而我总是用嫉妒回报她的友善。她已经被剥夺了母亲的爱和关怀;而现在,她至少能够从丈夫那里得到这些。

“你想跟他们一起去吗?”我问亚历山大。

“不。这只会让人难过。”他说。

我暗自庆幸。虽然我很好奇她的别墅是什么样子,但我不想看着马瑟卢斯解开朱丽叶的腰带,把她放在他的新娘沙发上,而男人则唱起淫秽的歌曲并不断起哄。“那么我要去睡觉了。”我对他说。

“别等我了。”

“但天都快亮了!”

哥哥露出微笑。“还剩下几瓶驰安酒。”

那天下午当我醒来环顾房间,发现亚历山大的沙发没人睡过。

三天后我们才再一次见到马瑟卢斯和朱丽叶。他们一直待在自己的别墅里享受独处和突如其来的自由,马瑟卢斯甚至没有到学校里去上修辞课,这使得他的母亲很少见地动了肝火。她闯进图书馆,当时维特鲁威正在对我演示,他曾用来建造万神殿穹顶的计算公式。

“三天了!”她喊道,“他三天都没去上修辞课!”我们都抬起头来,屋大维娅按摩着她的太阳穴。“如果这代表未来——”

“他是个新婚丈夫,”维特鲁威冷静地指出,“我肯定这只是代表爱情。”

屋大维娅看到我的表情,把我的伤心误解成了不赞同。

“你看到了吗?”她喊道,“塞勒涅明白。所以她每天来这里和你学习,而不是陪朱丽叶逛街或是研究柏拉图。今晚我要警告他一下。”

“在他的第一个晚宴上?”维特鲁威问道,“他可是男主人啊。”

“只要他肯念书，他想什么时候玩乐都可以！即使身在伊比利亚，”屋大维娅提醒说，“利维娅还是留心着罗马。你以为我不知道她的奴隶都写些什么？如果奥古斯都发现马瑟卢斯一直在干些什么——躺在床上，从阳台观看赛马——他会想到，对于继承人，他还有其他的选择。”

维特鲁威发出干巴巴的笑声。“比如谁？提比略宁可被阉割。”

“那利维娅会在乎吗？如果她认为他能离权力更进一步，就是要让他经历赫拉克勒斯的考验也在所不惜。等我和马瑟卢斯谈完，”她要求说，“你也要和他谈谈。”见维特鲁威郑重地点点头，她才低下头看看我们正在研究的卷轴。“那是万神殿吗？”她问道。

“是的，我和塞勒涅将要监督神像的安放，等到你哥哥回来的时候，它就完工了。”

“有什么消息吗？”我马上问道。我看着维特鲁威和屋大维娅，但两人似乎都不准备回答我。

“只有半个坎塔布里亚被平定，”屋大维娅说，“战争可能还会持续六个月，即便如此，他还是答应回来参加揭幕仪式。”

“我可以问问阿格里帕，他是否愿意推迟揭幕。”维特鲁威不确定地说。

但屋大维娅摇摇头。“不。这么伟大的建筑被空置着是不对的。”

“跟我们一起去，”维特鲁威恳求道，“你一年多来都没有去过工地，你可以写信给你哥哥，告诉他工程的进展。”

“他会嫉妒的，”她沮丧地笑笑，“阿格里帕告诉我那是史无前例的建筑。”

维特鲁威伸出胳膊。“你可以自己来评判。”

屋大维娅邀请加利娅和我们同去，等我们到了那里，她们的目光被山形墙吸引到了上方，只见雕刻师们在上面刻着：该建筑为马尔库斯·阿格里帕，其子卢西乌斯，第三任执政官所建。建筑物的外观没有什么特别之处。那是一个简单的混凝土和砖石建成的列柱门廊。但当我们穿过巨大的铜门走进万神殿，我听见加利娅用她的母语嘀咕着什么。

世界上没有什么建筑能媲美它的美丽和雄伟，就连亚历山大城也没有。从图案丰富的大理石地面到内部的立柱，光线和色彩共同创造出了前所未有的景观。穹顶以八边形和六边形装饰，使人从下往上看像是一个蜂窝。顶部中间是一个庞大浑圆的开口，一扇圆窗，只有光线能够照射进来。

加利娅的目光从一个壁龛移到另一个壁龛，在那里，工人们正使用油布来清理，准备迎接大理石神像的到来。当她用高卢语反复念叨她的赞叹时，朱巴从阴影中走出来，回答说："很震撼人心，不是吗？"

我诧异地看着维特鲁威。他解释说："他来这里是检查神像的瑕疵和真伪。今天早上它们刚到。"

朱巴和加利娅用她的语言交谈了一会儿，接着他转身招呼屋大维娅和维特鲁威。但轮到我的时候，他的口气不是那么愉快。"我认为这里没有什么马赛克图案需要设计。"

"我来是为了测量那些神像。"我反驳说。

他转向维特鲁威。"什么？"他假装愤愤不平地问道，"难道你认为我在购买之前没有考虑到这些问题？"

维特鲁威看上去真心表示了歉意，但朱巴好心地拍了拍他的背。

"当然了，"朱巴大笑着说，"如果神像要被退回，也就没有必要把它拖进房间里了。"他带加利娅和屋大维娅简单地参观了这栋建筑，他们忙着看的时候，我帮着维特鲁威测量尺寸。我满心希望其中的一尊神像太高或是太宽放不进壁龛，但令人气恼的是，朱巴说的没错。它们全都大小合适。

"怎么样？"我们测量完之后朱巴留在那里对我说。

"它们都没问题。"我冷淡地说，并站起来在外衣上擦手。

"无懈可击，"维特鲁威称赞说，"非常精美的雕塑，朱巴。它们全都是罗马的吗？"

"只有维纳斯是希腊的。不知怎的，我被她的脸吸引住了。"

我望着万神殿另一边的维纳斯神像。也许是出于虚荣心，我觉得自己认出了她。她的鼻子，以及化着妆的浅色眼睛似乎和我长得很像。接着加利娅小声说："她让我想起了恺撒的情人。"

"塔伦提娅。"朱巴点点头，"是的。也许你是对的。"

那天晚上，我比以往更精心地打扮了一番，以便参加马瑟卢斯的第一次晚宴。我穿着我最喜欢的蓝色丝绸外衣，系上一条银色的腰带来搭配我的凉鞋。接着加利娅帮我梳头，在我的头顶上盘了一个漂亮的发髻，用长长的银色发卡来固定。从镜子里看到的效果令我很满意，连加利娅也被打动了。她用混合着紫罗兰和茉莉花的香水喷在我身上。

"你变成了一个真正的美人，"她说，"如果赫拉一定要和你比美，她一定会嫉妒你的。"

我笑了。"你怎么知道那个故事？那是一个希腊神话。"

"我读过。有时候维利乌斯老师对我讲这些故事。"

"他想念我们吗？"我们一边往门廊走，我一边问道。

"你怎么想？现在是德鲁苏斯和维普撒尼娅做他的学生。他们不怎么读书。"

可怜的维利乌斯老师，我心想。他从前可能认为朱丽叶和马瑟卢斯是他教过的最懒惰的学生。

哥哥和卢西乌斯早就到了门廊，他们在玩骰子赌博。"你都不停下来看看？"我逗他说。

哥哥抬起头，嘴角泛出一抹微笑。"很美。"他站了起来。"格外美丽。"虽然他对我投来警告的目光。

当我们步行横穿巴列丁丘，我攥紧又松开拳头。"那你觉得他们的别墅会是什么样子？"我问道。

亚历山大假笑道："没有奴隶？一团糟。"

"屋大维娅会借给他们一些，"我说，"我肯定朱丽叶从她父亲的别墅里带去了几个厨师。"

"我们看吧。"当我们走到门前台阶的时候，他激动地说。我在屋大维娅的别墅里见过的一名年轻奴隶跑来应门。

“欢迎，”那女孩招呼我们说。她那外衣上的金色饰物反射出夕阳的余晖，我肯定那是朱丽叶加上去的装饰。她希望连她的仆人都穿金戴银。“请，”她让到一边，“进来。”

我们这一小队人走进了前庭，克劳狄娅发出了啧啧的赞叹。地面是用白色的卡拉拉大理石铺成的，雅致的壁画和泥灰装饰都擦得极为光亮。虽然新婚之夜很多人到过这里，但没几个人有时间好好地欣赏建筑，随着那年轻女孩带领我们穿过中庭，我看得出维特鲁威在鉴赏每一个壁龛和凹室。他作出的评判一定是赞赏的，因为他看着屋大维娅并露出微笑。

当我们来到餐厅，马瑟卢斯和朱丽叶从沙发上站起来，亚历山大嘀咕着：“看看这些桌子。”它们全都是由松木做成的，并镶嵌着碧玉和象牙。

“欢迎，母亲，”马瑟卢斯喜气洋洋地说。“怎么样？”他热切地问道，“你觉得怎么样？”

“很漂亮，”她坦言，“所有的大理石和灯具。特别是在中庭。”

“朱丽叶准备明天去买其他的家具。我们还需要一座家神神龛和客房里的沙发。请随便坐。”

我曾担心座位的安排，但大家坐的位置和巴列丁丘上的每个晚上都一样。屋大维娅和她的女儿以及女婿坐在一起，而维特鲁威和朱巴也和他们坐在同一桌。德鲁苏斯和维普撒尼娅同安东尼娅、东尼娅坐在他们自己的小桌子边，而其他人则和朱丽叶、马瑟卢斯坐同一桌。

“你自己的别墅，”我羡慕地说，“觉得怎么样？”

“棒极了，”朱丽叶兴高采烈地说，“没有人叫你该做什么，什么时候起床或是去什么地方。”

“水池可以眺望赛马场，”马瑟卢斯接着说，“现在太冷了，即便是加热了以后，但到了春天，欢迎你们都来。”

“奥古斯都的别墅里少了我一定很冷清吧。”朱丽叶说。

提比略抬起眉毛。“是的。现在除了奴隶没有人整天挑三拣四。”

她笑了起来，而我心想，婚姻已经改变了她。过去他们拌嘴，她从来都不让他占上风。

“你看过楼上吗?”朱丽叶问我。

“没,还没有。”

“上面有整个用来洗澡的房间,和一个可以眺望广场的卧室。来吧!”她站了起来,“让我带你参观一下。”

“但是你的客人们呢?”

她无所谓地一摆手。“他们一吃起来就不会在乎我了。让他们喝点酒、吃点牡蛎吧。”

她带着我上楼,并指出她知道我喜欢的细节:铺着柔滑皮毛地毯的缟玛瑙地面、天花板上嵌入的蓝色和黄色大理石。那些挂毯、布帘和遮阳篷看起来全都是新的,于是我问她:“这别墅过去是谁的?”

“某个死去的没有孩子的老人。六个月前我父亲为我买下了它,并把所有粗俗的家具都搬走了。你真该看看这里原来的样子。只是现在,没有桌子,也几乎没有可以睡觉的地方。”

我明白她的意思。在一个新娘的卧室里,虽然窗子很美丽,地板很光亮,但只有一张沙发。

朱丽叶看出了我的表情,于是双手抱胸。“比我父亲的别墅更糟糕,不是吗?就连维斯塔贞女住得也比这个好!”

我不得不同意。

“明天跟我一起去,”她央求道,“我们到广场去买东西。”

“我必须和维特鲁威一起工作。”

“什么?每天?对于设计,没有人比你眼光更好。”

我犹豫不决。

“拜托。他会理解的。就告诉他你的下一个项目就是我的别墅!”

第二天早上,我们前往广场。亚历山大和我们一起去,还有两名禁卫军跟着,朱丽叶说:“没想到你会撇下卢西乌斯。我不记得上一次我看见你们分开是什么时候。”

哥哥把斗篷裹紧。虽然还没有下雨，但寒风凛冽。“他在他父亲那里。他想要让他看看他写的东西，并请他出出主意，来找个赞助人。”他看着我。“你觉得有希望吗？”

“我不认为没有。就好像维特鲁威本身也有赞助人。”

“是啊，但那是屋大维娅，而且他是她的情人。我们是希望找一个单纯对艺术感兴趣的赞助人。”

“他试着找过维吉尔吗？”朱丽叶问道，“或者贺拉斯？”

“他们都有十几个作家要赞助。而马瑟纳斯只对欧维德感兴趣。”

“那我们为什么不能做他的赞助人呢？”朱丽叶突然问道，“我和马瑟卢斯结婚了，现在我们两个都有自己的资金。”

哥哥停下脚步。“真的？”

“为什么不呢？屋大维娅有她赞助的作家，现在差不多是时候了，我应该有我的作家了！”

哥哥哈哈大笑。“卢西乌斯一定会开心得要死。”

“只有一个条件，”朱丽叶郑重地说，“他所有的作品，必须把我写得年轻美丽，即使当我变老变胖的时候。”

“永远的美人，”哥哥说，“特别注意。”

当我们来到圣道沿路的店铺时，朱丽叶想要逛遍所有的店。到了下午，我们几乎挑选了她所需要的一切：用香木做成的椅子和柜子，带有厚重铜盆、用来插熏香、脚上装饰着格来贡的头和爪子的三角鼎，用紫檀木做成的桌子，象牙把手的镜子，做成海龙和天鹅形状的坐浴盆。

“你的别墅将会变成亚历山大的王室宫殿。”哥哥肯定地说。

“真的吗？”她兴奋地问道。

“比那还漂亮。”我说，虽然令我不安的是，我开始忘了王宫里的房间是什么样子。有时候，当我拿出素描本，翻开一页又一页，我又回想起某间被我忘得一干二净的卧室，或是我和亚历山大小时候玩过的壁龛。有时候我在想亚历山大还记得多少，但是我不敢问他，担心他会难过。

“好吧，”朱丽叶说，“还有一样。放在中庭的挂毯。”

我们跟着她走进参议院附近的一家店铺，亚历山大赞赏地点点头。“很漂亮。”墙上挂着描述各种神话场景的挂毯和饰板。在一张挂毯上，奥德修斯驾驶着他的船开过斯库拉的山崖。在另一张上，罗慕勒斯和雷穆斯在罗马的城墙边战斗。哥哥立刻站到一块描述希腊双子星的饰板前。“我们的母亲曾经那么称呼我们，”他小声说，“我们应该买下这个挂在我们房间。”

“当然不行！太贵了。”

“让我来帮你买，”朱丽叶说。我正要反对，她坚决地摇摇头。“三天后就是你们的生日，这就当作我的礼物。”

“朱丽叶，这太破费了，”我反对说。

“胡说。对于我婚礼前你做的一切，这又算得了什么？”她说，并打了个响指。柜台后面的男子立刻走过来，当朱丽叶指着那块大理石饰板，他睁大了眼睛。“把这个送去屋大维娅的别墅，”她指示说，“你知道在哪儿吗？”

“当然知道，主人。”

“你看见那张维纳斯和伏尔甘①的挂毯了吗？把它送到朱丽叶·奥古斯都的房子去。”

“送这样的礼物真是太好心了，”哥哥说，“这个再加上对卢西乌斯的赞助，我真不知道我们怎么还会离开罗马。”

她咧嘴笑了。“很好。等到利维娅回来，在巴列丁丘上我需要值得信赖的朋友。”

---

① 罗马神话中的火神和煅冶之神，维纳斯的丈夫。

第十九章

公元前25年

在我们十五岁生日的上午，亚历山大把我吻醒。“生日快乐，塞勒涅。”

我猛地坐了起来。“出什么事了？怎么了？”

亚历山大笑了。“没什么！我祝你生日快乐。朱丽叶和马瑟卢斯来了。他们要带我们去赛马场，接着上剧场。”

“已经来了？现在几点了？”

“快中午了。今天你不去见维特鲁威老师真好。你一定是昨晚喝了太多酒。”哥哥咧嘴笑了。昨晚我们一直熬过半夜，聊个不停，笑个没完，但最重要的是，帮助马瑟卢斯计划好了麦格琳节。

我冲过去穿上一件厚厚的束腰外衣和斗篷，匆匆忙忙地把头发盘成一个松松的发髻，我穿衣服的时候，亚历山大端详着那块漂亮的双子星饰板。

“你真的认为六个月后战争会结束？”他担心地问道。

“我不希望。奥古斯都在伊比利亚待的越久，对每个人就越好。”

有人敲门，亚历山大开心地喊道：“进来。”

我以为是朱丽叶或者马瑟卢斯，但进来的是屋大维娅，带来了蜂蜜蛋糕和一封信。我看了亚历山大一眼，他摸了摸脖子上挂的印玺。我将会一直戴着我的印玺直到结婚那天，而今天他就要把他的印玺交给家神了。

只要我们还戴着印玺，就不会威胁到任何人。但现在奥古斯都会拿我们怎么样呢？

“生日快乐！”屋大维娅喊道。“十五岁生日再加上新年。”她把蛋糕放下，露出微笑。“我听说我儿子要带你们去赛马场。看样子这对塞勒涅来说不算什么优待。”

我只是笑笑。“在那以后我们要上剧场。马瑟卢斯说会有一场喜剧演出。”我看着她手里的信。

“我哥哥写来的，”她意味深长地说，“昨天来了七封信。一封给阿格里帕，还有一些是给他军队里的将军。但这一封，”她说着，并在第三张沙发上、马瑟卢斯过去坐的地方坐下。“可能会令你们感兴趣。也许你们想听一听？”

亚历山大看着我，我们都点点头。屋大维娅展开卷轴并念道：

> 在这一天，他们的十五岁生日上，我希望你能祝双子星生日快乐。几乎没什么比走过童年、长大成人更为重要，这是一个值得认真思考的时刻。等我回来，我最首要的职责是确保一桩美好婚姻的缔结。一定要提醒塞勒涅公主，当那个时刻来临时，她已经为自己做好了准备。

屋大维娅面带得意的微笑，抬头看着我。

“就这样？”我心头一惊，“那亚历山大呢？我们回埃及的事情呢？”

她的笑容变得尴尬。“我肯定一切都会按时发生。我哥哥还在战场。等到他回来——”

“但为什么他要等呢？伽路斯自杀的时候，”我质疑道，“奥古斯都还在高卢任命了一位新的地方长官。”

“情况不同，”她不知所措地说，“目前，我们应该为这个消息庆祝。另一桩婚事！”

亚历山大来拉我的手。“如果我们不想结婚呢？”他问道。

屋大维娅皱起眉头。“每一个女孩都希望至少结一次婚。而什么样的男人不想娶个妻子呢?”

“我们不想,”我说,“我和亚历山大喜欢彼此作伴,我看我们没有理由分开。”

屋大维娅把信放到膝盖上。“但这是一个好消息,塞勒涅。你会拥有一栋你自己的房子,就像朱丽叶和马瑟卢斯那样。”

“他们彼此相爱!”我反驳说,“你比任何人都清楚一段被迫的婚姻会带来什么结果。”

她一惊,虽然我后悔伤害了她,但那是事实。

“那亚历山大怎么办,”我问道,“让他娶一个他根本不认识的女孩?”

“大部分丈夫都不认识他们的妻子。这是一种包办——”

“我们不想那样!”

她往后靠去,对于我的反应大为震惊。但显然奥古斯都很清楚,不然他不会提醒她让我准备好。“过几个月我们再讨论这个。”她说,“但是我看就算你们结婚,也没有理由让你们分开。”

“如果我们中一个回到埃及,另一个去了希腊呢?或者,如果亚历山大没有被送回埃及,但我们被送到这个王国的两端,那怎么办?利维娅可能会让我们和任何人结婚。”

“这不是利维娅能做的决定,是由我哥哥来做。”她站了起来,显得相当遗憾。“我不该把这个念给你们听。今天不该让你们担心。那会是两对天作之合,”她保证说,“以及两桩幸福的婚姻。”但是我不知道她怎么确保这一点。

朱丽叶和马瑟卢斯在中庭等着我们,看见我们的脸色,他们想知道出了什么事。

“奥古斯都的来信。”哥哥回答。

“很显然,我们要结婚了。”我说。

“和谁?”马瑟卢斯喊道。

“不会是提比略吧?”朱丽叶警觉地问道。

我吓了一跳。“不。利维娅绝对不会允许。”

“好吧，只要不是他，”她开心地说，“还能有多糟？”

“想想霍拉提娅，”我反驳说，“或是其他糟糕的婚事。在埃及，女性可以选择自己的丈夫。”

马瑟卢斯伸出胳膊搂住我的肩膀。“记得谁是继承人。”他小声说，我勉强笑了笑。

除了奥古斯都的信，这算是很精彩的一天，我记忆中最快乐的一个生日。和往常一样，亚历山大在比赛上赢了钱。前一天夜里下了雨，但是他知道哪些马更喜欢潮湿而不是干燥的赛道，拿出他记录过去比赛成绩的小卷轴后，他对白队下了注。

“埃及王子赢了五十便士，”下注员说，一边递给他一个沉甸甸的红包。“另外五十便士给你。”他把第二个钱包递给了马瑟卢斯。

我们带着赢来的钱来到广场，在那里我们全都买了雪糕，虽然我们都冷得要命，于是和着温热的蜂蜜酒一起吃下去。

在剧场里，卢西乌斯批评着差劲的演说，我们五个高喊：“带熊上来！”那是一场糟糕的舞台剧，但我们都不在意。我们嘲笑着一个在座位上睡着的参议员，和一个鼾声干扰到演员的女人。等到我和亚历山大回到房间，太阳早就下山了，侍卫们看起来都累垮了。

“生日快乐。”他又说了一遍，接着紧紧地拥抱了我，“睡个好觉。”

“你去哪里？”

他微微一笑。

“你觉得屋大维娅不会知道？”

“就是一个晚上。”

“好几个晚上了，”我严肃地说，“奴隶们都在议论。”

“那就让他们去议论吧。六个月后，”他接着沮丧地说，“我们都要结婚了。我们不妨尽可能地享受我们的自由。”

我看着他消失在大厅里，接着关上门，吹熄油灯。闭着眼睛的时候，我似乎听到中庭里传来脚步声，我在想哥哥是否改变了主意。但门没有打开，于是我沉沉地睡去，做了一个又一个奇怪的梦。

接着，我突然醒了过来。有凉鞋啪啪地踏在大理石地面上，接着是一声哀号，犹如受伤的动物发出的嚎叫，划过整栋别墅，打破了原来的宁静。一扇扇门开了又关，奴隶们彼此叫喊着点亮油灯。我冲下沙发，穿上斗篷，但我找不到凉鞋了。等我找到它们，我听见女人哭泣的声音，维特鲁威的声音对着混乱的场面喝令。我手忙脚乱地想打开门，却在黑暗中找不到把手。接着我猛地开了门，走进了大厅。

外面，安东尼娅和东尼娅早就起来了，正裹着厚实的麻布睡衣瑟瑟发抖。

“出什么事了？”我喊道。但她们都不回答我。“谁在尖叫？”我顺着他们的目光望向卢西乌斯的房间，接着失声尖叫：“亚历山大！”

安东尼娅伸手来阻止我。“别进去。”她恳求道。

“为什么？”奴隶们正端着热水跑去，接着维特鲁威带着瓶子和绷带出现了。我慢慢走近那个房间，就好像还是在做梦，当看到发生的一切，我的腿一软，几乎要瘫倒了。

“把她从这里带走！”维特鲁威喝道。

十个人跑过来照料卢西乌斯，他的胸部受伤，正躺在地上。但在沙发上，依然穿着白色外衣和斗篷的亚历山大一动不动。几名奴隶跑过来把我拉走，但是我对着他们发疯似地喊道：“别管我！”我冲向亚历山大，抱住他的肩膀。鲜血从他的衬衣渗到被褥上。他的脖子上有一个深深的伤口，当我摸着他的脸颊，发现那已是冰凉的。“不！”我一遍又一遍哀号着。“不！”我声嘶力竭地尖叫着，好让伊西斯听到。

一双双手伸过来把我扶起，人们开始讲着我听不懂的话。这个地方有灯光，我看见了书本和草图。有人把我放在了图书馆里的一张沙发上。加利娅和维利乌斯老师来了，后面还跟着朱巴和阿格里帕。有好几次我不知道我是睡着了还是醒着。随着黎明的到来，加利娅把一只杯子塞在我手里。

“喝吧。”

“我喝不下。”

“你哭了一个晚上。你需要水分，”她提醒我。

我喝了，但尝不出味道。我听见朱巴在中庭审问奴隶们，当他走到我跟前，我别过脸去。

“塞勒涅。”他温和地说。

我闭上了眼睛。

“我知道你不想说话，但如果我们找到这是谁干的——”

“只要告诉我，”我有气无力地说，“我的哥哥……我的哥哥是不是死了？”

阿格里帕和朱巴都站在我面前，但他们都不说话。

我睁开眼睛。“他是不是死了？”我吼道。

加利娅冲到我身边。“塞勒涅。他被人袭击了。他一点机会都没有。”

泪水模糊了我的视线，突然我的内心再清楚不过了。我想起了奥古斯都写给屋大维娅的信。“你们想知道是谁干的？”我反问道。

“是的。”朱巴说。

“那么去找屋大维娅！叫她把奥古斯都的信给你！”

朱巴对我皱起眉头。

“你以为我在撒谎？把奥古斯都的信找来！”我尖叫着。

我听见一名奴隶跑去了，等到他回来，屋大维娅也跟在后面。

她颤抖着把卷轴递给我。“你要什么？”她紧张地问道，“信里有什么？”

我默念着第一行，仅仅是为了确保我没有弄错，但上面就是这么写的。在这一天，他们的十五岁生日上，我希望你能祝双子星生日快乐。双子星。那是指卡斯特和伯乐克斯。勒达的双胞胎儿子，他们的妹妹就是特洛伊的海伦。卡斯特被杀害，留下伯乐克斯一个人。

我继续读下去，只是这一次我念出声来：

等我回来，我最首要的职责是确保一桩美好婚姻的缔结。一定要提醒塞勒涅公主，当那个时刻来临时，她已经为自己做好了准备。

泪水在我的脸颊上发烫，我逐一看着每个人的面孔。“一桩美好婚姻，”我重复道，“一桩！为什么只有一桩？”我怒吼道，“因为他知道我哥哥永远不会结婚！”见屋大维娅倒吸了一口气，我坐起来并念道：“‘几乎没什么比走过童年、长大成人更为重要，这是一个值得认真思考的时刻。’这番话如果不是死刑的判决，那又是什么？他要亚历山大死掉！托勒密家族最后的血脉。安东尼的儿子。在十五岁的时候，一个男人！”

“不！”屋大维娅不敢相信。“不。”她喃喃地说。

阿格里帕严肃地说，“我们会找到这些人，他们会受审。”

但那是谎言。一切都是谎言。奥古斯都带我们在罗马的大街上游行，在人民面前作秀要抚养我们。但在他的内心深处，他一直都知道，哥哥永远无法穿上白色成人托加袍。先是恺撒里昂，接着是安蒂拉斯，现在是亚历山大……

晴天霹雳。接着我听见朱巴说：“让公主一个人静一静。她需要休息。”见屋大维娅犹豫不决，他坚持说：“去照顾卢西乌斯吧。”

我的另外一半。我的孪生兄弟。“没有他我该怎么活啊？”我喃喃自语。

加利娅把一块温暖的布放在我头上。“睡一会儿吧。”

“但我不想睡！”我坐起来，不顾一切地扫视房间。“我要看他。”

“他们正在帮他穿衣服准备安葬。”

“葬在哪里？一座无名的坟墓？亚壁道上一块普通的墓碑下？”我抬头看着朱巴。“你一定知道这件事。”我斥责道。

“别傻了。”

“巴列丁丘上只有一个人替奥古斯都杀人。”

他愤怒地绷紧下巴。“那个人不是我。”

“我要你走开。”见他不动，我怒不可遏地喊道，“我要你滚出这里！”

他的脸上闪过一丝伤心，接着转身走出了门。

“朱巴！”加利娅在他身后喊道。

“你在干什么？”我问道，“他知道这件事。很可能是他计划的！”

“别傻了，”加利娅严厉地说，“他绝对不会做这种事！”

“你怎么知道？还有谁知道奥古斯都最深的秘密？”

“他的妻子，”朱巴走远后她说，“利维娅知道一切。”

“但利维娅不在这里！”

“但她的奴隶们还在！”她坚持把我推到沙发上，“他们会找到凶手的，”她保证说，“但是你必须休息。现在你无法为他做什么。”她带着哭腔说，虽然她转过身去，但我看见她在哭。

然而她错了，依然有一件事是我可以做的。

第二十章

没有陵墓，我不会让他下葬，因为屋大维娅担心托勒密家族最后的遗孤会自杀，于是她写信请示奥古斯都，他同意了。哥哥的遗体被暂放在阿波罗神庙，同时，从建造万神殿、会堂和浴室的工地调来的工人们日夜赶工，要在三个月内完工。在修建他墓地的这段时间里，我不见任何人，除非他们来看我。

当马瑟卢斯最初听到我哥哥的死讯，他发誓要报复利维娅甚至是奥古斯都，但我警告他，如果他说出一句反对他舅舅的话，他就是下一个遭殃的人。最好等待着，我对他说。在成为皇帝之前最好忍耐。随着冬季冰雪融化进入春天，他依然没有消气，即便当红鹰在罗马各处张贴传单，声称皇室家族是凶手，把他们的客人当作奴隶，杀了人也不用受到惩罚，他还是不满意。对于这起凶案，凶手未能找到，虽然卢西乌斯保住了性命，能够描述出攻击他的人，但还是一无所获。没有人说起亚历山大是如何在卢西乌斯的房间里被发现的。就好像他们之间的爱情从未存在过。

我一个人吃饭。我一个人工作。当我请求屋大维娅让我搬出和亚历山大同住的房间时，她安排我住在安东尼娅的隔壁，安东尼娅晚上总是过来给我送吃的。

“你觉得你会回到餐厅去吃饭吗?”她问道。

那是四月，我摇摇头。“在陵墓造好之前我不会去。”

“但已经造好了，”她反驳道，“他的葬礼就在明天。”

我眨眨眼忍住泪水。伊西斯和塞拉匹斯的祭司们已经为哥哥的遗体作了防腐处理，我每天都到神庙里去看他。如果他不在我身边，那会是什么情形？“我不确定墓地已经完工了。”我说。

“但你准备做什么？”安东尼娅喊道，“永远纠结着这件事？”

我转身看着她。她和她母亲一样，灰色的眼睛里流露着天真。“是的，我会的。”我会把陵墓当作我的第二个家。等到奥古斯都回来让我嫁给某个衰老的参议员，我会尽可能多的离开我的丈夫。如果他去找我，会发现我睡在亚历山大的身边，我们两个在一起，永远地变成了石头。

安东尼娅的眼里噙满了泪水。“但那不应该。”

“不应该。我哥哥的死也是。”

葬礼在巴列丁丘上开始，当送葬队伍蜿蜒地穿过大街小巷，上万人前来看被谋杀的埃及王子。他被放在一个遗体架上，由奴隶抬着，后面跟着皇室家族。我走在他的一边，卢西乌斯和维特鲁威走在我的身后。我听见卢西乌斯在啜泣，那是一个男人的内心在彻底陷入悲痛之后而发出的一种深沉、揪心的哭泣，如果我不是那么深陷在伤痛之中，我可能会过去给他一点安慰。但我的同情心荡然无存，亚历山大的生命带走了一切。

随着我们抵达亚壁道的陵墓，我在想，我们当中有多少人应该为我哥哥的死负责。但每个人的哀悼都显得发自内心，每当屋大维娅看着亚历山大，她就哭得浑身发抖。一名埃及入殓师已经为哥哥脖子上的伤口做了处理，要不是脸上盖着薄纱，亚历山大就像是睡着了一样。他曾尽心打理的漂亮卷发依然乌黑有光泽，上面戴着他的珍珠头冠。他是托勒密家族最后的男性，我回到埃及的唯一希望。他是我的孪生哥哥和最亲密的朋友。而现在，他那短暂的生命画上了句号。

我们走进墓地凉飕飕的壁凹处，朱丽叶握着拳止住啜泣声。她买来庆祝我们生日的大理石饰板悬挂在石棺上。当凡人卡斯特死去后，他那长生不老的孪生兄弟选择到天上去和他在一起。他们就是双子星，如今亚历山大去了天堂，在那边等着我。

伊西斯和塞拉匹斯的祭司们，一边把哥哥的遗体从架子上抬起放入棺材中，一边哼着没有一个罗马人听得懂的埃及圣歌。当我把我的素描本放进亚历山大的石棺，我看见维特鲁威用手捂住了眼睛。随着盖子被放下，我的膝盖渐渐发软，但马瑟卢斯扶着我，我看见朱巴缩了一下，就好像与此有关的某样东西深深地困扰着他。他用那对像缟玛瑙般坚毅的眼睛看着房间另一边的我们，而我想，如果这个世界上确实存在着正义，哥哥的仇一定能报。

接着罗马的圣歌响起，马瑟纳斯朗读了一首献给托勒密家族的长诗。就连提比略也为之动容。他的眼睛红了，似乎一直在哭，当他在墓前放上一个沉甸甸的花环，我注意到他的手在发抖。但等到仪式结束，我依然能闻到保存哥哥遗体的松木油和没药的气味，只要它们还没有散去，我就不想走出陵墓。

“塞勒涅，”当其他人都离去，站在外面的时候，卢西乌斯说，“我很抱歉。”

我什么也没对他说。

“我很抱歉死的不是我。因为我知道那是你希望的。”

我的眼里满是泪水，内疚感让我再也忍不住了。我把哥哥的爱人抱进怀里，我们两个一起哭成了泪人。“那是伊西斯的意愿。”我对他说，这话只是让他哭得更凶了。

“但那是为什么？”

“我不知道。只有她才知道。”我们的眼泪干了之后，我看着卢西乌斯，我觉得在这三个月中，他老了十岁。“你没有被杀死一定有原因，”我说，“神灵挽救了你，让你去做重要的事情。你有了赞助人。”

“但没有了亚历山大，那又有什么意义？”

一切还有什么意义？我让他扶着我走进阳光里，我对这个世界感到愤怒，我的人生如此黑暗，而太阳还竟敢发出光明。

虽然除了我，每个人都会在餐厅里和屋大维娅一起吃饭，我把自己关在图书馆里，画着亚历山大的陵墓可以附加的东西，以及我想要在广场为他购买的神龛。

一天下午，朱丽叶拿着一封信来到图书馆。她看见我正在为亚历山大做些事情，但她还是打断了我，并说："你应该看看这个。"

她把卷轴递给我，我读到："我们可以轻易地原谅一个害怕黑暗的孩子，人生真正的悲剧在于人们害怕光明。"那是柏拉图的诗句。我抬头看着她。

"送给你的。"她小声说。

"谁给的？"

"我。"见我不说话，她接着说，"不管是谁干的，我们都会抓到他，塞勒涅。"看见我的表情她不再说下去。

"四个月了。"我粗声粗气地提醒她。

"我知道。但我父亲不可能永远做皇帝。等到我当上了皇后，我对你发誓，罗马没有一个平民会遗忘亚历山大。但是你不能继续这样活下去，"她恳求道，"逃避快乐，逃避光明。"

"我喜欢待在黑暗中。"我对她说。

但朱丽叶不相信地看着我。"你每天都去陵墓。你去干什么？"

"我计划。我工作！"

"那里还能有多少工作？"

"很多。我要造一座神龛。"

"很好，"她说，"然后呢？"

"也许一尊塑像，"我说着，把卷轴还给她。"也许一尊半身像。"

"那还有完没完了？你准备做什么？把你的财产全部花完？"她摇着头，"过头了，塞勒涅。你还要活下去。等到我父亲回来——"

"那么我就要被逼着活下去。只是我不用担心和亚历山大分开，因为他已经走了！"

她的下嘴唇颤抖着，接着把柏拉图的诗句塞给我。"我很抱歉。"她说，虽然我不知道她为什么抱歉。

我看着她离去，接着召集两名侍卫送我去亚壁道。当我们走下巴列丁丘，朱巴看见我便走过来。

“什么事？”我问道，“你在这里是要把我也杀了吗？”

“我希望你是在开玩笑。”他不安地朝我的侍卫们瞥了一眼。

“奥古斯都留着我哥哥的命像是一头等待宰杀的公牛，所以我为什么不会是下一个呢？做这种事有谁比你更在行？”

我转身要走，他在那个浅色头发的侍卫耳边嘀咕了一阵。那人郑重地点点头，我们离开后，我也懒得去问他说了什么。但等我们来到陵墓，我看见眼前的景象时，立刻转过身。

“这是谁做的？”我喘着气说。

那浅色头发的侍卫回答说：“朱巴。”

在石棺的旁边，在墓室仅有的灯光下，立着一座雕刻师能够创作出来的、最为宏伟的亚历山大雕像。他是用大理石雕刻而成，眼睛被涂成棕色，一簇簇漂亮的卷发簇拥在他的头冠周围。我走到雕像跟前，抚摸着他的脸，他的鼻子，他的嘴唇和他的下巴。就好像他还活着，我能够委托别人做的任何雕塑，都难以同这位艺术家完成的作品相提并论。

我走近浅色头发的侍卫，问道：“你肯定吗？”

他点点头。“我们帮他搬到这里来的。”

深深的内疚和悔意令我说不出话来，深色头发的侍卫温和而小声说：“有很多人都会想念您的哥哥。您不是一个人。”

“那么说你们认为不是朱巴杀了他？”我小声问道。

那两人对视了一眼。“公主，他为什么要杀害一个他一直出钱资助的男人？”

见我不明白，深色头发的侍卫解释说：“您以为自从你们来到这里，是谁把所有的金子放进你们的金库？”

“屋大维娅。”

两人都扮了个鬼脸，浅色头发的说：“也许她是给了您一张沙发和一点吃的，但那花的是朱巴在萨图尔诺神庙存放的便士。我们知道，因为我们数过钱币的。”

我看看这个侍卫，又看看另一个。“但……但那是为什么？”

“也许他感到抱歉，”深色头发的猜测说，“他的母亲是个希腊人。她年轻的时候被抓去卖身为奴，释放她的是他父亲。接着他们两人和你的父母一样结束了生命。他知道失去一个王国、就连身上的衣服也要干活去挣得，那是什么滋味。”

我想起哥哥在赛马上挥金如土，以及当我购买皮毛和丝绸的时候，想都不想钱是怎么来的。接着，我突然想到了朱巴为万神殿找来的希腊神像，于是满脸通红。加利娅认为那维纳斯长得像塔伦提娅，但朱巴看中它不是这个原因。那天下午当我发现他看着我的时候，他的眼里满是柔情。也许他的帮助最初是出于仁慈，但现在……

当我匆匆赶回巴列丁丘，我试着不去想，当我指控朱巴是杀害亚历山大的凶手时，他那丰满严肃的嘴唇垂了下来。有多少次他看着我对马瑟卢斯满是爱慕？而马瑟卢斯又怎么能理解我们的遭遇？

那天晚上，我决定到餐厅去。四个多月来，我只穿黑色衣服，但这个晚上加利娅为我选出了一件深紫色和金色的束腰外衣，一件我以往穿的时候、哥哥曾赞美过的衣服，并命令自己不要哭泣，而她则在我的眼皮上涂了柔和的蓝铜粉，在我的嘴唇上涂了一点赭色。

当我进去的时候，房间里响起一片惊讶的低语，我心痛地注意到我和亚历山大曾经坐的桌子已经不在原来的地方，而是被移到屋大维娅和维特鲁威旁边，成了马瑟卢斯和朱丽叶斜躺的地方。很快，朱巴身边腾出一个位子给我，烛光勾勒出他那强壮身躯的轮廓。当我坐了下来，众人陷入一阵不安的沉默中。

“欢迎回来。”克劳狄娅说，每个人都无声的表示欢迎。接着，人们慢慢地开始交谈起来，就好像我从来没有离开过。他们小心翼翼，避免笑得太大声，就连提比略也默不作声。但我最在意的是朱巴，我终于转向他。

“我错了。”我说。

“关于什么？”他简单地问道。

“你。我低估了你的……你的慷慨。我哥哥的雕像，你真是太好心了。”

“那不是为了你，是为了亚历山大。”

我涨红了脸。“都一样。你真是想得很周到——”

“别提了。”他站了起来。“轮到我说欢迎了。”他大声说，“如果奥古斯都出发回来，还有大量的事情要准备。”

“他要回来了？”我叫了起来。

朱巴严肃地打量着我。“带着阿尔平—塞拉西氏族的五万人。”

“战俘？”

“奴隶，”提比略说，“虽然只有朱诺知道还有什么地方可以让他们待，这个城市里已经挤满了高卢人。”

所有人都看着我，我这才意识到为什么没人告诉我。他们不希望我感到恐慌。他们担心当一切都失去了，而奥古斯都已经近在眼前时，我会和我的母亲一样结束自己的生命。从奥古斯都在亚历山大城第一次看到我们起，他就知道我哥哥会死。马克·安东尼和克里奥佩特拉的儿子长大了，将会是整个帝国东山再起的起点；不仅在埃及是威胁，在罗马也是。不管我们如何努力地想要为他所用，我们根本没有希望回到埃及。

“你不妨和我们一起去？”朱丽叶马上问道，“我和马瑟卢斯要上剧场。”

我摇摇头。

“你应该去，”屋大维娅鼓励说，“今晚是出希腊剧。”

“萨福克里斯。”马瑟卢斯说。

“不。我想我还是回房间。”

维特鲁威若有所思地看着他的儿子，于是那天晚上有人敲门，我并不意外来的是卢西乌斯。

“你父亲派你来的？”我问道。

卢西乌斯一度想要撒谎。接着他承认：“是的，但不管怎么说我都会来。”

我让他进来，他睁大了眼睛。这里有一点埃及风格，墙上挂着色泽饱满的红色绸缎，还有斯芬克司形状的青铜香炉。一个安库挂在沙发的上方，旁边是一幅伊西斯的像。我不在乎我会不会惹恼奥古斯都，或是奴隶们会不会把我卧室的布置写信告诉利维娅。他们还能对我做什么？我还能再失去谁？

“这么说亚历山大城就是这个样子？”卢西乌斯问道。

我苦笑着说：“粗糙的模仿。”

他在我的皮革椅子上坐下，想着该说什么。“我猜想你听说了参议院表决通过奥古斯都拥有终身保民官职权。那甚至比执政权还要大。”

“是的。现在他拥有了全世界。”

“但不包括你。”

我抬起头。

“没有人可以阻止你画画，塞勒涅。不管发生什么，你依然拥有屋大维娅和维特鲁威的支持。你知道朱丽叶和马瑟卢斯在干什么？他们在计划建造一座房子收容弃婴，他们说那是为了表示对你的敬意。”

“他们叫你告诉我这件事？”

“不是。”这一次，他的回答是坚定的，“但我也失去了一个极好的朋友，有一段日子，我也不想再活下去了，但我还是活下来了。”他很快地眨着眼睛。“你知道奥古斯都明天就到了。”

希望奥古斯都死去的念头立刻复活，我在想是否有人会行刺他。

“据说他病了，”卢西乌斯接着说，“我们都知道他一直很虚弱。就连伊比利亚温暖的气候也不足以让他保持健康。等到他回来，请不要做出任何冲动的事情。”

“你凭什么认为我会做？”

他看了我好一会儿。“你的冲动大家都知道。”

“那也许会有人替我来做。”

“你是托勒密家族的最后成员，塞勒涅。在你之后，没有人的血管里还留着亚历山大大帝和克里奥佩特拉的血。小心点，不然你的先父们所奋斗的一切都将灰飞烟灭。”

“已经是这样了。”

“不。只要托勒密家族的最后一个成员还活着。”

当消息从罗马城墙的另一边传来，说奥古斯都将要进城，我们聚集在广场，我想着走在我前面的托勒密家族成员，并琢磨着他们会怎么做。我知道我母亲的选择，体面地自杀而不是活着受辱。但如果她站在萨图尔诺神庙的台阶上，戴着一个罗马的印玺，等着欢迎谋杀她家人的男子，她会怎么做？

我在神庙的台阶上搜寻着朱巴的身影，他每个月都来这里，为了我和亚历山大，把便士存到一个金库箱里，却不告诉我们。我找不到他，于是问阿格里帕。

“他被派到前面去查看战利品。坎塔布里亚人留下了几千尊雕刻。”

“为什么？他们到哪里去了？”

“他们选择了死亡而不是被奴役。”阿格里帕沉重地说。

我身边的加利娅眯起了眼睛，我在想，她目睹她的人民第二次被俘虏该有多么难受。

战争的号角响起，尤加里乌斯街沿路的人群一片欢腾，由此可见，军队到了。我感到有人捏了捏我的手。

“他来了。”朱丽叶说，但她的语气有一丝紧张，使得我在想她有多开心。

鼓声配合着越来越近的马蹄节奏，屋大维娅喊道：“他来了！”装饰着红色羽毛的白马映入眼帘，接着是奥古斯都，胜利归来的国外领土征服者，坐在一辆金色的战车里，行进在军队的最前头。我立刻看到他瘦了，但一片威武的胸甲掩饰住了他的虚弱，他那苍白的脸上涂满了朱红色。利维娅坐在自己的战车里跟在他的后面，接着是所有那些真正赢得战争的将军们。随着后装载着成千上万的高卢人的肮脏的囚车驶了进来，士兵们举起一坛坛金子、双耳细颈瓶和银色锥形酒杯，人群沸腾了起来。

奥古斯都停在萨图尔诺神庙前。由于没有人愿意听到高卢人凄惨的哀号，士兵们把囚车推到了朱丽叶会堂的庭院里，他们将一直待在那里直到被卖出去。奥古斯都从他的战车上走下来，当得胜归来的将军们聚集到他的身边，欢呼声一浪高过一浪，连神灵都要被震聋了。阿格里帕拿出一个金色的月桂花冠，我转过头，对这一幕感到厌恶。于是我看着会堂外的士兵们努力地安排好五百辆囚车。那真是一团糟，由于我站在台阶上，便能看见更多的士兵匆匆从会堂跑去帮忙处理那混乱的场面。

但随着我看下去，我发现那些增援的人不是士兵。他们外表像军团里的人，穿着和士兵一模一样的凉鞋，戴着有羽冠的头盔，披着深红色的斗篷，但黑色面罩挡住了他们一半的脸。我倒吸了一口气。红鹰赶来释放那些高卢人了！那些人身手敏捷，打开一个又一个笼子，并告诉囚犯们待在原地，直到信号出现。不知怎的，红鹰是带着钥匙来的，随着一把又一把锁被打开，我看见囚犯们冲到笼子的边缘来。

接着一名站在神庙台阶上的士兵顺着我的目光，发现出了什么事。"他们逃跑了！"他喊道，打断了奥古斯都的凯旋集会。"囚犯们逃跑了！"他大叫着。

在庭院的另一边，一个蒙面人抬起头并意识到他们被发现了。"快走！"他喝道，虽然他说的是高卢语，但因为加利娅的训斥，我对这个词很熟悉。笼子的门猛地打开，成千上万的囚犯开始逃跑。会堂的庭院陷入了恐慌，而那些义士们摘下了面罩。士兵弄不清楚哪些是自己人，只好任意往人群里射箭。一支箭射中了叛党的头目，我看见他痛苦地抓住自己的肩膀。

"他被射中了！"我尖叫起来。

加利娅冲上前。"回到这里来，塞勒涅！"

"但是他受伤了！"

我跑也没关系。大家都在移动，留在神庙的台阶上是不可能的。浓烟从朱丽叶会堂的屋顶升起，一个女人尖叫起来："会堂着火了！"而数千人从火焰中跑出来，我朝他们飞奔过去。一个怀抱着两个孩子的女人警告我回头，大喊着整栋建筑都会被火吞没。但我顺着血迹进入一家被废弃的店铺，听见柜台后面有个男人在喘气。我跑向他，而他一看见我就别过脸去。“快走！”他吼道。

“我是来帮助你的！”

“怎么帮？连累你自己也被杀死？”

“不！有一个地道，通往维斯塔贞女之家，到了那里你可以逃走。”

“那么告诉我地道在哪儿，然后你自己离开这里。”

“我说不清楚。你必须信任我。”

他犹豫不决，当他转过身来，我震惊地捂住了嘴。

“朱巴！”

“你以为你会看到谁？”他冷冷地问道，“马瑟卢斯？”

我毫不理会他话里的尖刻，俯身对着他。他流了大量的血，我撕下衣服上的布当作绷带给他包扎。当碰触他那温热的皮肤时，我的双手颤抖起来。“但在屠牛广场救我们的男人是金发的，连朱丽叶也看见他了。”

“有一种东西叫做假发。”他毫不客气地说。

“那么你在高卢的时候出现的传单呢？”我极力不去想衣服上为什么会突然湿了一片，虽然我知道那是他的血。

“也有其他人希望终结奴隶制度。”

我意识到我在给他包扎的时候头发蹭到了他的胸口。我打了好几个结才把绷带固定好。

“够了。”他生硬地说。

“箭头在哪里？”

他示意我去看地板上一根血淋淋的杆子，虽然我的胃抽动了一下，但还是看见箭头完好无损。没有东西留在他的体内，但他的伤口还是得马上缝合。我把胳膊伸给他，他一声不吭地抓住了它。

“你能跑吗？”

“能。”

我们飞奔着穿过朱丽叶会堂。浓烟开始弥漫到各个大厅，朱巴重重地靠在我身上，虽然他也不想这样。我感觉到他越来越虚弱，我试着尽快回想起维特鲁威的一张草图。会堂里包括了法庭、办公室、店铺，而维斯塔贞女们希望有一条地道通到她们的神庙，这样她们去店铺购物的时候就不会被人看见。但它通往哪一家店铺？

“你真的知道你这是去哪里？”他问道。

“这草图我看过十几遍。”我带着他走进一家丝绸商贩的店铺并四处张望。这家店里的人都跑光了，顾客们连买下的东西都没拿就逃走了。我抓起一件女式的束腰外衣披在肩上。在回到巴列丁丘之前我要换件衣服。

“地道在哪里？”

“我不知道！但就是在这里。”

朱巴走到柜台后面，在那里，一块厚厚的帘子挡住了墙。他手腕轻轻一甩，把帘子掀到一边，露出一扇开着的门。他先走进去，确保里面是安全的，接着靠在我的胳膊上，任由我带着他走。里面一团漆黑，没有半点光线，当我们跑动起来，我感觉到我是在沿着墙走。

“你应该换件衣服。”他说。

我停下脚步，虽然我知道，我脱衣服的时候他看不见我，但一想到他在场，我的脸颊就发烫了。我还记得上一次我穿着裹胸和缠腰布站在他面前，那时我们在蓝色洞穴，我极力不去看水中他那半裸的身体。“我应该拿这个血淋淋的——”

“给我。现在我们快走。”随着我们继续在地道里走，他的呼吸越来越粗重。

“等我们到了神庙你准备去哪里？”我问。

“去巴列丁丘。”

“你怎么解释你的伤？”

“士兵们在胡乱射箭，”他简单地说，“他们只会认为我被误射了。”

“但奥古斯都会相信吗？”

他不作声，虽然我们到了地道的尽头，我一度以为他还会说什么，但他只是伸手往下摸去，接着递给我一把匕首。

“要这个干吗?”

“你不记得你第一次独自下巴列丁丘了?”

“但那是在夜里!”

“你以为罪犯在白天就消失了? 我会跟在你后面，”他保证说，“但你必须先离开这里。看到路上没有人了，我要你吹个口哨。接着开始走，一路回巴列丁丘。”

我接过匕首的时候手抖得很厉害。我把它安全地插到皮带后面，接着打开门，走到维斯塔神庙的大理石门廊上。没想到入口处空无一人。所有人都跑去看大火了，我心想。我立刻吹了口哨，当听到门打开后，我开始往前走。加利娅知道我去了哪里，有可能提比略也听见了。如果我和朱巴一起回到巴列丁丘，只有傻子看不出那是怎么回事。

全城的人都跑向广场。就连商贩们都扔下他们的货摊，去看吞噬了会堂的大火。我尽全力不回头去看朱巴是否还跟着我。当我回到屋大维娅的别墅，门廊上一个人也没有，我马上意识到大家一定是去了哪里。但在我抵达奥古斯都别墅前的平台之前，加利娅跑了过来。

“他在哪里?”她喊道。

我想到朱巴在他的别墅里血流不止，但没有人帮他，但我最好装作没事。“谁?”

加利娅长时间地看着我，然后小声说:“朱巴!”

我凑近她。“你怎么——?”

“自从红鹰第一次出现我就成了他的心腹，”她马上说，“你以为他不在的时候是谁在帮他张贴传单? 他是否安全了?”

我告诉她事情的经过，她的脸色发白。“待在这里，绝对一句话都不要说。”

我慌了。“但你去哪里?”

“去找维利乌斯。”

我登上露台，尽量避开奥古斯都饶有兴趣的目光。但很快，马瑟卢斯和朱丽叶喊了出声。

“你上哪儿去了?”朱丽叶喊道。

“我在人群中走散了,”我撒谎说,希望自己和奥古斯都一样,是个好演员。“我不知道你们去哪儿了。等到我回头一看,所有人都不见了。”

奥古斯都打量着我。自从他上一次看到我以来,已有一年了。

“他们以为你可能被踩倒了。”他说。

“当然没有!我逃脱了。”

“但几百个人被踩踏,”朱丽叶说,“你看到了吗?”

我摇摇头。

“那么你一定看到高卢人从笼子里逃出来了!还有那些野蛮人在各处乱闯。”她上气不接下气地说。

奥古斯都观察着我的反应,但是我不动声色。接着他突然转向利维娅说:“我在卧室里。”

屋大维娅急忙跑到他身边,我注意到阿格里帕和提比略都不在。

奥古斯都走后,我看着朱丽叶。“他病了?”

“我父亲在伊比利亚就病了。他说今天下午他会死,他叫阿格里帕一定要抓到红鹰,不管付出什么代价。”

“我听说红鹰受伤了,”马瑟卢斯接着说,“提比略认为你在追他。”

“他是个叛徒。我为什么要这么做?”

“我也是这么说的。但他以为你想乘机逃出罗马。”

虽然我只想跑去朱巴的别墅,但还是留在了山上,看着大火烧个不停。等到最后,连朱丽叶对这场动乱都看腻了,她问克劳狄娅是否会举办晚宴。

“不。你父亲需要休息。也许再过几天,等到红鹰死了,就会好好庆祝一番。”

朱丽叶看着我。“你和我们一起吃饭吗?”

“今晚不了,我觉得不太舒服。”我再一次撒谎。

我匆匆回到卧室,希望加利娅在那里等我,但房间里没有人。接着,我发现枕头底下有个黑乎乎的东西。那是一个小小的黑盒子。我拿起来，看着附上的纸条。上面写着："万一明天永远不会到来。"我打开这个秘密的盒子，拿出一条粉色的海珠项链——母亲给我的最后礼物。那条我曾交给朱巴、来换取加利娅自由的项链。当我戴上这条项链，泪水模糊了我的视线。他一定是在早上留下的，不知道自己能不能活过今天。而现在，他的命运要由神灵来决定了。

我在房间里来回踱步，极度渴望得到一点消息，等到屋大维娅回来，我问她是否见过加利娅。

"她回家了，"她说，我注意到她的黑眼圈。她看起来精疲力竭，像是连续熬了几个晚上没有合眼。"罗马在流行一种发热的疾病，"她接着说，"加利娅告诉我维利乌斯老师和朱巴都病了。医生说我哥哥可能是得了同一种病。但你是安全的。"她伸手抚摸着我的脸。一滴泪水沾湿了她的手指，我注意到她也在哭。"我们去祷告，好吗？"

我跟着她走进了家庭神龛，她点了一盘香，我们跪在神灵跟前。她喃喃地对命运女神祷告，而我默默地对伊西斯乞求。我对女神承诺一切，发誓嫁给奥古斯都挑选的任何人，即便他又老又丑，只要她能救回朱巴的性命。我发誓要默默地承受痛苦。我不会抱怨。不会叫苦连天。如果她保证让朱巴恢复健康，我再也不会自怜自艾地哭泣了。

但夜晚过去了，却没有半点消息，第二天早上，到处都找不到加利娅。我在图书馆里踱来踱去，直到维特鲁威放下手中的尖笔，坚持要我去外面透透气。"如果你是为维利乌斯老师担心，大可不必。今天早上我见到他了，他看起来很好。"

"你见到了？"我喊了起来，"在哪儿？"

维特鲁威莫名地看着我。"在巴列丁丘。从朱巴的别墅里出来。"

"他说了什么？"

"朱巴病了。"

"加利娅和他在一起吗？"

维特鲁威摇摇头。"没。我没看见。"

我匆匆赶到门廊，希望看到维利乌斯老师一眼，但唯一一个匆匆赶回屋大维娅别墅的人是阿格里帕。他一看到我便露出微笑。

“非常好的消息。”他得意洋洋地说。

“红鹰被抓住了？”

“比这更好。他死了。”

我觉得心脏骤停，但阿格里帕接着说。

“两个男人发现他昨天夜里想要在阿波罗神庙张贴传单。他已经受伤了，但他逃走的时候他们用短剑划伤了他。”

突然间天旋地转。就好像亚历山大的死又重来一遍。“那找……找到尸体了吗？”

“没有。但从他大量出血的状况来看，他不可能活下去。”

他走到里面去和屋大维娅分享他的胜利，但我扶住一根立柱防止自己摔倒。我必须找到加利娅。加利娅或者维利乌斯老师一定知道出了什么事。我不费心去叫侍卫，便跑到巴列丁丘山脚下。我跑到街道尽头，重重地敲着维利乌斯老师家的门。见没有人应门，我朝窗子里面窥探，一个路过的孩子停下来瞪着我。

“里面没有人。”他说。

“你怎么知道？”

“我住在隔壁。他们一整夜都没回来。”

“那今天早上呢？”

男孩摇摇头。

“连维利乌斯老师也没回来。”

“没有。”

我抄近路回到山上。我不敢走近朱巴的别墅，而是跑到阿波罗神庙自己去看个究竟。一队禁卫军正聚集在入口，我认出其中两名侍卫就是陪同我去亚历山大陵墓的那两个人。他们彼此间小声地议论着，对大理石台阶上的血迹感到不可思议。正如阿格里帕描述的那样。没有人流了这么多血还能活下来。我觉得我的喉咙越来越紧，周围的世界开始越来越黑，这时，那个陪我去陵墓的浅发侍卫抓住了我的胳膊。

“只是血。没什么可担心的。”

“谁刺伤了他？”我小声问。

“我们。”他指指自己，又指指那个身边眼熟的黑发侍卫，“我想我们都会得到奖赏。”

我感到胃里一阵恶心。突然间，一切失去了意义。当我回到屋大维娅的别墅里，我把自己关在房间里。卡尔蒙、托勒密、恺撒里昂、安蒂拉斯、亚历山大、我的双亲。现在是朱巴，那个一直在关心着，保护着我的男人。他也在红鹰的伪装之下书写着我满腔热情所支持的正义。我是死是活对我来说不再重要。我躺下来闭上眼睛，希望某个人会从暗处走出来，就像四个月前那样，只是这一次，夺取的将是我的生命。

但当我醒来，太阳依然高挂。没有人在睡梦中谋杀我。中庭里有人说话，当我打开门，见屋大维娅和维特鲁威在窃窃私语。他们见我出来，便不再说话，两人都看着我。

屋大维娅走过来，满脸的担心。“奥古斯都想要见你，”她说。

“真的？”我冷漠地说，“他生气了？”

“我不知道。他病得很重，塞勒涅。已经在准备……”

我看得出她快哭了，我的声音柔和起来。“他总是能康复的。”

“但这次是发烧。他叫他们带你去。”

见我点点头，她松了口气。她以为我会强烈反抗，但还有什么事会发生在我的身上，我已不在乎了。我跟着她走进奥古斯都的别墅，一些显贵聚集在中庭，连朱丽叶和马瑟卢斯也在。

“他要求见你，”朱丽叶紧张地说，“你知道为什么吗？”

我摇摇头。

“我想你要结婚了。”见我没有反应，她接着焦虑地说，“没有人知道嫁给谁，我觉得就连利维娅也不知道。但是他全都计划好了，他甚至把他的图章戒指给了阿格里帕。”

“属于亚历山大大帝的那枚？”

她点点头。

“这么说阿格里帕是继承人？”

“在马瑟卢斯满二十岁之前。”我看得出她含着泪。“噢，塞勒涅。”她握住我的手，但我一动不动。“不管发生什么，我都在这里。没事的。”

屋大维娅带我走到楼梯前，往上一指。“右边第一扇门。”

我登上台阶，随着我走向门口，只觉得一阵耳鸣。但我为什么要害怕呢？奥古斯都现在为我决定什么样的未来都不重要了。

我打开门，并意识到我走进的不是一间卧室，而是奥古斯都的办公室“小锡拉库扎”。墙上满是地图和卷轴，不放书的地方就放着塑像。面色苍白的奥古斯都坐在他的桌子后面，像个老人一样弓着背，很怕冷的样子。他伸手指着一个位子让我坐下。

“克里奥佩特拉·塞勒涅。”他说。

“奥古斯都皇帝。”

对于这种称呼他露出微笑，但不否认。“你知道我为什么把你叫到这里？”

我实话实说。“朱丽叶说是关于我的婚事。”

“是的，”他打量着我，“我不在的这段时间你变得很漂亮。”

“你不在的时候发生了很多事情。”我直截了当地说。

他抬起眉毛，但并没有对我生气，倒是声音变得异常遗憾：“是的。一旦我们死了，我们所留下的，不是刻在石头纪念碑上的铭文，而是揉进他人生命中的碎片。”

“伯里克利的诗句。”

他点点头。“我并没有在你的生命中揉进多少快乐，对吗？”

我的指甲嵌进手掌，不让自己哭出来。

“在我死之前，我希望改变这一点，塞勒涅。”

“你是要让亚历山大死而复生吗？”

他不知该怎么说才好。“我希望，你明白，一个成年的马克·安东尼和克里奥佩特拉的儿子，只要活着，始终会威胁到罗马的稳定。”

“是罗马的稳定，还是你政权的稳定？”

“有什么区别吗？”

“他从来都不想当恺撒！”

“很多人都没有当恺撒的想法。但如果心怀不满的参议员提供这个机会，有多少人会拒绝？”

我咬着下嘴唇。

“我把你找来这里并不是讨论死亡，”他平静地说，“我把你找来是要给你一个新的人生。你在埃及受过很好的教育，在罗马证明了自己有治国的才能。如果你愿意接受五千便士作为嫁妆，”他说，“我希望封你为毛里塔尼亚的王后。”

整个房间开始飞速地旋转起来，我不得不抓住椅子的边缘。“我不明白，”我不可思议地说，“我以为朱巴——”

“病了？没错，但他年轻又强壮，像他这样的男人很快就康复了，他在另一个房间里等你。”

我猛地站了起来，几乎把椅子掀倒。

奥古斯都微笑着说。“就在大厅的尽头。”

我不记得我是不是一路跑去的。我一定是这样，因为当我打开门，朱巴把我抱进怀里，我上气不接下气。我急忙寻找他又一次受伤的痕迹。“我不明白，”我只会说一句话，“我不——”

他把手指放在我的嘴唇上。“神庙里的人是我的手下，没有什么攻击的事件。”

“但那血迹——”我嘀咕着。

“那是公牛的血。我想我能活下去。”

“那你的肩膀？”

他把衣服推开，我看见维利乌斯已经替他将伤口整整齐齐地缝合，在房间里明亮的光线中，我知道没有比他更漂亮的男人了。从我被带离亚历山大城的那刻起，他一定就知道奥古斯都想让我嫁给他。接着，我想到一次又一次他看见我为马瑟卢斯哭泣，一次又一次我用刻薄的话来回敬他，想到这一切只是为了逃避嫌疑，我的眼里直发烫。

“我希望你哭泣是因为幸福，”他说，“而不是失望。”

“我怎么会失望呢？”我喊道。

“也许你是想要嫁给别人。”

我伸手抚摸着他的头发。“不，”我打量着他充满柔情的眼睛，接着又轻抚他那线条清俊的脸庞。“我要你。”

“我，还是红鹰？”他故作警惕地问道。

“也许两者都是。”

“但你知道红鹰已经死了，”他说，“在罗马我已经做了我能做的。有其他人会继续斗争下去。”

“比如加利娅？”

“还有维利乌斯，还有许多别的好人。但奥古斯都最终会怀疑那是我，所以，恐怕你的红鹰已经死了。”他遗憾地说。

“死了？”我问他，“还是飞到毛里塔尼亚去了？”见他不说话，我接着说，“我想是后者。”

“不会再有反叛，不会再有大胆的义举。”他提醒我。

“你是说我们不用再穿过燃烧的房子了？”我看得出他想笑，但只是热切地看着我。“什么？你为什么瞪着我？”

“我没有瞪着你，我在观察。”

我破涕为笑。“你在观察什么。”

他的嘴唇轻轻地摩擦着我的耳朵。“一个年轻女子总是为正义打抱不平，即便不受人欢迎。一个女子虽然不能回到她的出生地，但欢迎她漂洋过海，在我的国家重建亚历山大城。一个女子在罗马经受了够多的磨难，理应获得幸福的转机。你愿意去毛里塔尼亚成为我的王后吗？”

他稍稍后仰看着我，但我把他拉得更近。“愿意。”

“只是愿意。”

我点点头，把我的嘴唇贴到他的嘴唇上。

后记

塞勒涅

塞勒涅和朱巴于公元前25年结婚，奥古斯都遵守承诺，给了塞勒涅一笔丰厚的嫁妆。克里奥佩特拉·塞勒涅和朱巴二世的结合成为在罗马帝国诞生的最伟大的爱情故事之一。从驶向毛里塔尼亚的航程开始，他们作为一对极为美满的伴侣，肩并肩地统治了二十年。当他们抵达新王国的时候，他们在艾荷落脚，并将其改名为恺撒利亚，向册封他们为国王和王后的那个人致敬。虽然他们公然地表明忠诚之心，塞勒涅还是开始重建他们的首都，仿造世界上最伟大的城市：亚历山大城。不久后，他们的王廷成为一个学习的中心，考古学家们在恺撒利亚发现的塑像（比如一尊埃及祭司佩图贝斯特斯四世的玄武岩塑像、一尊狄俄尼索斯的青铜半身像以及一尊图特摩斯一世的塑像），有力地证明了塞勒涅的真心。

但塞勒涅也建造了纪念碑作为托勒密家族的遗产，朱巴则为新王国周围的土地画出地图。在这个过程中，他被认为是“发现”卡那利群岛的第一人，并在凶恶的狗进入岛上之后把它们命名为卡那利亚群岛，也就是“狗岛”。他还写了《利比卡》这篇论文，并发现了一种重要的大戟属的药物，就连今天都把它称作来吉斯—朱巴地锦草。普林尼写道，朱巴“他的学术品质比他的治国之道更为人所铭记”，而普鲁塔克认为他是“他那个时代最有才华的统治者”之一。朱巴和塞勒涅在婚后生了两个，也可能是三个孩子。他们的儿子托勒密继承了王位。

奥古斯都

尽管病得很重，奥古斯都还是恢复了健康，并继续统治了三十九年。几乎每一个他爱的人都在他之前过世，包括塔伦提娅、阿格里帕、马瑟纳斯、屋大维娅，甚至是马瑟卢斯。在七十五岁那年，他很清楚大限将至，于是要求利维娅结束他的生命。他希望精心安排自己的死亡，就像他精心安排了其他的一切。当利维娅在他的食物里下毒后，奥古斯都于公元14年死去。他留下了明确的指南，关于如何治理罗马，甚至还描述了税收制度的细枝末节。他的继承人是利维娅的儿子，提比略。

朱丽叶

朱丽叶和马瑟卢斯的幸福婚姻只持续了两年。公元前23年，马瑟卢斯突然死去，结束了短暂的生命，如果他活下去，可能会成为皇帝。他被安葬在奥古斯都的陵墓中，今天在罗马依然可以看到。没有了继承人，奥古斯都命令阿格里帕立刻和屋大维娅的女儿克劳狄娅离婚，于是十八岁的朱丽叶嫁给了他父亲四十二岁的将军，同时也是最亲密的朋友。他们婚后生了五个孩子，但当阿格里帕在公元前12年去世时，朱丽叶再一次成了寡妇。这一次，继承人的选择更少了，于是奥古斯都让朱丽叶嫁给她的异父异母哥哥提比略。但朱丽叶反抗，把马克·安东尼和福尔维娅的儿子，也就是塞勒涅的同父异母哥哥安东尼乌斯当作情人。奥古斯都发现后，以通奸和叛国的罪名逮捕了他的女儿。安东尼乌斯像他的父亲一样，被迫自杀，而朱丽叶被流放到般达塔利亚岛。只有她的母亲陪她一起到流放地，在那里，她们被禁止和任何访客见面，除了她父亲特意派去的人。五年后，朱丽叶可以回到大陆，虽然禁止她进入罗马。奥古斯都死后，提比略的第一个举动就是把朱丽叶囚禁在她房子的一个房间里。她最终死于饥饿。

提比略

在成为罗马帝国的继承人之前，提比略受命和阿格里帕的女儿维普撒尼娅结婚。他们的婚姻被证明是爱情的结晶，七年来一直是彼此忠诚的伴侣，并生了一个儿子，提比略用他弟弟德鲁苏斯的名字来为他命名。然而当阿格里帕在公元前 12 年去世时，奥古斯都命令提比略和他怀孕的妻子离婚，并迎娶朱丽叶。沉重的打击令维普撒尼娅失去了第二个孩子，但他们还是离婚了，提比略因此永远无法原谅奥古斯都。在后来的几年里，提比略徘徊在维普撒尼娅家门口，对她的新丈夫加鲁以死相胁。几次遭遇之后，奥古斯都禁止提比略再去见维普撒尼娅。成为皇帝后，提比略宣布维普撒尼娅的丈夫为公敌，把他囚禁起来活活饿死。朱丽叶死后，他没有再婚。我们认为，拿撒勒的耶稣是在提比略的统治时期被钉上十字架的，他在王位上坐了二十三年。

屋大维娅

在马瑟卢斯令人震惊地猝死之后，屋大维娅退出了公众的视线，全部时间都用来默默地做慈善工作、养育孙儿。她的女儿安东尼娅嫁给了著名的车手卢西乌斯·多米狄乌斯。虽然婚姻很不幸福，但他们生了三个孩子，其中的一个名叫安东尼娅，后来就是尼禄皇帝的祖母。屋大维娅最小的女儿东尼娅嫁给了利维娅的儿子德鲁苏斯，他们享受了七年的幸福婚姻，直到德鲁苏斯死于车祸。他们的孩子是著名的将军格马尼库斯、美貌的利维拉和未来的皇帝克劳狄乌斯。

历史学笔记

和我之前的历史小说家一样，令我深深受益的，是那些经年累月翻译、研究和撰写古罗马世界的人们。那些学者们使我得以尽我的最大能力来描述：两千多年前，当马克·安东尼和克里奥佩特拉的孩子们被带离埃及，在巴列丁丘上成长的这十二年里他们过着什么样的生活。如果塞勒涅和亚历山大在他们这个年纪算是相当早熟的话，那是因为他们受到了非常好的教育，而他们的母亲作为女王，被认为是那个时代最博学的女性之一。像今天的童星一样，他们在一个成年人的世界里、怀着成年人的期待被抚养长大，显然塞勒涅的学识足以让她担当毛里塔尼亚的王后。

书里几乎所有的角色都再现了亚历山大和塞勒涅遇到的真实人物，我基于历史记录中保存的对他们的描写，来刻画他们的性格。从奥古斯都对于戏剧的热爱，到阿格里帕建造的万神殿——今天你依然可以看到他的名字被镌刻在山形墙上——我试图确保那些人物保留了真实的历史特征。最大的例外是我虚构了红鹰这个角色。红鹰并不存在，但有证据表明朱巴对罗马的奴隶制文化深恶痛绝。在他来到毛里塔尼亚之后，那里逐渐废除了奴隶制，他会同情那些被奴役的人并不奇怪，因为他可能遭遇同样的命运。小说中提到的两次奴隶审判都基于经推测曾发生在古罗马的事件，我认为它们有助于说明一些人类被奴役而引发的道德问题。这些审判同时也让读者看到，事实往往比小说更离奇。比如说，波里奥企图拿他的一个奴隶来喂鳗鱼，在屠牛广场逃脱的公牛从二楼的阳台上摔死，奥古斯都沉迷于做笔记：这些都基于史料。就连维利乌斯老师在学堂里玩的游戏、泰勒坚尼部落的人在斗兽场和豹子搏斗，屋大维在亚历山大大帝的陵墓里行为失当，导致尸体的鼻子断裂：全都来自于当时的记录。

也许有人会认为小说中写到的一些设施相当现代化，其实加热的水池、精致百叶窗的窗子、旅游指南手册等都在罗马帝国时真实存在。

两千多年前罗马人的平均寿命不到三十岁，想到他们当时能取得这样的成就，令人惊叹不已。一些最牢固的建筑可以追溯到阿格里帕和奥古斯都：著名的万神殿、海神大会堂、朱丽叶神庙、奥古斯都广场，以及许多澡堂。奥古斯都和阿格里帕在这些地方摆满了他们最喜爱的塑像，和其他许多罗马人一样，他们热爱收藏古董，尤其是来自希腊的。和我们今天在博物馆里看到的不同，他们的大理石雕塑几乎都是彩色的，大部分都有艳丽的色泽，比如大红色、蓝绿色、黄色和橙色。生活在两千多年前的人还收藏古董，听上去奇怪，但古罗马社会在诸多方面同我们现在的社会有惊人的相似。罗马人喜欢看戏，他们在介绍彼此的时候握手，还有很多杰出的思想家，比如西塞罗，嘲笑大众的迷信，甚至对神的信仰。孩子们玩骰子和木偶，而大人们去赛马场下注并会友。日常的幽默感都以粗俗笑话来表现。庞贝城各处的涂鸦保留了古罗马人的嘲讽精神。当维埃斯佩辛皇帝知道他大限将至，便苦涩地对儿子们说："我觉得我快成仙了。"

所以有那么多人被古罗马所吸引，我相信，那是因为，在生活于两千年前的古人身上，我们看到了自己的影子。想想以下的引述，其中的一些你可能会觉得是从现代作品中摘录的：

> 一具人的尸体被冲上了岸，在海浪中轻轻地漂来漂去。我伫立着，沮丧地等待着，用湿漉漉的眼睛注视着这带有不忠元素的作品，并喃喃自语："这里或那里，也许一位妻子正在盼望这个可怜人的归来，或是一个儿子、一位父亲，都不曾料到风暴和沉船；一定地，他把某个人抛在了身后，一个他离开的时候吻别的人。那么这就是人生历程的结束，这就是人类伟大课程的成果。看看现在他是如何驾驭着惊涛骇浪！"
>
> 佩特罗尼乌斯，《萨蒂利孔》115

> 我很高兴地从刚刚拜访你的人那里得知，你对你的奴隶们很友

善……有人说:“他们只是奴隶。”但他们和我们一样都是人!“他们只是奴隶。”但他们和我们生活在一起!“他们只是奴隶。”事实上,他们是我们的奴隶伙伴,如果你不再想命运对我们的支配和对他们的支配是一样的……我不想没完没了地谈论奴隶的待遇,对他们,我们总是非常傲慢、非常冷酷、非常残忍。然而,这是我的建议:“你希望比你地位高的人怎么对待你,那就怎么对待比你地位低的人吧。”

小塞涅卡,《一封致友人的信》

第一个开始毁灭娇嫩后代的她理应在自己的战争中死去。有没有可能,为了避免妊娠纹,你不得不撒开屠戮的悲惨之沙?……你为什么把你的子宫放在堕胎的工具之下,给未出生的孩子吃下毒药?……在亚美尼亚徘徊的母虎也不会作出这种事,母狮也不敢摧毁它的幼儿。但温柔的女孩却会这么做——但未能逃过惩罚;把子宫里的孩子杀死的她也杀死了自己。

欧维德《爱经》

你想到了什么?是不是因为我和女王(克里奥佩特拉)上床?是的,她不是我的妻子,但这并不是什么新鲜的事情了,对吗?这件事我不是已经做了九年吗?那你呢?利维娅真的是和你上床的唯一一个女人?如果你读到这封信的时候,并没有搂着特图拉,或是塔伦提娅,或是卢菲拉,或是萨尔维亚·提提赛尼亚,或是她们全部,那我恭喜你。你把你的尖刺扎到哪里——或者那个女人是谁——真的很重要吗?

马克·安东尼写给屋大维的一封信,由传记作家苏埃托尼乌斯保存

在引述佩特罗尼乌斯的作品中,我们看到了人类对于死亡的恐惧,和对身后的人带来的失落感。在塞涅卡的信中,我们看到虽然奴隶制是个长期存在的制度,还是有人明显表达了对它的厌恶。欧维德有关堕胎的

辩论持续了很久，而马克·安东尼的信嘲笑屋大维是个批判婚外情的伪君子。这些情感现在看来出奇的现代，因为我们依然生活在他们古代世界的遗迹中。第一份报纸目前公认是尤里乌斯·恺撒的《每日纪实》，而Senatus Populusque Romanus这个词意为“参议院和罗马人民”，今天依然在使用。实际上，它的简称“SPQR”在这座城市里随处可见，从告示牌到窨井盖。

除了前番赘述，我也确实在某些情节的处理上让自己稍稍偏离了历史。由于屋大维娅最大的两个女儿都叫克劳狄娅，两个最小的女儿都叫安东尼娅，我为了便于区分，改了两人的名字(变为马瑟拉和东尼娅)。而检查动物的内脏以确定神灵意愿的人叫做肠卜祭司，而解读闪电和打雷的人叫做天相师，我把他们就称为“占卜师”，这样就不会用太多的外来词加重读者负担。同样，我尽量少用拉丁语的名词词尾变化，为了方便英语读者阅读。

我做的其他改动包括虚构了加利娅和卢西乌斯，就我们所知，他们并不存在，而小说中的一些日期也做了小小的改动。(还有，故事发生的八月应是“Sextilis”而不是“August”，后来才为了纪念屋大维而更改。)我并没有把罗马人踢门而不是敲门的习惯写进去，为了故事叙述的方便，我写了克里奥佩特拉女王听到屋大维用了他舅舅的名字很震惊，但在现实中，她一定早就知道了。虽然我极力避免历史性的谬误，我承认还是错用了一些词，比如书本(那个时候不是“books”而是“codices”)。但大部分我还是努力贴近已经得到证明的历史。毕竟，正是如此我们才阅读历史小说——穿越到另一个时代，惊叹于古代人的生活和传统，就像他们也会对我们感到惊讶一样。

致谢

和往常一样，我最深的感谢要献给我那不厌其烦、全力支持我的丈夫马修。在十年共同的生活后，你依然鼓励我选择历史上伟大的爱情故事来写作。感谢我的母亲和兄弟，你们总是支持我写作，你们都令我受益匪浅。接着感谢我的父亲，是你让我深爱古罗马的历史——我只是希望你在这里看到这个。我想你会暂时放下厚重的古书，而欣赏一些轻松的读物，我肯定你会喜欢红鹰，因为你对命运多舛的斯巴达克思及其领导的起义军很有兴趣。向那些出现在《艾玛姬斯·西奥茨女男爵》、亚历山大·杜马斯和芭芭拉·迈克尔斯作品里勇往直前的英雄们致敬，红鹰的作为——他是基于那些先后出现的历史起义军而创作的——将会令你非常满意。感谢你总是花时间来指教我，并始终是位如此出色的父亲。

我必须把我的感谢献给杰出的古典学者詹姆斯（吉姆）·T·小麦克唐纳博士和他的太太扎伊达，他们回答了我很多有关古罗马的问题。吉姆，你细心的笔记和历史学建议对我来说非常有价值，因为加入了你提供的细节，这本小说也丰富了许多。书中所有的错误都是我造成的。

对于那些想进一步了解塞勒涅人生的人，我强烈地向你们推荐杜安尼·W·罗勒那杰出的著作《朱巴二世和克里奥佩特拉·塞勒涅的世界》。非常感谢你，杜安尼，花时间回答了我关于塞勒涅的问题。感谢乔·克罗里斯，他翻译的欧维德的诗歌《失望》出现在本书中，我感激不尽。你的网站就是一个金矿，你的翻译作品在漫长的写作旅程中一直激励着我。

感谢我以前的学生阿玛利亚·卡尔维罗、钱德尔·多斯、布林·格劳、乔治·梅奇亚、艾什莉·特纳和艾什莉·威廉逊，他们帮助我整理了有关发酵鱼酱和孔雀脑之类的堆积如山的研究资料，我深表谢意。如果我能够说服你们为我的下一本书当研究助理，我保证给你们的笔记不是那么恶心的东西！感谢肖恩·维尼什，你提供的奥古斯都时代的罗马地图出现在本书的开头，我对你的才华十分钦佩。（我的网站上可以下载到互动的版本。）

当然，要不是编辑们把这块陶土塑造成艺术品，这篇致谢也难以完成了。海瑟·布罗克斯和苏姗妮·奥尼尔一直都很出色，我是一个幸运的作者，他们以其独到的眼光来修改我的稿件。不是每个作者都能说她的编辑同时是她的好友，于是，海瑟，我知道和你合作，我是多么幸运！我热切盼望在我的下一本书里，我们共同探索杜莎夫人的世界。

我还要感谢出色的技术编辑珍妮特·弗莱契，她付出了巨大的努力，使得这本书散发光芒。当然，还要感谢皇冠的杰出团队：佩蒂·伯格、蒂娜·康斯坦波、戴安娜·麦西纳、珍妮佛·奥康纳以及许多幕后的工作者。我要深深地感谢艾丽逊·麦克伯，她为兰登出版社购买了《克里奥佩特拉的女儿》。我要感谢我的代理商，安娜·高什以及我的海外版权代理商丹尼·巴罗，他确保了我的小说被翻译成二十种语言。

对于每一本出版的书籍，令一个作者受益的还有更多无法一一点名的人。所以，对于每一个帮忙把《克里奥佩特拉的女儿》带到世界各地的人，我都是如此的感谢你们。